JEAN-PAUL MALAVAL

Les Noces de soie

CALMANN-LÉVY

ISBN : 978-2-253-16934-5 – 1re publication LGF

1

Printemps 1875

Il cheminait à vive allure dans le sentier creux. Les pierres roulaient sous son pas comme des billes. Par deux fois, l'homme faillit choir, mais se rattrapa de justesse aux branches basses d'un vieux chêne.

— Hé Théodore ! s'écria un gamin posté sur le talus, un doigt enfoncé dans sa narine. T'as encore bu un coup de trop ! Ça donne des souliers à bascule…

L'impatient ne s'accorda pas le temps de répondre. Il avait ses raisons. Pour une fois, l'allégresse lui prêtait des ailes. Il ne sentait plus ses jambes arquées de monteur de mules. Il bondissait comme un cabri lâché dans le maquis. Pourtant ça n'en finissait plus cette descente vers Chauzit.

Passé le four banal, abandonné depuis que la foudre l'avait décalotté comme une coquille d'œuf, Théodore Andromas sentit que le souffle ne lui manquerait pas. Il irait jusqu'au bout de son effort. Sa jubilation intérieure à ce moment monta d'un cran.

Enfin, haletant tel un vieux chien, l'homme vint buter contre la première porte. Elle tardait à lui céder malgré ses coups répétés contre le bois.

— Ouvrez bon Dieu, ouvrez donc ! Même que j'ai plus de patience.

Un visage de femme émergea dans l'entrebâillement, lisse et blanc comme celui d'une madone d'albâtre, la chevelure tirée en arrière et retenue en chignon.

— Quelle folie t'amène, Théodore de Belair ?

Elle ricana en imaginant son visiteur pris de boisson. Ce n'était pas l'heure de réclamer des offrandes.

— Fontbelair, rectifia-t-il. Tu ne sais plus où j'habite ou quoi ?

— Tu as bel air, pourtant, insista Antoinette qui voulait faire partager son mot d'esprit. T'aurais trouvé le trésor du château des Éperviers que tu serais pas plus foutralou que ça.

Théodore Andromas était fier de son domaine, tout étriqué qu'il fût dans sa montagne où la roche réduisait la terre arable. Et qu'on le moquât en ce jour mémorable lui était insupportable. Sa colère fut aussi brève qu'un éclair dans son regard gris.

— J'ai un petit canalio, souffla-t-il la gorge serrée par l'émotion. Il m'est né tout à l'heure. Bon Dieu, depuis le temps que je l'attendais celui-là.

— Un canalio, reprit Antoinette Vigouroux. Un canalio, tu es bien sûr, Théodore ? Ce n'est pas encore une chichinette comme tes deux autres ?

— Fichtre non ! fit Théodore enjoué et, d'un geste généreux, il chassa la poisse ancienne. Un canalio de six livres au moins. Oh merci ! merci.

Et il salua le ciel avec conviction, lui qui ne l'avait jamais courtisé que dans les grandes occasions.

— Bravo, mon gars. T'as su y faire pour une fois ! ajouta Antoinette avec un sourire malicieux.

Théodore Andromas courut à toutes les portes pour annoncer à ses voisins la naissance de son petit dernier, chez les Chambon, les Rouvière, les Devidal, et chaque fois, il passa en coup de vent pour ainsi dire, refusant le verre de l'amitié, généreusement offert. Pourtant on eût bien aimé féliciter le valeureux père qui avait su donner à sa femme Mariette un garçon, et conjurer, à la magnanerie Fontbelair, le mauvais sort ; un mâle enfin avait fini par naître. Ainsi se trouvait relevé le nom des Andromas, endigué le déclin d'une valeureuse lignée de paysans ardéchois.

Les cloches de l'église en ce jour sonneraient pour les Andromas, marquant ainsi leur heure de gloire. C'était une belle famille qui s'était installée au pied de l'Ardèche, là où la rivière roulait paisible sur un lit de galets blancs, se faufilant entre les falaises abruptes de Gens. Les ancêtres, Marius et Casimir, avaient conquis par la force du poignet le plateau de Chauzit et les pentes de Valgrande, en bâtissant des kilomètres de muret pour soutenir la terre et y planter des châtaigniers.

Mais à la maison Perdurier, Théodore sentit qu'il ne pourrait refuser un verre. Il s'assit au bout de la table, rayonnant de fierté. Anselme Perdurier pleurait comme un enfant et sa petite femme ne savait plus où donner de la tête, allant et venant entre le buffet et l'évier.

— Débouche donc un chatus qu'on se rince le gosier ! ordonna le maître de maison.

Riches ou pauvres, plutôt misérables que fortunés en vérité, ici, entre montagne de l'Ardèche et plaine du Rhône, on aimait goûter le vin, en parler, comparer les cépages. Il n'était pas de sujet de conversation plus précieux depuis la guerre entre papistes et parpaillots. Du reste, sur le flanc des collines orienté de sorte que le soleil joue avec la terre et fasse chanter son nectar, chaque arpent disponible avait été mobilisé pour la vigne.

Ce jour-là, Anselme sacrifia trois de ses meilleurs vins bouchés. Ça lui coûtait de descendre à la cave, mais la joie d'un ami n'a pas de prix. Cette cave, elle avait été soigneusement emplie au fil du temps, quelquefois un brin dégarnie dans les grandes occasions, mariage ou enterrement – on trinquait tout autant pour sanctifier le bonheur ou étouffer le chagrin –, mais les terrasses recépées avaient toujours été généreuses pour le vigneron ardéchois.

— Et tu l'appelleras comment ton petit ? questionna Anselme.

Léontine se rapprocha de la table pour entendre, elle aussi, la réponse. Elle était avide de nouvelles à colporter dans les calades de Chauzit, surtout que les Andromas ne laissaient personne indifférent. On les jalousait surtout pour leurs mûriers. En matière d'élevage de vers à soie, Théodore était un maître. On disait qu'il tenait ses secrets d'un ancêtre qui avait été jadis jusqu'au Japon pour acheter des graines, une légende sans doute, comme il en circulait beaucoup dans les montagnes.

— Je n'y ai pas encore songé, avoua Théodore confus.

— Ce n'est pas bien ! jugea Léontine Perdurier.

Elle fit mine de se signer, presque discrètement, pour ne pas paraître ridicule. Anselme n'aimait pas ces manières. Qu'on puisse croire qu'un nouveau-né sans sacrement pût mourir prématurément n'était que baliverne superstitieuse. Verre après verre, assis face à la vallée verdoyante, ils goûtèrent la douce quiétude du jour avec ses bruissements d'insectes dans l'air printanier. Il n'était plus nécessaire de parler pour se comprendre.

— Tout ce qui reste encore de papiste est dans le cœur des femmes, dit Anselme à voix basse. Nous autres, les hommes, ça fait belle lurette que nous avons réformé ça.

Théodore acquiesça de la tête.

— On a payé cher notre liberté.

Léontine croyait à la Sainte Vierge et la fleurissait à l'entrée de Chauzit où on avait élevé un autel à sa gloire sous un vieux genévrier centenaire.

— Donne-lui vite un prénom à ce mignon petit, insista-t-elle.

— Bon, concéda Théodore, je le nommerai Silvius.

— Oh mon Dieu ! s'écria Léontine. Quelle drôle d'idée.

Anselme riait en levant son verre, face à la montagne du Coiron.

— Va pour Silvius, ajouta Anselme enjoué.

Il trinqua avec son ami. Pour un peu, il l'eût baptisé lui-même le petit Andromas, sans tarder, dans les eaux claires de l'Ardèche, sous le pont de Rochemare où, jadis, les parpaillots se convertissaient en chœur en chantant les psaumes de Clément Marot.

En sortant de chez Anselme, il avait déjà les « souliers à bascule » comme avait dit le galapiot, le regard embrumé et le geste incertain. « M'faudrait ce bon Dieu de clocheron », marmonna-t-il en passant sous le porche des Pélegrin. Le pavage en galets retaillés de l'Ardèche était tellement malaisé qu'un honnête homme avait besoin de toute son attention pour se maintenir debout. Il s'agrippa au mur pour ne pas tomber. Mais la pente l'emporta et il se laissa aller, sachant que le muret des Bérenquié finirait bien par l'arrêter.

La violence de la lumière le cueillit à cet endroit comme un coup de massue. Il écarquilla les yeux et sourit à la gorge qui s'ouvrait devant lui, deux cents mètres plus bas, avec ses roches jaunes et grises, ses bouquets d'arbustes suspendus au-dessus du vide, et le bleu du ciel sans tache.

« Comment s'appelle-t-il ce bon Dieu de sonneur ? » se questionna Théodore. Il avait besoin de le nommer pour reprendre pied dans la réalité. Le chatus d'Anselme l'avait enivré en un rien de temps. « Grisé que j'ai été, se dit-il, comme un enfant de chœur… »

En atteignant le parvis, la mémoire lui revint. Il poussa la porte de l'église d'un coup d'épaule et fut aussitôt surpris par la fraîcheur bienfaisante du lieu. Il hésita à ôter son chapeau de paille. « Ça fait belle lurette que je ne suis pas entré dans la porcherie des papistes… », maugréa-t-il. Et il se mit à cracher d'instinct, en rigolant tout son soûl. Mais l'hérétique se ravisa en s'essuyant les lèvres du revers de sa chemise. À cette seconde, dans le silence pesant de l'église, il lui parut entendre le reproche de Léontine : « Tu n'as pas honte, Théodore ? Un jour comme celui-ci. Voudrais-tu lui porter malheur à ton Silvius ? » Andromas se retourna pour vérifier que personne ne l'observait, puis il se signa d'un geste rapide. « Mais le chapeau, nom de Dieu, je le garde sur la tête. »

À cette heure, le sonneur de cloches dormait dans

la sacristie. C'était un adepte des siestes longues. Néanmoins, son attention fut attirée par le vacarme dans l'église ; Andromas butait dans les chaises et les prie-Dieu. Il accourut aussitôt.

— Eh, Tabarou ! s'écria l'intrus. Viens donc me voir…

— Que fais-tu là, Théodore ? As-tu perdu la raison ?

— J'ai un fils. Un beau petit qui vient de naître. Un Andromas, insista-t-il. Sonne donc les cloches pour me faire plaisir. Je veux que tout Chauzit soit avisé de mon bonheur.

Félix Tabarou accueillit la proposition avec défiance. « Les cloches au milieu de l'après-midi, sinistre tintement, songea-t-il. Un tocsin, une alarme… Tout Chauzit prendra peur et accourra… »

Voyant que Tabarou se faisait tirer l'oreille, Théodore agrippa la corde et s'y pendit jusqu'à ce que la cloche se mît en branle. Aigrelet au départ, incertain, le carillon finit par donner de la voix et par la faute même de Tabarou. Lorsque celui-ci voulut s'emparer de la corde, il ne fit qu'ajouter son propre poids à celui de Théodore.

Ainsi les habitants de Chauzit, Montmarel et de Rochemare furent-ils conviés à partager, en ce jour d'avril 1875, la joie qui enflammait le cœur du propriétaire de Fontbelair.

Théodore passa deux jours à Chauzit, à courir d'une maison à l'autre, à fréquenter les trois estaminets du village, deux jours et deux nuits sans dégriser au point d'en perdre la notion du temps.

— Nous tirerions nos origines des Andresmas de Saverne en Alsace, expliqua-t-il plus tard à sa femme Mariette. Mon grand-père Markus parlait souvent de ça, chez nous, que nous viendrions de là-bas.

— Où as-tu été chercher ces balivernes ? répliqua Mariette. Les Andresmas, ça nous fait une belle jambe.

Elle marmonna en sourdine, pour elle-même, ses récriminations contre le père qui avait déserté sa maison au moment où elle mettait son enfant au monde.

— Ce fils, que tu as réclamé à cor et à cri et que j'ai fini par te faire, contrainte et forcée ? Cet héritier ? reprit-elle. Maintenant qu'il est là, parmi nous, tu sembles en faire peu de cas, comme si c'était un événement ordinaire. Je m'interroge… Éprouves-tu autant d'intérêt pour lui que tu le chantes ?

Mariette s'était redressée sur sa couche pour admonester son déserteur d'homme.

— As-tu été embrasser les filles au moins ?

Il ne répondit pas. De honte ou de dépit, la sueur perlait à son front. Depuis son retour, il avait essuyé toutes les humiliations. Cela avait commencé par Fausto, le domestique.

— J'ai fait toutes les litières des chèvres et des moutons, tout seul, comme un idiot. Et les éclosions des vers, qui va s'en occuper ? J'ai assez à faire, moi, du côté de Valgrande. À moins de laisser aller le troupeau dans les ravines… Et de le perdre… C'est ce que tu veux, Théodore ? Dis-le-moi ! Je saurai me trouver un nouveau patron.

Puis Juliana, la sœur aînée de Mariette Andromas, avait renchéri allègrement :

— Ce n'est pas malheureux d'aller se soûler pendant que ma pauvre sœur est dans les douleurs ?

« Me voilà bien habillé pour la journée », pensa-t-il.

Les filles, Eugénie et Pauline, jouaient dans la remise avec Gusto, le jeune labrit, que le journalier avait récupéré dans une nichée à Valgrande. On en ferait un chien de berger dans deux mois tout au plus. À sa manière vive de jouer avec les filles, il était déjà prometteur.

Alors que Fausto assis près de la fontaine fumait une cigarette, Théodore le rejoignit. Il avait envie d'en finir avec cette bouderie.

— Je me suis soûlé à mon aise, comme un cochon. J'ai dormi près de la rivière. Il y avait un type dans la cabane du Prussien, un colporteur, et j'ai profité un peu de sa conversation. Voilà, fit-il, il y a pas mort d'homme.

Le journalier fixait la vallée et les floches de brume qui se dissipaient à mesure que le soleil gagnait du terrain.

— Tu as vu ton petit ? demanda Fausto.

— Non, avoua Théodore. Je n'ai pas osé.

— Grand couillon ! s'exclama le journalier.

La maison Andromas nichait à flanc de montagne, sur un épaulement tourné plein sud vers les chaînes du Coiron. Elle était cernée de murs en pierre jaune et galet gris, à hauteur raisonnable pour que les cornouillers pussent déborder ces remparts, festonnant l'embrasure des fenêtres étroites.

Les terrasses alentour témoignaient d'une lutte opiniâtre contre la fatalité des lieux, l'aride pente et ses nervures de roche comme des os saillant sous la peau. L'habitant avait résisté à l'érosion des sols en érigeant des barrages, en dressant des murs d'accol, des remparts et des parapets avec toute la pierre disponible.

Ici, la terre était assez fertile pour accueillir la vigne et le châtaignier, riche des alluvions apportées par le suintement des roches, riche du soleil qui fortifiait les mûriers. Il n'était pas d'usage de se plaindre ni des rigueurs de l'hiver ni de la sécheresse des étés ; la montagne faisait la loi et, face à ce titan, le combat était perdu d'avance. L'histoire de ces gens se résumait donc à un accommodement avec les lieux, un arrangement avec le ciel et la terre, ce qui avait fini par prêter à ce peuple besogneux une philosophie à toute épreuve : combattre ou abdiquer.

Les Andromas étaient de cette veine terrienne. Chaque matin en se levant, Théodore éprouvait de la fierté à caresser ses vieux murs et ses arpents domptés où s'était enraciné le tronc robuste de ses mûriers en songeant qu'il n'était, tout compte fait, que le continuateur d'une œuvre collective. Sans doute lui prendrait-elle sa vie, sans qu'il ne se révoltât jamais, puisqu'elle lui avait été léguée par héritage. Il était venu sur cette terre pour apporter une pierre de plus à l'édifice Fontbelair. L'œuvre grandirait au sein de sa terre nourricière, à la force du poignet et grâce à l'imagination qui apporte un sens à toute vie, même à la plus misérable qui soit.

Avant la pointe du jour, la sœur de Mariette, Juliana s'était installée dans la magnanerie, tournant autour des claies où l'on avait mis les œufs. Quinze jours d'incubation avant de voir apparaître les premières larves. C'était le temps nécessaire pour que le miracle opérât encore une fois. Quinze jours déjà que la nature jouait avec les nerfs de la magnanarelle. Ainsi se nommait-elle pour justifier sa patience devant ses élevages de vers à soie, en souvenir du temps où les femmes faisaient mûrir les œufs dans un petit sac de toile, bien au chaud entre leurs seins.

Théodore pénétra dans la pièce sur la pointe des pieds, comme s'il craignait de perturber le petit monde en pleine éclosion. Mais pour l'heure, il s'agissait de rentrer dans les bonnes grâces de sa belle-sœur.

Les premiers rayons de soleil incendiaient le Coiron. La montagne se réveillait à peine de sa léthargie. Il faudrait encore une petite heure avant que la lumière gagnât les vallons, les défilés, les gorges, et rendît à la terre sa beauté originelle. Le rose des falaises, le vert tendre des bois chenus, le bleu du ciel avec ses embruns de nuages vaporisés sur l'horizon, tout finirait en couleurs flamboyantes. « Même si le pays est rude, nous sommes dans le Midi, tout de même », avait coutume de dire Juliana qui, pour un empire, ne se fût jamais levée après le jour.

La jeune femme, dont les formes épanouies se déployaient le long des tables, s'affairait d'un bord à l'autre avec une aisance de danseuse espagnole. Elle promenait au-dessus des claies sa lampe-tempête pour ausculter le bel ouvrage de la nature.

— C'est le grand jour, marmonna-t-elle avec jubilation.

Malgré le craquement du plancher, Juliana ne se retourna pas. Elle savait que Théodore se tenait derrière elle, prudemment campé sur sa réserve.

— Tu ne me pardonneras rien, dit-il d'une voix lasse.

— Un homme reste un homme. C'est une piètre espèce dont je me suis toujours gardée.

— Pourtant, tu as connu plus d'un amour, releva Théodore.

— C'est pourquoi je puis en parler savamment, répliqua-t-elle enjouée.

— Je ne voudrais pas que Mariette prenne ombrage de mon escapade.

Juliana éclata de rire en se retournant vivement. Elle tenait la lampe à pétrole au-dessus de sa tête, comme si elle ne voulait rien rater de cette conversation.

— Je ne crains rien. Ma sœur est prête à tout te pardonner, mon pauvre Théo. Profite qu'elle t'aime. Ça ne durera peut-être pas aussi longtemps que tu le croies…

Théodore se pencha sur les claies pour examiner les nouvelles naissances.

— Les magnans sont déjà en ordre de bataille, dit-il. Vigoureux, bon Dieu oui. Un gramme de graines, deux kilos de cocons.

Les fragiles chenilles noires se répandaient déjà sur le treillis d'osier, petit peuple affairé à survivre dans l'obscur silence. Cela grouillait partout sur les feuilles tendres de mûrier cueillies à cet effet. Ainsi fourniraient-elles la nourriture nécessaire et, jour après jour, sans désemparer, on effeuillerait les mûriers de Fontbelair et de Valgrande afin de livrer cette pitance à l'appétit vorace des vers à soie.

Vers midi, Théodore se décida enfin à voir son fils. Mariette hésita à le détacher de son sein. Mais le père fit mille manières, minauderies et cajoleries, pour gagner cette faveur. Et il comprit à ce moment que la crise était enfin terminée chez les Andromas.

— Nous l'appellerons Silvius, dit-il. Ainsi j'en ai décidé.

Mariette tourna la tête de côté vers la lumière vive de la fenêtre. Il y avait juste un rideau de mousseline qui obturait le paysage avec sa vallée et Chauzit, accroché à la falaise en surplomb de la rivière.

— Où as-tu pêché cette idée ? Décidément, tu ne changeras pas, Théodore. Tu seras toujours le plus original d'entre nous.

— Depuis le temps que j'attendais ce moment. Laisse-moi décider pour lui, au moins ? Tu as bien fait ce que tu voulais avec les filles…

Mariette l'observa à la dérobée, puis son regard se dirigea vers le plafond. Elle n'avait pas envie de le contrarier. Elle le sentait heureux, pétri d'orgueil. Pourquoi lui gâcher ce moment ? Par la suite, il en irait tout autrement. Une femme forte doit rendre coup pour coup, et elle ne manquait pas de ressources, fort heureusement, sinon elle n'eût jamais pu vivre à Chauzit.

— Toutes les graines ont donné, dit-il.

La jeune mère hocha la tête.

— Peut-être que je ne pourrai pas vous aider pour la cueillette des feuilles. Je me sens faible. J'ai besoin de repos. Deux ou trois jours.

— Fausto nous donnera la main.

— Et le troupeau ?

Théodore laissa apparaître quelques signes d'impatience. Puis il rendit l'enfant à sa mère. Il sortit aussitôt en claquant la porte de la chambre. Dans la cuisine, Juliana faisait déjeuner les filles. Fausto se tenait en bout de table, à sa place habituelle.

— Tu t'occuperas des mûriers, dit Théodore.

Il n'avait pas son pareil pour donner des ordres, d'une voix calme, presque indifférente. Il avait appris ça de son père Paulin, parti dans la force de l'âge un jour de mistral au port d'Anglas. Parti à sa façon d'un saut dans le vide. On avait retrouvé son corps deux jours plus tard à la digue de Ruoms.

— Et les chèvres ? demanda Fausto, la casquette sur la tête.

— Elles sauront se garder toutes seules.

Le journalier quitta la pièce pour se rouler une cigarette. Il n'avait pas envie de contrarier son patron. Il lui restait donc à s'effacer comme si de rien n'était, sans autre défense qu'une vilaine moue et un long silence.

— Barthélémy Sitbon va venir, ce soir ou demain, annonça Juliana.

Les Sitbon, vignerons au Maillazet, étaient sans doute les plus proches alliés de la maison Fontbelair, mais ils étaient également jalousés pour leur réussite. Ainsi s'était-il dessiné une fracture irréversible que le temps et l'oubli ne parviendraient à réparer.

Andromas se coupa une tranche de pain, puis passa la croûte à l'ail avant d'étaler le fromage blanc. Juliana lui remplit son verre de vin. Elle voulait hâter le repas maintenant que les petites demoiselles avaient déjeuné. Elle desservit aussitôt.

— Ça doit drôlement l'agacer, Barthélémy Sitbon, dit Théodore, de savoir que j'ai enfin un fils.

— Quel orgueil démesuré ! nota Juliana. Tu ne changeras pas. Si tu avais l'intelligence au moins de cacher tes sentiments, ce serait tellement mieux. Voilà qui te rend vulnérable… Mais tu n'en as aucunement conscience.

— Je ne vais pas m'en priver, rétorqua Andromas.

2

Les rivalités sont tenaces comme les genévriers des Gras. Un rien de terre et d'eau suffit à leur prospérité. À fleur de roche ou à fleur de peau, les haines s'entêtent malgré le temps qui ne peut rien à l'affaire.

Les querelles entre les Andromas et les Sitbon remonteraient donc au début du siècle, lorsqu'on offrit aux papistes l'accès aux terres fertiles du Vivarais. De la sorte avait-on voulu tempérer l'hégémonie huguenote en favorisant un clan contre l'autre. Le sentiment d'injustice déchira les deux familles dont les ancêtres convoitaient les mêmes terres.

La culture du ver à soie aux Andromas et les vignes du Seigneur aux Sitbon sur les coteaux ensoleillés du Maillazet et de Fontane, tels furent édictés les rôles depuis cent ans au moins sans que jamais un élément dans le rouage bien huilé vînt en perturber la logique.

En apprenant la naissance d'un garçon à Fontbelair, un mâle, un héritier – qui sait ? peut-être aussi un rival –, le sang de Barthélémy Sitbon ne fit qu'un tour. Machinalement, il leva les yeux vers le ciel et marmonna quelques mots entre ses lèvres. Propos peu charitables, sans doute blasphématoires. Mais Dieu ne partage-t-il pas aussi la rancune des vivants quand il ne l'inspire pas ?

Son menton retomba sur sa poitrine, et il soupira profondément.

— Depuis le temps qu'il le caresse, ce rêve ? murmura-t-il en observant l'ombre à côté de lui sur le talus du chemin courant d'un buis à l'autre.

Sa badine faucha l'air. Puis il poussa sa route jusqu'aux vignes, alla voir où en était la maladie. Celle-ci avait ravagé toutes les basses terres. Les ceps étaient calcinés, les uns après les autres. Quelques-uns, des réfractaires au mal, avaient résisté de-ci de-là, presque au hasard. Mais pour combien de temps ?

Barthélémy chercha une prière pour conjurer le sort mais, ne trouvant pas les mots justes, il se découragea. Il ne pensait qu'à Théodore. « Un vieil ennemi n'est jamais très loin de vous. Il est comme l'ombre qui m'accompagne, un chien fou qui hurle à la pleine lune. »

Ce jour-là, Sitbon s'enferma dans sa cabane, au milieu des hottes, des comportes et de ses sulfateuses bleuies par l'oxyde de cuivre. À bout de patience, il trouva enfin le sommeil et un rêve obsédant : un double de lui-même, sa fameuse ombre ou quelque ectoplasme, l'invitait à se rendre au plus vite à Chauzit par le chemin de Valgrande.

Rentré au Maillazet à l'heure de l'angélus, Sitbon prit ses fils dans ses bras, à tour de rôle.

— Nous aurons à gagner une rude bataille, dit-il. Mais ce ne sera pas la dernière.

Il se signa près du porche où il avait l'habitude de réfléchir sur un petit banc de bois. À la manière dont son époux se tenait, appuyé contre le mur et la tête rejetée en arrière, Baptistine reconnut aussitôt qu'il n'était pas au mieux.

— Si tu ne veux pas le voir, alors suis ton instinct, Barthélémy. Personne ne t'en voudra. Et je ne crois pas non plus que cet excès d'orgueil rendra nos vignes plus malades qu'elles ne sont...

Sitbon se prit la tête dans les mains. Il aurait voulu qu'elle se tût pour une fois, mais comment priver de parole une maîtresse de maison ?

— J'ai fait un rêve cet après-midi au Champrenart, un rêve dicté par la providence. Je sais où est ma voie.

— Tu veux dire qu'il te l'a montrée ? insista Baptistine.

Une odeur d'ail flottait autour d'elle. Elle avait farci une volaille de gousses violettes, juste un peu écrasées sous la paume de la main. Demain, elle la mettrait au four après la messe. De quoi s'emplir la panse.

— Oui.

Il désigna le passage sous le porche et la route de Chauzit.

— J'hésiterai encore en traversant le pont de Rochemare, dit-il.

— Tu descendras jusqu'à la rivière. Et tu prendras un peu d'eau afin de te mouiller le visage. Comme ça, fit-elle en passant les mains sur sa figure, du haut en bas. Tu seras purifié. Ensuite tu iras sans peur vers lui, sans peur et sans haine, comme nous faisions autrefois avec nos voisins parpaillots. Nous disions : « S'ils nous insultent, faisons bonne figure. S'ils nous frappent, tendons la joue, et s'ils nous sourient, rions avec eux... » C'est ainsi que la tranquillité est revenue entre Maillazet et Chauzit, grâce à la rivière au milieu et à son eau purificatrice.

— Je ferai tout ce que tu me dis, Baptistine. Et si la colère me reprend quand même, je n'aurai plus qu'à me maudire, une fois de plus.

En vérité, Sitbon attendit le lundi pour franchir la rivière et y faire au passage ses ablutions, puis il remonta sur le flanc de la montagne, par le chemin étroit de Chauzit. À la fontaine, face au temple, il prit le temps de se désaltérer. Puis il continua sa marche en tapant de son bâton ferré les galets du sentier.

À Fontbelair, Juliana Martelet et Gianno Fausto effeuillaient un mûrier pour nourrir les larves voraces. Sous l'arbre, ils avaient étendu une toile blanche pour y recueillir leur moisson. Une fois le tas assez haut, le journalier noua ensemble les coins de la bâche et Juliana l'aida à s'emparer de la charge. Le bonhomme partit vers la magnanerie d'un pas chancelant. Sous la balle, il n'était plus que ses jambes maigres qui apparaissaient encore.

— Est-il beau ce petit ? demanda Barthélémy.

— Comme le jour, répliqua Juliana les mains posées sur les hanches, fière et conquérante.

Sitbon baissa la tête.

— Et le père ?

— Le père se porte aussi bien que la mère.

— Il a arrosé ça, au moins ?

— N'ayez crainte, monsieur Sitbon. Nous avons fait la fête avec les Vigouroux, les Perdurier, les Chambon… Ce diable d'homme a même fait sonner les cloches. Tabarou en est encore tout retourné. Mais ce n'était rien qu'un jeu, voyez-vous. Ici, on sait s'amuser, n'est-ce pas ?

— Je n'en doute pas, marmonna Barthélémy.

Le visiteur reprit sa marche derrière Fausto. La charge ralentissait l'allure du journalier. Celui-ci allait d'un pas égal par le sinueux sentier des chèvres. Néanmoins, Sitbon le rejoignit en enjambant trois murets à la suite.

En cet endroit, la plantation de mûriers se développait en étages, touffue et dense. Barthélémy en goûtait l'ombre rafraîchissante, sans trop s'attarder ; il avait hâte de serrer la main de son vieil ennemi, il éprouvait déjà de l'humiliation à venir s'agenouiller à ses pieds. Mais il s'était juré de demeurer humble et fort, comme un bon chrétien.

Théodore attendait au bord de la terrasse, la tête couronnée d'un chapeau de paille. D'un regard d'aigle, il avait observé la progression de son voisin depuis Chauzit, alors même qu'il n'était encore qu'un petit point sur le vert tendre de la montagne, une fourmi affairée à tracer son chemin.

— Je savais que tu viendrais, dit Andromas en lui tendant la main.

Celle-ci se voulut robuste et franche en l'aidant à gravir son dernier mètre.

— Je suis venu en effet après avoir mûrement réfléchi. Qu'est-ce qui a fait de nous des ennemis ?

— Tu t'interroges encore ?

— Je n'ai pas le même Dieu que le tien.

— Qu'a-t-il de si différent ton Dieu ?

— Il pardonne, il est miséricorde.

Andromas éclata de rire.

— Tu as été te purifier dans la rivière, n'est-ce pas ?

Sitbon se mit à rougir de honte.

— Je suis comme l'enfant qui vient de naître.

Ils traversèrent la terrasse en marchant côte à côte en silence. À l'entrée de la magnanerie, Barthélémy s'arrêta soudain et fit volte-face.

— Je suis ici pour voir ton héritier et non tes saloperies de vers. Ça me dégoûte, tu le sais bien.

Andromas prit son voisin par l'épaule et l'entraîna vers sa maison. Après que les hommes se furent penchés sur le berceau, l'un surveillant les réactions de l'autre, ils quittèrent aussitôt la pièce.

— Bienvenue à Silvius, dit Barthélémy laconique.

— Bienvenue à toi, ajouta Théodore.

Dans la salle à manger, Mariette sortit les verres et une bouteille de vin clairet. Puis, sa besogne accomplie, la maîtresse de maison se retira sans un mot.

— Avec ton petit, tu as enfin une raison de te battre, commença Barthélémy.

Théodore Andromas trônait en bout de table. Il observait son visiteur d'un œil gourmand.

— Tu n'auras pas mes terres. Fontbelair, Valgrande, tu peux faire une croix dessus, mon bon ami.

Sitbon hocha la tête. Il y avait du dépit dans sa manière d'être, une sorte de chagrin intérieur qui le minait depuis que la vigne mourait sur les coteaux de Champrenart.

— De quoi sera fait l'avenir de mes enfants ? questionna Barthélémy. Albin et Léonet n'auront sans doute pas la tâche facile. Mes vignes sont malades. Ça me fait mal de te dire ça, à toi, qui attends ma chute pour te réjouir… Mais, qu'importe. Je me dois à la vérité. Et que mon ennemi connaisse ma disgrâce ne le rendra pas plus fort…

— Je ne te plaindrai pas. La chance tourne pour

tout le monde. Un jour elle sourit, le lendemain elle pleure. C'est notre destin.

Barthélémy Sitbon contemplait la lumière blanche qui traversait les rideaux. Des mouches dansaient sur le tissu.

— Mais je n'ai pas baissé les bras pour autant. Depuis que nous avons greffé des plants américains, on obtient des résultats. C'est très prometteur, bien plus prometteur en vérité que le purin versé sur les ceps ou le sulfure de carbone qui coûte trop cher.

— Je n'ai jamais cru à la vigne dans ce pays, rappela Théodore. Markus avait essayé en son temps, puis il a renoncé.

— Pourquoi ? Ton grand-père était pourtant un novateur dans son genre. Pas un type comme toi, entêté et borné. Un homme intelligent, tourné vers le progrès…

— Mon grand-père avait désespéré des coteaux de Cujols, trop pentus, trop arides. À côté, tu le sais bien, le Maillazet est un paradis. Puis il s'est tourné vers la soie. Durant ma jeunesse, il m'a tout appris. Même si plus tard la pébrine a fait notre malheur, nous sommes repartis sur un bon pied. On a trouvé de bonnes graines et amélioré le coconnage.

— Et moi, que suis-je en train de faire sinon trouver des plants sains que la maladie ne pourra détruire ? Des cépages tels que le clinton, le jacquez ou l'herbemont… C'est un combat de tous les jours, âpre et dur. Mes nouvelles plantations ne commenceront à donner des résultats que dans cinq ans au moins. En attendant, je vais devoir trouver des subsides pour garder mes terres et peut-être contrarier l'ambition de certains qui lorgnent sur mes possessions…

Andromas se souvint alors que les Sitbon avaient toujours su conserver des appuis du côté d'estimables bourgeois de Vals où l'on était généreux avec les coreligionnaires. Les catholiques avec les catholiques et les protestants avec les protestants, c'était ainsi depuis les guerres de Religion. Malgré le Concordat de 1801, les divisions étaient demeurées fortes jusque dans les fondements de la société ; il y avait les banques pour les uns et les banques pour les autres, de même les manufactures, les magasins, les usines…

— Tu as des amis sérieux du côté de Vals ou de Viviers, avança Théodore Andromas. Je doute qu'on abandonne un frère d'âme à son triste sort.

Il énuméra quelques faits d'armes en ce pays où les Sitbon avaient été mis à contribution et ces rappels agacèrent furieusement l'homme de Maillazet à un moment où il désirait tant se faire plaindre.

— Je ne vais pas m'attarder plus longtemps, coupa Barthélémy. Nous ne changerons pas d'idée, ni de caractère. Malgré tout, nous resterons des frères ennemis.

— Des frères ? releva Théodore. Ce n'est pas ainsi que j'entends le mot « frère », moi…

La main tendue de Sitbon se retira aussitôt. Il ressentit un tressaillement de tout son être. « La rude vie de ces gens d'Aubenas et de Privas, au cœur de la montagne, en a fait d'indécrottables fanatiques », pensa-t-il.

— Ne sois pas si tranché, tu pourrais avoir besoin d'un homme comme moi, un jour, qui sait ? prophétisa Barthélémy.

— Jamais ! trancha Andromas. Plutôt crever que de recourir à tes services.

Durant vingt-cinq jours, les Andromas et leur domestique charrièrent des tonnes de feuilles de mûrier pour nourrir leurs magnans. Au début, on préféra les pointes tendres, puis vers la fin, faute de repousses suffisantes, on se contenta du tout-venant.

Cette laborieuse cueillette nécessitait des soins attentifs. Il ne suffisait pas de garnir à la suite des sacs ou des prélarts de toile et de les verser en l'état sur les claies. Il fallait que les feuilles fussent nettoyées de leurs impuretés. Les chercheurs avaient imputé la maladie du ver à soie au non-respect des règles d'hygiène. De même fallait-il se garder de froisser la matière végétale et de la stocker en un lieu humide et peu ventilé où elle se fût échauffée. Par temps de pluie, les Andromas avaient pris l'habitude d'étendre la récolte sur le plancher de la magnanerie et de la retourner fréquemment à la fourche pour la faire sécher.

D'ordinaire, cette occupation ingrate était dévolue aux femmes. Juliana et Mariette passaient de longues heures à contrôler la nourriture des magnans. La crainte de voir proliférer la maladie et de connaître en quelques jours un désastre complet les faisait redoubler d'attention.

Fausto, lui, n'était pas très soigneux. Son souci était de récolter le maximum de feuilles en un minimum de temps, en somme de battre ses records personnels, mais la précipitation en la matière n'était pas du goût des vers à soie.

De même, les Andromas veillaient à ce que la température dans la magnanerie ne descendît jamais au-dessous de vingt degrés centigrades, l'idéal se situant entre vingt-trois et vingt-cinq. Aussi Théodore gardait l'œil rivé sur son thermomètre à alcool au point de se lever trois fois par nuit pour le consulter. Si d'aventure la température venait à fléchir par des jours d'avril et de mai pluvieux ou de gelées tardives, l'éleveur activait un fourneau à bois installé dans la pièce du rez-de-chaussée.

La magnanerie avait été bâtie en hauteur, comme il est d'usage pour ce type de construction, avec des pièces superposées sur trois ou quatre étages et de dimensions semblables. Les planchers en étaient ajourés pour que la chaleur pût gagner aisément les parties supérieures.

Les multitudes de vers répandus sur les claies de la magnanerie étaient d'une voracité sans borne. Le ver, pour parvenir à maturité, devait atteindre quatre-vingts fois sa taille d'origine.

Les mandibules de ces gloutons produisaient une étrange symphonie, semblable à celle de la pluie lorsqu'elle frappe à grosses gouttes un sous-bois tapissé de feuilles. En période de mue, lorsque les vers passaient brutalement d'un âge à l'autre, la musique s'interrompait. Il leur fallait vingt à trente heures pour se remettre de leur métamorphose. Certains d'entre eux mouraient à la troisième ou quatrième mue.

Pour le délitage et le nettoyage des canisses, toute la famille se mettait à l'ouvrage. On ôtait détritus, déjections et larves mortes, comme on eût refait une litière à des bovins, puis on rechargeait la nourriture avec précaution, en veillant à ce que les vers fussent bien installés.

L'opération avait son importance, puisqu'elle permettait de juger à mi-parcours la qualité et la résistance des magnans. Si par malchance la mortalité s'avérait trop élevée, cela signifiait que les graines pondues par les femelles bombyx mori n'avaient pas tenu leurs promesses.

À vrai dire, les Andromas avaient mis des années à trouver des œufs polyvoltins de provenance indochinoise. Cette race jaune s'était parfaitement acclimatée au Vivarais. Et pour rien au monde les éleveurs de Fontbelair eussent changé leurs graines pour des japonaises, par exemple, dont on parlait beaucoup dans les magnaneries voisines. « Lorsqu'on ne sait pas éduquer une espèce, ni comprendre ce qui lui convient le mieux pour produire, il ne sert à rien d'en changer, disait Théodore, car on obtiendra les mêmes résultats. »

Les déboires n'avaient pas manqué à la ferme de Fontbelair. Celle-ci avait connu son content de revers. Mais à la différence de certains, on ne s'était jamais vanté à Aubenas. Ces insuccès avaient eu pour nom la pébrine, maladie jugulée grâce aux travaux de M. Pasteur.

Durant les années soixante, la maison Andromas avait connu, comme tant d'autres, une forte mortalité ; celle-ci avait été endiguée précisément par l'emploi de races polyvoltines au développement rapide et résistantes à la flacherie et à la grasserie, maladies du ver à soie tant redoutées chez les sériciculteurs.

Sans doute en Ardèche avait-on tardé à adopter les graines étrangères certes plus onéreuses, mais moins sensibles à la pébrine. Cinq ans plus tard, le choix de Markus Andromas s'était avéré le plus judicieux, ainsi on introduisit dans tout le pays de Largentière la race jaune[1]. Avoir raison trop tôt est une faute grave. On ne prise guère les novateurs dans ce pays où l'on déteste voir une tête dépasser du troupeau.

Le travail l'appelant à la ferme, Mariette, remise de ses couches en quatre jours, se murait dans un mutisme hostile. Elle avait choisi d'exprimer ainsi son irritation contre Théodore, bien qu'elle eût donné l'impression dans un premier temps de lui pardonner son escapade.

Juliana faisait le tour des claies, ses mains effleurant juste les bords pour repousser quelques feuilles de mûrier. Elle aimait que tout fût en ordre, propre et rangé. Elle balayait plusieurs fois par jour le plancher, même lorsque rien ne rendait cette corvée nécessaire. C'était une manière de s'occuper dans cette atmosphère explosive.

— Vos histoires de couple, ce n'est pas mon affaire, observa-t-elle.

Quand Théodore comprit que sa présence était indésirable, il partit à Valgrande, avec son sac à dos garni de fruits secs. Il entendait ainsi remplacer Fausto pour la garde des chèvres. C'était le seul travail qui le tiendrait éloigné de sa femme. Ainsi espérait-il se faire oublier le temps que l'orage se calme.

1. Ce nom est dû à la couleur jaune des cocons propre à cette espèce.

— Bon débarras ! s'exclama Mariette en observant par la fenêtre de la magnanerie son homme grimper le chemin des Gravières.

Juliana éclata de rire, laissant apparaître ses belles dents blanches. Elle était encore fort attrayante pour son âge. Sa brune chevelure crantée tombait en cascade sur ses épaules. Elle détestait porter le fichu. Et ses robes colorées étaient taillées dans une toile légère, avec une ouverture généreuse sur sa poitrine haute et ferme. À côté d'elle, Mariette paraissait minuscule. Sa maigreur avait accentué le travail du temps, bien qu'elle possédât toujours une peau juvénile. Pas une once de graisse, tout en muscles, on sentait confusément que les moindres blessures de la vie la marqueraient à jamais.

— Entre femmes, nous serons aussi bien, dit Juliana. Du reste, le ver à soie, n'est-ce pas l'affaire des femmes ?

— Je le crois bien.

— Et Fausto, devons-nous lui demander aussi de partir dans la montagne ?

— Si tu le veux. Mais moi, je n'ai rien à lui dire. Théodore m'a défendu de lui donner des ordres.

— Les maris sont des tyrans domestiques, sous prétexte qu'ils ont ça entre les jambes…

Mariette Andromas se mit à rire en cachant son visage.

— Je crois que je vais lui interdire le lit pour un sacré bout de temps. Maintenant que je lui ai donné un fils, il n'y a rien à redire. Je ne voudrais pas tomber enceinte tous les quatre matins.

— Ne fais pas ça, Mariette, tu pourrais t'en mordre les doigts, conseilla Juliana.

— Qu'en sais-tu ?

La sœur de Mariette transporta deux escabeaux près des levadous superposés. Elle les disposa de part et d'autre en en vérifiant la hauteur.

— J'en sais, j'en sais…, répéta-t-elle hésitante, que les hommes finissent toujours par aller voir ailleurs s'ils n'ont pas leur content à la maison.

— Le mien n'est pas exigeant. C'est le genre à expédier son affaire promptement et sans grande précaution. Mon Dieu, s'esclaffa-t-elle, qu'il aille donc semer ses graines ailleurs.

Tout en devisant, Mariette avait déposé un fagot de bruyère sèche aux pieds de sa sœur.

— Fausto nous en a préparé deux fois plus qu'il n'en faut, comme d'habitude.

— Il n'y a que de la bruyère ? demanda Juliana.

— Ciste, genêt, romarin, chêne, énuméra-t-elle. Mais la bruyère est épatante pour la montée des vers. C'est ce que nous allons installer en priorité, n'est-ce pas ?

Les femmes s'affairèrent patiemment à dresser les rameaux sur leurs râteliers, formant autant de paravents végétaux qu'il en faudrait pour les vers à soie, lors de l'ultime phase de leur métamorphose.

Fort tard, bien après la tombée du jour, on s'ingénia à parfaire l'ouvrage ; l'« encabanage », selon le mot consacré. Puis, à la lumière du soleil levant, on revint, le lendemain, vérifier si l'assemblage était assez ténu pour que les vers pussent s'y accrocher.

Depuis que Théodore avait ajouté un étage supplémentaire à son bâtiment, la capacité d'accueil des vers à soie avait doublé. Cet agrandissement entendait répondre à un besoin accru de soie grège des ateliers de moulinage. N'était-ce pas le moment ou jamais de satisfaire cette sorte de voracité-là, d'autant que la baisse des cours de la soie ne se pouvait compenser que par un surcroît de matière brute ?

Après la mort de son père, Théodore s'était employé à moderniser sa magnanerie. Dans l'ancien système, les claies étaient mal adaptées à des éclosions massives, le chauffage précaire et la ventilation quasi inexistante ; il y avait donc beaucoup de pertes à chaque mue et peu de chenilles atteignaient le cinquième âge. « Autrefois avec une once d'œufs, expliquait Théodore chaque fois qu'on venait visiter sa magnanerie, on obtenait quinze ou vingt livres de cocons. Aujourd'hui, avec la même quantité de graines, je récolte cent, voire cent vingt livres de cocons. »

Juliana Martelet et Mariette Andromas passaient donc toutes leurs journées dans les chambrées. En cette période cruciale de gestation, la surveillance restait la clé de la réussite.

Parti dans sa montagne, Théodore n'aurait point pardonné à ses femmes un désastre. Il avait choisi de les laisser mener la danse, c'était une preuve de confiance qui devait à ses yeux être payée en retour. Superstition de plus ou lâcheté ordinaire ?

Dans un angle de la magnanerie, la jeune mère avait aménagé un coin tranquille pour son fils. Le petit Silvius s'avérait de bonne composition. Entre les tétées, il dormait sans paraître incommodé par les allées et venues. Même les filles, qui montaient souvent à l'étage pour vérifier qu'on ne les avait pas abandonnées, ne parvenaient à le tirer de son sommeil. Juliana disait parfois : « Ce n'est pas Dieu possible, vous l'avez fait en dormant cet enfant ? »

Pour protéger le bébé de la lumière trop vive, des courants d'air et des insectes, on avait posé un rideau sur une corde tendue. Cette chambre de fortune rassurait les femmes qui n'eussent pas supporté de savoir l'enfant loin d'elles, dans la maison désertée. On s'habitua à prendre aussi les repas dans la même pièce. On se contentait de pain, de jambon et de fromage.

Au moment où les vers commencèrent leur transhumance sur les rameaux de bruyère, le temps changea sur le Coiron. Un vent fort se mit à souffler sur la montagne, élevant des traînées de brume. Le paysage alentour, les hauts de Valgrande et de Berg, fut rapidement contaminé par cette salissure blanche. Le voile laiteux se répandit en moins d'une heure, tenace et funeste. Sur son étroit plateau, Fontbelair fut enveloppé par la tourmente.

— Le mistral ! s'écria Juliana. Il ne manquait plus que lui. Voilà qui va compliquer notre affaire.

De la fenêtre haute, Mariette contemplait le spectacle d'un paysage malmené. Elle tenait Silvius serré contre son sein, sa main lui soutenant la tête. Elle paraissait hypnotisée par la colère du ciel. Juliana voulut la sortir de sa torpeur en la tirant en arrière. Mais celle-ci ne voyait plus que la danse de la lumière dans les frondaisons, ses miroitements d'argent et d'or sur les feuillages échevelés.

— Ce vilain vent va nous foutre tout par terre, se lamenta Juliana.

— Crois-tu que Théodore va redescendre ? demanda-t-elle.

— C'est l'heure de la traite. Il restera à la chèvrerie de Cujols pour la nuit. Et si le temps se gâte, il rentrera demain.

Mariette parut rassurée de le savoir loin d'elle. Sa sœur comprit ce qu'elle avait voulu dire, sans oser l'exprimer : la crainte qu'il s'en revienne trop vite et qu'il l'oblige à recommencer avant qu'elle ne soit prête à le recevoir.

— Tu n'as rien à redouter, Mariette. Ton mari n'est pas un animal, tout de même.

La mère pinça les lèvres et retira l'enfant de son sein. Il se mit à geindre et elle le lui redonna, instinctivement.

— Je ne pourrais pas m'occuper de lui et de Théodore en même temps, dit-elle avec un air de dégoût.

Juliana acquiesça d'un mouvement de tête. Elle ne pouvait croire que sa sœur fût préoccupée à ce point par une si petite chose. Mais après tout, elle n'avait encore jamais porté un enfant. Que connaissait-elle de la délivrance ?

3

En trois jours, les cocons surgirent dans un entrelacement de fils tendus sur les rameaux de bruyère, un méli-mélo efficacement tissé pour contenir le nid des bombyx. Une fois installé, chaque ver sécréta intensément de la fibroïne, fabriquant ainsi une pelote protectrice de forme ovoïde.

Mais la gestation exigeait des conditions favorables. À Fontbelair, celles-ci se dégradèrent dans les dernières heures à cause du mistral. Les femmes durent s'activer pour maintenir une température convenable, jour et nuit, dans les chambres d'incubation. On nourrit un feu d'enfer dans la chaudière du sous-sol et on ouvrit les trappes en grand pour que la chaleur gagnât les étages supérieurs où s'opérait la métamorphose.

Cependant, la magnanerie, telle qu'elle était disposée, plein sud, donnait prise au vent et, bien que la moindre ouverture fût calfeutrée avec un bouchon de paille, le local était sans cesse parcouru par les courants d'air. On batailla ferme pour conserver les vingt degrés centigrades nécessaires. Chaque fléchissement du thermomètre à alcool réveillait les énergies. Les menaces s'accentuaient surtout la nuit sous la chaîne montagneuse du Coiron.

En prévision, Fausto avait fendu et coupé deux stères de bois. Il avait même dû taper dans la réserve de chêne de Valgrande qui n'était pas encore assez sèche. Malgré tout, Mariette en avait donné l'ordre, sachant à l'avance que son mari le lui reprocherait dès son retour de Cujols.

— Quoi ? Que puis-je faire d'autre ? Si le froid s'en mêle, nous perdrons notre soie au moment crucial, s'était-elle justifiée.

Juliana assura sa sœur qu'elle la défendrait au cas où Théodore se montrerait vindicatif et violent car il n'était aucune décision de cette sorte qui se pouvait prendre sans son accord.

— Bien sûr, il n'est jamais là quand on a besoin de lui, ce bonhomme, pesta Mariette.

— Il devrait au moins comprendre qu'avec le vent, les magnans sont menacés, renchérit Juliana.

Elle voulait faire plaisir à sa sœur, lui montrer qu'elle était de son côté. Mais Mariette s'en fichait. Elle ne songeait qu'à protéger sa récolte de soie, pour une fois. Elle voulait prouver à Théodore qu'il n'était pas très utile dans cette affaire.

Les femmes attendirent patiemment que les vers eussent terminé leurs cocons pour procéder à la récolte. Ce jour-là fut un moment de fête. Pour hâter la besogne, on avait convié les voisins Antonin et Marcelline Charassol, des Ollières. Les petites mains se chargèrent du décoconnage, tandis que les hommes, Antonin et Fausto, s'appliqueraient à trier la récolte.

Encore enveloppés de bourre et de bave, les magnans étaient déposés précautionneusement dans les paniers. Cette opération exigeait de la dextérité, puisqu'il fallait prendre le cocon d'une main et enrouler la blaze de l'autre sur le doigt. À ce jeu, les dames Andromas n'avaient rien à apprendre. Leur initiation avait commencé dès la petite enfance, comme dans toutes les magnaneries de l'Ardèche.

À mesure que les femmes apportaient la récolte, les hommes écartaient les fondus, les faibles et les satinés qui eussent déprécié l'ensemble. Même si la mortalité s'était accélérée dans les derniers jours en raison des mauvaises conditions climatiques, le recettage se révélait plutôt encourageant.

Mais Mariette refusait néanmoins de se prononcer, préférant attendre le moment du dévidage et la pesée de soie grège. Il suffirait d'un rien pour que la récolte fût ratée. Un mauvais étouffage ou un séchage insuffisant et les fils de soie brute s'en trouveraient détériorés.

— Notre Mariette ne manque jamais une occasion de se plaindre, nota Antonin Charassol. Il y a tout ce qu'il faut pour que ça donne de la monnaie, n'est-ce pas ?

Du bout des doigts, il exhiba les plus beaux magnans.

— Des fins en petit nombre, certes, mais beaucoup de premier choix, insista Antonin.

— Et ton élevage, comment se présente-t-il ? demanda Mariette.

Marcelline jeta un regard sévère à son mari. Il ne répondit pas.

— De tous les éducateurs de la région, tu es le meilleur, dit Mariette. Il n'est que mon pauvre Théodore pour se croire le roi des magnaniers. À mon avis, il a encore beaucoup à apprendre…

Juliana se tourna sur le côté pour dissimuler sa réaction. « Depuis la naissance de Silvius, il a tous les défauts, pensa-t-elle. Peut-être pourrais-je la raisonner ? Sinon, nous irons à la catastrophe. »

Juliana était fort étonnée des transformations de sa sœur. En un rayon de soleil, on était passé de la béatitude conjugale à la noirceur maritale. Ce qui valait hier ne se pouvait détruire par une petite faute, un simple manquement.

Quand le gros de la besogne fut achevé, les Andromas et les Charassol se rendirent à la cuisine. Mariette et sa sœur avaient préparé une crique aux trifolles nouvelles.

— Nous autres, indiqua Antonin avec son sens critique qui confinait le plus souvent à l'indélicatesse, nous y mettons des oignons. Oui, des oignons d'ici, ces cives qui ont tellement de parfum, et des œufs aussi pour lier le tout.

— Non, s'éleva Mariette comme s'il s'était agi d'une affaire d'importance, la crique ne doit comprendre que des pommes de terre râpées, de l'ail et du persil. C'est la seule recette qui vaille, celle de nos anciens.

Le ton tranché de la maîtresse de maison jeta un silence sur la tablée. Juliana fit comprendre aux invités que Mme Andromas n'était décidément pas à prendre avec des pincettes.

Après le café, on retourna à la magnanerie sous un ciel menaçant. De gros nuages gris se profilaient sur le Rhône. Chacun comprit que le mistral, même s'il avait un peu baissé la garde ces dernières heures, allait reprendre de plus belle.

Les femmes se félicitèrent d'avoir achevé le déconnage. Le plus dur était passé. Il ne restait plus qu'à tuer les vers dans un bain de vapeur chaude. Les Andromas possédaient un étouffoir avec lequel ils traiteraient l'ensemble des cocons en une dizaine de séances.

— Au séchage, expliqua Antonin, les cocons perdent deux tiers de leur poids. Mais si celui-ci est fait dans les règles de l'art, on pourra ensuite les stocker sans dégâts et attendre un mois ou deux pour les vendre.

Mariette tenait fermement son chapeau, la main plaquée sur celui-ci. Le vent soufflait en bourrasques et la nature tout entière changeait incessamment de couleur, tantôt brune et sombre, tantôt fauve et lumineuse, jusqu'à prêter un éclat argenté aux saules et aux oliviers.

Juliana laissait sa chevelure flotter au vent. Elle aimait cette force du ciel qui la portait au bord de l'abîme, tant il est vrai que Fontbelair semblait suspendu dans l'espace, contenu dans ses murs, protégé par les terrasses où s'échouaient les dernières feuilles de l'hiver.

— Le mistral séchera notre trésor, dit-elle. À moins que la pluie ne s'en mêle…

— Mais non, dit Antonin, les nuages courent trop vite dans le ciel. Ils n'auront pas le temps de descendre sur nous.

Le mauvais temps redoubla de violence les jours suivants, vents et giboulées meublaient les heures. Parfois, une fenêtre de ciel bleu se formait sur les montagnes, vite comblée par la furie des éléments. Mariette convint que la nourriture allait manquer à son mari, là où il se trouvait, sous l'épaulement du Rez. Les chemins au-dessus de Valgrande s'étaient transformés en ruisseaux, emportant terre et pierres sur leur passage. Théodore avait préféré tenir son troupeau à l'abri plutôt que de le redescendre dans la tourmente.

— Fausto gagnera Cujols en une journée de marche, dit Juliana.

— Tu n'y songes pas, rétorqua Mariette. J'ai besoin de lui à Fontbelair pour nettoyer la magnanerie et sécher les claies.

Mariette parut embarrassée. Sans doute Théodore avait-il la fâcheuse manie de croire que l'éducation des vers à soie restait une affaire de femmes. Manier les claies, monter les râteliers, décoconner ou étouffer, autant de minutieuses tâches qui lui semblaient indignes d'un tempérament impétueux et sanguin comme le sien. Sans doute estimait-il apporter une large contribution à l'ouvrage familial. Il entretenait les mûriers avec application. La taille, l'amendement, les plantations lui prenaient trois mois pleins.

— Puisque c'est ainsi, proposa Juliana, je monterai à Cujols lui porter un peu de nourriture.

— Toi ? Faire ce chemin par ce temps de chien ? Je n'en reviens pas, dit Mariette.

— Cesse donc de me prendre pour une poule mouillée.

Mariette ne sut répondre que par un mouvement de tête. Un acquiescement forcé. L'aventure ne lui disait rien qui vaille.

Le soir même, Gianno Fausto prépara l'étouffoir, une armoire à étages dans laquelle on faisait entrer une chaleur sèche. Soixante degrés suffisent pour anéantir les chrysalides sans que leurs précieuses enveloppes ne soient altérées. Une pièce au sous-sol avait été aménagée pour remplir cette fonction.

Deux fourneaux activaient une étuve dont la vapeur d'eau était canalisée par un savant agencement de tuyauterie. Celui-ci chauffait l'étouffoir sans que jamais les cocons ne fussent en contact direct avec la vapeur. On ne connaissait pas de système plus ingénieux et radical pour tuer les chrysalides. Grâce à la vente des terres et de la petite ferme de Saint-Agrève appartenant à sa femme, Théodore Andromas l'avait fait venir directement de l'usine Grouvelle en 1863 et payé cinq mille francs.

Jusqu'à une heure avancée de la nuit, l'ouvrier s'employa à vérifier les connexions de cuivre, la robinetterie et à réparer les fourneaux pour le lendemain matin.

Il se plaignit assez vivement aux dames Andromas pour qu'elles le prissent en pitié.

— Je te donnerai la main, promit Mariette.

— Moi, c'est la température qui m'inquiète, prévint Gianno. Faudrait pas que je brûle la soie.

Mariette l'assura de contrôler les manomètres ; Fausto ne savait ni lire ni écrire.

— Nous avons une marge, expliqua-t-elle, entre soixante et quatre-vingts degrés… Comprenez-vous, Fausto ?

L'ouvrier faisait tourner son chapeau sur sa tête, une manière de dire qu'il était ignare en la matière et déboussolé hors de sa chèvrerie.

— Et puis avec votre sœur, ça serait bien le diable si on n'y arrivait pas, fit Fausto.

Mariette oublia de lui dire qu'il n'y aurait qu'elle et lui à Fontbelair, deux personnes seulement pour s'occuper de la magnanerie au plus fort de son activité.

Le barda était si encombrant qu'il n'eût pas tenu dans un sac à dos, aussi décida-t-on de charger le mulet. Les deux sacoches de bât furent vite pleines de provisions. Mariette avait prévu des réserves pour un mois au moins. Cette précaution amusa Juliana. Au moment où elle serra les sangles du mulet, elle s'esclaffa :

— Tu n'as pas hâte qu'il revienne ton homme ?

— Laissons-le où il est, dit Mariette. Qu'un peu de solitude l'amène à réfléchir.

— Avons-nous besoin de lui monter ce gros sac de sel ?

— Pour les fromages, répondit-elle, si l'on veut qu'ils ressuient convenablement. Sinon ça ne s'égouttera pas comme il le faut, et nous aurons de l'aigreur.

Théodore s'était sauvé avec le minimum, sans demander son reste, comme le jour de la naissance de Silvius. Pourtant elle se sentait assez forte pour esquiver toute colère, au nom d'une fatalité dans la vie des couples qui veut que tout amour se dessèche passé son premier été. Sa sœur fit mine de ne rien voir, pour ne pas ajouter à son désarroi.

— Je serai de retour assez vite, ma petite, promit-elle en flattant l'encolure de l'animal.

Le ciel commençait à blanchir sur les hauteurs de la montagne. Le jour ne tarderait point à se lever, avant même que l'angélus ne sonne au clocher de Chauzit.

Bras croisés, Mariette s'impatientait, elle avait hâte que sa sœur s'empare des brides et donne enfin le signal du départ. Comme elle ne se décidait pas, elle lui fit un grand signe autoritaire. Entre elles, ce fut comme un adieu bâclé.

Après les longues déclivités des accols, Juliana et son mulet de bât parvinrent sur le plateau au moment où le jour naissait enfin, majestueux, avec un petit vent qui faisait crisser les cades. Elle prit le temps de respirer à pleins poumons les senteurs fortes de la garrigue. Ça fleurait bon le ciste, le romarin et le térébinthe, d'autant que les pluies avaient vivifié l'odeur de la terre. Ce point du jour semblait empreint d'une quiétude étrange, comme si le mistral avait fini par épuiser les forces de la montagne et que celle-ci goûtait enfin le repos. Pourtant ce n'était qu'un sursis. Une cohorte de nuages montait de la vallée, là où le Rhône roulait ses eaux grises.

Juliana se demanda pourquoi elle avait offert à sa sœur de partir à la rencontre de son mari, sinon pour la laisser seule avec elle-même. Et elle se trouva alors stupide. « La générosité parfois ne sert qu'à vous piéger », pensa-t-elle en regardant l'espace autour d'elle. Quelques ombres erraient comme des fantômes sur les creux et les bosses du relief. La lumière cheminait incertaine dans le dédale des pierrailles et des arbustes, le blanc et le noir alternant sans que rien ne s'accroche. Ce mouvement prêtait à la garrigue une apparence minérale. Il semblait que les éléments étaient chahutés par un courant onduleux.

Elle se sentit prise de vertige et s'appuya contre le mulet pour ne pas chuter. Elle tira d'une des sacoches une gourde emplie de tisane et but une longue gorgée. Ensuite, elle avala deux ou trois abricots séchés qu'elle mastiqua longuement, puis but de nouveau.

« Je reprends des forces. D'où vient cette impression que je ne peux traverser le plateau des Gras sans perdre une partie de moi-même ? Décidément, je ne suis pas faite pour ce pays », songea-t-elle dans un accès de colère.

Juliana se fût aisément allongée sur une de ces pierres plates, douces et chaudes, si elle n'avait craint de perdre son avance. Car elle avait pronostiqué de monter à Cujols en trois heures par le chemin de Rez si le temps le lui permettait.

Elle repartit aussitôt, sa poigne tenant la bride fermement. Le mulet était d'une espèce docile, trop bien dressé pour risquer un pas de côté sur le chemin.

En certains endroits, il était scabreux de se tenir au bord de la falaise, bien que l'animal fût rassuré par ses œillères. Juliana tenait l'encolure du bât, les mains humides. Elle avait peur que le malaise la reprît, l'exposant ainsi à une chute fatale. Pour se donner du courage, elle se mit à chanter une chanson qu'on lui avait apprise au coin du feu : *L'Ordetcho, l'Ordetcho, merveilloux païs. Si as pas vis l'Ordetcho aï dzomaï ré vis...*

Sur les derniers mètres, Juliana lâcha le mulet. Il connaissait la route à force de monter et descendre, le moindre piège du chemin. Il s'efforçait d'en finir d'une marche égale, comme les vieux montagnards inépuisables dont le cœur cogne au rythme d'un métronome. Déjà, on distinguait le toit rouge de la chèvrerie. On entendait les bêlements du troupeau contenu dans l'enclos. Juliana s'arrêta pour soupirer. Décidément, elle avait battu tous les records. Tout juste trois heures et demie de marche.

Le bât était parvenu au portail de la maison. Docile, il attendait que son maître vienne lui ouvrir. Théodore arriva enfin, sur le promontoire de roche ocre. Il fit signe à Juliana. Elle lui répondit. Il dit, les mains en porte-voix :

— Ce n'était pas la peine de venir. J'ai besoin de rien.

Elle poursuivit son chemin, ne pensant plus qu'à mettre un pas l'un devant l'autre, sans regarder le sommet. C'était une autre sorte de vertige que de fixer la cime des montagnes, comme si l'ordre des choses se trouvait inversé dans la tête.

— Mariette a jugé qu'il te fallait des provisions, dit-elle en essuyant la sueur sur son visage. J'ai cru bien faire, non ?

Théodore se détourna sans répondre. Dans la solitude de Cujols, il négligeait sa mise. La grosse chemise de toile jaune bistre était maculée de taches graisseuses et son pantalon de même étoffe avait supporté mille éclaboussures de boue. Il puait la sueur et le lait caillé. Et sa figure était grisée par une barbe de huit jours. « Un homme des bois, pensa-t-elle, qui s'abandonne à ses états d'âme. Trop d'orgueil et de suffisance, comme tous les mâles ardéchois. »

Elle se dirigea aussitôt dans la resserre où le propriétaire prenait ses quartiers. C'était une petite pièce aux murs noircis par la fumée de l'âtre. Il y avait une table et deux bancs, quelques étagères encombrées de cartouches de fusil, de bocaux de légumes, de confitures et de paquets de farine. Des brandons rougeoyaient encore sous la cendre chaude. Une poêle retirée de son trépied, sur le côté de la cheminée, contenait un reste de viande. Elle exhalait un relent de graisse brûlée. Juliana la retira du foyer et la posa sur le rebord de la fenêtre ouverte.

— Cette cambuse a besoin d'être ventilée, maronna-t-elle. Ça sent l'homme.

Au bruit de pas, elle se retourna vivement. Théodore se tenait dans le contre-jour, les mains passées dans son ceinturon.

— J'ai bien droit à un peu de solitude, dit-il.

La jeune femme se glissa au-dehors, frôlant son beau-frère qui s'esquiva, comme pour lui montrer qu'il était chez lui. Il sortit à son tour.

— Une fois la mule déchargée, je m'en vais, dit-elle.

— Tu ne peux pas repartir si vite. Dans deux heures, il fera nuit.

Elle hocha la tête.

— J'irai coucher à la bergerie, dans la piaule de Fausto, proposa-t-elle.

Juliana se retira aussitôt pour s'y ménager un petit coin confortable. Sans doute convenait-il de mettre un peu d'ordre. Mais c'était égal, car l'Italien était un garçon précautionneux, bien plus que Théodore qui, loin de sa femme, eût dormi dans un chenil.

Pendant ce temps, Andromas avait rejoint son troupeau. Il se préparait à la traite et cela lui demanderait une bonne heure. Juliana déchargea enfin la mule et apporta le sel dans la chèvrerie.

— Je vais faire une galette de pommes de terre, annonça-t-elle.

Théodore ne répondit pas. Trois jours à Cujols avaient suffi à le rendre aussi sauvage qu'un loup loin de sa meute. À croire même que l'arrivée de sa belle-sœur le contrariait. Il n'avait pas envie de tenir une conversation, de justifier ses manies de vieil original.

Pourtant, lors du repas, Juliana évoqua les derniers événements de Fontbelair.

— Je n'avais aucune crainte sur notre élevage de magnans, dit-il pour couper court.

— Mais nous avons dû faire le travail sans toi. Crois-tu, Théodore, que c'était le moment de partir ? Gianno n'a pas compris. C'est bien lui qui fait paître les chèvres, non ?

— Je me fous de ce que pense Fausto, marmonna-t-il en étalant du fromage sur une tranche de pain.

Depuis l'arrivée des deux tourtes fraîches, il avait repris goût à la nourriture.

— Tu as changé, Théodore, déplora Juliana. Est-ce l'arrivée de Silvius ? Tu avais l'air si heureux, au point de passer deux jours à faire la fête, loin de ta femme.

Théodore baissa la tête vers son assiette. Il s'était servi un verre de vin et n'osait plus y toucher ; il avait passé ses journées à boire ces derniers temps. C'est pourquoi cela l'arrangeait au fond de n'avoir personne à ses côtés pour le juger. Il attendait que cette crise s'atténuât comme les autres pour s'en retourner à Fontbelair l'âme en paix.

Mais après que Juliana eut desservi, Andromas ne put résister à la tentation. Il se versa trois verres qu'il but coup sur coup. La jeune femme voulut prendre la bouteille, mais il l'arrêta d'une poigne ferme.

— Tu me fais mal, Théodore. Ce n'est pas des manières.

Il se mit à ricaner en balançant la tête.

— Ma petite Julia (il l'appelait quelquefois ainsi et ce n'était pas bon signe), tu ne vas pas t'y mettre, toi aussi ?

Elle reposa la bouteille, mais Théodore ne la lâcha pas pour autant. Il aimait la tenir ainsi à sa merci, voir le trouble sur son visage.

— Si je suis monté ici, j'ai mes raisons.

— Je ne veux rien savoir, se défendit Juliana, alors que la conversation l'amenait peu à peu dans une zone délicate.

— Mariette me tient éloigné d'elle, ajouta Théodore. Comme si j'étais devenu un chien dans ma propre maison, un chien qu'on écarte d'un coup de pied.

Juliana avait détourné le regard vers la porte, grande ouverte sur la vallée. Elle se reprochait de n'avoir pas eu le courage de redescendre. Assurément, la mule eût trouvé son chemin même dans une nuit épaisse, comme celle qui était tombée sur le plateau des Gras.

— Sais-tu ce qu'elle m'a dit ? « Maintenant que tu as obtenu ce que tu voulais, tu ne me toucheras plus. Plus jamais. »

La jeune femme garda le silence. Les affaires de sa sœur, peut-être s'en était-elle trop occupé jusqu'alors, peut-être s'était-elle prêtée complaisamment au jeu des confidences ? Elle eût voulu monter dans sa casemate, à ce moment, disparaître au regard de Théodore, se soustraire à cette poigne vigoureuse. Mais elle comprit trop tard que l'affaire allait mal tourner pour elle.

Alors qu'elle se débattait pour échapper à son emprise, l'homme fondit sur elle. Elle griffa, mordit, cria, sans succès. Il n'était plus aucune force en lui qui eût pu le retenir. Alors, il la versa entre les chaises, relevant ses jupes avec rage, éructant des mots incompréhensibles.

— Ne fais pas ça ! hurla-t-elle à ses oreilles. Tu es un saligaud, Théodore. Un horrible saligaud.

Il la laissa hurler tout son soûl, occupé à sa misérable besogne. Lorsqu'il eut terminé, il se renversa sur le côté, boutonnant soigneusement sa braguette.

— Oui, je sais, murmura-t-il, je n'aurais pas dû faire ça. Je me suis abandonné et je le regrette maintenant.

Il répéta :

— Maintenant que j'ouvre les yeux. Ce n'est pas bien, à l'évidence. Je m'en veux mais... Comment refréner le désir ? Depuis tout ce temps. À bien tout considérer, j'aurais dû suivre les conseils du colporteur, l'autre jour dans la cabane du Prussien...

Il se mit à ricaner. Il se parlait à lui-même. Il avait déjà oublié la blessure profonde qu'il avait occasionnée.

Pendant ce temps, Juliana pleurait doucement, les yeux rivés au plafond. Elle se sentait sale comme si on l'avait traînée dans la fange d'une cour à cochons, sale et laide, remuée aussi par une colère muette.

— Tu l'as fait, salaud ! dit-elle au bout d'un moment. Je ne te le pardonnerai jamais. Tu paieras un jour pour ça. Je le jure.

Il se releva lourdement, le regard posé sur ce ventre de femme mis à nu qu'il venait de souiller. Elle n'avait pas même eu la force de rabattre le pan de sa robe. Elle se sentait étrangère à son corps, comme s'il ne lui appartenait plus tout à fait. « Je dois m'occuper de mon âme, pensait-elle, la sauver de ma faute. Et maudire ma chair qui a attiré ce monstre en moi… »

Il s'était encore resservi un verre de vin et le but en titubant à petites gorgées, sans soif, par goût de l'ivresse.

— Va donc te coucher et oublions tout ça, dit-il d'un geste las.

4

Été 1885

La barque n'avait pas encore versé, malgré le balancement imposé par le grand Léonet. « Champion en naufrage pour faire peur aux filles », disait-il. L'effet était garanti, et même allait crescendo à mesure que le tangage s'accélérait. Les cris, les vociférations fusaient, les rires aussi. Cependant, chacun avait conscience qu'un chavirement eût été sans conséquences. En cet endroit, la rivière était peu profonde. Même Pauline Andromas, la plus petite de la bande, avait pied. Ce n'était pas le cas sous le pont de Rochemare où l'Ardèche faisait ses deux mètres de profondeur, bien qu'on fût à la saison des basses eaux. Ce creusement bien particulier provenait de ce que les habitants de Chauzit y avaient puisé des galets et du sable pour construire leurs maisons et cela sans discontinuer sur plusieurs décennies.

— Tu ne me feras pas peur, grand Léonet, dit Eugénie Andromas qui avait pris place tout à l'avant, tournant le dos à l'étrave.

À bien des égards, elle jouait de sa force pour contrecarrer les manœuvres du perturbateur. Elle fit signe à sa petite sœur Pauline de conserver son calme. Et pour échapper à sa peur, cette dernière s'allongea sur le fond de barque, fixant le ciel bleu et le surplomb de roche qui se dressait au-dessus de la rivière tel un colosse éblouissant. Alors, elle se mit à rire de voir ainsi ce monde inversé, comme si le ciel était devenu l'onde même dont elle tentait, si souvent, de voir le fond, avec ses galets couleur d'écaille de poisson.

Silvius se tenait sur le flanc droit de la barque, un bras allongé sur le plat-bord. Il avait ramé longtemps, et maintenant, il n'avait plus envie d'obéir à Léonet et à son imbécile de frère.

— On va pas passer la journée sur l'eau, grommela-t-il.

— Sage réflexion, releva Eugénie. Mon frère a de la suite dans les idées. Hé, les Sitbon ! avez-vous compris ? On vous parle ! Et toi, le grand timonier, cesse donc de faire la sourde oreille. Tu as bien mérité ton grade de capitaine. Allez, on te l'accorde.

Albin Sitbon tenait la corde qui devait servir à amarrer la barque. À peine toucherait-on la rive qu'il bondirait sur la grève, histoire d'en finir enfin avec cette balade sur l'Ardèche.

Ça faisait une heure au moins que l'embarcation avait franchi le défilé de Boudenne avec ses hautes terrasses de pierre blanche dominant la rivière. En cet endroit, l'Ardèche avait eu les pires difficultés à se frayer un passage. On devinait qu'elle avait dû creuser son lit à force de persévérance, se jouant de la roche dure pour atteindre celle, plus tendre, qui s'était laissé domestiquer par son patient ouvrage. Désormais, la rivière prenait ses aises sur ses bancs de galets, étirant ses flots calmes et chantants, se jouant de la lumière.

En dérivant vers la droite, là où le courant portait sa force, ils gagnèrent de la vitesse. Léonet se mit à exulter, et son frère aussi, en frappant des mains.

— M'est avis qu'il y aurait des truites à prendre, dit Albin.

— Notre père nous a interdit de le faire, releva Léonet. À cause des gabelous.

— Même pêcher de la friture ?

Déjà on était en vue du pont de Rochemare. C'était un arc de pierre savamment construit dans le style moyenâgeux, aussi ancien que les maisons de Balazuc. Il avait prouvé sa solidité, malgré les outrages du temps, en résistant à plusieurs crues dont celle de 1878. Il était l'un de ces vingt passages sur l'Ardèche que les hommes avaient édifiés avec ingéniosité pour relier les plateaux du Vivarais.

Au-delà du pont, la rivière avait formé une petite crique de sable et de galets. C'était là que les gens de Chauzit avaient l'habitude de se baigner ou de faire leurs ablutions. Le lieu avait été, à l'époque des guerres de Religion lorsque les huguenots étaient contraints de se cacher, le cadre de certains rites protestants, dont le baptême.

Les enfants prirent le sentier escarpé conduisant à la première terrasse de roche. En cet endroit, les arbustes s'étaient accrochés au moindre interstice. Ils avaient poussé en un équilibre précaire, puis s'étaient développés en surplomb. Ce fouillis atténuait un peu la crainte du vide en formant une sorte de rambarde naturelle. Mais les garnements de Chauzit connaissaient les gorges de l'Ardèche sur le bout des doigts ; ils s'y mouvaient avec une agilité de capri.

— M'est avis qu'y faudrait relever les pièges de Saint-Martin. P'têt qu'y a de quoi faire un civet de lapin ? P'têt une ou deux perdrix, qui sait ?

Silvius releva la tête, piqué au vif.

— Toi, tu es un Sitbon, et tu ne me diras pas où je dois aller. Je propose qu'on monte à la cabane du Prussien ?

La suggestion d'Andromas laissa Léonet perplexe.

— Dans une bande, il y a toujours un chef, dit-il. Sinon, c'est la débâcle.

— On votera alors, proposa Eugénie.

— On pourrait tirer à la courte paille, fit Pauline.

Albin reconnut que ce n'était pas une mauvaise idée pour départager Léonet et Silvius. L'un et l'autre refusèrent. L'humiliation de la défaite, voilà ce qui rebutait les deux coquelets.

— Alors, conclut Eugénie, si personne ne veut y mettre de la bonne volonté, il faudra nous séparer, ici. Léonet grimpera sur le plateau et Silvius à la cabane du Prussien.

— Ce serait trop bête, dit Albin. Moi j'aime bien jouer avec Pauline…

Il baissa la tête en disant cela, pour ne pas rougir, occupé à arracher les longues pattes d'une sauterelle verte, une tettigonia bien grasse, une espèce appétissante qu'on empalait sur les hameçons pour la truite.

— Tu peux pas laisser cette bestiole tranquille, s'offusqua Eugénie. Elle ne t'a rien fait, tout de même. C'est cruel. Si on t'en faisait autant…

Léonet éclata de rire.

— Ça sent rien, assura Albin. J'ai même vu un

frelon coupé en deux qui continuait de voler, comme si de rien n'était.

— Les canards aussi quand on leur coupe la tête..., ajouta Silvius.

Soudainement agacée, Eugénie se retira du groupe.

— Je crois que vous êtes trop petits pour jouer avec moi. D'ailleurs, je n'ai pas envie de perdre mon temps avec vous.

Eugénie Andromas se sentait mal à l'aise en compagnie de gamins qui avaient trois ou quatre ans de moins qu'elle. Elle venait juste d'obtenir son certificat d'études. Elle se sentait presque adulte, assez pour ne pas rester dans les jupes de sa mère. Les travaux à la ferme la rebutaient, c'est pourquoi tout prétexte était bon pour qu'elle s'en tînt éloignée.

Finalement, la proposition de Silvius rallia l'adhésion des deux Sitbon. On grimpa à la cabane du Prussien. C'était une masure fort délabrée depuis que les chasseurs ne s'en occupaient plus. Parfois, elle servait de refuge pour une nuit à des colporteurs, des chemineaux, des vagabonds. Ce côté auberge espagnole avait contribué à sa mauvaise réputation. Sachant que les enfants de Chauzit et de Montmarel en avaient fait leur terrain de jeux favori, les parents s'étaient plaints auprès des édiles pour qu'on détruisît la cabane. En ce temps-là, plusieurs crimes avaient défrayé la chronique en Ardèche et dans la Drôme, des meurtres et des viols sur de jeunes enfants commis par des individus de passage.

Le repaire était cerné de buis, de genévriers et de cornouillers, végétation qui s'était développée sans retenue dans le creux des vieux murs. Cette exubérance avait précipité la ruine des dépendances, d'une bergerie et d'un fenil. Les enfants de Chauzit s'étaient même mis en tête de reconstruire ces bâtisses, sans que l'affaire n'allât jamais plus loin que leur imagination. Mais ce qui faisait la renommée du lieu, c'était surtout son aura chargée de mystère.

— Pourquoi « cabane du Prussien » ? avait demandé un jour Eugénie au vieux Malissot, un berger misanthrope qui traînait souvent sur les hauts des Gras.

La petite Andromas était curieuse de tout, à la différence de ses camarades qui se voyaient, la plupart du temps, rabroués par leurs familles. « Apprends à te taire et à te méfier des curieux ! » conseillait-on.

Malissot avait fini par lâcher d'un ton énigmatique :

— C'était après la guerre de 1870, un prisonnier a vécu là.

— C'est tout ?

— Quoi encore ? Qu'est-ce que tu veux savoir ? De vilaines choses… Il y en a beaucoup dans le pays, de vilaines choses. Et celle-ci en a été une, tu peux me croire, filhas…

Depuis ce jour, Eugénie Andromas racontait des histoires plus extravagantes les unes que les autres sur le Prussien.

— M'est avis que le bonhomme prenait trop de poissons. Et on l'a jeté dans l'Ardèche, expliqua Silvius.

— Mais il savait nager, le Prussien. Bien mieux que nous, répliqua Albin.

— En tout cas, on ne l'a plus vu depuis…

Pauline comptait sur ses doigts et elle n'en avait pas assez pour retenir toutes les années.

— Bon, conclut Eugénie, c'est une vieille histoire. Si vieille qu'on ne sait plus s'il a vraiment existé, le Prussien.

— Faudrait demander au curé ? proposa Léonet. Les curés savent tout. Surtout sur ceux qui sont au cimetière…

— On s'en fiche, s'écria Silvius. Le Prussien est sans doute retourné dans son pays. Et si ça se trouve, y se fiche bien de nous.

— En tout cas, il reste sa maison, dit Léonet. Et personne ne l'a jamais achetée depuis le temps.

— On a peur des esprits, confia Silvius. Ma sœur ne vous le dira pas, mais elle les a vus dans la cave. Comme des feux follets. Ça courait sur les murs…

— Vas-tu te taire, idiot ! se rebiffa Eugénie.

Mais l'idée de Léonet Sitbon fit son chemin. Le lendemain, Eugénie descendit à Chauzit, seule, pour y rencontrer le curé. Dans la famille, on était protestants de père en fils, de mère en fille, aussi fallut-il à la petite Andromas un sacré culot pour traverser le jardin du presbytère. Du reste, Tabarou n'en crut pas ses yeux. Il nourrissait une sainte haine contre les gens de Fontbelair. Surtout depuis le jour où le père lui avait fait sonner les cloches pour la naissance du canalio.

— Que viens-tu faire ici, canaillette ?

Eugénie ne répondit pas. Elle craignait le clocheron. Il avait la réputation de molester les gamins qui faisaient du tapage pendant les cours de catéchisme. Aussi fit-elle un détour, entre deux rangées de haricots, pour l'éviter. « Si M. Bessac n'est pas là, se dit-elle, je fuirai par le chemin du calvaire. » Mais l'abbé Bessac mit fin à son angoisse devant le factotum de la foi combattante.

— Allons Tabarou, occupe-toi de tes affaires, dit David Bessac engoncé dans sa soutane noire maculée de taches de graisse.

Il avait préparé un civet avec le sanglier que Perdurier avait tué sur le plateau des Gras. L'odeur de marinade cuite avait gagné toute la cure. Le bonhomme paraissait ravi de la situation, un bedeau s'échinant au soleil dans le jardin tandis qu'une petite fille au visage d'ange faisait irruption dans son paradis. Il joignit les mains et salua le ciel.

— J'ai prié et Dieu m'a entendu, balbutia-t-il.

Dans la pièce haute du presbytère, la bonne faisait le ménage. La fenêtre ouverte contenait à peine un matelas de lit à grosses rayures. Il pendait à moitié sur la façade. Parfois la grosse figure ronde de Mémaine apparaissait dans l'embrasure. Elle se démenait contre la poussière. Elle la chassait, obstinément, à grands coups de tapette. Le matelas, les couvertures, les tapis, tout y passait dans ce branle-bas de combat qui faisait fuir le locataire.

— Tu es la petite Andromas, n'est-ce pas ? L'aînée, c'est bien ça ?

Eugénie hocha la tête, intimidée par l'homme d'Église si souvent décrit dans sa famille comme un ogre papiste corrompu et fanatique. La main du vieil homme toucha le menton de la fillette.

— Tu ressembles à ta mère. Fort caractère, n'est-ce pas ? C'est bien.

Il gagna le bout de l'allée. Et sous la treille, il proposa à sa visiteuse de s'asseoir sur le banc où il avait l'habitude de réfléchir.

— Il paraît que vous ne nous aimez pas beaucoup, nous, les gens d'en haut ? Les Andromas, les Bernicaud, les Nicollet, les Charassol…

Le curé Bessac sursauta, piqué à vif par le propos de cette petite fille angélique. Il la toisa en fronçant les sourcils. Mais Eugénie ne mollit point. C'était de famille. On ne se laissait pas intimider par les papistes, chez les Andromas.

— J'ai beaucoup de sympathie pour ta mère. C'est une femme courageuse. Et même si nous n'embrassons pas la même religion, comme tu sembles le savoir malgré ton jeune âge, petite, nous devons nous aimer et nous respecter.

Eugénie ne savait comment poser la question sur la cabane du Prussien, comment l'amener sans que celle-ci ne tombe comme un cheveu sur la soupe.

— Tu viens d'avoir ton certificat d'études.

Elle tourna vers lui un regard empreint de surprise.

— Comment vous savez ça ?

— Je me tiens au courant de tout dans la paroisse.

— Mais je n'ai pas fréquenté votre école, celle des petites sœurs d'Aubenas.

— Oui, je comprends où tu veux en venir, petite futée, mais tu ne me feras pas dire que notre République ne sait pas éduquer ses enfants. J'ai quelques relations, vois-tu, du côté des instituteurs laïcs. Heureusement. Moi, je m'occupe des âmes. Ou du moins, reprit-il, de celles qui m'appellent à l'aide. Ce n'est pas le cas aujourd'hui, n'est-ce pas ? Tu ne viens pas me demander quelque chose qui pourrait apaiser ton esprit ?

Alors, la petite Andromas profita de l'occasion pour évoquer la cabane du Prussien.

— Je fais une enquête, confia-t-elle, une enquête pour le village…

L'abbé passa la main sur son front, soudain en difficulté. C'était l'heure de lire les épîtres de Paul et surtout celle de sa conversion sur le chemin de Damas.

Il puisait dans ces écrits la force spirituelle qui paraissait quelquefois lui manquer, comme à cette minute même devant la petite Andromas. Si souvent, il se reprochait cette bonté qui l'habitait, tant autour de lui, du côté de l'évêché, on l'exhortait à batailler pour reconquérir les âmes égarées. « Je ne vois point le mal dans l'innocence de cette enfant, pensait-il. Et si je devais y voir quelque malignité, c'est que moi-même je serais atteint par ce même mal, celui de la suspicion et de la rancœur. »

David Bessac se leva aussitôt pour inciter sa visiteuse à prendre congé.

— Il se fait tard, ma petite. Je me dois à mes devoirs.

— Vous n'avez pas répondu. Est-ce donc qu'il n'y a pas de réponse ?

L'homme marcha, voûté et pensif, jusqu'au bout de l'allée. L'enfant le suivit en sautillant sur les cailloux. Félix Tabarou fit mine de prendre une motte de terre et de viser Eugénie. Mais elle n'avait plus peur, depuis que le maître des lieux l'avait reçue et lui avait parlé.

Soudain, l'abbé se retourna.

— Il y a une réponse. Mais tu n'es pas en âge de la recevoir.

— Me la direz-vous un jour ?

— Assurément. Car c'est une vérité qui me pèse aussi. Et qui pèse sur toutes nos âmes, fit-il, son index pointé en l'air et décrivant un demi-cercle comme pour associer Chauzit et les montagnes environnantes à son jugement.

5

À quoi nous sert-il d'avoir des ennemis si nous ne les courtisons pas quelquefois ? Seulement pour aiguiser un peu sa haine, lorsque le fil du tranchant s'émousse.

Sitbon et Andromas étaient ainsi, à s'ennuyer de ne pouvoir médire l'un de l'autre. L'on savait précisément que le vigneron du Maillazet était venu à bout de la maladie de sa vigne en se convertissant aux plants américains. Il avait perdu cinq ans dans ce combat obscur, mais enfin la récompense était au rendez-vous : la meilleure vendange depuis 1873. Cette reconversion menée de haute lutte lui avait coûté la moitié de ses terres. Celles du Champrenart. Et un corps de ferme à Fantrousse… Barthélémy avait tant espéré y passer ses vieux jours. Mais le sauvetage de Maillazet avait été à ce prix.

— Après tout, expliqua-t-il à Théodore alors qu'ils étaient assis côte à côte dans une voiture à cheval roulant vers Ruoms, nous repartons comme nous sommes venus.

— Je n'entends rien à cela.

— Nu et dépossédé par la mort, n'est-ce pas ?

Théodore balança la tête de droite à gauche pour montrer que, par une si belle journée d'été, il était inconvenant de broyer du noir.

— Je me suis résigné à vendre pour repartir d'un bon pied. C'est la seule leçon que j'ai retenue de ces années sombres : il n'est pas d'amis qui vaillent lorsqu'on est dans la débine. Au contraire, on trouve des âmes charitables pour vous enfoncer la tête sous l'eau.

Barthélémy Sitbon se souvenait encore du jour où son vieil ennemi intime avait repoussé sa main tendue, lui disant d'un air supérieur : « Je ne te plaindrai pas… »

— Les rentiers de Vals et d'ailleurs, tout catholiques qu'ils sont, ne m'ont pas ouvert leurs coffres-forts. Que crois-tu mon pauvre Théodore ? Je me suis relevé tout seul. Sans l'aide de personne.

Théodore Andromas lissa sa moustache, goûtant les senteurs de la garrigue ensorcelée par la stridulation des cigales. « Le camp des papistes n'aime guère les canards boiteux, pensa-t-il. Et lorsque mon frère tombe, je le contemple dans sa souffrance plutôt que de lui tendre la main, car celle-ci m'élève, celle-ci me porte à croire que les places sont chères à la droite de Dieu. Ah ! c'est une bien vilaine religion que celle qui prêche la miséricorde aux messes dominicales et l'ignore le reste de la semaine. »

Sitbon n'espérait guère émouvoir son voisin, mais seulement mettre un terme à une ancienne conversation qui l'avait hanté des années durant. Les revanches de cette sorte sont comme les froides vengeances, cuites et recuites. Et sans qu'il en parût, Barthélémy recouvrait enfin cette sérénité des vieux sages, tout en sachant que sa leçon ne toucherait guère ce cœur caverneux qui battait auprès de lui, dans une sorte de contentement béat.

— Je conçois, mon vieux Théo, que tu ne puisses me comprendre. Et sur ce point, je ne t'en veux pas. Si j'ai appelé à l'aide à un moment de ma vie, ce n'était que pour vérifier ce que je me refusais à croire. Après tout, tu as choisi la culture des vers à soie. Il n'y a jamais eu de crise sévère, dans cet élevage-là.

— Et la pébrine ?

— Le bon Pasteur a sauvé vos magnans. Pasteur et Béchamp. Ce pauvre Béchamp qu'on oublie toujours de citer, n'est-ce pas ? et qui s'est fait voler ses travaux, à ce qu'on dit.

Sitbon ne ratait jamais l'occasion d'évoquer cette affaire qui défrayait encore la chronique à l'Académie des sciences.

— L'année passée, j'ai tout perdu, à cause de la nouvelle maladie, rectifia Andromas. Ça arrive une saison sur trois, sans qu'on puisse l'expliquer. Et lorsque nous traitons les vers, il est trop tard, le mal a gagné toute la magnanerie. Il faut désinfecter de fond en comble : les murs, les canisses, les claies, faire place nette et prier le ciel pour que cette plaie d'Égypte ne s'incruste sur nos terres bien-aimées. Car cette horreur nous vient des feuilles de mûrier dont la fermentation favorise l'éclosion du parasite.

À l'approche de Ruoms, Andromas demanda à Sitbon d'arrêter la voiture. Il voulait se recueillir sur les lieux où des paysans d'Auriolles avaient découvert le corps de son père. Il descendit jusqu'à la digue. Mais l'Ardèche était si basse qu'il put avancer en son milieu, à l'endroit même où Paulin s'était échoué après un voyage de trois jours. Barthélémy resta près de sa voiture, vérifiant les sangles d'attelage.

L'histoire de Paulin Andromas, sa vie, sa mort, ses folies, le laissait indifférent. Chez les Sitbon, on le tenait depuis des lustres pour un méchant homme, un querelleur, un butor, un assassin... Mais, qu'importe, beaucoup d'eau s'était écoulée sous le pont de Ruoms depuis ce jour. Sans même jeter un regard vers la rivière, Barthélémy remonta dans sa carriole. La blancheur crayeuse du paysage incendié par le soleil lui brûlait les yeux. « Dans le pays, nous ne pardonnons jamais, se dit-il. L'orgueil propre à notre espèce, les Vivarais, a fait de nous de rudes hommes. Il le fallait bien, certes, pour survivre sur ces montagnes hostiles où la terre ne se rend jamais. Et où tout ce qu'elle concède se conquiert de haute lutte, contre le vent desséchant, les orages dévastateurs, les hivers obstinés. »

Avant de reprendre la route, Barthélémy prit soin d'effacer les larmes qui avaient coulé sur son visage. Il ne voulait point qu'on le vît ainsi, touché par l'émotion. Car tout prêtait à croire que Théodore Andromas était insensible aux bouleversements de l'âme. Roc inébranlable, tel se voulait-il montrer en toute occasion. Une précaution inutile en vérité ; Andromas se moquait bien de cette coquetterie d'homme. Son opinion sur Barthélémy était faite depuis longtemps.

— Nous pourrions tirer une bordée jusqu'à Vallon, proposa Barthélémy. Je connais une petite auberge où l'on sert une friture de vairons, d'ablettes et de goujons de l'Ardèche. Tu m'en diras des nouvelles.

— Alors je régale, annonça Théodore.

— Jamais de la vie.

— Mon argent ne vaut-il pas le tien ?

— C'est moi qui ai parlé le premier, répliqua Barthélémy.

— Nous nous revaudrons ça ! jura Andromas d'un ton courroucé.

Entre ces deux hommes, même les petits plaisirs de la vie prenaient des allures de combat infini.

L'auberge de la place aux Herbes avait la réputation de servir des matelotes somptueuses sur un lit de pain frotté à l'échalote. Bien que Sitbon et Andromas fussent entrés chez Madeleine Rouvière avec l'idée de déguster une friture, les odeurs de la cuisine les décidèrent finalement à goûter le ragoût. Brochets, anguilles, carpeaux, chavassons, truites, barbeaux mêlés et mitonnés dans un vin vieux, c'était une des spécialités en ce pays où le Rhône si proche fournissait le poisson. Barthélémy commanda un vin de Banne pour accompagner le plat. Théodore était près de ses sous, mais comme il voulait payer l'addition, il rechignait chaque fois que son voisin jouait les généreux. Cette surenchère créait un climat détestable que le fumet de la matelote ne parvenait à dissoudre.

À l'heure de clore la partie, Sitbon posa un gros billet sur la table. On se fâcha encore, mais le vigneron l'emporta. Et finalement, Andromas en fut soulagé.

— Tu ne rates jamais une occasion de me montrer que tu as de la monnaie. C'est un genre bizarre, non ? Décidément, tu ne changeras jamais. Bon sang ne saurait mentir. Bien vrai…

Barthélémy éclata de rire. Il n'avait pas envie de poursuivre cette joute et lui préférait plutôt une petite sieste. Et passant par les rues étroites qui se perdaient dans les calades du Bourdaric, les deux hommes trouvèrent un coin d'ombre sous les platanes et un banc public hospitalier. La place du Verger, chauffée à blanc, exhalait les odeurs pestilentielles du pavé, où les reliefs de la foire du matin gisaient encore. Heureusement, un petit vent frais courant la vallée balayait ces miasmes.

— Si nos vieux pères nous voyaient, assis côte à côte, repus de chère et de vin, dit Barthélémy que son indécrottable bonté chrétienne rendait si pathétique, ils nous réveilleraient à nos haines ancestrales jusqu'à ce qu'on s'entre-tue, n'est-ce pas ?

— Nos pères et nos grands-pères ne se parlaient pas, ajouta Théodore.

— Et nos arrière-grands-pères non plus..., compléta Barthélémy.

— Et qui sait pourquoi ? Pourtant, il ne faut pas déroger à la règle.

Sitbon se mit à rire. D'un geste, il chassa les mouches qui tournaient autour de son visage.

— Bien sûr, fit-il en hochant la tête. Ne rien changer.

— Oui, insista Théodore. Ils avaient leurs raisons. Et rien ne nous autorise à les juger.

— En effet.

Puis ils se mirent à somnoler. Malgré le cri des enfants jouant au cerceau près de la fontaine, la place s'abandonnait à la torpeur, avec le bruissement du vent dans le feuillage des platanes et le crissement des cigales. C'était une douce musique qui fleurait bon la Provence, sous un ciel sans nuage. Un air d'éternité flottait sur les maisons alentour dont l'encadrement des fenêtres et des portes était rechampi à la chaux. Sous les porches où se perdaient les venelles étroites, encore rapetissées par l'ombre des murs, les femmes cherchaient la fraîcheur. On y chuchotait, on y murmurait, comme s'il ne fallait déranger l'été dans ses œuvres.

La voiture repartit à l'heure de la patache de Ruoms, c'est-à-dire quatre heures de l'après-midi. En traversant l'Ardèche, ils goûtèrent le souffle frais des gorges, là où la rivière avait travaillé la roche, formant pont, quais, îles et balcons sauvages sur lesquels la verdure avait parsemé ses parures d'été. La lumière dorait les profondeurs étroites, jusqu'à jeter sur les eaux basses, vert jade et céladon, des stemmates ambrés.

Quand la calèche atteignit les pentes du Maillazet, Sitbon respira un bon coup. Ses vignes avaient retrouvé leur splendeur d'antan. Et Andromas en eut le souffle coupé, lui.

— Mon Dieu que c'est beau ! lâcha-t-il à son corps défendant.

Les ceps occupaient le moindre espace, la plus petite déclivité. Ils s'étaient insinués jusque sur les surplombs, là où il n'était que le pas de l'homme pour les atteindre.

— J'ai tout pris, tout ! s'écria-t-il. On se venge comme on peut.

— De quoi donc ?

— De la poisse ! Tu ne me comprends pas. Je me suis dit, la maladie n'y reviendra pas cette fois. Et là où le soleil donne et où la racine trouve de l'eau, le raisin sera sucre et miel.

Le cheval tira l'attelage jusqu'à la cabane de Peyrou. Puis son maître lui accorda un peu de repos, de l'eau et du fourrage. Une caresse sur les naseaux l'encouragea à la patience. Les hommes s'engagèrent dans les étroites rangées. La vigne était taillée à hauteur de poitrine. Sitbon lui avait donné du bois pour qu'elle épanchât ses rameaux.

— Tu feras une bonne année, dit Théodore d'un air contrit.

Cela enrageait son voisin de le sentir ainsi, aigri par devoir.

— Je n'ai fait que reconquérir mes terres. Sauf celles que j'ai perdues dans le combat.

Il montra le flanc de Champrenart. C'était là tout ce qu'il avait dû céder pour sauver sa ferme. Sur la belle parcelle étagée, on voyait la vigne au plus haut et, au-dessous, dans les accols, des alignements de châtaigniers.

— Brunel y fera fortune, s'il trouve assez de bras pour s'occuper de tout ça. Mais j'en doute ! s'exclama-t-il.

Andromas fixait la pointe de ses chaussures. Il bousculait quelques pierrailles, presque rageusement.

— La vigne aime cette sorte de sol, dit-il. Moi, je ne l'aime pas, c'est pourquoi je n'en cultiverai jamais.

— Dieu nous a faits différents pour que la terre soit bien ordonnée, dit Barthélémy. J'ai planté du jacquez et du syrah. Et plus bas, sous l'épaulement calcaire, du viognier.

Baptistine Sitbon attendait son homme depuis le début de l'après-midi bien qu'elle eût compris que la voiture s'était égarée par le chemin des écoliers.

— On a fait un tour à Vallon, reconnut son époux quand il arriva chez lui accompagné d'Andromas.

Théodore alla embrasser ses enfants qui jouaient dans le pressoir. Eugénie, Pauline et Silvius avaient passé six jours à Maillazet. Mariette avait insisté pour répondre à l'invitation, malgré les réserves de son mari. « Ça les changera d'air… », avait-elle dit. Et Théodore avait répondu : « Ah ! je n'aime pas beaucoup ça… »

Le soir, les deux frères ennemis se retrouvèrent sous la lune, à rouler et griller quelques cigarettes. Des « pipes », comme ils disaient.

— Et Juliana, qu'est-elle devenue ? demanda Barthélémy. Ça fait dix ans au moins qu'elle a quitté le pays, non ?

— Je ne sais plus rien d'elle, répondit Théodore d'un air distrait.

— Elle est partie comme ça ? Sans donner de ses nouvelles ? Je m'interroge, souvent. La bizarrerie de l'existence, dit-il.

Théodore s'était éloigné sur le chemin. Les étourneaux s'agitaient dans les mûriers où ils avaient trouvé refuge. Il s'amusa à claquer des mains pour les effrayer.

— Tu ne les chasses pas ?

— Quoi donc ?

— Les sansonnets.

Barthélémy écrasa sa cigarette sur le bord du muret. En cet endroit, les pierres s'étaient éboulées et le propriétaire avait négligé de les remonter. Pour un Andromas, c'était un désordre insupportable. À croire qu'il n'était rien de plus précieux que les murs sur ses terres, les murs qui protègent de l'érosion.

— Tu ne me réponds pas ? Julia était proche de vous, non ?

— Je ne sais pas, marmonna Théodore. Je crois

qu'elle s'est installée à Lyon, dans le quartier de la Croix-Rousse.

— Pour y faire quoi au juste ?

— Tu n'as rien d'autre à dire ? se rebella Andromas. C'est la vie. Les uns font des paysans, les autres des ouvriers ou des employés. Chacun choisit en fonction de son tempérament.

— Moi, reconnut Barthélémy, mes vignes me manqueraient. Je me dis souvent que je n'ai pas travaillé pour rien. Léonet et Albin feront aussi des vignerons.

— Comment peux-tu en être sûr ?

— Je le sens.

Ils avaient quitté le halo des lampes à pétrole éclairant la façade de la maison et s'enfonçaient dans la nuit.

— Chez nous la terre ne vaut pas grand-chose, dit Théodore d'un ton désabusé. Il faut de rudes hommes pour la travailler, des esprits forgés dans l'acier...

Sitbon l'avait rejoint d'un pas assuré. Il n'avait pas besoin d'y voir pour se mouvoir sur le sentier du Maillazet. Combien de fois avait-il couru la campagne pour chercher des chèvres perdues dans la garrigue, sans jamais s'égarer ni chuter, du temps où les Sitbon élevaient encore des animaux de ferme. Son père, Jouvin, l'avait chargé de surveiller les troupeaux, de les défendre contre les loups errants. Lourde responsabilité pour un enfant de dix ou douze ans. Vaincre la peur, se donner du courage en parlant aux esprits, honorer les croix celtes d'une prière et se purifier le visage avec l'eau des bonnes fontaines. Tout était sacré dans le silence de la montagne : pierres levées, arbres putréfiés, avens ensorcelés...

— Aussi, poursuivit Théodore Andromas, on ne

nous l'envie pas, la terre de nos ancêtres. Peut-être finira-t-elle par dépérir de cette indifférence...

Barthélémy était d'un caractère optimiste, à l'opposé de son voisin de Fontbelair. Il n'aimait pas se plaindre ni désespérer du temps. Pourtant, il avait traversé des épreuves redoutables qui eussent dû, en toute logique, le décourager.

— Qu'y pourrions-nous, mon pauvre Andromas ? releva Sitbon. La montagne, ici, forme un barrage à l'arrivée du progrès. On ne peut pas utiliser la machine. Tout se fait à la main. Cette vigne a conquis le moindre arpent de terre. En certains endroits, je n'y ferais pas passer une mule. Et pourtant, elle donne le meilleur vin. À croire que Dieu a voulu récompenser notre peine.

Les deux hommes étaient parvenus au bord de la falaise. Les feux d'Aubenas et de Largentière scintillaient dans la nuit bleue.

— Faire passer le chemin de fer a nécessité des ouvrages de titans, ajouta Théodore. Tout ça pour gagner quoi ? Une journée de tacot pour se rendre à Privas. Nous aurons toujours cinquante ans de retard sur le reste du pays. Voilà qui nous met, nous les Ardéchois, dans une position peu enviable.

— Le Rhône est à deux pas, au fond de la vallée, reprit Sitbon. Ce sera notre chance. Le commerce des équipages a enrichi cette plaine avec ses cabotages à vapeur. Que d'industries florissantes ! s'écria-t-il.

Il parlait souvent des houillères et des carrières de Banne, des cimenteries de Meysse, des fonderies du Pouzin. Barthélémy y voyait l'éveil d'une ère nouvelle qui enrichirait la vallée au détriment de la montagne, condamnée au sommeil et à l'épuisement de ses forces vives, incapable qu'elle était de partager les trésors du progrès malgré le chemin de fer et les routes.

A contrario, Andromas regardait d'un œil méfiant ces verrues de la modernité, lorsque les excavatrices creusaient la roche et redessinaient le paysage. La poussière couleur cendre générée par les nouvelles activités humaines semblait endeuiller la nature, souiller les sources et les rivières. Tout juste supportait-il les ateliers de moulinage avec leurs hordes d'enfants enchaînés aux métiers dans l'air saturé d'humidité, car ces manufactures, toutes infernales fussent-elles, lui rapportaient de quoi survivre au pied de ses mûriers.

— Le progrès, c'est le mal, trancha Théodore par une de ces formules lapidaires et définitives qu'une lecture assidue de la Bible lui mettait en tête. On ne peut servir à la fois Dieu et Mammon, poursuivit-il. C'est un fait, l'argent corrompt tout ce qu'il touche. Un appétit insatiable ronge désormais notre terre, une lèpre, un chancre qui dévaste nos collines aimées. Bientôt, nous ne les reconnaîtrons plus. Et si l'industrie dégrade nos montagnes, elle altère aussi les âmes, dans lesquelles elle instille de fausses espérances, comme si notre destinée tenait à cette misérable vérité que l'amoncellement des biens apporte le bonheur.

Barthélémy connaissait sur le bout des doigts les litanies des Andromas. De père en fils, on rabâchait les mêmes craintes, les mêmes défiances. Le vigneron avait hâte de prendre congé de son hôte pour la soirée. Il se demanda si Silvius, lui aussi, s'adonnerait plus tard à ce culte familial, cette haine du progrès et si, un jour, enfin, un Andromas oserait rompre avec la tradition.

— Pourquoi se défier des temps modernes ? D'un mal naîtra un bien par la raison et le savoir, plaida encore le propriétaire du Maillazet sans grande conviction.

Le lendemain, après le repas de midi, Barthélémy Sitbon ne résista pas au plaisir de faire descendre son invité dans la cave, là où dormaient les réserves de ces dix dernières années. Andromas se laissa conduire avec un air de dédain affiché. La jalousie et le ressentiment avaient creusé ses traits. Même lorsque le propriétaire lui tendit un verre de sa gnôle personnelle – des résidus de vins distillés avec soin, tout de même –, il la but sans plaisir, presque par devoir.

— As-tu songé à l'avenir de ta petite Eugénie ?

Théodore se recula de deux pas pour prendre appui contre le flanc d'une barrique.

— Pourquoi ? se rebiffa-t-il. Je vais la faire entrer chez Beauchamp. Y a des sous à gagner.

— Crois-tu que ce soit une bonne idée ? Elle est intelligente, ta petite. Moi, je la verrais bien au collège d'Aubenas.

— Toi, releva Théodore, tu la verrais bien… Foutredieu. C'est ma fille, tout de même, et j'entends décider moi-même de son avenir sans te rendre des comptes.

— Parfois un bon conseil n'est pas de trop.

Barthélémy s'employa avec toute la conviction dont il était capable, en estimable plaideur des causes désespérées, à démontrer que l'aînée des Andromas méritait mieux, décidément, que de dénouer des fils de soie grège à la moulinerie Beauchamp.

— Après le brevet élémentaire, tu l'enverras à l'école normale.

— Pour quoi faire ?

— Institutrice, parbleu ! N'est-ce pas le destin de nos petites Ardéchoises qui ont un peu de plomb dans la tête que d'éduquer nos enfants ? Cela vaudrait mieux que de se lamenter sur le progrès…

Il se ravisa aussitôt en ajoutant que, pour une fois, il n'avait point voulu le vexer. Mais Théodore se sentit blessé et il fallut toute la diplomatie d'un Sitbon pour éviter que son voisin ne fracassât son verre de gnôle.

— Si un de mes fils était aussi studieux que ton Eugénie, ma foi, je serais fier, moi, de le conduire au brevet. Mais ce ne sont que de petits esprits, peu éveillés en vérité, et pour lesquels je ne leur vois d'autre avenir que dans cette cave.

Andromas ne répondit pas. Mais à son air taciturne, Barthélémy comprit qu'il avait jeté en lui un doute et que, tôt ou tard, l'idée ferait son chemin.

— Eugénie est une petite qui a beaucoup de qualités, reconnut Andromas. Je la voyais bien, moi, à la moulinerie. Du reste, j'en ai parlé à Beauchamp. Il est prêt à lui donner une place. Et pas une des pires. J'en ai eu l'assurance.

Sitbon haussa les épaules.

— Bien sûr qu'il la prendra, ta petite. Mais elle mérite un autre destin.

— Le collège, ça coûtera, fit-il soudain le front barré d'une inquiétude.

— Laisse donc ça. Je pourrais t'aider.

— M'aider ? Toi ?

— Oui, moi. Ne serait-ce que pour en finir une bonne fois pour toutes avec nos vieilles histoires…

La dernière réflexion mit le feu aux poudres. Et la colère d'Andromas s'abattit sur Barthélémy qui demeura stoïque, comme s'il était dans l'ordre des choses qu'on le rabrouât pour une telle audace. Mais le vigneron se sentit aussitôt libéré d'un poids, puisque désormais la balle était dans le camp de son vieil ennemi.

— J'ai de la raison pour deux dans cette affaire, non ? fit Sitbon.

Baptistine fut attirée par les éclats de voix qui s'élevaient des caves. Elle accourut avec la ribambelle de gamins derrière elle. Voyant la transe que ses réactions avaient suscitée chez la jeune femme, Andromas se voulut rassurant en disant que c'était une affaire d'hommes.

Au moment de se quitter, le vigneron vérifia les sangles du cheval. Il avait toujours jugé Andromas négligent sur la question. On se souvenait encore d'un accident de carriole à Rochesauve qui aurait pu lui coûter la vie, simplement parce que l'un des brancards avait été mal arrimé.

— Réfléchis à ma proposition, insista Barthélémy.

Théodore prit le fouet et le fit claquer au-dessus de la tête de son hôte. Le vigneron recula vivement. Baptistine voulut s'interposer, mais son mari la retint d'un geste.

Coïncidence ou complot ? Qui le saura jamais ? Voilà qui fait la saveur de l'existence et la singularité d'une destinée.

Pendant que Théodore Andromas était au Maillazet pour y récupérer ses enfants en villégiature, M. l'abbé Bessac se trouvait lui à Fontbelair. L'excursion lui avait coûté bien des efforts ; trop d'embonpoint entretenu par un excès de vie contemplative. Mais il prit tout son temps, s'arrêtant chaque fois que c'était nécessaire sous les chênes verts de Valgrande. Son petit bréviaire lui tenait compagnie. Et rien n'était plus reposant à ses yeux que de réciter à haute voix, devant un paysage grandiose, quelques psaumes à la gloire de Dieu. Pour chaque moment de la journée, il y avait un hymne ou une oraison, bien qu'entre sexte et none il s'accordât une petite sieste innocente, sans que le Seigneur s'en offusquât.

À Fontbelair, David Bessac trouva la maison déserte et entra dans une vive colère. « Dieu, décidément, se plaît à me mettre des bâtons dans les roues. Est-ce donc parce que je viens courtiser la parpailloterie que Tu m'infliges cette punition ? Pourtant, mon action est pure et généreuse, comme l'eau de l'Ardèche sous le pont du Vallon bien avant que le sang des réformés ne vienne l'empourprer. » Il se signa, honteux de cette si vilaine pensée. Maintenant que le Concordat avait imposé la paix, à quoi servirait-il de poursuivre ces controverses ? L'Église n'était-elle pas en paix avec elle-même ? Et si elle avait à craindre de l'avenir, la menace venait plutôt des communards antéchrists…

D'un pas las, le curé fit le tour de la ferme, entrant et sortant des bâtiments. Il y avait l'écurie, la remise à foin, la buanderie, la bergerie et quelques autres dépendances dans un piteux état en vérité. Mais perspicace pour deux, l'abbé visita la magnanerie en dernier, devinant sans doute qu'il finirait par y dénicher Mme Andromas. Rien ne lui faisait plus horreur que la prolifération des larves, la pénétrante odeur du mûrier séché, la nuée de papillons blancs frappant les vitres des fenêtres et poudrant l'espace d'une poussière lactescente. Aussi hésita-t-il à entrer, et encore plus à prendre l'escalier qui menait à l'étage, là où l'air serait saturé des miasmes séricicoles.

De sa canne, l'abbé Bessac écarta la toile de jute qui cachait les deux fourneaux tout en continuant d'appeler d'une voix grave. Celle-ci, on pouvait s'y attendre, montait jusqu'aux étages. Enfin, il fut rassuré d'entendre les pas de la patronne sur les planchers.

— Qui va là ?

— Le curé ! s'écria Bessac. Rien que le curé pour une visite de courtoisie.

Mariette ne voulait pas quitter son ouvrage. Elle avait déramé toute seule les cocons, sans même appeler à l'aide. Les voisins des Ollières, tout serviables qu'ils fussent, avaient aussi leurs affaires à conduire. Puis, profitant de la chaleur sèche de l'été plutôt favorable à cette activité, elle avait mis les cocons à sécher sur les claies. Désormais, elle terminait la tâche commencée trois mois plus tôt, en les plaçant précautionneusement dans le sac de toile.

— Montez donc, monsieur le curé, ordonna Mariette.

— Je préférerais que vous me rejoigniez, chère madame Andromas. J'ai des choses importantes à vous dire.

L'homme rajusta son chapeau et sortit de la magnanerie. Mariette avait entrouvert la fenêtre du second étage et l'enjoignit de nouveau à prendre l'escalier.

— Vous craignez mon paradis ?

— Vos petits anges blancs qui papillonnent sont pires que des harpies, plaisanta le prêtre. Ça se jette sur vous et ça vous poudre le visage de cette dégoûtante farine d'insecte.

Pourtant Bessac se résolut à monter aux emballages. En vérité, il n'était de papillons que dans la salle de grainage. Le pauvre homme en fut soulagé.

— C'est donc là toute votre récolte ! dit-il en cherchant un siège.

Mariette l'observait d'un air amusé. Elle portait juste sur la peau une camisole de coton blanc, fort échancrée sur la poitrine et pincée à la taille. Sa chevelure noire était défaite sur ses épaules. Le prêtre n'était guère insensible au charme féminin. Du reste, son regard fut attiré par l'aréole des seins pointant sous la fine rayonne. L'embarras du curé ne mettait pas Mariette mal à l'aise, elle qui ne fréquentait ni les églises ni les sacristies.

— Tout cet ouvrage pour une seule personne, n'est-ce pas trop ? s'étonna Bessac.

— Fausto s'occupe des chèvres et mon mari est au Maillazet. Nous y avons laissé nos enfants, chez les Sitbon. Voilà qui doit vous étonner, n'est-ce pas ?

Elle se mit à rire. Il la dévisagea gravement.

— Théodore ne s'occupe que des mûriers. C'est ainsi.

— Vous auriez pu être mieux mariée, chère Mariette, déplora le prêtre.

Mme Andromas haussa les épaules de dépit.

— Je n'ai pas le droit de me plaindre. Je ne suis pas si malheureuse. Dans ma magnanerie, je règne sans partage. Et si l'année est mauvaise, je ne peux m'en prendre qu'à moi-même.

Bessac prit une poignée de cocons.

— Ça ne pèse guère, cette besogne.

Il n'avait jamais rien compris à la culture du ver à soie.

— C'est bien payé, tout de même ? s'inquiéta-t-il.

— Où avez-vous vu ça ? On nous vole aisément parce que nous sommes les petits de la chaîne, et sans vergogne, vous dis-je, curé. Tout nous est mesuré au rendement. Le calcul est simple, il faut en moyenne quatre kilos de cocons secs pour un kilo de soie grège. Cette année, nous livrerons à l'usine de moulinage une tonne deux cents kilos de soie. Ça nous rapportera, à trois francs cinquante le kilo, mille francs. J'ai connu des années meilleures, certes. Mais une saison sans maladie est déjà un exploit. On peut voir disparaître deux tiers de la production en un rien de temps. Et il ne suffit pas de prier Dieu pour que nos vers soient en bonne santé. Il nous faut y mettre la main. Voilà qui nous éloignerait de la religion, n'est-ce pas ?

David Bessac s'ennuyait vite à la conversation, quand il ne s'agissait pas d'Église, de Dieu et des nourritures spirituelles. L'état d'esprit de ces éducateurs du Vivarais ou des Cévennes était toujours le même : une plainte continuelle contre les aléas de la météorologie, l'insatiable appétit des patrons de moulinerie et de filerie. Et de même, tous les courtiers en recettage étaient à leurs yeux des gredins qui mégotaient sur le classement des cocons et soulageaient les balances afin de gagner, en définitive, sur les deux tableaux : la qualité et le poids.

— Je ne suis pas venu vous parler des vers à soie, l'interrompit-il. Mais de votre petite Eugénie.

— Qu'a-t-elle fait, la diablesse ? s'alarma Mariette.

Sa voix s'apprêtait à gronder, mais le curé se voulut rassurant.

— C'est une excellente jeune fille, précisa-t-il.

— Eh bien nous en ferons une fille à marier, conclut-elle.

— Ne la trouvez-vous pas un peu jeune ?

Mariette éclata de rire.

— C'était une plaisanterie, curé, car nous n'avons pas de bon parti sous la main. Sinon…

Mais Bessac chassa d'un geste ces enfantillages. Il avait hâte d'en venir au fait. Et pour tout dire, les minauderies de Mme Andromas outrageaient le sérieux de sa démarche.

— Comment voyez-vous son avenir ? Je ne puis croire que vous n'y avez encore réfléchi.

— Elle est adroite de ses mains, affirma la mère. Elle fera une bonne ouvrière à la filature. Je l'ai déjà observée manier le balai de bruyère. En un rien de temps, elle dévide un cocon sans rompre le fil, monsieur ! Ce n'est pas permis à tout le monde. Ainsi, voyez-vous, je ne m'inquiète pas pour elle. Elle trouvera un bon emploi chez Beauchamp et gagnera ses trois ou quatre cents francs l'an.

Le prêtre se mit à réfléchir. Il avait craint cette réponse. Et bien que les Andromas ne fussent point des affidés de sa paroisse ni même de sa confession, il avait un profond désir de porter conseil et entraide. C'était dans la première épître de Paul aux Corinthiens : « Je ne veux pas, frères, que vous restiez dans l'ignorance… » Il faisait sienne cette parole et elle lui avait valu autant de tourments que de louanges.

— Peut-être m'écouterez-vous, reprit-il, peut-être pas… C'est mon destin de berger de vous conduire sur le bon sentier.

Mariette couturait à gros points une balle enflée de sa précieuse marchandise. Soudain, elle retint son geste, l'aiguille en l'air.

— Monsieur Bessac, vous me faites perdre mon temps.

Il joignit les mains, le visage inspiré. C'était ainsi qu'il acquérait sa force de persuasion, en ouvrant son propos par un silence. Et parfois, les phrases elles-mêmes étaient hachées par ce précieux silence, comme si les mots lui étaient dictés par le divin et qu'il les lui fallait distiller précieusement.

— Votre Eugénie ne doit point rompre le cours de ses études. Ce serait gâcher une rare intelligence. Car si un don lui a été donné, c'est pour le bien de tous, pour la société tout entière. Comprenez-vous ?

Mariette fit un pas en arrière, butant contre un ballot de cocons sur lequel était inscrit à l'encre de Chine et de sa propre main :

Ferme séricicole Th. Andromas à Fontbelair de Chauzit
(Race chinoise. Premier choix.)

— Que connaissez-vous de ma petite ?

— Je sais la richesse qu'elle porte en elle.

Le curé Bessac eût été sans doute bien mal inspiré à ce moment de révéler qu'il n'avait eu avec Eugénie, en tout et pour tout, qu'une seule conversation. Mais celle-ci avait suffi à aiguiser sa curiosité. Et une semaine plus tard, enquête menée auprès de l'instituteur de Chauzit, son opinion était faite, irrévocablement.

— Ça nous coûterait cher, le pensionnat à Aubenas.

— Certes, mais votre Eugénie ne vaut-elle pas le sacrifice ? Demandez à son instituteur de préparer une demande pour l'école supérieure de jeunes filles d'Aubenas. Elle y passera son brevet. Et ensuite, je ne saurais trop vous conseiller l'école normale de Privas. On y forme de bonnes institutrices...

— Vous ne prêchez guère pour votre paroisse. L'école laïque n'est-elle pas celle que vous honnissez dans chacun de vos sermons ? Mais soyez assuré, monsieur le curé, que nous ne ferons jamais de notre Eugénie une bonne sœur.

Bessac ne releva pas l'outrage. Il faisait partie de ses tourments journaliers. N'était-ce point le destin qu'il s'était choisi, prêtre en terre hostile ?

— Nous l'accueillerions bien volontiers, reprit-il. Mais je sais par avance ce que vous en pensez, madame Andromas. Il ne sert à rien de cracher contre le vent.

Le soir même, la question du devenir d'Eugénie fut abordée. Pouvait-il en être autrement lorsque deux voix avisées la posaient le même jour et à la même heure sans qu'on pût soupçonner le moins du monde qu'elles se fussent concertées ? Cependant ni Mariette ni Théodore n'avouèrent d'où ils tenaient cette séduisante et inquiétante perspective. La mère ne pouvait décemment admettre que le curé Bessac lui avait rendu visite et le père que son vieil ennemi Sitbon le sermonnait à ses heures perdues. Tant de fierté et d'orgueil familial interdisaient la moindre vérité.

— Soit, reconnut Théodore. Mais où trouverons-nous l'argent pour lui payer son trousseau et la pension ? Y as-tu songé ? Une année à l'école supérieure, cela se montera au moins à trois cents francs, alors que chez Beauchamp elle nous rapporterait cinq cents, cinq cents francs au moins, insista-t-il. Ainsi calcule-t-on chez les pauvres ! s'écria Théodore en se prenant la tête dans les mains.

Pour une fois, Mariette se fit cajoleuse. Elle accorda à son homme quelques gestes d'affection qu'elle n'avait plus eu depuis la naissance de Silvius. Et il en fut si troublé qu'il sentit le désir le gagner sur-le-champ. Mais Mme Andromas se ravisa en serrant les cuisses et en repoussant fermement ses mains entreprenantes.

— Tu ne voudrais pas que nous fassions un petit dernier. Comment l'élèverions-nous ?

— Mais je ferai attention.

— Oh là ! Théodore. Je te connais. Tu ne sais pas y mettre un frein.

Il poussa un cri d'animal blessé, sortit aussitôt dans le jardin, descendit aux mûriers. Tristes mûriers en vérité, effeuillés et décharnés comme des squelettes d'arbre. Les vers avaient tout dévoré, feuille après feuille.

Plus tard, rasséréné, Théodore alla retrouver sa femme dans la chambre. Il s'allongea auprès d'elle et elle le prit en pitié. De la main, elle l'aida à se soulager. Elle y mit un peu de cœur et d'entrain, bien que l'affaire la rebutât passablement. Mariette savait que son mari serait enfin apaisé, sans agressivité aucune.

— Nous ferons l'effort, voilà tout.

— Nous le ferons, admit Théodore en soupirant.

La nuit les enveloppa, ainsi, l'un près de l'autre, comme des gisants, immobiles. Ils n'osaient plus se parler ni se toucher. Pourtant, au bout d'un moment, Théodore articula quelques mots. Ils sonnèrent d'autant plus gravement dans la nuit que sur ceux-ci Mariette fit silence, une fois encore.

— Me pardonneras-tu un jour pour ta sœur ?

6

Printemps et été 1891

Depuis les premiers jours de juin, il n'avait cessé de pleuvoir, orage après orage. Les devins qui sont légion au village disaient que la pluie de juin, et de surcroît celle de la Saint-Médard, livre le tiers des biens au hasard… Qu'en serait-il de cette année 1891 ? Serait-elle riche en avoine et pauvre en foin ? Ou bien le mois d'août donnerait-il le soleil qui assure miel et moût ? Ainsi s'éternisaient les conversations de maison en maison. Car en ce temps-là, on faisait grand cas des dictons. Et les gens de Chauzit ne différaient guère de la moyenne. Ils avaient leurs repères en tête, grâce auxquels on pouvait croire et espérer dans la récolte engagée ou se lamenter. Et les litanies qui s'envolaient de bouche en bouche étaient comme des prières adressées à des dieux inconnus. Il en était de très officiels cependant, à l'église et au temple, mais qu'on ne sollicitait pas, et d'autres plus obscurs qu'on vénérait en secret. Ceux-ci se manifestaient par des signes singuliers qui n'étaient lisibles que par un petit nombre : la couleur des eaux, la limpidité du ciel, l'ombre des rochers… Autant de desseins cachés.

Théodore Andromas avait longtemps hésité à atteler ses deux chevaux et à charger son char bâché à quatre roues.

— Attendre que le temps s'apaise, disait Fausto. Et ensuite, prendre la route. Voilà la bonne méthode.

Silvius n'était pas de cet avis. Il avait hâte de voir s'ébranler l'attelage sur la route d'Aubenas, pour une fois qu'il faisait partie du convoi. Son père le lui avait promis. « Tu as seize ans. L'âge de me remplacer à Fontbelair. Donc, tu viendras avec moi à Privas pour livrer la marchandise… » Il avait exulté comme un chien fou à qui l'on vient d'ôter sa chaîne ; il avait couru dans toutes les directions, vers sa mère, vers Pauline, vers Fausto, ne sachant à qui au juste manifester sa joie. Puis, le père l'avait arrêté d'un coup de fouet lancé en l'air, claquant sec comme une amorce de cartouche. « Cesse donc tes idioties, imbécile de fils ! »

Ce matin de grand départ et de valse-hésitation, Mariette se tenait sur le pas de porte de la magnanerie. Elle interrogeait le ciel, les brumes courant sur la montagne, le vent du sud et la flexion des branches d'arbre.

— Le temps va se lever, observa Fausto, vers dix heures au moins. Et après ce sera du bon soleil. Une longue éclaircie. Et tout sera lavé et essuyé.

— Moi, j'attendrais encore deux jours, fit-elle.

Mais Théodore avait une forte envie de contrarier son épouse. Il se disait : « Ça n'entend rien à rien, les femmes… »

— Il faut que je livre deux tonnes de cocons, répéta-t-il. (Car il avait déjà servi l'argument hier à trois reprises.)

— Ça pourrait attendre quelques jours encore, non ?

— Non, rejeta Théodore, ça ne peut pas attendre. Tu le sais bien…

Il ne pouvait en dire plus devant Fausto. Mariette faisait mine de ne rien comprendre à son empressement. Pourtant, l'un et l'autre savaient combien il était urgent de porter la soie à la fabrique ; M. Beauchamp payait rubis sur l'ongle, en billets neufs.

— Ne fais pas la bête, Mariette, dit-il avec ses gros yeux.

Elle avait croisé les bras sur sa poitrine.

— Comment sera la route, là-haut à l'Escrinet ? Tu n'en sais rien, pauvre homme.

Déjà, elle plaignait ses chevaux. C'était elle, souvent, qui les bouchonnait, quand les hommes étaient à la chèvrerie de Cujols. Certes, les percherons étaient des plus robustes à l'attelage, à la condition de ne pas leur imposer une vitesse supérieure à leur conformation musculaire, ronde et courte. Sur ce point, Mariette avait insisté, sachant son mari coléreux et vif devant la moindre des difficultés, pour qu'il traitât ses deux bêtes avec mesure.

Fausto vérifia une dernière fois l'amarrage de la bâche. Rien ne serait plus préjudiciable à la soie que la pluie. Fausto jugea que la capote tiendrait sa promesse pourvu qu'on n'oubliât pas de retendre les cordages.

— Tu y prendras garde, hé petit ? dit-il à Silvius. Mais le garçon n'écoutait rien, tout entier emporté par sa jubilation. Et pour un peu, il eût foulé les balles de soie si le père n'y avait veillé, car il restait peu de place disponible pour se mettre à l'aise.

En une heure, les Andromas rallièrent Aubenas. Le père décida de faire boire les chevaux à la fontaine de l'Airette et en profita pour acheter du tabac. Silvius fut chargé de garder la marchandise. Il s'acquitta de cette tâche tandis que la pluie tombait à verse sans discontinuer. Les eaux sur la place formaient des mares dans lesquelles flottaient des détritus de toutes sortes. Il semblait que les égouts étaient à ciel ouvert. Quelques gamins dépenaillés barbotaient dans cette ordure. Le garçon se porta près des remparts d'où l'on dominait la vallée. Les traces de la grande inondation de septembre 1890 étaient encore visibles. Les premières arches et le parapet du pont de la cité avaient cédé sous la poussée des eaux. Certes, la reconstruction était en cours. On avait hâte dans le pays d'effacer le souvenir de cette soirée tragique du 22 septembre.

Au café Colomb où Théodore s'était attardé pour prendre un vin chaud, il s'était inquiété de savoir si la diligence de Privas avait pris le départ à huit heures et demie. On parut étonné par sa question, elle produisit même quelques rires dans l'estaminet. « Là où la diligence passe, je passerai aussi », se dit-il. Théodore craignait la descente sur Vayras. En certains endroits, la route était minée par les eaux, surtout par les pluies d'orage. Elles ouvraient des failles aussi larges qu'un lit de rivière. Et ce déferlement qui ruisselait de la montagne du Coiron allait ensuite grossir l'Ouvèze.

La montée vers le col de l'Escrinet se fit dans le brouillard. Andromas ne forçait guère la cadence, laissant ses chevaux aller à leur train. La charge était plus volumineuse que lourde en vérité, mais tellement précieuse. Et suivant les conseils de Fausto, on arrêta trois ou quatre fois le char pour vérifier l'amarrage de la capote.

À mesure qu'elle s'élevait dans la montagne, la route paraissait se rétrécir. Ce n'était peut-être qu'une illusion d'optique, tant la végétation se raréfiait. Malgré le travail des agents voyers, les fossés et les bordures étaient amenuisés par l'érosion. Cela ne suffisait jamais de recharger les abords en pierre et roche, celles-ci repartaient aussi vite dans les fonds. L'épaisse brume qui collait au relief ajoutait un peu plus d'inquiétude. À une demi-heure du sommet, les Andromas rattrapèrent un fardier. Il allait à une telle lenteur que Théodore envoya son fils en éclaireur. Silvius revint aussitôt en disant que les bûcherons menaient leur attelage, une paire de bœufs, au licol. Théodore comprit alors qu'ils ne pourraient les doubler avant la plateforme de l'Escrinet.

Comme la pluie avait cessé, Théodore descendit du char et marcha devant ses chevaux pour se dégourdir les jambes. On ne distinguait guère le paysage au-delà des cinquante pas. Et un roulement de tonnerre retentit dans la montagne.

— Manquait plus que ça, dit-il à son fils.

Silvius s'amusait de la situation. Il était plutôt téméraire, aussi irréfléchi qu'inconscient du danger. Pour lui, c'était une aventure de plus, un jeu d'hommes où le courage doit s'affirmer. « Puisque l'on veut que je devienne un chef, autant que je m'aguerrisse dans l'épreuve », se promettait-il. Et pour un peu, il se fût moqué de son père, qu'un malheureux orage de montagne pouvait ébranler.

— Je n'aime pas ça, maugréait Théodore. Ta mère avait bien raison de vouloir retarder notre départ.

— Il n'y a pas de quoi prendre peur. Dans deux heures, nous serons à Privas. Voilà tout.

La pluie se remit à tomber à grosses gouttes, l'orage à gronder sur la serre de Suson et la crête de Blandine.

Le col franchi, les Andromas firent presser la cadence, malgré la bourrasque et ses giboulées de grêle. On avait hâte de joindre Privas car, d'ordinaire, l'Escrinet passé, le reste du trajet était un jeu d'enfant. Amorçant la descente, Théodore régla les freins de son char par pure précaution, la charge étant insignifiante pour les chevaux. Ainsi atteignirent-ils l'auberge de La Burle, à moins de dix kilomètres de Privas. Le brouillard semblait plus dense qu'au sommet qu'ils venaient de gravir, le plateau désert et pelé soumis à la désolation. Il collait au flanc de la montagne, étouffait le bruit des eaux et des arbres, masquait les sourds craquements de la roche.

C'est alors que Théodore vit la diligence Artige garée devant le relais. Situation anormale qui attira l'attention des Andromas.

— Elle devrait être à Privas depuis trois heures au moins ! s'exclama Théodore.

Silvius conduisit le char sur la place de La Burle sous le couvert des sapins.

— M'est avis qu'un petit vin chaud nous ferait pas de mal ! proposa le père.

Muletiers, colporteurs, camelots composaient la clientèle hébétée de l'établissement. Joliette, la tenancière du relais de poste, avait allumé le poêle à bois trônant au milieu de la grande salle. Le vent du sud privait la cheminée de tirage, si bien que l'espace était copieusement enfumé. Des volutes fusaient de temps à autre par la trappe du cendrier, mais personne ne paraissait y attacher de l'importance. On était accoutumé à ces refoulements auxquels se mêlait la fumée des cigarettes et des bouffardes, on s'en amusait même.

Joliette avait l'œil sur chacun de ses clients. Elle veillait à leur consommation et récupérait ses sous, méticuleusement. Les visiteurs occasionnels avaient la fâcheuse manie de s'esquiver en douce. Lorsqu'elle reconnut Théodore, elle vint lui faire la bise. À chacun de ses passages par l'Escrinet, il ne manquait jamais l'occasion de faire une halte à l'auberge.

— C'est ton petit ? demanda-t-elle. Tu nous l'avais caché, celui-là…

La femme observa l'adolescent avec une insistance qui frisait l'effronterie. Mais cette manière plaisait bien aux hommes. Elle les rassurait, elle leur prouvait qu'ils ne lui étaient pas indifférents. Certes, son mari, et chacun le savait à La Burle, n'était pas très regardant sur les fréquentations de sa femme. Ces accommodements étaient même plutôt propices au commerce.

— Ce matin, la diligence d'Aubenas n'a pas pu passer, expliqua Joliette. La route a été emportée au-dessus de Veyras. Les agents voyers y travaillent depuis l'aube. C'est malheureux, se lamenta-t-elle, on a un chemin qui tient pas. Un orage et c'est la mort.

— Au moins, ça t'apporte du travail, répondit Théodore.

— Comme ces gens de Lyon qui n'arrêtent pas de rouspéter, dit-elle les coudes sur le comptoir.

La tenancière désigna un homme en complet veston, coiffé d'un chapeau à large bord, et une jeune fille blonde drapée dans sa capeline verte.

— Ce sont pas des gens de chez nous, ajouta Joliette. Pleins de pèze à ce que je vois. Le monsieur y voulait m'payer leurs chocolats chauds avec un billet de cent francs.

Elle se mit à rire.

— Y m'faut huit jours pour ramasser une somme pareille…

Il n'était pas besoin d'être un fin observateur pour voir que ces visiteurs tranchaient avec le reste de l'assistance. C'étaient les seuls à être endimanchés un jour de semaine, puisque pour cette sorte de gens, de bons bourgeois, chaque jour était comme un dimanche. Silvius fut intrigué par ces personnages qui occupaient toutes les conversations. « Il suffirait donc de n'être pas habillé comme tout le monde pour susciter l'intérêt », pensa-t-il. Et il s'attacha à les détailler. L'étranger portait une petite moustache finement taillée, et semblait pétri d'ennui et de suffisance comme un homme soumis à des devoirs qu'il n'a point à rendre. Il feignait d'ignorer les regards scrutateurs des clients. Quant à sa voisine, elle offrait sa beauté insolente à la grise ambiance teintée de cendre froide. Son visage de porcelaine éclairait la scène et était d'autant plus pénétrant que la blondeur de sa chevelure l'enluminait tout entier.

Silvius ne voyait qu'elle. Les autres semblaient s'être évanouis dans une sorte de brouillard. Surnageaient des voix, des rires. Et tout se jouant par contraste, ainsi qu'un tableau où l'ensemble des figurants ne sert qu'à mettre en valeur le héros, il n'était plus que le portrait de la jeune fille de perceptible.

Était-ce l'épouse de ce bourgeois ? Sa fille ? Une amie ? Tant de questions lui remuaient l'âme. Il se sentait révolté qu'elle pût être sa femme. Et jaloux. Confronté à l'injustice du monde… Et aussitôt rassuré qu'elle se métamorphosât dans son esprit en fille aimée d'un père hélas trop indifférent.

— Nous pourrions nous asseoir là ? proposa Silvius.

Ainsi l'observerait-il tout à loisir, de cette table si opportunément située. Théodore voulait demeurer près du bar, et peut-être aussi de la tenancière pour lui faire un brin de conversation. Mais il suivit son fils, sans rechigner.

— Coincés ici pour un bout de temps, dit-il en soupirant.

— Tant mieux…, murmura Silvius.

Mais, dans le brouhaha, le père n'entendit pas.

— Notre marchandise ne craint rien, ajouta Silvius.

La jeune fille se tenait la tête penchée en avant sur quelque ouvrage qu'il ne pouvait voir, journal ou livre. Elle paraissait à ce moment loin d'ici, de cette pièce où l'on faisait chanter les verres en les choquant. D'autres s'étaient fait servir de quoi manger, un infâme ragoût de mouton, des crêpes de pomme de terre…

— Où devrons-nous dormir ? demanda Silvius.

Théodore ne répondit pas. Il connaissait pourtant la maison et ses dépendances. En hiver, lorsque la neige fermait le col et que le charroi était condamné à l'attente, on hébergeait les équipages dans la grange où il y avait assez de foin frais pour vingt ou trente couches convenables. Cela se faisait à la bonne franquette, tête-bêche, hommes et femmes mêlés.

— Crois-tu que les passagers de Lyon accepteraient cette situation ?

Le père se tourna vers le couple, puis se mit à rire.

— Je ne crois pas, non. Peut-être, moyennant une petite somme, Joliette leur trouvera-t-elle une chambre confortable…

Pour tromper l'ennui, on partit en excursion vers l'éboulement. Un petit kilomètre en contrebas, une coulée de terre avait obstrué la route. Et bien qu'une dizaine d'ouvriers s'affairassent, il faudrait une bonne journée de travail pour dégager le passage.

— La rivière était montée de onze mètres, dit un muletier.

Ses voisins l'écoutaient religieusement en marchant à petits pas. Les pierres décrochées de la montagne jonchaient le sol. Il en était peut-être d'instables qu'un rien pourrait jeter sur la pente.

— Sur l'Ardèche, mais vous ne me croirez pas, il y avait de tout : des poutres, des tonneaux, des lits, des meubles et même des animaux. Des vaches surtout, flottant les quatre fers en l'air, le ventre gonflé comme un ballon de baudruche.

L'un des promeneurs occasionnels ajouta d'un ton sentencieux :

— Une crue comme celle de l'an passé, on n'en verra pas avant longtemps.

Et son voisin l'approuva en révélant ce que tout habitant du département connaissait déjà.

— À Montpezat, ce sont deux usines de soie qui ont été emportées par les eaux. Comme un rien. Il y a eu des noyés. Des femmes et des enfants… Les plus courageux ont réussi à grimper sur les hauteurs, mais ce n'était que pour mieux voir le désastre, sans rien faire sinon se lamenter.

— Ça ne sert à rien de se défendre. L'eau est plus forte que tout, expliqua un vieil homme qui marchait en s'appuyant sur un bâton.

Il ne voulait pas rester à la traîne bien que chaque pas lui coûtât une grimace.

— Même le pont métallique de Labeaume a été emporté, confirma l'un des hommes. Et aussi la scierie du pauvre Rieu.

Théodore et son fils suivaient trois pas en arrière.

— Les gens de Lyon sont restés à l'auberge, dit Silvius.

Le père ne répondit pas. Il pensait à sa marchandise et aux mille cinq cents francs qu'il espérait en tirer. Il avait besoin de cet argent pour sauver Fontbelair. La nuit, l'angoisse le réveillait. Il ne supportait plus de se sentir pris à la gorge. Mille spectres le hantaient : un huissier frappant à sa porte, un incendie dans la magnanerie, le visage de son père flottant sur les eaux…

— Que leur importe l'éboulement, poursuivit le jeune garçon.

— Et que t'importe le sort de ces gens-là ? s'emporta Théodore.

— Quoi ? s'éleva Silvius. Je n'ai plus le droit de parler ?

— Ils t'intéressent tant que ça ? Ces idiots qui sont venus se perdre dans nos montagnes.

À peine de retour, Théodore alla voir ses chevaux. Il prit le temps d'examiner les sabots, les fers, de leur flatter l'encolure. Il y avait assez d'herbe dans le pacage de l'hôtel pour qu'ils pussent manger à leur aise. Du reste, ils n'étaient pas les seuls. Il y avait aussi les deux franches-montagnes à la robe châtaigne des Lyonnais, les mulets et les bardots des colporteurs, portefaix et charretiers ; un troupeau hétéroclite batifolant sur les déclivités du pré. Ce spectacle amusait les gens du relais. On n'avait rien d'autre à faire que musarder autour des palissades. Même les Lyonnais se laissaient attendrir par la scène champêtre, maintenant que le ciel était dégagé. Le beau temps reprenait ses quartiers avec, néanmoins, un petit air frisquet de montagne.

— Quand le Coiron a cette mine-là, c'est plutôt bon signe, annonça l'un des clients de La Burle.

Le Lyonnais faisait les cent pas devant la clôture. La demoiselle qui l'accompagnait, un large chapeau sur la tête vert bouteille, de la même teinte que sa cape, se tenait près de la calèche. Captive de ces montagnes hostiles, elle semblait trouver le temps long. Son regard triste se promenait sur les visages. Elle ne comprenait pas la langue de ces gens, les mots et le sens des phrases. Parfois sa curiosité paraissait piquée, au détour d'une conversation, par une expression ou par une tournure qui lui était familière. Mais son attention s'évaporait aussitôt.

— Dites-nous plutôt ce que nous faisons là ? fit l'étranger. Je devais être à Valence ce soir, c'est-à-dire, ajouta-t-il en consultant sa montre, que j'ai déjà une demi-heure de retard. Un rendez-vous de la plus haute importance. Et voilà que ce grain de sable a tout fait dérailler. Absurde. Vraiment absurde.

— Mais papa, tout cela est une question de fatalité. On raisonne toujours sans tenir compte des contingences matérielles, alors que nous en sommes tributaires, n'est-ce pas ? Je prétends que la vie ne nous appartient pas.

— Cesse de méditer sur la liberté et le reste, ma chère petite Roxane. C'est agaçant à la longue. Il suffirait que ces gens prennent chacun une pelle et une pioche et notre affaire avancerait deux fois plus vite. Mais je ne me sens pas le droit de les commander.

Silvius n'avait rien perdu de ce dialogue. Celui-ci l'avait même rassuré sur un point : Roxane était bien la fille de ce bourgeois hautain.

— La route sera dégagée dès demain matin. Vous pouvez en être certain, monsieur, dit Théodore Andromas. Nos cantonniers font ce qu'ils peuvent.

Le Lyonnais observa avec condescendance l'homme qui avait osé lui adresser la parole. Mais son regard ne s'attarda que brièvement sur Andromas. Pour le coup, il lui trouvait une figure antipathique. M. Francisque Colomier, tel était son nom, ne pouvait même pas soupçonner la grossièreté de sa réflexion. On eût pu lui répondre qu'il était aussi bien qualifié que ses voisins pour prendre la pelle et la pioche.

— Il n'en demeure pas moins que ce contretemps est fâcheux, insista M. Colomier. Et puis… (Il éleva la main dans un mouvement d'impuissance et la laissa retomber mollement.) Devoir passer une nuit ici même, affronter cet inconfort… S'il n'était ma fille que la marche effraie, je ferais bien le reste du trajet à pied. Il est un excellent hôtel à Privas, la Croix d'or, où je pourrais prendre un bain chaud.

M. Colomier pensait à voix haute devant un auditoire qui faisait peu de cas de son infortune. Les sourires affichés sur les visages laissaient entendre qu'on s'amusait de ces petits malheurs. En Vivarais, l'habitant était accoutumé à la rudesse de la vie. Mais tel n'était sans doute pas le cas pour un Lyonnais fréquentant le cercle du quartier Saint-Paul et dont on devinait aisément à sa mise et à son équipage qu'il appartenait à la classe aisée.

Silvius n'accompagna pas son père dans l'hôtel. L'insolite de la situation l'intriguait si fort qu'il ne parvenait pas à détacher son regard du manège entre le père et la fille. Il était une étrange complicité entre eux deux, faite de petits gestes affectueux, de sourires pleins de sous-entendus, de mimiques de connivence. Le jeune homme tentait d'en déchiffrer le sens secret. Silvius parvint ainsi à comprendre que M. Colomier avait une piètre opinion de l'hôtellerie de Veyras et des petites gens réduits comme lui à l'attente. On riait du misérable accoutrement des muletiers, des jambes arquées d'un colporteur, des jupons usés et effrangés de Joliette et de l'ivresse du mari. Tout cela, en vérité, tenait lieu de distraction. À croire que M. Colomier père et Mlle Colomier fille avaient peu l'occasion de fréquenter le petit monde besogneux.

C'est à ce moment, alors que le père avait été prendre une sacoche oubliée dans la berline, que Roxane commença à s'approcher de la clôture. Elle frôla Silvius de si près qu'il put humer son parfum. Le regard de Roxane coulissa dans sa direction, sans effronterie aucune. Elle eût pu faire sa pimbêche aisément, mais le jeune homme comprit qu'elle n'avait point besoin d'affecter cette posture puisque son père n'était là pour la voir. Mlle Colomier n'était décidément plus la même jeune fille sans l'attention paternelle, comme si celle-ci profitait de chaque occasion pour s'en affranchir.

Sur le coup, il se jugea fort perspicace, et mieux encore, riche d'une ressource insoupçonnée. Dans son voisinage familier, à Fontbelair et à Chauzit, il n'était rien qui puisse ainsi exciter son sens de l'observation. Le monde, son monde, il le connaissait trop bien, au point de n'y attacher aucun intérêt. « Est-ce cela qui se nomme l'ennui ? se demanda-t-il. Ce doit être ça, la ville, un ample univers peuplé de gens secrets et mystérieux, portant dans les replis obscurs de leur être mille histoires, mille pensées, mille rêves. À ne plus savoir où donner de la tête. Je veux vivre ça, moi, se jura Silvius en serrant les poings. Et non végéter à Fontbelair sous la montagne, là où la lumière ne descend que par pitié pour éclairer nos misérables petites vies sans histoire. »

— Vous aussi vous avez l'air de vous ennuyer, dit Silvius.

Elle tourna la tête de côté pour l'observer de nouveau, mais cette fois d'un regard direct. Ses yeux pervenche lui parurent sans fond. Il en émanait tout à la fois de la douceur et de la fermeté, de la douceur par cette attention qu'elle sembla lui vouer et de la fermeté par la manière soudaine dont elle les détacha de lui. Dès lors il se sentit importun. Elle réalisa qu'il n'ajouterait pas un mot de plus. Après avoir vérifié promptement que son père était toujours dans la voiture, Roxane s'approcha du jeune Andromas. Elle était attirée par ses yeux noirs, tristes aussi comme si l'ennui avait l'audace de nous rendre plus intelligent.

— Où avez-vous pris cet accent ?

— Sans doute ici même, sous le Coiron, dit-il en rougissant.

Il désigna d'un geste la serre de Suson encore nappée de brume.

— Si vous quittez un jour cette contrée, vous le perdrez. Moi-même j'ai vécu deux années à Paris avec ma mère et j'ai cessé d'employer certaines expressions. « M'y donne pas » ou « donnes-y-moi pas », par exemple, qui amusaient tant mes camarades du lycée Condorcet.

— Moi, hélas, je n'ai pas eu votre chance, répondit-il d'un air navré.

— À Lyon, nous avons aussi un accent, plutôt pointu, surtout à la Croix-Rousse. Vous connaissez la Croix-Rousse ?

Il ne répondit pas. Il voulait dissimuler son ignorance des choses de la ville. Comment reconnaître qu'il n'était jamais sorti de son trou, des berges de l'Ardèche et des accols de Valgrande ? Mais par chance, la jeune fille n'insista pas.

— C'est le quartier des canuts et des ouvriers tisseurs, poursuivit-elle. Souvent, je n'entends rien à ce qu'ils disent quand ils parlent entre eux, tellement les mots sont déformés. Par exemple quand nous nommons cet engin, qui fait un bruit d'enfer dans nos ateliers de la rue du Chariot-d'Or, un métier à tisser ou un jacquard, nos ouvriers l'appellent un bistanclaque… Ce n'est pas idiot. Dans le vocable, on entend le cliquetis des aiguilles, le glissement des cartes perforées et le lancinant travail des navettes…

M. Colomier veillait jalousement sur les fréquentations de sa fille qu'il eût aimée, sans doute, tenir loin de la société. À ses yeux, la menace venait toujours de la perméabilité entre les classes sociales, et s'il était un danger contre lequel se prémunir, c'étaient bien les mauvaises influences charriées par le cours normal des relations humaines. Aussi accourut-il pour arracher sa chère enfant des griffes de ce petit paysan ardéchois, avant qu'il ne fût trop tard. Francisque Colomier était sidéré qu'elle se fût liée aussi vite au premier venu.

— Nous devrions rentrer, dit-il soudain en s'interposant sans même saluer Silvius.

Ce dernier battit en retraite lorsqu'il sentit combien la jeune fille était obéissante à son père. Mais dans la soirée, après le repas pris en commun dans la grande salle de La Burle, le jeune Andromas parvint à renouer le contact avec elle, entre deux portes il est vrai, juste le temps d'échanger quelques informations utiles. Ainsi, Silvius apprit-il que Roxane était la fille d'un négociant en soie de Lyon qui travaillait pour le compte des Ateliers Pleynet, rue du Chariot-d'Or.

Plus tard, en évoquant cette question devant son père, sans pour autant dévoiler le fond de son âme, Silvius découvrit que Pleynet était une maison fort réputée sur la place de Lyon. En entendant ces précieux renseignements, le garçon serra dans sa poche le petit papier hâtivement déchiré dans un carnet sur lequel Roxane avait griffonné son adresse.

7

Dès son premier jour de vacances, Eugénie descendit à Chauzit. De bon matin, elle savait qu'elle trouverait le curé Bessac dans le jardin de la curie à réciter ses laudes. C'était le seul endroit où elle avait envie de le rencontrer, parmi ses salades, ses petits pois et ses choux, le moment opportun et si bien choisi qui la dispenserait d'entrer dans l'église. Pour une fille de parpaillot et de surcroît future hussarde noire de l'école républicaine, une telle capitulation n'aurait pas été correcte.

Singulièrement, Eugénie avait déjà revêtu, sans qu'elle le fût encore, son costume d'institutrice – un an la séparait du concours. Elle était toute de noire vêtue, hormis un chemisier de coton blanc au col strict, presque ecclésiastique, les fioritures en moins, et fermé par un gros nœud papillon. Elle portait un chapeau de paille, seule fantaisie autorisée, dont elle avait pris soin d'ôter les colifichets. « Ça fait grisette », avait-elle dit.

D'entrée de jeu, le curé Bessac fut impressionné par un tel excès de rigorisme vestimentaire. Il en poussa même un soupir en la toisant de la tête aux pieds. « Quelle vénérable carmélite elle aurait fait », se disait-il. Mais elle était perdue pour Dieu puisque c'était la République qu'elle avait choisie, et de la belle manière, avec la noble et généreuse mission d'éduquer ses enfants.

David Bessac n'ignorait rien du parcours de la petite Andromas, rien de ses brillants résultats au brevet et au concours d'entrée à l'école normale de Privas.

— Ma première visite a été pour vous, dit Eugénie avec un sourire enjoué.

Elle ôta son chapeau de paille et chercha l'ombre d'un lilas. Le curé leva le doigt sur elle pour la gratifier, prestement, d'un signe de croix. Eugénie recula, machinalement.

— Vous savez que je ne crois en rien. Et si vous comptez me convertir, vous pouvez d'ores et déjà perdre cette illusion.

Bessac fronça ses sourcils broussailleux. Il était accoutumé aux regimbements de ses gens lorsqu'il s'agissait de la religion. « Rien ne se peut plus convertir dans le pays désormais, déplora-t-il, alors que, dans les familles chrétiennes de longue date, la tradition se perpétue naturellement de père en fils ou de mère en fille. »

— Ne soyez pas si sûre de vous, ma chère enfant, répondit le prêtre. Rien ne nous est donné sans être repris un jour. Ce qui fait de nous des passagers sur la terre, convenez-en.

Ils marchèrent en silence jusqu'au bout de l'allée, sans crainte des abeilles butinant les pieds de lavande, des hérissons dodus et violines qui bordaient le passage.

— Je ne puis grandir, avoua-t-elle d'une petite voix, sans m'affirmer. Est-ce incompatible avec l'humilité ? Nous sommes entretenus dans l'idée de la supériorité du savoir cartésien. Le savoir est libérateur, comprenez-vous ? Contre la pensée irrationnelle, les croyances superstitieuses, les affabulations démoniaques… Mais je sens, confusément, que ce qui croît en moi au fil des jours ne fait que m'isoler du grand nombre. Et si la connaissance nous élève, elle nous rend aussi solitaire.

Le curé balançait la tête de droite à gauche. La question lui était si familière qu'elle l'ennuyait un peu.

— Vous êtes perdue pour nous, observa-t-il. Alors que vous possédiez toute la curiosité nécessaire pour approcher le Seigneur. Mais un jour, qui sait ?

— La première fois que je suis venue vous voir, monsieur (depuis qu'elle était entrée dans les ordres républicains, elle disait d'un ton affirmé « monsieur » et non plus « monsieur le curé » ou « mon père »), j'ai dû surmonter une grande peur.

— Félix Tabarou et ses grands airs de diable ?

— Non seulement. Tomber dans vos rets et finir au pied de la croix, carmélite, clarisse ou feuillantine.

Ils se mirent à rire tous deux.

— Et rien de cela ne vous est arrivé, dit Bessac.

— Pourtant j'en conserve une grande déception, ajouta Eugénie.

L'homme se retourna vivement. Il rajusta son chapeau d'ecclésiastique pour se protéger le visage du soleil. Alors il se souvint de la fameuse question.

— Je vois, dit-il. La cabane du Prussien… Je vous le confierai un jour, ce fameux secret. Car il nous en apprend plus sur la nature humaine qu'un long sermon. Puisse notre Seigneur ne jamais nous placer sur un tel chemin. Nul n'est à l'abri, même le plus clairvoyant d'entre nous. Lorsque la passion l'emporte sur la raison et la certitude sur le doute…

Eugénie était accoutumée à cette posture. Le curé de Chauzit cultivait toute énigme jusqu'à son flétrissement. C'était aussi un orgueil mal placé. Mais elle n'osa relever ce trait.

— J'attendrai le dénouement puisqu'il en est ainsi. À croire que l'on se complaît dans le mystère dans cette curie.

Bessac leva les yeux au ciel. Qui donc pouvait penser que le mystère n'était pas une affaire de chrétien ? Il s'amusait fort de cette joute. À ce jeu, il était passé maître et il savait qu'en face de lui il avait une rude concurrence.

— À cette heure, si je vous dois une révélation, ce n'est point celle-ci, dit David Bessac, la main posée sur sa poitrine.

Mlle Andromas se montra méfiante. Elle ne dit mot, attendant la suite. Le curé était lent à se mouvoir, comme si les circonvolutions de sa pensée ralentissaient ses pas.

— Vous me promettez de suivre en tout point mes conseils ?

La jeune fille se laissa quelque peu distancer. Elle avait besoin qu'il prît du champ. Il était désagréable, au fond, qu'il se tînt trop près d'elle, cet homme autoritaire sous ses airs chafouins. Pourtant, Eugénie n'avait rien à craindre, et si tant de méfiance la possédait, à ce moment, elle la devait à ses éducateurs de l'école normale où l'on mangeait du curé à tous les repas, puisqu'une guerre laïque se préparait contre les congréganistes.

— Savez-vous, ma chère enfant, que si vous avez

pu entreprendre de longues études, vous le devez au serviteur que vous honnissez en ce moment.

— Je n'entends rien à ce que vous dites.

— Vos parents s'apprêtaient à vous livrer à Beauchamp.

— Beauchamp ? La filature Beauchamp ?

— En effet. Ni votre père ni votre mère n'avaient vu les trésors que vous receliez.

Elle pencha la tête de côté. Le soleil était déjà haut et chaud et Bessac chercha désespérément un coin d'ombre. Ils rejoignirent le même banc que lors de leur précédente rencontre, où la tonnelle était dense. Elle pensa à Félix Tabarou, à l'histoire de son père qui avait fait sonner les cloches pour la naissance de Silvius.

— Autant que je me souvienne, c'est ma mère qui a insisté.

— Oui, après que je lui ai rendu visite à Fontbelair. Elle ne comprenait pas, la pauvre femme, ce qu'un curé avait à faire dans ses histoires. Un curé ! s'écria-t-il, pensez donc. Elle croyait même que j'étais venu pour vous faire inscrire dans notre école paroissiale.

— Peut-être votre avis a-t-il compté... Et je ne vous en remercierai jamais assez, mais il a fallu que mes parents trouvent assez d'argent pour me payer la pension. Et d'un certain point de vue, c'est ma sœur qui a été lésée, puisque deux ans plus tard, après le certificat, elle a été engagée, elle, par Beauchamp.

David Bessac fixait la pointe de ses chaussures. Il aimait à gratter le gravier blanc. Il s'acharnait même sur quelques brins de plantain qui avait proliféré dans cette allée.

— Il se trouve que vos parents ont été souverainement aidés. Et si je vous en dévoile les circonstances, gardez-les pour vous. Faites-en un secret.

Eugénie acquiesça d'un mouvement de tête.

— Ma pension de Privas a coûté trois cents francs l'an. C'est une somme considérable pour des gens comme nous. Et vous prétendez que mes parents n'ont pas fait ce sacrifice ?

— Oh non, ma chère enfant. Si vous aviez dû compter sur eux, vous n'auriez même pas eu votre brevet.

— Et qui donc alors a apporté cet argent ? Vous ?

Le prêtre se mit à rire.

— Certes non, si cela peut vous rassurer. Ainsi, vous ne me devrez rien… Sinon, croyez-vous que je vous en entretiendrais ? Un tel geste exige l'anonymat.

— C'est pourquoi vous vous empressez de le dévoiler…

Le curé prit la main d'Eugénie. Elle se montra rétive au début, puis céda enfin.

— J'estime que vous êtes en âge de comprendre. À la condition de mettre cela dans un coin de votre tête et de ne l'en jamais sortir.

Elle acquiesça encore, fixant droit devant elle la pelouse où l'ombre des arbres rapetissait.

— À qui dois-je cette manne providentielle ?

Bessac n'avait pas lâché la main d'Eugénie, comme s'il espérait ainsi atténuer les effets de sa révélation.

— À Barthélémy Sitbon, dit-il.

Un silence tendu, un hébétement, une stupeur… Eugénie sentit que son existence, soudain, prenait un tour insolite, une direction imprévue. Ce sentiment la mortifiait. Et que David Bessac fût le dénonciateur de cette duperie familiale lui était insupportable.

Quand la main d'Eugénie lui échappa, le prêtre voulut verser un peu de baume. Mais la parole fut immédiatement interrompue. La colère était lisible sur le visage de la jeune fille. Contre elle-même. Contre ses parents. Contre la terre entière.

— Sitbon a proposé d'aider vos parents, Eugénie. Il n'y a pas de mal à ça. C'est un acte chrétien d'une extrême générosité.

— Mais Barthélémy Sitbon est le pire ennemi de mon père. Nous avons passé toute notre enfance, nous les Andromas, à cultiver cette haine. La vigne contre le ver à soie ! Les Sitbon devaient périr et les Andromas prospérer. Telle était la prophétie.

Le prêtre décida alors qu'il était temps pour lui de se retirer sur la pointe des pieds. Mais avant de rentrer dans sa curie, il se retourna une dernière fois. Mlle Andromas pleurait de rage, sourdement. Et il n'était point besoin d'un témoin pour accompagner cette souffrance. « Elle est de celle qui vous grandit », pensait-il.

— Revenez me voir, mademoiselle Andromas. Il faudra que je vous montre une chose tout à fait extraordinaire. Si extraordinaire en vérité que cette affaire occupe toutes mes nuits, tous mes rêves, et me dévore de l'intérieur. Un prodige, certes. Vous serez, vous-même, édifiée. Et alors, votre histoire présente vous paraîtra bien anodine.

Derrière la maison familiale de Fontbelair, une bâtisse basse à l'allure misérable en comparaison de la majestueuse magnanerie, Théodore bêchait les pierres, comme il disait, c'est-à-dire retournait le peu de terre disponible.

— Un terrain à vigne, maugréa Fausto.

De colère, Andromas prit un caillou et le jeta dans sa direction. Le garçon l'esquiva en riant.

— Décidément, tu ne changeras pas, patron !

— Il n'y aura jamais de ceps sur ma propriété. Ça, c'est pour les Sitbon !

Fausto avait envoyé cette pique rien que pour le plaisir d'entendre pour la énième fois son refrain.

— Beauchamp nous a donné mille trois cents francs de nos cocons. C'est inespéré. Et même que c'est mon Silvius qui a mené la discussion.

Fausto siffla d'admiration. Il abandonna la bêche à dents pour la pioche. Un sacré pavé tenait sa place dans le rang, et il s'agissait de l'arracher à la terre pour le transporter jusqu'au muret.

— Plein le cul ! dit-il. Misère de pays. Pourquoi Dieu a-t-il voulu nous faire naître dans ce trou ? Y a bien une raison, n's'pas Théodore ? Un acharnement. Non, pire encore, une vengeance.

— Oui, reprit Andromas, mon Silvius possède la bosse du commerce. Maintenant, c'est lui qui ira faire l'article chez Beauchamp. Même que le vieux l'a en estime, mon canalio !

Dans ces moments de grâce, l'ouvrier épousait le bonheur de son patron. Il chantait avec lui, saluait le soleil et se dandinait tout en travaillant comme un forçat.

— J'gagnerai pas un sou de plus ?

— Tu gagneras ta soupe et un toit sur la tête, parce que tu ne sais rien faire d'autre. T'es né pour t'écorcher les mains dans la pierraille, mon gars.

Andromas semblait prendre plaisir à ces humiliations dispensées à satiété. Et si Fausto, le cœur léger, s'en accommodait, c'était par le seul prodige de sa joie de vivre. Il ne croyait pas qu'on pût être plus heureux qu'il ne l'était, plus libre, plus indépendant, alors que son existence était un semi-esclavage. Pourtant, il y avait du bon sens dans cette tête-là, un bon sens qu'il était à même d'exercer sur les autres et non sur lui-même.

— Patron, l'avenir de Fontbelair est tout trouvé, n's'pas ?

Le bonhomme reniflait l'air, la tête haute, sous un ciel sans nuage. De quoi se prendre pour un dieu, ou pour le fils de Dieu – quoique ce dernier sort ne soit guère enviable.

— Heureusement que ce petit m'est venu au moment où tout semblait perdu pour moi. Deux filles. On ne peut rien faire avec deux filles. Aussi je suis resté une semaine entière sans dessoûler.

— On pourrait boire un gorgeon, eh patron ? Histoire de se souvenir du jour où… C'était en 1875…

Ils se regardèrent, rêveusement. C'était l'un de ces rares instants où l'on prend conscience du temps qui passe avec les enfants qui grandissent en point de mire. L'un deviendrait un chef et les deux autres le déshonneur de la famille : une fouette-cul et une arpète.

— Même qu'il commence à faire tourner les têtes, insista Théodore.

Du bout des doigts, il se lissa les moustaches.

— Les filles, déjà, bien sûr, dit Fausto en hochant la tête.

— À La Burle, il a fait la connaissance d'une jeune fille originaire de Lyon. Depuis, ça correspond. Une lettre par-ci une lettre par-là.

— Tant que c'est du papier et un peu d'encre, jugea Fausto, ça porte pas à conséquence.

Théodore traîna sa pierre jusqu'au muret, en avançant à petits pas pressés, le souffle coupé. Fausto voulut lui donner la main, mais Andromas refusa. On avait sa fierté dans le pays. Il revint en chantonnant : « *L'Ordetcho, l'Ordetcho, merveilloux païs...* » Mais sa voix portait à grand-peine, s'élevait avec difficulté, à cause de l'effort consenti. Ainsi se prouvait-on quelquefois que le temps n'avait aucune prise, du moins pas encore.

— Vous allez vous faire une éventration, dit Fausto, comme Rabachel. Tous les boyaux lui sont sortis d'un coup...

Les deux hommes éclatèrent de rire.

— Et qui c'est donc qui les a remis en place ? questionna Théodore.

— On dit que c'est sa tendre et belle. Elle l'a recousu au point de surjet, après avoir rangé toutes ses affaires en vrac.

Puis d'un pas lent, haletant, ils remontèrent en haut du terrain, là où la terre glissait inexorablement. Par temps sec, ça se fendillait en mille crevasses, minuscules rides dans le sol. Mais les pluies bourraient ensuite les interstices. C'était ainsi, sous la montagne, que la terre vivait au rythme des saisons.

— Vous disiez, patron, que notre petit Silvius en pince pour une belle Lyonnaise ?

— Mais elle aussi, soutint-il, elle est piquée !

— Alors, ça va donner une belle histoire tout ça, non ?

— Pas de malheur ! s'écria Andromas.

Fausto glissa les mains dans ses bretelles, le visage tourné vers la vallée. Par beau temps, comme aujourd'hui, on distinguait toute la chaîne. Ce n'était que couleurs limpides, transportées par l'éther. Les lignes vibraient comme sur une corde tendue. La chaleur jouait des diffractions. Ils se sentaient tous deux au bord d'un gouffre, les pieds posés sur une langue étroite.

— Faudrait pas que l'amour lui donne des ailes à ton canalio, soupira Fausto. Et qu'un jour, sans qu'on y prenne garde, il joue les oiseaux migrateurs, histoire de rejoindre sa belle… Ça s'est déjà vu, conclut l'ouvrier.

Et comme Théodore sentit que son voisin allait encore lui raconter une histoire d'amants maudits où la passion a le mauvais rôle, il l'arrêta aussitôt.

— Ça ne risque rien. C'est une gamine de la haute ! Quelque chose comme des marchands de soierie à la Croix-Rousse.

Fausto parut sceptique. Lui, il connaissait le petit canalio, il savait que c'était un petit chef déjà, pétri d'orgueil et d'ambition. Un sacré bonhomme qui ne se satisferait pas de la misérable vie dans l'Ordetcho.

— Quoi ? s'éleva Andromas, prêt à lui expédier une caillasse à la figure. Ça ne s'est jamais vu, un petit paysan ardéchois sans le sou qui épouse une princesse…

— Une année encore à payer ! Trois cents francs. Trois cents francs, répéta Théodore d'une voix ferme.

Autour de la table, il n'était plus que des têtes baissées. On craignait les éclats de voix du père. Même Mariette ne s'opposait plus à lui comme au début. Elle se laissait couler dans l'indifférence. Et le chien lui-même, Artichaut – ainsi nommé par Pauline avant qu'elle ne quitte Fontbelair pour l'usine –, dressa les oreilles. Le bâtard craignait les colères de son maître, aussi partit-il, la queue basse. Eugénie le suivit du regard, amusée. « Serait-il le moins stupide de la famille ? » se dit-elle. Puis elle l'envia de pouvoir fuir ainsi.

— La pébrine a réduit de moitié notre production, ajouta Théodore. Voilà le bilan. Si ça continue, j'arracherai les mûriers, tous les mûriers, un par un, jusqu'à ce que ça soit fini toute cette connerie.

— Fais-le donc, au lieu de parler, le brava Mariette.

Le père fusilla sa femme d'un regard noir.

— M'est avis que ça serait p'têt le moment de planter de la vigne, suggéra Fausto.

Mariette pouffa de rire. Elle ne parvenait plus à croire que son ouvrier était aussi demeuré qu'on le disait. Il y avait même, petit à petit, du changement dans sa personne. À croire qu'avec les années, la finesse d'esprit lui venait, enfin.

— Ça, c'est mémorable ! rit-elle.

— Maman ! s'exclama Eugénie.

Elle roula vers elle des yeux de pitié. N'en avait-elle pas assez de prendre des coups ?

— Et si ça se trouve, ça sera quatre cents francs, repartit Théodore.

Il but son petit rosé cul sec. On lui cachait les bouteilles, on plombait les bondes des barriques, on lui livrait une guerre féroce. Rien n'y faisait, malgré ses promesses. C'était comme le grand-père, un vice de famille, le travers des Andromas.

Silvius fixait le fond de son assiette. Le seul petit

homme de la famille, le futur chef, l'héritier, se devait d'être du côté du père, quelles que fussent les injustices. Et même lorsque Théodore giflait sa mère, il détournait les yeux.

— Je suis malheureuse, dit Eugénie, de savoir tout le mal que je fais à ma famille bien-aimée.

— Ne dis rien, Eugénie, fit Mariette. Il faut savoir se boucher les oreilles de temps en temps.

— Tu nous tues, ma fille. Tu nous mets sur la paille. Quoi ? serait-ce trop te demander que d'aller travailler, comme tout le monde. Et pour faire quoi ? Un métier de pauvre, pardi. Comme ta sœur. Les mains dans l'eau bouillante pour dévider les cocons avec sa petite balayette. Ça lui rapporte six cents francs par an. Elle se paye sa pension elle-même. Elle nous coûte rien, Pauline. Même qu'elle envoie un peu de sous à sa mère… C'est pas beau ça ? Alors que toi, ingrate, tu nous ruines. Et tout ça pour devenir une fouette-cul. Mais voilà, c'est l'orgueil des Martelet qui suinte par tous les pores de ta peau.

Eugénie ne répondait pas. Elle se sentait la force de lui résister, au père, de le mépriser peut-être. Machinalement, elle rangea soigneusement sa fourchette à droite de l'assiette, le couteau à gauche. Il fallait que tout fût en ordre. C'était sa manière muette de s'opposer à lui.

— Malheureuse, malheureuse, répéta Théodore, je ne le crois pas. Tu es une menteuse. Rien ne saurait t'ébranler. Une Martelet, dis-je.

Soudain, Eugénie releva la tête. Elle offrait un visage lisse, sans colère.

— Papa, regrettes-tu tellement le temps où les curés et les bonnes sœurs éduquaient les enfants des pauvres ? Je ne comprends pas cette aversion pour le savoir.

— Tu les fréquentes bien, toi, les curés. À croire que c'est du pareil au même, les instituteurs, les prêtres, les prédicants…

— C'est un fait, reconnut Eugénie, que j'éprouve de la sympathie pour le curé Bessac, parce que c'est un homme d'esprit.

— Et les Sitbon, tu les aimes aussi, n'est-ce pas ? Tu les vois en cachette, les Sitbon. Va donc rejoindre leur église… Ils ont le bras long, les Sitbon.

Mariette éclata de rire. Mais le père n'osa lever la main sur elle. Alors il se resservit un gorgeon et but en clappant de la langue. Et Fausto aussi but un coup pour faire comme son patron. Quand Silvius risqua un geste vers la bouteille, le père le retint d'une poigne ferme. Ça ne lui disait rien de partager son clairet bien qu'il faille se dépêcher de le boire avant qu'il ne tourne en fleur et que l'aigre ne le détruise.

— Je ne discuterai pas cette question. Chacun fait ce qu'il veut de ses principes, dit Andromas. À la condition que ça ne me coûte pas trois cents francs l'an.

La famille rejoignit le chien dans la cour. Seul le père resta dans la cuisine, face à sa bouteille. Puis Eugénie prit sa mère à part.

— C'est un comble, dit-elle. Ne lui as-tu jamais dit la vérité ?

Mariette chercha l'ombre du tilleul, car les mûriers n'étaient plus que bois décharné. Les vers avaient tout dévoré. Et c'était une horreur d'arbres.

— Quelle vérité ?

— Allons, soupira Eugénie, Bessac m'a tout dit.

— Je vois, dit-elle en prenant sa fille par les épaules. Je croyais qu'il se tairait. Il me l'avait pourtant promis !

— J'ai vingt ans, tout de même. Je suis en âge de comprendre.

— Comprendre quoi ? Que je suis placée, moi, ta mère, ta chère mère, entre le marteau et l'enclume ?

Il y avait quelques douceurs caressantes dans leurs gestes qui signifiaient que rien, décidément, ne pourrait les séparer.

— Voudrais-tu que ton père assassine ce pauvre Barthélémy ?

Silvius retourna dans la cuisine. Il ne supportait pas que son père pût le soupçonner d'une trahison. Face à lui, il perdait toute volonté. S'il commençait une phrase, c'était Théodore qui l'achevait. « Est-ce ainsi que je deviendrai le vrai chef de la famille ? Par la soumission… »

— Allons, dit le père. Tout ça n'est rien.

Il le bouscula un peu, histoire de se mesurer à lui. Mais Silvius n'offrit aucune résistance. C'était son rôle ici-bas, de plier devant l'autorité paternelle, même dans son expression la plus puérile.

— Nous irons à Aubenas dès demain matin, proposa Théodore, pour acheter des cordes, de la semence de blé et d'épeautre, et vendre quelques chevreaux.

Fausto se tenait sur le pas de porte, moitié à l'ombre moitié au soleil.

— Et si nous croisons Sitbon, plaisanta le père, nous ferons l'effort de ne pas lui serrer la main.

— Oui p'pa.

— Un homme sans ennemi ne mérite pas de vivre. C'est qu'il est trop gentil et trop con.

Andromas leva encore son verre. Il était enfin venu à bout de la bouteille, une nette victoire contre sa mauvaise fille et sa vilaine femme.

— Tu discuteras le coup pour les chevreaux. À la condition que tu me promettes de ne pas descendre au-dessous de vingt francs pour des bêtes prêtes à la mise en lutte.

Le fils acquiesça de la tête. Théodore passa la main dans ses cheveux et les ébouriffa.

— T'es un bon petit, mon Silvius.

— Et la livraison de cocons ?

— Laisse donc. C'est une année de rien.

Andromas retourna à sa prostration, le buste rejeté en arrière sur sa chaise. Il se mit à se balancer, mollement. La somnolence le gagnait à cause du clairet de Valgrande.

— À mon avis, marmonna-t-il, on lui laissera pas le temps de fleurir.

Un sourire béat éclairait son visage.

— Je vendrai tous les chevreaux, ça, tu peux en être assuré.

— Merci, mon petit.

— Ça compensera les pertes de la magnanerie.

— N'aie crainte, y m'reste encore tout l'argent de la prime de 1890. Cent quatre-vingt-quinze francs pour quatre cents kilos de cocons. Un record, mon petit.

— Tu me l'avais pas dit, p'pa.

— C'est pas ta sœur qui me les bouffera. Cet argent, même ta mère ne l'a pas vu passer.

Le garçon hocha la tête. Il voulait montrer à son père qu'il l'approuvait sur toute la ligne.

— Je vois que tu es en train d'apprendre, reprit

Théodore. Apprendre à devenir un vrai chef. Ça au moins, ce ne sera pas du temps perdu.

La main d'Andromas se mit à osciller dans le vide. Il entendait encore les cloches de Chauzit battre pour la naissance de son fils. « Le plus beau jour de ma vie, pensa-t-il. Pour le reste, je n'ai pas été gâté. Le destin m'a donné deux filles. Progéniture inutile », maugréa-t-il avant de s'assoupir.

Depuis que Silvius avait commencé son apprentissage de futur chef de Fontbelair, les relations s'étaient distendues avec ses sœurs. Ni l'une ni l'autre n'étant destinées à rester sur la propriété, mieux valait prendre ses distances tout de suite, afin d'éviter des effusions sentimentales inutiles. Telle avait été la leçon d'Andromas à son fils. On ne se parlait plus, on se regardait comme des étrangers, on campait sur ses hauteurs.

Cependant, trois jours après la fameuse scène dans la cuisine où Eugénie n'avait osé dire à son père qu'il était un menteur et qu'il n'avait jamais versé le moindre sou pour sa pension à l'école normale de Privas, cette dernière chercha à avoir une franche conversation avec son frère. Elle descendit le trouver aux terres basses, là où la fontaine déversait ses eaux. Le garçon faucardait les joncs avec une faux à lame courte. Il y mettait tellement d'entrain qu'il ne l'entendit pas approcher, foulant la ronceraie à coups de bâton répétés. Quand Eugénie fut à un mètre derrière lui, elle resta immobile. Le torse nu et bronzé du jeune homme ruisselait de sueur. Elle attendit en l'observant. Puis, elle se hasarda à venir plaquer sa main sur son épaule. Surpris, Silvius se retourna si vivement qu'il faillit blesser sa sœur. Il piqua une vive colère, qu'Eugénie jugea légèrement forcée, si bien qu'elle l'écouta d'une oreille distraite, sachant que ce rôle lui allait fort mal.

— Toutes les filles sont des menteuses, s'écria-t-il.

— Moi non, se défendit-elle. Je dis la vérité. Père n'a jamais déboursé un centime.

— Qui paye alors ?

— Tu n'as pas besoin de le savoir.

De rage, Silvius jeta sa faux dans la ronceraie. Puis elle le suivit sur le pré, là où l'herbe était rase. La roche blanc et gris affleurait le sol en certains endroits. Ils s'assirent l'un à côté de l'autre, les pieds vers l'aven face aux bouquets argentés des saules dont l'ombre était si courte en plein midi.

— Je nettoie cette serve depuis ce matin, dit-il. Et il n'y a personne pour me prêter la main.

— Qui donc pourrait t'aider ?

Silvius eût voulu nommer son père, mais n'osa pas. Pourtant, Eugénie n'avait point besoin qu'on le désignât pour comprendre. Elle s'interdit aussi de dire qu'il buvait de plus en plus, et qu'un homme pris de boisson dès le matin n'est décidément bon à rien.

— J'ai quand même eu le temps de prendre un buisson d'écrevisses dans la serve, avec cette charogne que j'ai placée au fond. Un mou d'agneau.

— Je voudrais les voir.

Le garçon alla chercher le panier. Eugénie en prit une dans chaque main, délicatement pour ne pas se faire pincer.

— Elles sont de bonne taille.

— Ce sont des pattes blanches, dit-il.

— Et vives avec ça.

La sœur les reposa dans le panier, tout aussi précautionneusement. Puis elle s'essuya les doigts dans l'herbe. Elle n'aimait pas leur odeur de vase. En définitive, ces bestioles cuirassées étaient hideuses, et elle ne comprenait pas pourquoi elle s'y était intéressée. Peut-être avait-elle voulu lui montrer que sa rupture avec la campagne n'était pas encore consommée, bien qu'elle fût à moitié, déjà, une fille de la ville, une petite ville certes, mais une ville tout de même.

— Pourquoi ne prends-tu jamais des nouvelles de Pauline ?

— J'ai autre chose à faire, moi.

— C'est ta sœur tout de même, non ?

Silvius s'épongea le front en tournant la tête de côté pour éviter le regard d'Eugénie.

— Son travail est pénible et épuisant. Dans l'usine de moulinage, elle exécute ce qu'il y a de plus ingrat, ce que les autres ouvrières ne veulent pas faire. Mais je ne suis pas étonnée, à vrai dire. Pauvre Pauline, elle n'a jamais su se défendre. Et tout compte fait, j'aurais préféré qu'elle reste à la ferme auprès de maman. Elle y aurait été plus heureuse.

Le frère voulut se lever pour reprendre sa faux et taper les bancs de joncs comme un forcené, mais Eugénie le retint.

— Je comprends que cette vérité t'embarrasse.

— Oh non, fronda-t-il, elle ne m'embarrasse pas. Maintenant, Pauline gagne sa vie en faisant le métier qu'elle a choisi.

— Elle n'a rien choisi du tout, répliqua Eugénie. On a choisi pour elle. Papa l'a casée chez Beauchamp en disant au contremaître de la dresser à la besogne.

Elle gagne vingt-huit francs par mois. Une misère. Sans compter tout ce qu'on lui prend à côté : le logement, la nourriture, le blanchissage... Il ne lui reste plus rien pour elle. Et à force de passer ses journées dans des ateliers saturés de vapeur, à tremper les mains dans des bassines d'eau bouillante, je crains qu'elle y laisse la santé.

Eugénie descendit près de la mare, là où l'on avait versé de la pierre pour contenir les mouillères. Ce pavage sommaire permettait d'approcher les tombereaux pour y remplir les cuves d'eau. C'était bien utile en période de sécheresse, lorsque les pluies de mars se faisaient discrètes.

— Il y a pire encore, reprit-elle. Lorsque tu accompagnes papa à l'usine Beauchamp et que vous montez tous deux au bureau pour vous faire payer la soie grège, serait-ce trop te demander que d'aller faire un tour dans l'atelier pour embrasser Pauline ? Toi et papa, vous détournez le regard pour ne pas la voir, comme si vous aviez honte d'elle.

Silvius baissa la tête. Il se souvint alors de ce que lui avait dit son père : « On n'a pas de temps à perdre avec cette idiote. » Pourquoi père méprisait-il autant Pauline, et se montrait-il aussi agressif avec Eugénie ? Il tourna les yeux vers la montagne où quelques nuages effilochés traînaient sur le Coiron, comme de la blaze de magnan sur les arêtes de genêt.

— Il aurait tellement voulu que vous soyez des garçons, dit-il.

Le garçon ne pouvait empêcher la sudation de lui envahir le visage tellement il se sentait mal à l'aise.

— Lorsque tu es venu au monde, petit frère, nous n'avons plus existé pour lui, dit Eugénie. Avant l'extraordinaire événement, il nous jouait la comédie. Il faisait semblant de nous aimer. Et notre mère aussi a accepté cette ignominie. Elle a voulu réagir, mais bien tardivement.

— Qui pourrait trouver assez de force pour lui résister ? interrogea Silvius.

Dès que l'aînée des Andromas apprit que Barthélémy Sitbon payait sa pension à l'école normale de Privas, elle ne voulut plus aider sa mère à trier les cocons. Pourtant, elle s'était promise à cette tâche durant toutes les vacances. C'était sa manière de se rebeller, vent debout, ou peut-être, qui sait ? de se venger. Il y a du mystère dans le cœur des jeunes filles.

À ce moment – août 1891 –, on préparait les livraisons à Beauchamp. Le triage était des plus lents et des plus fastidieux tant la maladie avait frappé la dernière production. On passait des minutes à hésiter, avant de se décider pour le deuxième ou troisième choix. Mariette avait espéré qu'Antonin Charassol – l'un des éducateurs le plus avisé, dans le voisinage – lui prêterait main-forte, mais ce dernier avait décliné son invitation. « Ne perdez pas votre temps à débaver ces rebuts. Mettez tout ça au feu, ma pauvre madame Andromas… » Cependant, elle s'escrimait des heures, tentant de constituer un ballot convenable, juste de quoi tirer un cent de plus.

Mariette ne décolérait plus de voir sa fille traîner son ennui comme une bourgeoise.

— C'est à l'école normale que tu as appris l'oisiveté ? Drôle d'institutrice que tu nous feras là !

Mais Eugénie se sentait assez forte pour garder le silence. Elle affichait même une sorte de froideur déconcertante, comme si, déjà, elle avait pris congé de sa famille en en découvrant, lucide et clairvoyante, les défauts. Peut-être même se reprochait-elle de n'avoir pas su ouvrir les yeux plus tôt. Mais il lui restait encore un peu de pitié, au fond d'elle-même, pour sa mère. Et si elle affecta de ne rien entendre de ses reproches, c'était pour lui éviter de sévères vérités, contrairement à ce qu'elle s'était autorisée avec Silvius, jugeant sans doute qu'il y avait de ce côté-ci quelque chose à sauver.

Lorsqu'elle évoqua cette situation avec David Bessac, le prêtre se montra fort critique à son égard. C'était ce qu'elle attendait de lui, un jugement moral. Elle ne pouvait l'espérer de nulle autre personne à Chauzit.

— Qu'est-ce qui vous donne le droit de juger votre mère, votre père et votre frère ? Seriez-vous au-dessus d'eux parce que vous approchez le savoir qui leur fut interdit ? Les ignorants ne sont pas aussi dépourvus de qualités humaines que vous le croyez, ma chère enfant. Il est d'autant plus méritant de surmonter sa misère qu'elle est collante à l'âme comme la glaise. Soyez charitable, par pitié, sinon vous finirez par le regretter pour le reste de votre existence.

— Même si l'on refuse de m'aimer, moi qui ne suis pas la plus méprisable des Andromas ?

— Pardonnons-leur, parce qu'ils ne savent pas ce qu'ils font. Le propre de l'ignorance est d'être cruelle avec ceux qui savent ce que signifient les mots et les gestes. Regardez donc la réalité des êtres et des choses au-delà de l'apparence, puisque vous en avez la faculté.

Hélas le réflexe d'orgueil fut le plus fort. Et le prêtre comprit à ce moment qu'il ne la convaincrait pas, cette chère Eugénie, surtout lorsqu'il la sentit plus hautaine et fière que jamais, refermée sur elle-même.

— Et cette chose extraordinaire que vous vouliez me montrer ? lui rappela la jeune fille.

Le curé l'observa avec un sourire de gourmandise.

— Vous seriez prête à m'accompagner ?

— N'est-ce pas le moment ou jamais ?

— En effet. Voilà qui nous distraira un peu.

Malgré son âge avancé, Bessac était rude à la marche. Il grimpait avec assurance, fort de ses deux bâtons de buis qui le supportaient. Eugénie le suivait deux pas en arrière, inquiète parfois de le voir vaciller, perdre l'équilibre avant qu'il ne se reprenne, comme si la main du ciel le soutenait.

Épontes et éboulis se déployaient sous eux, là où la rivière, d'un jade opalisé, coulait à petit débit. Le soleil traquait les ombres, si bien cachées dans cet éblouissement de la nature. Le prêtre se retourna pour mesurer la distance parcourue. On ne distinguait plus les dernières maisons de Chauzit. Les chênes verts les avaient dévorées, peu à peu. Et cela lui sembla rassurant, cette grande solitude. Il l'accueillait toujours avec une sorte de jubilation.

Eugénie voulut prendre un peu de repos, au bord du vide. Elle se sentait oiseau, dans son corps minuscule. Mais le curé ne voulut pas s'asseoir sur la vire malaisée ; il craignait de ne plus pouvoir se relever, de perdre ainsi toute l'énergie mobilisée pour atteindre la Baume.

— Ce n'est plus très loin, dit-il. Juste un petit effort.

D'un doigt pointé, il désigna l'étroit sentier de montagne qui courait entre les saules nains. Ici, la végétation, en produisant des ramures noueuses et des racines entêtées, s'était contenue pour sa survie. Ce désert vertical était riche de mille plantes telles que la biscutelle, dont Bessac aimait à froisser les feuilles et à humer le parfum.

« Dieu n'a pas créé un jardin d'Éden pour qu'il soit aisément accessible à sa créature, pensa-t-il. Luxuriant et prolifique, n'est-ce point trop pour l'homme ? Si tu veux me connaître, alors monte sur les falaises de marbre et quête la beauté là où elle se cache… » Il se mit à rire à gorge déployée. Sa réaction laissa Eugénie dubitative.

— Le Seigneur a semé des espèces rares dans ces ravines dangereuses pour que nous les cherchions, quitte à nous rompre les os. Voici une vérité terrible, tout de même : la connaissance ne se conquiert que par l'effort et la peur surmontée, n'est-ce pas ?

— Je ne crois pas au surnaturel, répondit Eugénie époumonée.

Enfin, ils atteignirent la Baume. C'était une caverne étroite, un boyau malaisé.

— L'entrée est difficile. Mais ensuite, faites-moi confiance, nous y cheminerons à l'aise. Cela est insolent de facilité.

— Je ne vais pas m'aventurer dans ce traquenard, protesta la jeune femme.

Elle avait croisé les bras sur sa poitrine. Elle observait Bessac avec sévérité. Peut-être lui en voulait-elle de l'avoir conduite ici pour lui montrer l'une de ces caches naturelles qui étaient légion dans le Vivarais.

Mais le prêtre était obstiné, il ne se laissait jamais amollir par les craintes de ses fidèles, que celles-ci concernent la mort, l'enfer ou les petitesses de la vie.

— Vous me louerez ensuite, s'écria-t-il en tâchant de lui prendre les mains, bien qu'elles fussent rétives à se tendre vers lui.

Alors, il bouscula les branches d'un genévrier qui barrait le passage. Les griffures au visage ne lui étaient rien de plus qu'une salutaire épreuve. Car il était accoutumé à cette promenade spirituelle, comme il disait. Et cela l'excitait au fond d'y mener la petite Andromas, d'autant plus qu'elle s'y refusait.

— Suivez-moi, ordonna-t-il.

Elle finit par obtempérer. Elle éprouvait de la sympathie pour le prêtre de Chauzit et lui pardonnait par avance ses fantaisies. En effet, le boyau s'élargissait à l'endroit même où la lumière du dehors s'estompait. Mais Bessac avait tout prévu. Il y avait quelques torches qu'il suffisait juste d'allumer.

— C'est votre seconde église ? demanda Eugénie.

Le prêtre le reconnut aussitôt.

— Vous avez deviné juste, ma chère enfant. Comme vous êtes perspicace ! Mais celle-ci fut conquise par l'homme bien avant saint Pierre.

Eugénie éclata de rire.

— Peut-être fut-elle le refuge des protestants ?

— Je ne crois pas, dit-il d'une voix assurée. Je n'en ai trouvé aucune trace.

Ils cheminèrent prudemment dans le couloir où les ombres projetées par les concrétions calcaires peuplaient la nuit. Ce n'étaient que fantômes de pierre entre lesquels il fallait se faufiler.

Enfin, on atteignit une salle immense. Le prêtre leva sa torche et Eugénie l'imita.

— Regardez là, sur cette paroi, et ne dites rien.

Mlle Andromas s'approcha de la roche.

— Ce serait comme un dessin étrange, murmura-t-elle.

— Oui, dit-il. Une longue frise d'animaux réalisée par les premiers artistes de l'humanité.

Eugénie n'osait la toucher. Elle contempla un bouquetin, ses formes élancées et ses bois stylisés à traits vifs. Puis elle trouva aussi quelques autres espèces, telles que des aurochs à la panse enflée, des rennes couronnés de bois flamboyants, des mammouths hérissés de fourrure. Les créatures étaient si brillamment dessinées qu'on distinguait nettement l'expression du regard, le renflement du museau, les pattes sommairement représentées pour que le mouvement en fût préservé.

— C'est tout un troupeau surpris dans sa course, dit-elle.

Et les torches décelèrent des dizaines de trésors, dont une main d'homme qui s'était imprimée sur la pierre, doigts écartés.

— C'est la signature de l'artiste. L'homme, insista Bessac, l'homme primitif dans sa splendeur.

Maintenant que leurs yeux s'étaient accoutumés à l'obscurité, ils percevaient davantage les formes se jouant des creux et des bosses de la roche, et comment les artistes avaient usé de cette sculpture naturelle pour poser leurs figures.

— Où est votre Dieu dans tout ça ? interrogea Eugénie.

— C'était avant le mystère, dit le prêtre assis à même le sol, avant la parole, les Écritures et les Évangiles. Il y a dix ou quinze mille ans.

— En ce temps-là, les dieux n'étaient pas encore nés, ajouta-t-elle. Mais la peur, l'angoisse, la sagesse, sans doute. Comme quoi la conscience a précédé la convocation des forces divines au cœur du destin individuel... Certainement pour échapper à l'inexplicable, la noire incertitude des nuits sans étoiles et la blanche lumière du jour sans cesse recommencée.

Le prêtre écoutait son invitée avec attention, buvant chaque mot avec ravissement. Cette découverte avait changé sa vie, mais il ne pouvait épiloguer sur le sujet tant la ressource spirituelle lui manquait. Elle avait fait de lui un enfant de Dieu à jamais partagé dans ses certitudes premières.

— Et pourtant, que représente cet ouvrage, dit-il, si ce n'est une forme d'adoration. Mais ici, c'est d'une autre sorte de religion qu'il s'agit. Un sacré, certes, mais qui ne porte pas la parole de l'Ancien et du Nouveau Testament. Comme quoi, l'homme a toujours entretenu un commerce avec les esprits, fussent-ils ceux des eaux, du ciel, de la terre ou des bêtes sauvages...

Eugénie se mit à hocher la tête. Elle reviendrait souvent dans ce sanctuaire pour y poursuivre sa réflexion, avec Bessac ou sans lui, qu'importe. Car il lui avait ouvert la porte d'un univers dont elle ne pourrait plus jamais se défaire.

— Ne révélez à personne ce que vous avez vu, ma chère enfant. Ce sera notre secret à tous les deux. Gardons-le dans notre cœur. Enfouissons cela dans notre mémoire. Et qu'il demeure à jamais tapi dans ses sombres replis.

— Et pourquoi donc ?

— Croyez-vous que nos contemporains puissent entendre ce message ancien ? Ne serait-ce point les détourner du grand mystère qui règle l'ordre de notre civilisation chrétienne ?

8

L'usine Beauchamp avait connu dès 1875 d'importantes transformations, lorsque les fils Étienne et Jules avaient repris l'affaire de leur père. Ces jeunes ambitieux avaient compris qu'il leur fallait adjoindre à leur moulinerie une filature pour concurrencer la production du Gard. Ainsi la firent-ils bâtir en brique rouge, dans le même style que celui de l'atelier dont ils avaient hérité, mais en en simplifiant l'architecture par la suppression des arcs en plein cintre des ouvertures. C'était une dépense inutile pour les nouveaux industriels, jugeant avec raison sans doute qu'il valait mieux gagner de la surface en réduisant le coût de la maçonnerie. De la brique pleine, on passa à la brique creuse. Et au final, la nouvelle usine ne dépara guère l'ancien bâtiment qui conservait toujours son caractère massif de manufacture du XVIIIe siècle. Deux cents ans se côtoyaient donc dans l'écrin de verdure de l'Ouvèze. De cette rivière impétueuse dévalant l'Escrinet, l'entreprise tirait sa puissance par un savant assemblage de turbines et de moulins. Car l'industrie avait besoin de l'eau pour le tirage et le moulinage de la soie, mais aussi d'une force motrice pour la torsion et le chevillage.

L'atelier de moulinage Beauchamp s'étendait sur cinq cents mètres carrés. Un canal le traversait de part en part, alimentant les cuves de dévidage. Les ouvrières, assises devant une eau chauffée à quatre-vingt-dix degrés par des jets de vapeur actionnés à la demande, fixaient les fils de soie sur le barbin avant qu'ils fussent enroulés sur le tour par un trembleur. Tirage et moulinage étaient le lot quotidien des quarante-cinq employées, petites mains enchaînées à une production intense et minutieuse dans une atmosphère saturée d'humidité. On ne parlait point ; on n'osait à peine se regarder. Le contremaître avait des allures de garde-chiourme dans son costume gris. De rage, il faisait pivoter sa casquette sur la tête pour signifier qu'il y avait trop de frizon dans le dévidage, c'est-à-dire de soie irrégulière dont on devait se débarrasser.

Pauline Andromas était postée à la bassine, à la basse besogne, celle qui consistait à ébouillanter les cocons afin de les désagréger. Ensuite, à l'aide d'un petit balai de bruyère, elle battait ceux-ci pour les amollir jusqu'à ce que les brins de soie s'attachent à l'escoubette.

Par malheur, la jeune fille s'était montrée dès le premier jour très habile à cet exercice et M. Trumois avait jugé que Pauline demeurerait rivée à sa bassine de cuivre, quoi qu'il advînt et quels que fussent les souhaits exprimés. Du reste, la petite ne demandait jamais rien ; deux ou trois coups de gueule du contremaître avaient suffi à la rendre docile et craintive. Et nul à vrai dire ne se souciait des cruelles brûlures qui affectaient ses mains. Ampoules et cloques, percées par une fine aiguille, avaient fini par rendre sa peau crevassée. Les fils de soie s'acharnaient à titiller ses blessures, à jamais ouvertes en mille plaies minuscules qui lui faisaient pousser des soupirs d'effroi. « Je donnerais mille francs pour avoir des mains neuves », disait-elle. Cette réflexion faisait rire ses voisines : « Mille francs ! Où irais-tu les dénicher ? » Et une autre ajoutait, avec cet humour bien particulier que l'on ne rencontre que chez les pauvres : « Moi, avec mille francs, je partirais de cette boîte dare-dare, sans demander mon reste. – Et pour aller où ? – À la mer, pardi, là où il y a de riches mariages à faire… »

Pauline Andromas avait promptement compris combien il importait, pour la qualité de la soie, que les brins ainsi réunis fussent du même calibre à la sortie du barbin. Car la soie d'un même cocon n'ayant pas la même grosseur et la même ténuité, il convient donc de mélanger des fils issus de différents cocons. La petite Andromas était vigilante, alors que souvent ses voisines ne s'en souciaient guère, estimant que la soie grège, même mal dégrossie, serait améliorée à la filature.

— Mlle Pauline est la reine du débavage, disait Trumois avec un air moqueur.

Et pour donner un peu de poids à sa réflexion, histoire de se mettre les filles de son côté – toutes celles qui jalousaient Pauline en somme et qui lui eussent souhaité un enfer plus grand encore –, le contremaître s'emparait vivement d'une escoubette et la lui flanquait sur la croupe. Une fois, deux fois, trois fois… Attendant une réaction qui ne venait jamais. Sans doute était-ce la raison pour laquelle il ne renonçait pas à ses méchantes taquineries.

M. Trumois avait fait de la petite Andromas son souffre-douleur. Il aimait à la rabrouer, à l'humilier, sans quoi il n'eût point été le chef qu'il avait toujours rêvé d'être, fort en gueule, injuste et excessif dans ses mots et dans ses gestes. Dans les bureaux, les Beauchamp ne se mêlaient pas de ce qui se passait dans les ateliers. Ils avaient nommé un gardien du temple pour cela, c'était assez. Et si quelquefois Pauline se cachait pour pleurer en enroulant ses pauvres doigts blessés dans un mouchoir, on ne cherchait jamais à en comprendre les motifs.

En haut lieu, il n'était que les chiffres sur le registre des comptes qui importaient. On ne parlait que de la rude concurrence, celle des Italiens, ou bien des manigances des marchands lyonnais pour acquérir la soie grège à bas coût. Un défaut, un infime défaut dans une livraison, suffisait à faire chuter le prix d'un lot pourtant convenablement filé. C'était aisé d'en faire supporter les conséquences aux ouvrières. D'abord à Trumois, ensuite aux petites mains. Et les petites mains, sur qui pouvaient-elles se venger ?

Théodore Andromas, jugeant le fils prodige suffisamment aguerri, chargea Silvius d'accomplir la dernière livraison. À la vérité, les cocons de la campagne 1891 n'étant pas d'une qualité irréprochable, le maître de Fontbelair avait préféré s'abstenir, plutôt lâchement. Mais Silvius, seulement armé de l'audace de son jeune âge, fit une entrée fracassante chez Beauchamp, assuré de gagner vingt à trente centimes de mieux au kilo.

— N'est-ce pas hasardeux de discuter avec un Andromas junior ? ricana Étienne en lui ouvrant la porte de son cabinet de travail.

Le frère aîné des Beauchamp était un homme fier. Son visage était rehaussé par une moustache roulée à la Badinguet. Il aimait à fumer des cigares de bonne qualité achetés chez Demuth, marchand de gros et de détail à Lyon. Cette occupation corrompait son haleine à un point tel qu'il maintenait ses visiteurs à deux pas de lui, se condamnant ainsi à parler fort. Par chance, la nature l'avait nanti d'un organe de ténor. Il roulait les *r*, usait de mimiques pour illustrer ses propos. Beauchamp aîné était un dilettante, tout le contraire de Jules, son jeune frère de dix ans de moins, si différent d'aspect et de nature qu'on ne manquait de s'interroger. Ce ne pouvait être le même géniteur… Beauchamp Émilien. Un bâtisseur à sa manière. Introduit chez les catholiques de Vals, il régnait sur les bonnes familles : banquiers, maîtres de forges, patrons de mines de charbon et de plomb, de cimenteries et de mégisseries. Il avait même acquis une entreprise de batellerie sur le Rhône. Dix équipages, et non des moindres, avaient été à sa solde entre Marseille et Lyon. À la fin de sa vie, Émilien Beauchamp avait connu quelques revers de fortune, et surtout l'ingratitude de ses pairs. « Beauchamp de ruines ! » avait-on ironisé dans le petit cercle des bourgeois de Tournon en voyant le vieux bonhomme traîner son ennui sur le quai Farconnet. Mais ses deux fils, à bonne école, surent sauver l'essentiel grâce à la soie, activité que le vieil Émilien avait toujours négligée. « Tissus, fanfreluches et affiquets… Affaire de grisettes ! » avait-il claironné dans ses meilleurs jours.

Silvius donna la quantité de sa livraison qu'il avait fait peser à l'entrée de l'usine.

— Ce sera trente centimes de mieux, pour cette fois, annonça-t-il en tenant ses mains jointes dans le dos.

Le dernier des Andromas ressemblait encore à un jeune écolier, bien qu'il portât le pantalon long et un petit gilet sous son veston un brin élimé aux coudes. Étienne Beauchamp le toisait.

— Voyez-vous ça ? s'exclama-t-il. Vous faites le prix, jeune homme… C'est d'un culot. Non. Et comment ferais-je des bénéfices si l'on vous écoutait ?

— C'est de la première qualité, insista-t-il.

— Je ne sais pas.

— Vous pouvez nous faire confiance. Nous sommes une bonne maison.

Soudain, Beauchamp s'arma de son sourire carnassier. Il ne ferait qu'une bouchée du freluquet.

— Le cours de la soie souffre en ce moment. La concurrence… Ignoreriez-vous que nous ne sommes plus seuls sur le marché ? Ça produit partout, en Chine, au Japon, en Italie… En Italie surtout. Là-bas les éducateurs cassent les prix. Et j'aurais même, vous dirais-je, intérêt à me fournir chez eux à Milan. Le train nous amène la marchandise au pied de l'usine pour rien. Est-ce de ma faute ? Et l'on croit protéger notre marché par des droits de douane. C'est un drôle de gouvernement que nous avons là. Le droit de douane, l'arme des faibles ! s'écria-t-il.

Silvius ne comprenait pas un traître mot de ce discours. Il ne savait rien de l'évolution du marché et des primes à la sériciculture. Il avait simplement ce désir de grappiller quelques sous de plus pour gagner l'estime de son père. Sans cela, oserait-il rentrer à Fontbelair ?

— Dans les affaires, chacun doit gagner son argent. Les magnaniers, les mouliniers, les filateurs... Sinon, tout finira par se perdre. Vous me comprenez, monsieur Beauchamp ?

— Ah les Andromas ! se plaignit l'industriel. Quelle famille ! Vous avez quoi à me vendre ?

— Six cents kilos.

— C'est maigre.

— Mais c'est de la bonne marchandise.

— Je serais étonné que vous me disiez le contraire, jeune homme.

— À Lyon, y paraît que le cours de la soie a progressé. On en manquerait, curieusement.

Beauchamp éclata de rire.

— D'où sortez-vous ça, jeune Andromas ?

— De M. Colomier, Francisque Colomier, précisa-t-il.

L'industriel faillit s'étrangler de surprise.

— Quoi ? Vous connaissez Colomier, vous ? Colomier le marchand de soierie...

— De la rue du Chariot-d'Or, ajouta Silvius d'un ton enjoué.

— Ça alors !

— C'est un ami à vous ?

Beauchamp ne répondit pas. C'était le marchand le plus important de Lyon. Il lui devait une part de sa bonne fortune, puisque celui-ci lui achetait la moitié au moins de sa production, sans compter que l'homme de la Croix-Rousse dirigeait la confrérie et qu'un mot de lui, un seul mot, pouvait changer sa destinée. C'était du genre à faire la pluie et le beau temps dans le syndicat de l'Union des marchands de soie.

— C'est votre père qui le connaît ? s'inquiéta-t-il.

— Non, moi, bien sûr. Comme quoi, monsieur Beauchamp, il ne faut pas se fier à mon jeune âge. Ce qui compte dans la vie, c'est l'ambition, l'ambition que tout homme porte en lui et qui le pousse vers l'avant.

L'industriel fit un pas de côté, éberlué. Il y avait de quoi. Qu'un petit paysan d'Ardèche évoquât le nom de Colomier, son seul nom, était l'événement le plus étonnant de la journée. Néanmoins, il voulut vérifier sur-le-champ que le jeune homme de Chauzit ne l'abusait pas.

— Et que dit le marché ? Le sauriez-vous, par hasard ?

Silvius réalisa que le moindre faux pas, la plus petite hésitation pourraient lui être fatals.

— La grège Cévennes premier ordre est passée en deux mois de trente-neuf à quarante-cinq francs.

Les bras croisés sur sa large poitrine, Beauchamp n'en croyait pas ses oreilles.

— En effet, c'est ce qu'on dit. Mais la grège Japon est restée à trente-cinq. Et ça, c'est un coup dur pour nous. Depuis l'ouverture du canal de Suez, le transport vers l'Europe est aisé, mon jeune garçon. Et c'est toujours la même chanson, quand ça tire vers le haut chez nous, ça tire vers le bas à l'importation. Et Colomier est un maître. Il sait faire du stock à point nommé, en attendant que les cours remontent. Mais, admit Beauchamp, vu la petite quantité que vous offrez, je peux bien vous accorder un petit coup de pouce, quarante centimes. Et pas un sou de plus.

Silvius tenta dix de plus, mais l'industriel s'en tint à sa proposition. Le jeune Andromas comprit alors que la partie était jouée et bien jouée, au-delà de toute espérance.

En descendant les marches conduisant au quai de livraison quatre à quatre, Silvius loua la dernière lettre de Roxane et les précieuses informations qu'elle lui avait livrées, en toute innocence. Dans celle-ci, la fille de Colomier se vantait des profits réalisés par son père sur le dos des mouliniers. Car dans ce négoce, tout l'art consistait à dresser les corporations les unes contre les autres : les éducateurs de vers à soie contre les filateurs, les filateurs contre les tisseurs... Au final, les négociants en soie tiraient les marrons du feu. Salutaire leçon, en somme, qui lui avait permis, en quelques minutes, de tirer son épingle du jeu.

Les récriminations d'Eugénie n'avaient pas été vaines, Silvius s'était promis, pour une fois, de voir Pauline. Son gain encaissé, il demanda à descendre aux bassines, là où les ouvrières flottant dans un bain de vapeur vaquaient à leur occupation. Le contremaître lui refusa sa visite, mais Andromas s'imposa en disant qu'il avait l'autorisation du patron. Pieux mensonge. Et comme Trumois n'eut pas le courage de vérifier ses dires au bureau, Silvius put entrer dans l'atelier.

Il y régnait une odeur suffocante, une odeur de cadavre, comparable à celle des tanneries d'Aubenas. Ces miasmes semblaient encore relevés par la chaleur poisseuse de l'atelier. Les ouvrières n'osaient lever la tête de leur bassine sur son passage. Elles étaient, telles des marionnettes vivantes, suspendues à leurs fils. On ne savait si elles ordonnaient à la machine ou si la machine les commandait. En vérité, elles faisaient corps avec l'outillage dans lequel elles paraissaient empêtrées.

Silvius fit le tour des bassines, en enjambant le canal. Les vapeurs chaudes l'enveloppaient. La tuyauterie s'époumonait à souffler son haleine fétide. Il dénicha enfin Pauline. Mais son geste d'invite ne suffit à la détacher de son travail. Le contremaître, seul, pouvait l'en délivrer. Il la prit par le bras et la tira vers lui. L'odeur de crevé la possédait et il en ressentit un haut-le-cœur.

— Qu'est-ce donc ?

— Les papillons morts, dit-elle. L'eau chaude est contaminée par cette puanteur. Mais on finit par s'habituer.

Le garçon hocha la tête de droite à gauche, comme s'il refusait cette évidence. Mais il comprit que Pauline ne pourrait jamais s'affranchir de cette existence, maintenant que l'on avait choisi son destin.

À la sortie, ils cherchèrent l'ombre d'un mûrier. Celui-ci était florissant. Il avait échappé à la mastication des vers affamés. Juste là, devant la porte de la filature, on l'avait laissé prospérer pour la décoration.

— Tu n'as pas l'air heureuse ? demanda Silvius.

— Non, dit-elle.

— Tu voudrais revenir à Fontbelair ?

— Je ne peux pas.

— Eugénie sera institutrice, dit-il. C'est incroyable, non ?

Pauline acquiesça. Il la prit contre lui et la serra jusqu'à ce qu'elle se mît à sangloter. Mais la crise fut de courte durée. Elle était forte et résignée, comme tous les Andromas. On avait partagé des jours heureux, désormais les temps étaient devenus difficiles.

— Nous ne sommes pas faits pour cette vie, murmura-t-il. Peut-être Eugénie a-t-elle réussi à se préserver de tout ça. Mais nous deux, nous ne sommes pas saufs.

Pauline alla s'asseoir contre le tronc du mûrier. Elle huma l'odeur des feuilles luisantes. Elle en prit une entre ses doigts, la froissa et la porta à ses narines.

— J'ai le regret de tout ça. Maintenant, je sais que c'est fini.

— Tu ne peux pas dire ça.

— C'est une prison, notre usine, une prison de laquelle on ne sort jamais. Même si on parvient à s'évader dans quelques rêves, c'est pour mieux y revenir au jour naissant. Et les nuits sont de plus en plus courtes, à mesure que la fatigue s'accumule. Et puis, dit-elle encore, j'ai le souffle court. À cause de cette vapeur épuisante.

Silvius lui prit le visage dans ses mains ouvertes. Et il l'observa, longtemps, sous le petit vent du sud qui faisait bruire les feuillages et chanter les cigales dans l'herbe sèche bordant la route poudreuse. Il se sentait impuissant à inverser le cours des choses. Le reste du monde semblait conjurer contre eux deux. « Je sais pourquoi je n'ai jamais voulu descendre dans l'atelier, pensa-t-il. Pour ne pas voir cette horreur. »

— Moi, dit-il, je me battrai pour sortir de ce piège infernal. Je me battrai bec et ongles. Tu me comprends ?

Elle hocha la tête en regardant la pointe de ses bottines.

— Tu es fort, Silvius, fort et intelligent. Mais moi, je suis faible et stupide.

— Non, s'écria-t-il dans un geste de colère, tu es douce et fragile, ma petite sœur, mais nous t'avons sacrifiée pour trois cents francs par an. Trois cents francs, répéta-t-il en grattant de sa chaussure la poussière blanche du chemin. C'est ce que j'ai gagné en deux minutes en baratinant Beauchamp. Tu te rends compte ?

Pauline l'observa, incrédule.

— Tu ne peux rien pour moi. Personne ne peut rien. Peut-être que tout ça ne durera pas trop longtemps…

Elle fixait la tour de la filature dont l'ombre grise se projetait sur le blanc crayeux de la cour. Elle souffrait de parler. Car les mots lui faisaient mal. C'était comme un chagrin qui ne connaît aucune fin, sans accalmie ni rémission. Un chagrin ordinaire, innommable.

9

Hiver 1892

L'hiver s'était approché par à-coups ; premières froidures, premiers gels, premières neiges, sous le fouet des vents contraires, ceux descendant du nord et ceux montant de la mer. Puis le Coiron s'était coiffé de blanc et, à Fontbelair, on avait compris qu'il était temps de rentrer les chèvres, de protéger les plus faibles des animaux dans le foin et la paille. Fausto s'était acquitté de cette tâche, comme à l'ordinaire, en râlant tout son soûl. Il n'avait guère à espérer une quelconque aide de son patron. Ce dernier profitait du mauvais temps pour descendre à Chauzit et s'attarder au café Charmille. Il battait ainsi en brèche sa neurasthénie des jours d'hiver en tapant le carton avec Rouvière, Pélegrin et Chambon. Ça formait un joyeux quadrille sous l'œil de Miette, dont les coudes étaient posés sur le comptoir.

— Entends la burle, disait Rouvière. C'est mauvais signe pour notre hiver. Il va être aussi dur et froid qu'en 1878. Cette année-là, l'Ardèche a gelé jusque sous le vallon d'Arc.

— Quand ça descend du Velay et que ça nous prend le plateau comme ça, faut craindre, renchérit Chambon.

Théodore se mit à hocher la tête, emporté par sa réflexion. Il songeait à son aînée qui avait pris son premier poste à l'école de Largentière. Peut-être avait-il toutes les raisons d'être fier d'elle, mais non, ça ne l'effleurait guère. Andromas ne voyait que l'aspect négatif de l'existence, quand il ne prenait pas un malin plaisir à le noircir. Et soudain, son poing vint heurter, vigoureusement, le coin de la table.

— Ma Mariette me boude, mon Eugénie passe son temps à courtiser le curé maintenant, quant à Silvius… (Il marqua un temps d'arrêt comme pour retenir sa respiration ou dominer sa colère.) Tout ce qu'il veut, c'est courir à la ville. Depuis que je lui ai confié la livraison des balles de cocons, il ne pense qu'à ça, aller à Aubenas, à Privas, et que sais-je encore.

Les voisins écoutaient, la mine basse. Ce n'était pas le moment de contrarier Théodore Andromas. L'homme était connu pour ses accès d'humeur.

— Laisse-toi vivre, conseilla Pélegrin. Moi, si j'avais ta chance…

— Depuis que Silvius se prend pour un petit chef, il ne rêve plus que de me remplacer. Comme si j'étais devenu, tout d'un coup, bon à rien. Mais il y a un coup de sa mère, là-dessous. Des conseils bien appliqués. Je la connais la fille Martelet…

Lorsqu'il s'emportait contre sa femme, Théodore appelait Mariette par son nom de jeune fille. Croyait-il la rabaisser ainsi ? À moins qu'il ne se mortifiât lui-même en découvrant que la fille Martelet avait fait son chemin sans lui, qu'elle avait acquis plus d'indépendance qu'il ne lui en avait accordée.

— À mon avis, ton fils a plus de qualités que tu veux bien en reconnaître, dit Anselme Rouvière.

Miette Charmille apporta des grogs. Mais on n'avait pas envie de se précipiter, au risque de se brûler les lèvres. On regarda en silence le panache de fumée qui s'élevait au-dessus de la table grise et on huma la bonne odeur d'eau-de-vie de prune qu'il dégageait. C'était un instant de paix, alors que la burle soufflait au-dehors, secouant portes et fenêtres.

— M'est avis que mon Silvius ne restera pas à Fontbelair. Je le sens envieux de tout. De l'argent que nous n'avons pas. Il exècre cette vie de paysan. À la première occasion, je le perdrai, déplora-t-il. Et dire qu'un jour, ajouta-t-il rêveur, j'ai fait sonner les cloches pour annoncer sa naissance. Un fils, nom de Dieu, vous rendez-vous compte ? Mais je déchante, présentement. Mon tocsin avait un timbre de glas.

Pélegrin pouffa de rire. Depuis l'enfance, c'était la même musique. Andromas passait de la lumière à l'ombre, de l'enjouement à l'abattement.

— Quant à l'institutrice de Largentière, elle a renié la mémoire de ses ancêtres. Est-ce normal pour une parpaillote de fréquenter le curé Bessac ? Aurait-elle oublié, tout de même, que nous avons eu, dans la famille, cinq martyrs sous le pont de Rochemare ?

Anselme n'avait guère envie que son ami narrât encore une fois ce haut fait d'armes contre les papistes. On s'était étripé pour Dieu dans ces contrées insoumises, et les cicatrices n'étaient pas près de se refermer, malgré le temps.

— Tout de même, protesta Pélegrin, ta fille reste une rebelle. Ce n'est pas un hasard si elle a choisi l'école de la République plutôt que celle des curés, non ?

— Mon vieux Pelegrione, fit Théodore d'un air moqueur, tu ne comprends rien à mon aînée. Elle est hypocrite comme ma femme, comme tous les Martelet. Et les études ne l'ont pas rendue humble, tu peux me croire. Fière et arrogante… Au point que je ne la reconnais plus, mon aînée.

Andromas avait choisi à dessein ce surnom de Pelegrione pour piquer au vif son vieux camarade d'enfance. C'était ainsi qu'on l'appelait autrefois à Chauzit, Arthur Pélegrin, lorsque la fine équipe escaladait les falaises de Rochemare pour dénicher les œufs de crave à bec rouge. Pelegrione, le souffre-douleur… Pelegrione, la proie de tous les sarcasmes… Puisqu'il faut toujours un vilain canard pour souder une petite bande…

Mais ce simple événement, une expression passée dans l'oubli et soudain réveillée par cruauté, souleva des regards embarrassés.

— Tu ne devrais pas…, déplora Anselme.

— Quoi ? insista Théodore. N'est-ce pas notre Pelegrione, celui qui est resté coincé sur la falaise ?

Il se mit à rire, seul.

Pélegrin regardait la lumière du dehors et les feuilles mortes roulées sur le pavé par le vent sec. Tout était gris, sale, sans relief. Seule la lampe à huile dorait les cuivres du vaisselier.

— Ta fille est venue me voir, récemment, susurra Pelegrione.

— Toi ? Pour quoi faire ?

De lassitude, les autres compères avaient abandonné les cartes sur le tapis. On ne finirait pas la partie cette fois.

— Eugénie m'a juste posé une question.

— Une question ? reprit Andromas.

— Elle voulait savoir ce qui s'était passé à la cabane du Prussien.

Théodore observa les visages, un à un, incrédule.

— Tu n'as rien dit, au moins ?

— Non, le rassura Pelegrione. Pourquoi voudrais-tu en douter ?

Il retroussa sa manche de chemise et montra sa cicatrice à la saignée du coude.

— Tu l'as toi aussi, dit-il.

— Nous l'avons tous, conclut Anselme. C'est ce qui nous unit, n'est-ce pas ? Cette marque…

Que lui importait que la maison fût sens dessus dessous, que la vaisselle traînât dans l'évier, que les moutons de poussière roulassent sous les lits, quand Mariette Andromas passait ses jours d'hiver dans la magnanerie. Là, elle ne cessait de faire le ménage, chassant les résidus de papillons morts et de larves séchées, les filets de blaze oubliés lors du dernier décoconnage. Elle ouvrait en grand les fenêtres, livrant les chambres au froid sec apporté par la matinière.

Dans une des pièces réservées à cet effet, Mariette avait mis les graines en hivernation. Les œufs étaient conservés à température ambiante, assez basse et asséchante, comme le recommandait Antonin Charassol, maître éducateur. Elle en avait réservé assez pour faire deux tonnes de cocons, sachant que la perte serait importante, de l'ordre de trente pour cent au moins.

Chaque jour, Mme Andromas visitait ses trésors. Elle savait que la hausse de la température, dès les beaux jours, suffirait à réveiller les embryons. Il fallait cependant se méfier des chaleurs précoces. À naître prématurément, le ver serait condamné à végéter au premier fléchissement du baromètre, à s'épuiser ainsi et à mourir enfin.

Antonin Charassol appréciait assez Mariette pour venir, régulièrement, lui donner des conseils.

Un jour, par un froid de canard, alors qu'une fine couche de neige était descendue jusqu'au pied de Valgrande, il apporta à Mariette quelques spécimens d'œufs de Bagdad, dont il voulait répandre l'implantation en Ardèche, jugeant que cette race offrait l'avantage de produire une soie dépourvue de grés[1] et donc plus aisée à tisser. Cependant, ces œufs ne pouvant adhérer au moindre support au moment de la ponte – feuille de mûrier ou toile – du fait de l'absence de matière gommeuse, il fallait les recueillir et les stocker, sans quoi ils eussent été, chaque fois, irrémédiablement perdus. Cette dépendance à l'égard de l'homme en faisait donc une espèce précieuse et fragile. Mais Charassol estimait à juste titre que le savoir-faire des magnaniers étant parvenu à un tel stade de perfection, ceux-ci étaient enfin aptes à éduquer les vers à soie de Bagdad.

Mme Andromas se rangea à son avis et décida de consacrer une chambre à cette espèce singulière.

1. Le grés est une matière gommeuse qui revêt le fil de soie et entoure la fibroïne ou soie proprement dite.

— Six degrés, dit-il. Voilà la température idéale pour maintenir trois mois au moins l'hivernation des œufs. Et surtout, pas d'humidité. Ventilez souvent, ma chère Mariette, nous nous garantirons des moisissures. Car nos œufs exhalent de la vapeur d'eau. Celle-ci se concentre à la surface. Et il faut que le bon air sec la chasse pour qu'ils demeurent sains, n'est-ce pas ? Les Italiens ont une belle formule : *Metes pas ta grano à l'éspèlido que noun la ramo siègue espandido*[1]. Autant dire que pour l'incubation, sachons être patients.

— Je vous suivrai en tout point, répondit Mariette. Vous êtes et resterez longtemps, je l'espère, notre maître à tous.

Charassol ne se laissait guère attendrir par les compliments. Il avait appris à ses dépens les difficultés et les pièges de son métier.

— Tant d'échecs, soupira-t-il. Voilà qui forme un éducateur. Nous avons connu l'âge d'or, puis le désastre de la maladie, et maintenant nous sommes confrontés à la rude concurrence des Italiens. Je ne vois pas d'un bon œil l'avenir de nos magnaneries. Les tisseurs de Lyon nous conduiront à la mort. Ces industriels de la Croix-Rousse sont sans pitié. Il n'est que le gain qui les intéresse. Et leur seul souci, voyez-vous, ma chère Mariette, ce n'est point de préserver la magnanerie française, mais de trouver la soie la moins chère possible pour s'assurer des marges supérieures. Et les Italiens, les Japonais sont de sérieux rivaux. Là-bas, on éduque à si bas prix que nous ne pourrons les suivre longtemps.

---

1. « Ne mettez pas la graine à éclore avant l'épanouissement des bourgeons. »

— Nous produirons de plus en plus, le contredit-elle, et la quantité compensera la baisse.

Antonin fut peiné de voir que sa voisine n'entendait rien au commerce. Il eût voulu lui expliquer à ce moment qu'à qualité et quantité égales, les industriels de Lyon privilégieraient la soie étrangère. C'était la logique des cours. Le marché les tirait vers le bas.

— Beauchamp est une crapule. Il a payé les cocons trois francs le kilo, s'alignant ainsi sur les prix de la concurrence.

— Silvius nous les a vendus et bien vendus, à trente francs au moins au-dessus du cours.

Charassol avait entendu parler des talents de négociateur du jeune Andromas, mais il demeura dubitatif.

— Décidément, votre Théodore a raison de lui confier ses affaires, reconnut-il.

Mariette se tourna vers la fenêtre ouverte sur la belle vallée de Chauzit. On y voyait quelques brumes dans les fonds. Après la chute des premières neiges, le temps s'était mis au beau. On eût rêvé de prendre le chemin de Cujols et de monter sur le plateau des Gras. Là-haut, au milieu des térébinthes et des buis, on se sentait près du ciel.

— Il ne s'occupe que de ses chèvres, dit Mariette d'un ton amer. De ses chèvres et de ses bons camarades de Chauzit. Ce me sont de rudes rivaux. Il a passé plus d'une nuit dehors en leur compagnie. Heureusement qu'il me reste Silvius. Avec tous ses défauts, il est encore ce que le sang des Andromas a produit de meilleur.

« Et les deux filles, se demanda Antonin, elles n'existent plus, elles ? Décidément, cette chère Mariette a fini par se ranger à l'opinion de son mari. Avec le temps, Théodore aura eu raison de son bel esprit d'indépendance », déplora-t-il.

Depuis les fameuses vacances d'été 1885 au Maillazet, Eugénie n'avait cessé d'entretenir avec la famille Sitbon les meilleures relations du monde, toujours en cachette cependant. Elle n'avait pas souffert d'ailleurs de ces mensonges et de ces dissimulations, au contraire, l'idée même de désobéir à son père lui avait apporté quelque satisfaction. Lorsqu'on est en révolte contre sa famille, contre le père plus que contre la mère, mais contre la mère quand même pour sa soumission au père, on fait ventre de tout afin de remporter sa propre bataille intime. De par son statut de fille aînée, Eugénie avait grandi plus vite que sa sœur et son frère. Elle était entrée de plain-pied, sans préparation, dans l'âpreté de la vie. Et si elle n'avait eu l'esprit aiguisé, sans doute se serait-elle résignée, elle aussi, comme Pauline, mais le destin en avait décidé autrement. Et pour son plus grand bonheur, les Sitbon s'étaient trouvés sur son chemin, les Sitbon qui avaient repéré en elle la jeune fille rebelle et insoumise. De quoi les réjouir…

C'est pourquoi, le cœur léger à l'approche de Noël, elle fit atteler une jardinière à quatre roues pour monter au Maillazet. « Cette fois, se dit-elle, je ne passerai pas embrasser ma mère. Puisqu'elle a choisi de m'ignorer, respectons son souhait. »

Eugénie quitta Largentière avant le jour, seule dans le froid brumeux. Pourtant M. Armandier, le tenancier du relais des Mirandes, avait insisté pour l'accompagner, jugeant que ce n'était pas prudent pour une jeune femme de partir sur les routes alors que les crimes sauvages de colporteurs défrayaient la chronique. Mais Eugénie ne se souciait guère des conseils, tout excitée à l'idée de passer quelques jours chez ses amis.

Après le franchissement de l'Ardèche, elle fit arrêter sa calèche sur la place de Chauzit. Elle avait besoin de voir le curé Bessac, même entre deux portes s'il n'avait guère de temps à lui consacrer. Elle le trouva dans sa cure, emmitouflé dans une pelisse en molleton noir.

Avant même de le saluer, Eugénie ajouta deux rondins sur les braises de l'âtre. Cette délicate attention avait de quoi attendrir le vieux prêtre. Il avait un faible pour la petite Andromas, comme il disait. Et c'était toujours avec une larme au coin de l'œil qu'il la retrouvait, faisant discrètement un signe de croix, comme s'il voulait la placer sous la protection du ciel bien qu'elle ne crût pas en Dieu.

Eugénie ouvrit devant Bessac un étui de feuilles à dessin dont elle tira une planche dans une sorte de jubilation.

— Qu'est-ce donc ?

Le curé chercha ses bésicles dans la poche de sa soutane.

— J'ai fait un relevé topographique de la Baume, au vingtième. Regardez ! s'exclama-t-elle, tout y est en bon ordre. J'ai même trouvé quelques signes bizarres, des figures géométriques, des formes stylisées souvent répetées. Pour ce travail minutieux, j'ai plaqué du papier de riz sur les parois et j'ai usé une vingtaine de torches au moins et autant de bougies. J'ai même sacrifié le cierge de première communion de ma mère.

— Votre mère était catholique ? Je l'ignorais.

— Ma mère a été ce que voulaient les Martelet. Mais lorsqu'elle a épousé mon père, elle s'est convertie au protestantisme.

Bessac examina la justesse des proportions, la finesse des dessins enfermés dans le quadrillage. Et il loua l'intelligence du projet. Mais son emballement fut de courte durée.

— Tout cela reste entre nous, n'est-ce pas ?

— Que voulez-vous dire ?

— Auriez-vous avalé votre promesse ? De ne jamais dévoiler notre secret.

Eugénie tenta de récupérer l'ouvrage, mais la main du prêtre se referma sur celui-ci. Elle n'insista pas.

— J'avais songé à en faire une communication pour le bulletin de la société d'anthropologie de Lyon. M. Louis Lortet serait ravi de publier mes travaux.

Le curé de Chauzit battit des bras avec énervement, jusqu'à ce que sa pelisse lui glissât des épaules.

— Comment cela, vous connaissez ces charlatans ? N'en faites rien, malheureuse, nous risquerions de les voir venir chez nous comme des vautours et s'emparer de notre trésor.

— Mais c'est ce que je désire le plus. Que ce lieu soit connu, enfin, et que des savants viennent nous apporter leurs lumières. Savez-vous que je désapprouve votre position ?

Il jeta la feuille au sol, de rage, et tourna la tête de côté. David Bessac ne voulait plus adresser la parole à sa visiteuse. Il avait hâte de rester seul, de méditer et de prier. Le prêtre ne doutait pas de la loyauté de la petite Eugénie ; elle ne désobéirait point et la Baume ne serait jamais envahie par une armée de fouineurs.

L'institutrice s'avança jusqu'à la porte, puis se retint de sortir. Elle demeura un instant immobile. Le curé lui tournait le dos et attendait le bruit sec du loquet qui se rabat.

— J'ai enfin découvert la vérité, dit Eugénie d'une voix blanche.

— Quelle vérité ?

— L'histoire terrible de la cabane du Prussien…

— Oh mon Dieu, et de qui donc, voudrais-tu me le dire ? Qui a osé ?

— Pourquoi vous ferais-je confiance ? répliqua l'institutrice.

— Voudrais-tu que je t'entende en confession ?

— C'est vous, monsieur le curé, qu'on devrait entendre en confession.

Bessac ne répondit pas. Dans l'âtre, le feu ronronnait comme un vieux chat paisible. Le curé fixait l'incandescence des braises et la cendre qu'un courant d'air dispersait alentour. « Qu'est-ce qui brûle en nous, dans notre âme, se demanda-t-il, et qui nous rend parfois la vie insupportable ? Le mal, forcément, un feu qui nous ronge de l'intérieur. »

— Pourquoi ce silence ? Vous sentiez-vous complice de cette folie ? Vous l'aurez été par votre discrétion, de toute évidence.

— J'avais espéré que le feu finirait par s'éteindre, que la cendre froide l'étoufferait.

— C'est une horreur, une profonde horreur.

— Ne me juge pas, je t'en prie. Ne me juge pas, répéta l'abbé. Car en vérité, je te plains aussi. Oh oui, Seigneur, je te plains pour tout ce que tu vas vivre désormais.

Cette fois, un claquement sec annonça qu'Eugénie s'était retirée et l'homme en éprouva, curieusement, un étrange apaisement.

Le creux de vallée où coulait l'Ardèche, haute en cet endroit et teintée de bronze, baignait dans une atmosphère laiteuse. La brume en tapissait les fonds, une brume de froid sec sans consistance. Eugénie laissait à son cheval la bride lâche pour que l'animal pût aller à son trot naturel. Cette allure lui convenait. Eugénie se sentait bercée par le cahotement de la voiture et peut-être engourdie par l'air vif, prête à somnoler. C'était sans conséquence puisque sa monture avait ses habitudes. Elle connaissait son chemin. Ici, les arbres dégarnis faisaient pitié. Les falaises blanc et jaune se dessinaient en arrière-fond dans ce méli-mélo arachnéen de petite garrigue et de maquis.

En franchissant le porche de Maillazet, la jeune institutrice poussa un soupir. « D'où vient qu'une partie de moi-même demeure ici, comme dans un écrin, à jamais intacte ? Est-ce un effet de ma colère contre le père ? Ma rébellion en somme a enfin un visage. »

Eugénie entra chez les Sitbon après avoir heurté du poing la porte basse. On distinguait, dans la veine grise du bois de châtaignier, les traces prégnantes du sulfate de la bouillie bordelaise. Une vigne courait sur la façade, les cordons soigneusement taillés. C'était une des règles propres au Maillazet, ordre et rectitude. Rien n'était laissé au hasard. Et peut-être était-ce ce qu'Eugénie aimait le plus dans cette maison. À Fontbelair, tout était sens dessus dessous.

Baptistine la prit dans ses bras et la trouva encore grandie. Sempiternelle réflexion de petite mère attentive.

— Vingt-deux ans, répondit Eugénie. Et joyeux Noël !

Des odeurs de viande rôtie avaient envahi la vaste cuisine. Pour la fête, on avait prévu de s'installer dans la pièce voisine. Du reste, elle était abondamment décorée de rameaux de genévrier et de houx. Baptistine avait sorti sa porcelaine et on n'attendait plus que les invités.

Les garçons arrivèrent les premiers. Léonet en tête. Il avait toujours des manières brutales avec Eugénie, avec tout le monde du reste, mais les filles en souffraient davantage. Il les bousculait, les ceinturait, faisait mine de les renverser au sol, pour on ne sait quoi, ni quelle démonstration stupide.

— Ce Sitbon déborde de force, expliquait sa mère. Ça ne lui passera donc jamais.

Baptistine excusait tous les débordements de son fils aîné par avance, et Eugénie aussi, même quand il disait d'une voix forte de grand benêt : « Alors, quand est-ce qu'on se marie ? »

Cette fois encore, il ne manqua pas de poser cette vieille question éculée.

— J'ai décidé de rester seule, mon pauvre Léonet.

La mère les observa tous deux avec tendresse. « Ça nous ferait un beau couple », pensait-elle. Elle espérait bien que cette greffe finirait par prendre. Eugénie Andromas serait la tête et son Léonet les muscles. Bel ensemble. Mais il n'y avait que Mme Sitbon pour croire à cette alliance. Barthélémy était plus réaliste. Il avait compris depuis longtemps que son fils aîné ne correspondait pas à ce qu'Eugénie attendait d'un homme.

Albin arriva les bras chargés de gui. Il était monté dans les peupliers noirs de l'Ardèche pour en décrocher quelques boules, histoire d'orner la salle à manger.

— Tu ne changeras pas, remarqua Eugénie.

— Non, petite sœur. Et Pauline, nous ne l'aurons pas à table, cette fois encore ?

Elle ne répondit pas. Contrarié, Albin hocha la tête.

— Toujours chez Beauchamp ?

— Hélas, fit Eugénie.

« Nous ne les marierons pas non plus, se dit Baptistine. Pourtant, il y a de l'amour entre ces deux-là. » Eugénie devina la pensée de Mme Sitbon et s'en attrista. « Comment lui dire que notre Pauline n'éprouve rien pour ce garçon. Pourtant, une union arrangerait bien ses affaires. Nous la tirerions enfin de l'usine. Et tout compte fait, mieux vaut faire une femme de vigneron qu'ouvrière… »

Dans le four de la grosse cuisinière, on alla goûter la sauce de la dinde. La bête était cernée de châtaignes et de cèpes.

— Ce que j'aime le plus, dit Eugénie, ce sont les gousses d'ail confites dans le jus de cuisson.

— Tu penses bien, ma petite, que je ne les ai pas oubliées, la rassura Baptistine. Au Maillazet, il n'y a que des gourmands. Sauf notre Barthélémy. Il n'a plus beaucoup d'appétit.

Albin accrochait les boules de gui aux rameaux. Cet assemblage formait des masses de verdure si maladroitement agencées qu'Eugénie se décida à y mettre la main. Elle tenta de créer quelque contraste entre le verdet du gui et le vert-bleu des genévriers. Ça formait des frises monotones sur le blanc chaulé du mur. Il n'était que les perles rouges du houx pour apporter une note de fantaisie. On s'amusa de cet ordonnancement.

— Mes garçons n'ont pas d'idées, reconnut Baptistine. Et moi, je n'ai plus le goût des noëls d'antan. C'est un miracle une main comme la tienne dans notre maison. C'est tout de suite plus gai.

Les allusions pressantes de la maîtresse de maison, instillant peu à peu l'idée que les deux fils Sitbon devraient épouser, tôt ou tard, les deux filles Andromas, rendaient Eugénie nerveuse. Du côté du Maillazet seulement, on avait compris que les sœurs de Fontbelair étaient assez grandes pour se passer de l'avis de leurs parents.

— Silvius ne va plus tarder, maintenant, annonça-t-elle.

— Ah Silvius, nota Baptistine d'une voix blanche. Tu crois qu'il va venir nous voir ? Ce serait un événement.

Elle parut réfléchir tout en détaillant sa terrine de lapin. Chaque tranche venait prendre place sur son plat ovale. Puis elle ajouta un peu de verdure pour égayer la présentation, y parsema des olives vertes et noires, de la gelée émiettée d'une belle couleur d'ambre.

— Silvius a changé, admit Eugénie. Il a pris du caractère. Désormais, il ose tenir tête au père. Il se sent à l'étroit dans notre pays. Il rêve de connaître la ville. Et plus on veut le contenir à Fontbelair, plus son envie de partir grandit.

— Ce n'est pas comme mes grands dadais de fils ! s'exclama Baptistine. Rien ne pourrait les arracher à leurs vignes. Barthélémy leur a donné le goût de la terre. Et je m'en réjouis.

— Ma mère est seule dans sa magnanerie. Mon père se moque bien de l'élevage des vers. Et moi, je ne puis plus lui parler sans que nous nous querellions.

Mme Sitbon ne se sentait pas le droit de partager ces confidences, eu égard à la rivalité des deux maisons.

— Autrefois, sa sœur était là, auprès d'elle. Tu sais bien, Juliana. Tu te souviens d'elle ?

Eugénie hocha la tête. Elle ne résista pas au plaisir de goûter une olive. Baptistine n'avait pas son pareil pour préparer la picholine parfumée au fenouil et à la coriandre. Elle picora ainsi trois, quatre fois.

— J'avais douze ou treize ans quand elle est partie, dit-elle rêveusement. Et depuis, plus de nouvelles.

On sortit la dinde du four pour l'arroser de son jus. La peau luisante et craquelée s'imprégna des sucs, petit à petit. On renouvela l'opération, comme on le faisait toujours, jusqu'à ce que la volaille fût bien imbibée. Il n'était pire destin pour une dinde de Noël que d'être servie desséchée.

— Que s'est-il passé pour que ta tante disparaisse ainsi ?

— Je ne sais pas, répondit Eugénie. Il est plus d'un mystère à Fontbelair. Chez les Andromas, on aime cultiver le secret. Et l'on nous a habitués à ne jamais poser de questions. C'est le côté protestant de notre famille, cette sécheresse d'âme. Les sentiments les plus ordinaires ont fini par s'atrophier.

Eugénie avait envie de pleurer tellement la tristesse l'assaillait. Pourtant elle pensait être parvenue à se détacher de ses misères affectives. Elle avait coupé le cordon ombilical qui la reliait aux Andromas et ne voyait plus l'intérêt de s'en revenir vers sa maison natale. Mais parfois, les souvenirs la tourmentaient dans ses rêves, surtout depuis qu'elle avait pris son poste à Largentière.

— Juliana, dit-elle pour elle-même, où peut-elle se trouver ? Vivante encore ? Sans doute. Elle doit avoir dans les quarante ans. Elle est plus jeune que ma mère. Trois ans au moins de différence.

Baptistine courut à son buffet et ouvrit le tiroir du milieu. Elle sortit un paquet de lettres et le tendit à Eugénie.

— Nous correspondons avec elle. Tu veux les lire ?

Eugénie recula. Elle ne se sentait pas le droit de les découvrir, puisqu'elles n'étaient pas destinées à sa famille. C'eût été d'une privauté incroyable. À moins que la lecture de celles-ci lui fît peur. Mais de quelle peur s'agissait-il ? Craignait-elle un jugement sur ses parents ? Ou pire encore : quelques révélations dévastatrices…

— Non, dit-elle.

— C'est ta tante, tout de même !

— Non, insista-t-elle. Les mots me brûleraient les yeux. Peut-être n'ai-je pas envie de rentrer dans cette vie si éloignée de moi et cependant si proche dans mon souvenir.

— Alors copie son adresse. On ne sait jamais.

« Lyon, 12, rue du Bon-Pasteur », nota-t-elle hâtivement dans son carnet gris.

Silvius arriva au milieu du festin et mit toute la tablée en émoi. Barthélémy Sitbon ne put dissimuler son ravissement de recevoir enfin l'honorable descendant des Andromas dans sa maison, celui pour qui le père avait fait sonner le tocsin. Le jeune homme n'y avait pas mis les pieds depuis le fameux été, alors qu'il n'était encore qu'un enfant.

— Tu seras toujours le bienvenu, l'assura Baptistine.

— Je sais ce que vous avez fait pour Eugénie. Mais, ce m'est pénible de le dire…

Tous les convives baissèrent la tête, sauf l'institutrice dont les yeux étaient mouillés de larmes. Elle fixait son frère avec insistance. Elle l'admirait au fond d'avoir eu le courage de venir au Maillazet, de braver l'interdiction du père. Tous deux se comprirent à demi-mot. Le silence s'éternisa plus que de raison.

— Pénible, oui, murmura l'institutrice. Mais nécessaire.

— Ne parlons plus de cela, dit Barthélémy Sitbon en levant son verre.

Il voulait faire goûter son dernier vin, désormais à point, un vin chaleureux du Coiron que le soleil de septembre avait gorgé de sucre. Pourtant, on le but sans y prêter attention, tant les gorges étaient nouées.

Le maître montra quelque déception. Il s'attendait à des compliments, car personne au monde n'est plus fier qu'un vigneron du Vivarais.

— N'attendez pas que je vienne ici médire de mon père..., reprit Silvius. C'est pour moi l'occasion de tourner la page sur les vieilles haines. Mais faites en sorte que je n'aie pas à me justifier un jour devant lui... Faites qu'il ne m'en fasse jamais le reproche. Je ne supporterais pas cette situation. Et vous feriez de moi un ennemi des Sitbon à jamais.

— Il faudra bien solder nos dettes un jour, s'inquiéta Eugénie. Déposer le flambeau à terre et laisser la flamme mourir...

Barthélémy reconnut alors d'une voix hésitante, en cherchant les mots justes, qu'il avait ces dernières années tenté en vain d'éteindre la querelle.

— Après ta naissance, je suis venu à Fontbelair pour me pencher sur ton berceau, dit le maître du Maillazet, comme un roi Mage porteur de paroles apaisantes... Mais ton père a refusé ma main tendue. Pourtant, je ne désirais rien d'autre que partager son bonheur de posséder enfin un fils, un descendant mâle. Ça avait tellement d'importance pour lui. Ne m'avait-il pas jalousé pour les miens ? Tu penses, deux garçons ! s'exclama-t-il.

— Il n'est que les femmes, ici, qui savent pardonner, ajouta Eugénie.

Silvius observa Albin et Léonet et fut surpris par leurs figures graves, comme si le père avait passé la consigne à ses fils pour qu'ils fussent irréprochables. Durant toute l'enfance, on n'avait cessé de cultiver la guerre des clans, Andromas contre Sitbon. « Aujourd'hui, on pourrait enfin s'en amuser, pensa Silvius, mais le poids des chagrins anciens demeure le plus fort. »

À la nuit, la neige se mit à tomber dru sur le Maillazet. Cela avait commencé par un soudain réchauffement à la tombée du soir, un petit vent du sud. À ces hauteurs, à flanc de montagne, il n'était guère d'hiver rigoureux. Mais le Maillazet avait connu de surprenants épisodes neigeux. Ce noël 1892 était de ceux-là, peut-être mémorables, tant il est vrai que le souvenir est oublieux des jours extraordinaires.

M. Sitbon avait réservé la chambre du haut, au-dessus des remises, à ses invités. Eugénie et Silvius y grimpèrent par une échelle meunière. Puis chacun se retira dans son coin, sans échanger le moindre mot. La vie jusqu'alors ne leur avait guère laissé le loisir de s'apprivoiser. Des années les séparaient. Trop d'années sans doute. Ni l'un ni l'autre n'avaient appris à se connaître bien qu'ils fussent frère et sœur. Peut-être même donnaient-ils l'impression de ne point s'aimer. Autant qu'elle s'en souvienne, Eugénie avait haï le moment où Mariette lui avait présenté Silvius. « Regarde ton petit frère, comme il est beau ! » Elle s'était enfuie. Elle avait maudit cet instant jusqu'à ce qu'elle atteigne l'âge de comprendre combien son attitude avait été stupide. Mais, trop tard. Et pourquoi donc, au juste, le père s'était-il absenté trois jours à la naissance de Silvius ? Pourquoi encore avait-il fait sonner les cloches de Chauzit ? « Dis maman, avait demandé Eugénie, il les a fait sonner pour nous aussi, les matines ? » Un silence, alors, pire qu'un long discours ou qu'un cri de colère. Un silence.

Tournée vers la lucarne, Eugénie regardait sans se lasser la neige tomber à gros flocons. Sur le bat-flanc voisin, Silvius respirait fort, à un rythme irrégulier, comme s'il cherchait le sommeil pour ne pas parler. L'angoisse qui l'étreignait, à ce moment, dictait sa loi.

Puis il se passa cet événement extraordinaire, imprévu, imprévisible. Quelques mots dans la nuit. Quelques mots finirent par briser le silence, un silence de plusieurs années.

— Je t'aime, mon petit frère. Je t'aime. Entends-tu ? Pourquoi donc ne te l'ai-je pas dit plus tôt ?

Silvius se retourna vivement sur sa couche, puis demeura immobile, dans l'attente.

— Et toi ? Que dis-tu ?

— Je t'aime aussi, grande sœur.

Le vent secoua la toiture d'un souffle obstiné.

— Silvius, mon petit Silvius, mumura Eugénie en essuyant les quelques larmes qui perturbaient le grain de sa voix, ne reste pas à Fontbelair. Je t'en supplie. Ne reste pas, même si tu as envie de soutenir notre mère. Pars. Pars donc le plus vite possible. Sinon, tu te condamnes au malheur.

Puis ils se laissèrent prendre tous deux par la rumeur du dehors, cette respiration de la nature au comble de son hiver. On entendait le grésil frapper la toiture, comme la grêle au plus fort des orages.

Silvius expliqua d'une voix lasse que, demain, la route de Chauzit serait impraticable à cause des congères. Par vent violent, la neige s'amassait en certains endroits jusqu'à former des murs impressionnants.

— Tant mieux ! exulta Eugénie.

Il se mit à soupirer.

— J'ai tant à faire, et toi ?

— Je voudrais que le temps s'arrête.

Au matin, Eugénie et Silvius se levèrent les premiers. Le vent était retombé avec le froid. La neige s'était durcie et crissait sous le pas. À hauteur des vignes, là où les murets se devinaient sous la carapace blanche, ils s'arrêtèrent pour contempler la vallée. La brume stagnait dans les fonds. Et on eût cherché en vain à reconnaître les lieux. Nul bruit si ce n'étaient quelques craquements de branche dans le maquis qui faisaient fuir les grives. Elles s'envolaient affolées sans parvenir à tracer leur chemin dans cet espace indifférencié. Puis le ciel les absorbait, oiseaux pris au piège de l'hiver.

— Il faut que je te dise quelque chose de terrible, fit soudain Eugénie.

Elle s'appuyait contre le muret, là où cessait le pays des châtaigniers et commençait celui de la vigne. Silvius lui toucha l'épaule comme pour la prendre contre lui. Mais elle résista. Immobile. Le silence se tenait au bord du gouffre, piégé lui aussi. « Il n'y aura pas d'instant plus propice, se dit-elle, même si nous devons ne plus jamais nous parler à l'avenir. » Car elle avait été possédée par cette crainte la nuit durant. Et peut-être celle-ci avait retardé l'heure de sa délivrance.

— La cabane du Prussien, reprit-elle, je sais tout, désormais, tout ce qui s'est passé. Grâce à Malissot.

— Le berger des Gras, mais c'est un fou. Il aime à raconter des histoires terrifiantes.

— Il m'a dit ce que l'abbé Bessac n'a jamais voulu me révéler. Entre la folie de l'un et le silence de l'autre, voilà un bel ensemble qui forme un faisceau de preuves indéniables.

Avec la montée du jour, des pans de ciel bleu émergeaient et, avec eux, une lumière blanche, prometteuse de froid vif.

— Que s'est-il passé à la cabane du Prussien ? Ne me fais pas languir plus longtemps.

— Tu n'aimeras pas, Silvius, ce que je vais te raconter. Peut-être m'en voudras-tu.

— Je ne suis plus un enfant.

Eugénie chercha la main de son frère dans la poche de sa canadienne. Elle avait besoin d'être rassurée par le contact de sa peau.

— Cette histoire remonte à un an avant ma naissance, en 1870, alors qu'une guerre a éclaté entre la France et le roi de Prusse… Un conflit imprudemment engagé par Louis-Napoléon, porté par un état-major plutôt médiocre… À Bazeilles, un certain Fritz Köhler, conscrit volontaire dans les rangs de l'armée prussienne, sans grande expérience militaire, effrayé par l'horreur des combats, déserte de son régiment de grenadiers. Pris par les Français, il se croit enfin sauf, mais dans les jours qui suivent, c'est la débâcle de Sedan…

Silvius écoutait distraitement la leçon d'histoire de sa sœur. « Elle ne rate jamais l'occasion de jouer à l'institutrice », songea-t-il. Et il s'en amusa. Mais le seul énoncé d'un nom, Fritz Köhler, le tira de son hébétude.

— J'ai déjà entendu parler de lui, reconnut-il. Mais où ?

— Au moment d'être repris par les siens, le jeune grenadier s'enfuit avec des habits civils, évitant ainsi le peloton d'exécution. C'est le sort que l'on réserve d'ordinaire à tout déserteur. Köhler parvient alors à descendre le Rhône dans une de ces embarcations qui font la navette. Et ainsi, au terme de son voyage, il échoue à Chauzit, dans notre village où le maire et le curé décident de le cacher. Malissot accepte même de l'engager comme journalier. En quelques semaines, le jeune Prussien se familiarise avec son travail de berger sur le plateau des Gras. Dans notre pays, il ne risque guère d'être retrouvé, ni d'attirer l'attention des autorités. Et Fritz Köhler finit par se persuader que sa vie désormais est parmi nous. Malissot lui propose de l'installer dans sa cabane. Le nouvel arrivant fait des travaux pour rendre le lieu habitable. Un an plus tard, Fritz Köhler est pratiquement devenu un citoyen de Chauzit comme un autre. Du moins, le croit-il. Notre étranger se révèle être un redoutable pêcheur. La prise du poisson dans l'Ardèche n'a plus de secrets pour lui. Il connaît les réduits de falaise où l'on peut cueillir les plus belles truites, les fonds sablonneux des ombres, les endroits favoris des bancs d'ablettes et de goujons... En quelques mois, Fritz Köhler devient un maître en la matière. Mais se soucie-t-il de respecter les droits de pêche ? Certes non. Malissot m'a certifié qu'il prenait des centaines de kilos par mois. Ces pêches miraculeuses sont vendues à des restaurateurs de Vals et de Saint-Martin... Ça lui rapporte de quoi vivre confortablement. Trop même. Fritz Köhler éveille alors la jalousie des gens de Chauzit. Un jour, quatre joyeux drilles, un peu éméchés, sont venus le chahuter au bord de la rivière. Et l'affaire a mal tourné. Köhler, jeté à l'eau sous le pont de Rochemare, a des difficultés pour rejoindre la berge. Mais ses agresseurs le repoussent, une fois, deux fois, dix fois, jusqu'à ce que, d'épuisement, il finisse par perdre pied. Le malheureux se noie sans que ses offenseurs ne lui portent secours. Pourquoi le feraient-ils puisqu'il s'agit d'un méchant Prussien, d'un ennemi, d'un déserteur ?

— Voilà l'histoire, la triste histoire, reprit Silvius, dont on ne parle jamais à Chauzit, rendant notre cher et beau village maudit à jamais.

Eugénie prit son frère par la taille et le serra contre elle. Car elle n'avait pas tout dit. Le pire était à venir. Elle prit sa respiration et d'une voix chevrotante ajouta :

— Notre père, notre misérable père, faisait partie des assassins.

Silvius se retourna, incrédule. Longtemps son visage demeura crispé sous le poids de l'émotion. Puis ses traits se détendirent et les larmes vinrent. Il s'affaissa dans la neige, poussant des cris qu'il ne pouvait plus contenir.

— Ils étaient quatre salopards, durant ce jour d'été 1871, au pont de Rochemare, asséna Eugénie d'une voix ferme. Théodore Andromas, Anselme Rouvière, Jules Chambon et Arthur Pélegrin. Voilà quatre meurtriers dont la justice ne s'est jamais occupée, grâce au lâche silence du curé Bessac et du maire de l'époque, Henri Lorson. Mais que crois-tu ? mon pauvre Silvius, tout Chauzit a fini par connaître les auteurs et les circonstances de ce crime. Il n'est aucune famille qui l'ignore. Et le silence s'est imposé entre tous. Les quatre assassins ont fait un serment, une sorte d'entente scélérate pour que la vérité ne sorte pas de notre commune. Quant au malheureux Prussien, il a été enterré dans le cimetière. Et nul ne sait où il repose au juste, dans le carré des catholiques ou celui des protestants. On a pris soin de ne mettre aucune plaque sur cette tombe pour qu'elle demeure anonyme. Il ne reste donc de toute cette histoire que la cabane du Prussien. Un lieu où nous allions jouer enfants, sans nous douter qu'il était un redoutable sanctuaire de mémoire. Je gage même qu'à la mort de Malissot, quelqu'un sera assez bien intentionné pour la détruire, pierre par pierre, et effacer à jamais, enfin, Fritz Köhler de la surface de la terre.

Le retour à Chauzit se fit avec mille difficultés. Le frère et la sœur, chacun avec sa voiture, se frayèrent à la pelle et à la pioche un passage dans les congères. Lorsqu'ils atteignirent les rives de l'Ardèche, et après avoir franchi le pont de Rochemare, Eugénie et Silvius se firent, de loin, un petit geste de la main en signe d'adieu. « Tu ne reviendras plus jamais à Fontbelair, lui avait dit son jeune frère au moment de quitter Maillazet. J'admire ta liberté. Quant à moi, je demeure prisonnier du père, envers et contre tout. » Eugénie avait regardé le ciel, un tremblement d'impatience dans tout le corps. « Tournons la page. Et vivement la suite de nos aventures terrestres », avait-elle pensé.

À peine arrivé à Fontbelair, Silvius monta à la bergerie d'un pas décidé, sûr de lui. Théodore soignait les animaux en compagnie de Fausto. Ou plutôt, Fausto appliquait les ordres de son maître.

— Je sais ce qui est arrivé au Prussien, dit-il sans détour.

Théodore se retourna, posa les mains sur le manche de sa fourche. Il regarda son fils approcher. La vieille barbe qui encadrait son visage le rendait plus pitoyable qu'à l'ordinaire. Peut-être avait-il forcé, hier soir ou dans la nuit, sur la prune, – c'était une manie courante lorsque Mariette lui refusait son lit.

— Qu'est-ce que tu sais, pauvre idiot ?

— Je sais tout.

— Tout ?

Théodore se mit à réfléchir. Jadis, le quatuor s'était juré de mourir plutôt que de faire le moindre aveu. « Nous partirons en enfer avec ce secret… », avait dit Pelegrione. C'était sans compter les tempêtes de l'âme, les brûlures du remords. Car aucun homme n'étouffe en lui le mal sans dommage. Et si la conscience s'apaise, ce n'est que sursis, jusqu'à ce qu'un cauchemar rallume le feu et jette sa braise au visage.

— L'institutrice t'a raconté des sornettes. Et tu la crois, imbécile ?

— Comment peux-tu vivre avec ça, père ? questionna Silvius.

— C'est le curé qui l'a dressée contre nous. Le curé nous déteste parce que nous ne croyons pas, chez les Andromas, au même Dieu. Et Sitbon n'a fait qu'envenimer les choses, s'écria-t-il. C'est ainsi, mon pauvre petit, nous naissons et nous grandissons avec les ennemis de nos pères. Et toi-même, tu portes le poids des haines lancées sur nos têtes. À moins que tu ne suives le chemin de ta sœur, que tu ne nous trahisses…

— Je ne veux pas avoir à discuter de ça avec toi. Peut-être finirais-tu par m'en convaincre et j'en ai la plus grande peur.

Andromas s'avança. Il voulait parler à son fils d'homme à homme, droit dans les yeux. C'était sa force, une incommensurable capacité de persuasion, à croire qu'il parvenait à se mentir à lui-même par une sorte de folie ordinaire.

— Le Prussien est tombé dans la rivière du pont de Rochemare, expliqua Théodore. Le temps que nous atteignions la berge, il avait coulé à pic. Nous pensions qu'il savait nager. Mais non. Ah oui, c'est un fait, mon petit, autant qu'il m'en souvienne, j'en ai eu un grand chagrin. Et tous les autres aussi. Tellement de chagrin que nous avons été incapables d'en parler dans le village. Et à Chauzit, tout le monde a compris ce que nous ressentions.

Silvius se retira à reculons, dans le vent qui balayait la cour en soulevant une nuée de neige. Le père suivit du regard son fils jusqu'à ce que sa silhouette s'estompât dans le tourbillon poudreux. Puis Théodore Andromas reprit sa besogne, comme si de rien n'était.

10

Été 1893

Furieux de n'avoir trouvé qu'une place sur la plateforme arrière, au milieu des cageots de fruits et de légumes, Silvius maudissait son destin de petit paysan de seconde classe. Dans les deux wagons de tête du tramway, il y avait toute la bonne société : les couples endimanchés et les enfants gâtés d'Aubenas. À la vérité, le jeune Andromas n'était guère habitué à ce mode de locomotion. Et cela lui faisait mal de découvrir, soudain, combien sa condition était modeste. Tant qu'on ne voit pas la richesse chez les autres, il n'est pas interdit de rêver. Mais lorsque celle-ci vous saute au visage, tout s'écroule. Il eut envie de noter cette découverte sur son calepin, mais sa position malaisée lui interdisait de faire le moindre mouvement.

Des poules s'agitaient entre ses jambes, battant des ailes et piquant du bec, bien que leurs pattes fussent entravées. Il repoussait du pied les volatiles chaque fois qu'ils empiétaient sur son espace. Et si une plume ou un duvet venait à s'accrocher à son costume gris, le jeune homme s'époussetait rageusement comme un chien qui se gratte.

Une petite fille à la frimousse barbouillée de jus d'abricot l'observait, amusée. Pour se venger de cette offense, il lui décocha une grimace. Effet garanti, l'enfant prit peur et se cacha dans les jupes de sa mère. La matrone la serra contre elle, protectrice. « Cette grosse poule pondeuse abrite sa progéniture sous son aile », se dit-il. Il scruta de nouveau le visage de la petite fille et lui trouva, avec ses cheveux jaune canari et sa mine blanche, une tête de poussin apeuré.

Les paysans, les bergers, les ouvriers lui parurent à ce moment d'une laideur infinie. Il s'amusa à caricaturer dans sa tête ces figures qui l'entouraient, brinquebalées par le mouvement du tram cahotant sur ses rails disjoints, pour passer le temps. « Chez celui-ci, se dit-il, il y a du cochon avec son nez énorme en forme de groin, et dans cette femme au fessier opulent répandu autour d'elle, avec sa manie de caqueter à droite et à gauche, il y a de l'oie. Cette autre a une petite tête de fouine et cet homme au nez pointu et aux yeux resserrés, c'est un renard bien sûr, un renard. »

Soudain, le jeune homme réalisa que lui aussi faisait partie de cette ménagerie humaine. Et le fait qu'il s'en amusât ou qu'il le déplorât ne changeait rien à l'affaire. « Si je porte, moi aussi, les stigmates de la misère sur mon visage, cette troublante laideur des petites gens, alors tout est perdu. » Machinalement, Silvius toucha la lettre dans sa poche. Celle-ci, il la couvait comme si elle était devenue un sauf-conduit vers un autre monde. Saurait-elle enfin lui ouvrir la porte de sortie qu'il cherchait depuis si longtemps ? Un sentiment d'angoisse le submergea alors que le tramway entrait dans le tunnel. Les cris, les rires fusèrent sur la plateforme. Et Silvius, lui aussi, se mit à exulter pour singer les réactions de ses voisins. Seule la matrone avec sa petite fille était restée imperturbable, somnolant même.

Quelques kilomètres séparaient Aubenas de Vals, mais le tramway avançait avec une telle lenteur qu'on eût pu en descendre, le suivre en courant et remonter sans difficulté. À Labégude, l'arrêt fut si long que Silvius décida de se dégourdir les jambes sur le quai. Au moment de repartir, il se glissa dans le wagon de tête. Une belle élégante en robe blanche chargée de dentelles se poussa pour lui faire une place sur la banquette. Il la remercia d'un sourire, mais celle-ci détourna aussitôt le regard. Silvius comprit d'où venait cet embarras. L'homme assis en face d'elle la surveillait comme un chat matois. Fine moustache, col Celluloïd serré par une cravate bouffante sur un gilet de soie blanche, le dandy portait haut perchée sa mine arrogante. Silvius sentit le poids de sa présence, comme s'il venait de violer sa propriété privée. Il est vrai qu'avec son petit costume en toile écrue, gris comme la justice et élimé comme la pauvreté, et sa casquette de coton noir, le jeune Andromas faisait pitié à voir à l'approche de Vals où la bonne société venait prendre les eaux. Il n'était point nécessaire d'être fin observateur pour distinguer, dans le défilé de la petite gare de Vals-les-Bains, les riches et les pauvres. La condition sociale de chacun se devinait à mille signes : les toilettes soignées, l'étalage des bijoux, la préciosité des conversations, les bagages acheminés par des domestiques.

Soudain, Silvius se sentit submergé par le découragement. « Que vais-je faire dans ce pays où je ne suis pas chez moi ? » Pourtant, il n'y avait que quinze kilomètres entre Chauzit et Vals, et le même soleil brillait au-dessus de sa tête. Ce qui faisait toute la différence, c'était le luxe des façades des immeubles de quatre à cinq étages avec balcons et corniches ouvragés, en belle pierre blanche soigneusement taillée et chargée de motifs haussmanniens. Quelques fragments de beaux quartiers citadins avaient été construits à la campagne, au milieu des montagnes austères et des gorges sauvages. De même, on y avait implanté des jardins, comme un théâtre de verdure, avec jeux d'eau, pagodes miniatures, dômes orientaux et verrières modern style.

Dans la rue Farincourt, Silvius Andromas mesura enfin l'animation de Vals avec sa foule des jours de fête. Même si l'on était un dimanche, le garçon subodora que, dans la cité des sources miraculeuses, chaque jour était comme un dimanche. Les couples montaient et descendaient l'avenue, à petits pas nonchalants. Ici le temps n'était pas compté. On ne se souciait guère des heures. C'étaient les plaisirs qui guidaient le mouvement. Car au bas de l'avenue, il y avait les bains, le casino, la musique dans le parc, le petit théâtre de marionnettes. Les belles paradaient au bras de leurs compagnons, si fiers de se montrer en galante compagnie. Le blanc était la couleur dominante. Toutes les robes étaient faites dans un tissu flamboyant, soyeux, satiné, moiré. Et si les coupes étaient sévères, entre deux modes – les dernières crinolines contre les premières crinolettes –, elles débordaient de fantaisie en draperies bouillonnées, en poitrines pigeonnantes, en manches gigots, en chapeaux extravagants portant plumes, fruits, fleurs, sans oublier les ombrelles bordées de dentelles qui s'agitaient sur les têtes comme des papillons ivres.

Silvius se laissait emporter par la vague jusqu'au parc, d'où s'élevaient des bruissements de voix, des éclats de rire, et ce piétinement incessant qui faisait crisser le gravier. Les enfants jouaient au cerceau, à la trottinette ou à la marelle. C'étaient des petites filles en robe de mousseline à taille haute et ornée de fanfreluches, des garçonnets en costume marin ou petit lord. Même dans leurs chamailleries, il y avait un souci de la mesure, car l'œil des pères ou des mères veillait à l'ordre et à la discipline.

Sans se presser, le jeune Andromas s'acheminait vers son rendez-vous, la peur au ventre, et l'ambiance générale n'était pas de nature à le rassurer. Mais il sentait confusément qu'une partie de sa vie se jouerait là, dans le premier regard, les premiers mots, et que Mlle Colomier ne lui pardonnerait sans doute pas le moindre faux pas. Mais n'était-ce pas en définitive une crainte exagérée, une angoisse irraisonnée ? Rien ne laissait accroire, sinon par le simple jeu de son imagination débridée, que ce rendez-vous allait renverser le cours de son existence. Après tout, il n'avait vu Roxane qu'une seule fois, sur le col de l'Escrinet. Certes, ensuite, ils avaient échangé une correspondance régulière. Celle-ci avait débuté par des banalités et, au fil du temps, les mots s'étaient parés de sentiments, tant l'absence et l'éloignement avaient concouru à sublimer cette amitié. Cependant, de sentiments, il n'y en avait que l'ombre, plutôt que la pleine lumière du rêve éveillé. Et si ceux-ci dussent enfin s'embraser, comme il le souhaitait avidement, cela tiendrait à cette journée d'août 1893.

Le cœur battant, Silvius s'engagea dans l'allée du parc. L'ombre des platanes marbrait les toilettes blanches et roses. On cherchait déjà la fraîcheur, on se précipitait sur les bancs libres alignés au pied des massifs de fleurs. Ça papotait, ça riait, ça glosait. Les panamas et les canotiers sur la tête des hommes formaient contraste avec le débridé des coiffes féminines.

Le parc des Vivaraises jouxtait celui de l'Intermittente et de la Dominique, et le jeune Andromas s'y rendit aisément, en se faufilant dans la foule des promeneurs. Il hésita à l'instant de prendre pied sur l'esplanade, le lieu du rendez-vous. Il contourna plusieurs tables du Grand Hôtel des Bains où les curistes prenaient leurs aises. C'était encore l'heure où les vieilles dames buvaient l'eau miraculeuse, gazeuse ou limpide, à satiété, dans de gros verres à absinthe. La perle des eaux minérales, disait-on. Et on commentait à n'en plus finir la qualité des unes et des autres, cherchant des nuances dans celle du Vernet contre celle de Nayrac ou de Saint-Georges. Débats picrocholins s'il en était à l'époque de cette nouvelle mode des gens aisés pour les stations thermales.

Il examina alentour les visages. Mais aucun ne lui parut correspondre à Roxane. Il avait conservé d'elle le souvenir d'une frimousse blonde piquetée de taches de rousseur et d'un petit nez retroussé. Et surtout les yeux, c'était une évidence, il ne les avait pas oubliés, leur couleur pervenche, si rare sans doute, et ce sourire effronté qu'elle avait affiché là-haut sur les hauteurs du Coiron.

« Et si elle ne vient pas… Et si elle se joue de moi… », se disait-il en allant d'une table à l'autre. La fébrilité le gagnait peu à peu, bien qu'il ne voulût point le montrer.

À l'instant où il décida de rebrousser chemin pour prendre la direction de la Volane, une main vint se poser sur son épaule. Il se retourna vivement. C'était elle, dans une tenue de sport : chemisier blanc en percale, pantalon bouffant brodé à fines rayures bleues attaché aux genoux, mollets nus...

— J'ai laissé ma bicyclette près du théâtre de Guignol. Pour vous rejoindre, jeune Silvius, dit-elle.

Sa chevelure flottait au vent, sans chapeau ni coiffe, et cela l'étonna tant, Andromas, qu'il demeura sans voix. Car il avait passé de longues heures à imaginer Roxane dans diverses robes en voile de soie ou de linon plissé et chapeautée de coiffures extravagantes. C'était un débraillé de sportive qu'elle lui offrait, les joues rosies par l'effort, le cordon de son col défait. Dans l'échancrure ainsi formée, l'on voyait, sur le grain de la peau, de fines gouttelettes de sueur.

— Mais vous avez grandi, à ce que je vois.

Elle posa ses mains sur ses épaules comme si elle voulait en mesurer l'ampleur. Silvius se mit à rougir.

— Vous ne me dites rien, jeune Silvius ? Depuis tout ce temps...

Elle se mit à rire.

— Vous me paraissiez plus loquace dans vos lettres. Nous étions amoureux, n'est-ce pas ? C'est étrange. Tout ce papier fleuri par de beaux sentiments. C'est que je suis une romantique, moi. Vous avez compris cela, n'est-ce pas ? Sinon, croyez-vous que je vous aurais accordé un rendez-vous ?

Il lui prit la main, maladroitement, et ne sut qu'en faire, alors qu'il eût pu, certes, la porter à ses lèvres.

Mais elle s'en amusa par un petit rire évasif. À croire que chaque chose, dans la vie, la distrayait. Elle avait cet art consommé de se jeter dans les situations les plus scabreuses. Ensuite, il lui restait la solution de s'en divertir, car elle avait décidé, une bonne fois pour toutes, de prendre l'existence avec désinvolture. En cela, elle ressemblait à sa mère Martiale, issue d'une riche famille parisienne habitant près du parc Monceau qui avait fait fortune sous le second Empire dans le sillage des frères Pereire.

— Je n'espérais plus vous revoir, susurra Silvius.

Il triturait sa casquette dans ses mains, son regard noir posé sur ce beau visage qui respirait le bonheur d'être.

— Pourquoi cela ? Je tiens parole, vous savez.

— Je redoutais que vous ne veniez pas à moi. Peut-être ne suis-je pas grand-chose pour vous…

Roxane prit la remarque en mauvaise part. C'était vexant qu'il se dévaluât car on pouvait croire aisément qu'ainsi il la diminuait également.

— Pourquoi êtes-vous ainsi ? Cela me navre. Votre condition, sans doute. Vous souffrez de votre condition ?

Silvius se mit à rougir. Il n'est pire lucidité que celle qui vous débusque dans vos retranchements secrets. Et si les larmes lui vinrent aux yeux, elles furent muettes et imperceptibles. Il lui fallait sauver la face. Elle n'eût point admis que ce jeune et rude garçon à la mine campagnarde fût d'un bois si tendre.

— Me feriez-vous visiter l'endroit ? Vous le connaissez mieux que moi, je présume.

Mlle Colomier se réjouissait des regards offusqués qu'elle soulevait sur son passage. Elle ne faisait rien pour les éviter. Certes, sa tenue était extravagante dans le petit pays de Vals, même chez les curistes, venus de Lyon, de Paris et de Marseille, mais dont les goûts personnels les tenaient à distance des nouvelles modes.

— Comment me trouvez-vous ? demanda-t-elle à Silvius en pivotant sur elle-même.

— C'est inattendu, avoua Andromas.

— Ma tenue est purement utilitaire, expliqua-t-elle. C'est idéal pour faire de la bicyclette. L'on doit cette commodité à une Anglaise. Vous savez, les Anglais ont une longueur d'avance sur nous, les petits Français. C'est bien connu.

Elle palpa du bout des doigts sa culotte en percale bouillonnant pour vanter l'élasticité de l'étoffe.

— Nous appelons ça un « bloomer », dit-elle. Et bientôt toutes les femmes en porteront, même celles qui s'effarouchent autour de moi.

La taille fine, le port de tête noble, la poitrine juvénile, tout en elle suscitait la convoitise, autant chez les femmes que chez les hommes. On trouvait sa toilette provocante, d'autant plus aguichante qu'elle en avait cultivé les effets. Mais ce n'était rien que de très naturel chez elle, puisqu'elle avait ses habitudes dans quelques stations balnéaires de la côte où elle se montrait en maillot de bain.

Après qu'elle eut récupéré sa bicyclette et qu'elle se fut rendu compte que son ami ne savait point en faire, on se dirigea vers le petit pont de fer de la Volane. En cette saison, l'eau était si basse que les veines rocheuses affleuraient, tels de minuscules récifs. Il en fit la remarque avec étonnement et la jeune fille répondit d'un ton débonnaire que l'essentiel, pour une ville d'eau, était que les sources en fussent pourvues.

— Et vous, comment la buvez-vous cette flotte ? demanda-t-elle.

Silvius ne sut quoi répondre. Il ne savait rien des eaux miraculeuses et de leurs bienfaits sur la santé. La sienne ne méritait guère cette attention.

— Mon père la consomme avec de l'absinthe, reprit-elle. Je l'approuve sur ce point. Et vous, je parie que vous lui préférez le vin des coteaux du Rhône.

— En effet. L'eau n'est pas mon fort, reconnut-il.

— Je crois profondément que tous ces curistes sont des malades imaginaires. Lorsqu'on jouit de bonnes rentes, que peut-on craindre ?

Il se mit à hocher la tête en menant le vélo de sa voisine d'une poigne ferme.

— Je ne sais trop, moi qui suis sans rente.

— De perdre la santé. Forcément.

Ils rirent de conserve.

— Et lorsqu'on n'a rien, que risque-t-on ? dit-il. Perdre une misérable vie.

Roxane s'arrêta et lui prit le poignet.

— Ne soyez pas si amer. Comme dans vos lettres. Vous me disiez des choses tristes, si joliment. C'était bien pensé. Et cela me remuait le cœur.

— Je ne voulais pas, se défendit-il. Mais nous nous connaissions si peu. C'était comme si j'écrivais à un double de moi-même.

Ils reprirent leur marche vers le parc du casino. L'aile droite du bâtiment était encore en chantier. On avait ouvert la salle de jeu, la piste de danse et le petit restaurant où l'on servait des truites au bleu et des écrevisses à la nage. Les platanes venaient d'être plantés et ne faisaient que peu d'ombre. Ici, on ne traînait pas. On cherchait à se mettre à l'abri sous les tentes blanches à grosses rayures bleues. Les messieurs jouaient aux boules, tandis que leurs dames patientaient dans le carré d'ombre. Elles papotaient, l'ombrelle ouverte. Les serveurs en costume blanc et noir mettaient le couvert sur de petites tables rondes cernées de chaises cannelées.

— Je vous offre une absinthe, proposa Roxane.

— Est-ce bien convenable ? s'inquiéta Silvius.

— Je paierai l'addition, souffla-t-elle à son oreille. Je sais que vous n'êtes pas fortuné…

Il s'arrêta tout net. On lui avait appris à ne rien recevoir d'une jeune fille. Mais elle l'entraîna d'un geste vif et conquérant.

— Ce ne sont que préjugés bourgeois. Moi, mon cher Silvius, je suis moderne, résolument moderne, asséna-t-elle avec conviction.

Le jeune homme prit ombrage de la décision de Roxane. Il se rebella tant et tant qu'elle fut touchée par sa sincérité. Mais à l'évidence, Silvius n'avait pas en poche de quoi payer la commande et, pour sa voisine, le laisser ainsi s'enferrer jusqu'au bout eût été pire encore. À ce moment, la jeune fille prétexta le besoin de se rendre aux toilettes et alla régler l'addition discrètement.

Alors que le vent du sud, chaud et brûlant, soulevait la poussière sur les allées de l'Intermittente, ils choisirent un coin d'ombre à l'écart de la foule. Rien n'était plus drôle, pourtant, que de voir les promeneuses s'agacer contre leurs ombrelles retournées. Deux ou trois s'envolèrent même, finissant leur course dans les massifs de roses. Et de même, les robes longues, si légères, furent chahutées. Cette intrusion soudaine jeta sur la promenade dominicale une confusion singulière. Silvius pronostiqua l'irruption d'un orage en début de soirée.

Mais pour l'heure, ils étaient seuls au monde dans ce réduit d'ombre proche de la rivière. Il y avait suffisamment de végétation pour qu'ils fussent cachés des passants. Roxane avait envie de badiner un peu ; elle semblait même s'abandonner à un jeu, tandis que Silvius voyait là une passion naissante. Le temps paraissait jouer contre lui. Il s'était promis de lui voler un baiser avant la fin du jour, mais d'abord lui prendre la main, ensuite effleurer sa joue du bout des doigts et la faire rire surtout... Telles étaient les étapes qu'il s'était juré de franchir, une à une.

— Savez-vous que M. Beauchamp a parlé de vous à mon père ?

— En termes aimables, j'espère...

Roxane s'agaça qu'il prît sa remarque avec légèreté.

— J'aurais préféré que mon père ne fût point mêlé à la conversation. Je vous ai donné des indications précieuses sur le marché de la soie à Lyon. Ainsi aurez-vous réussi à mener votre négociation, mais moi, j'ai entendu mille reproches de mon père. L'on m'a fait jurer dorénavant de ne plus m'occuper de ces affaires.

Silvius était rouge de honte. Il prit la main de Roxane et la porta à ses lèvres, comme pour se faire pardonner.

— Beauchamp vous a en haute estime. Il dit que vous avez de réels talents pour le commerce. Auriez-vous songé à cultiver ce jardin-là ?

Le jeune homme n'avait pas lâché la main de Roxane. C'était de petites caresses légères dont il jouait et à l'évidence elle s'y abandonnait de bon cœur, à moins qu'elle fût tout à sa conversation. Il loua la douceur de sa peau, la finesse de ses attaches. Elle l'écoutait d'une oreille distraite.

— Vous savez utiliser la faiblesse des femmes, dit-elle.

Il devint grave.

— Un bon point pour vous, un mauvais pour moi, reprit-elle.

— Je ne voudrais pas…

— N'ayez pas en plus la bêtise de vous en excuser.

Roxane se leva d'un bond et courut jusqu'au bord de la Solane. Il y avait une rambarde en fer forgé pour protéger les visiteurs du vide. Car la rivière courait paisiblement quelques pas plus bas dans son lit de roche ocreuse. On entendait le vent dans les ramures des platanes et le ruissellement de l'eau sur les galets.

— Je ne recommencerai plus, assura Silvius.

— Vous ? rit-elle. Cela m'étonnerait.

— Vous me jugez donc si vite ?

Elle ne répondit pas. Elle resta sans voix, sans défense, même lorsqu'il vint la prendre par les épaules et la serrer contre lui. Silvius avait envie de l'embrasser, mais hésita. C'était une de ces décisions irréversibles par lesquelles un amour peut choir à jamais. Peut-être se trompait-il et déjà se languissait-elle de sa timidité ?

— Votre père a-t-il lu mes lettres ?

— Assurément non.

— Notre rencontre est clandestine alors ?

— Je n'aurais pas besoin de m'en cacher…

— Mais vous vous en cachez ? reprit-il.

— J'ai horreur des questions.

C'est alors que Silvius prit Roxane dans ses bras et déposa un baiser sur le bord de ses lèvres. Elle se laissa faire sans résistance, mais n'y répondit point. Il se recula pour l'observer, comme on l'eût fait d'un feu qu'on viendrait d'allumer et qui ne parviendrait pas à prendre.

— Je n'ai jamais cessé de penser à toi, dit-il. Toutes ces années. Et puis les lettres… Nos promesses. Était-ce du vent ?

En la tutoyant enfin, il marquait un point, pour reprendre son expression. Mais cette liberté ne fut pour lui qu'un court avantage car il ignorait à ce moment que Roxane était une joueuse dans son genre, et qu'elle ne tarderait pas à reprendre la main par un coup imprévisible.

— Mon cher Silvius, tu es décidément un garçon précoce. Ça me plaît bien pour un petit paysan. En général, ils ne sont pas trop dégourdis, plutôt empotés dans ce pays. Tu as dix-huit ans, n'est-ce pas ? C'est étonnant. Une maturité qui force le respect. Et je ne doute pas que tu feras une belle carrière…

Elle parut réfléchir. Elle voulait donner de la respiration à ses mots. Car pour elle, il fallait que les flèches touchassent la cible en son centre.

— Mais je ne puis me rendre à ta passion, m'abandonner au désir que tu me portes, alors que j'ai grande estime pour toi, forcément.

Elle contrebalançait ses rudesses par un peu d'émollient. C'était son jeu, déjà bien féminin pour son âge, vingt et un ans à peine.

Atteint au cœur, Silvius se tourna vers la rivière pour masquer son désarroi. « Pire qu'une gifle, pire qu'une insulte », pensa-t-il.

— Et si je devais tenter quelque expérience dans ce domaine, je choisirais un garçon plus âgé que toi, et sans doute moins amoureux, un garçon qui aurait l'expérience des femmes et, de surcroît, un garçon que je n'aimerais pas, dit-elle d'une voix blanche.

Roxane Colomier rejoignit son père au Grand Hôtel des Bains, allée Farincourt. C'était une immense bâtisse à la conception fort moderne pour son époque. L'architecte avait voulu un espace fonctionnel pour accueillir les curistes de Vals. Si la façade s'avérait plutôt sobre, on avait misé sur le confort des suites et des chambres et sur le luxe des parties communes pour que le séjour fût le plus agréable possible à la clientèle. Restaurants, salons de réception et de conversation, salles de jeu et de lecture, les hôtes étaient aussi à l'aise que dans un de ces grands paquebots qui reliaient le continent européen à l'Amérique. Souvent, on ne s'en évadait que pour prendre les eaux dans les établissements qui avaient fait la notoriété de Vals. En boisson, douche ou bain, on n'avait que l'embarras du choix entre les cent vingt-six sources, dont les plus renommées : Dominique, La Précieuse, La Souveraine…

M. Francisque Colomier était un habitué de Vals. Il y soignait son diabète, à moins que ce ne fût son hypocondrie qui le portait à voir dans le moindre embarras de santé sa fin prochaine. Ses succès retentissants sur le pavé lyonnais dans le négoce de la soie l'avaient rendu soucieux, surtout après la disparition brutale de son frère Hector. « Dans notre famille, disait-il avec un tremblement dans la voix, le cœur est faible. » Souvent, on prenait cette réflexion en mauvaise part, alors qu'elle traduisait une situation bien réelle puisque les Colomier étaient cardiaques de père en fils. Ses adversaires, forts de leurs démêlés au sein du syndicat de l'Union des marchands de soie où Colomier régnait en maître, y voyaient comme une sorte de métaphore, le manque de cœur se traduisant par le mépris, le cynisme, la rapacité…

Tandis que Mme Adèle faisait ses ablutions à la station thermale, monsieur étalait sa suffisance dans le salon rose du Grand Hôtel. Il avait sa petite cour pour l'entendre : Pierre Hubelle son conseiller juridique, un jeune homme élégant portant l'habit de cérémonie en toute occasion – à croire que son existence se résumait à une interminable vie de salon –, France Lazaret, sa secrétaire, William Fouque, fondé de pouvoir au Crédit lyonnais… Lorsque Francisque Colomier prenait les eaux, ses fidèles les prenaient aussi, même si cette manie les barbait souverainement. On se sentait des obligations envers le cher homme, dont l'influence était forte dans les cercles de la Croix-Rousse.

— Nous aurons bu assez d'eau pour aujourd'hui, dit-il en dépliant ses longs bras maigres sur les accoudoirs du fauteuil.

Mlle Lazaret se tenait à sa droite. Le banquier allait et venait en faisant craquer le cuir de ses bottines neuves. M. le conseiller était assis sur le rebord d'un divan gris, une jambe pendante animée d'une sorte de tic nerveux.

— Que d'eau, que d'eau, murmura Pierre Hubelle d'un ton désabusé.

Il n'aimait que le champagne, à tous les repas, et le cognac à partir de onze heures du soir.

— Oui ? dit Colomier en levant le regard vers lui. Vous disiez ?

— Cher Francis (il avait l'habitude de le prénommer ainsi), vous ne connaissez pas cette fameuse réflexion de Mac-Mahon devant les inondations de la Loire ?

— Non, j'avoue mon ignorance.

— C'était un piètre orateur. Et ce jour-là, devant les corps constitués, les journalistes, il ne sut dire que ça… Cette formule imbécile qui devint célèbre.

William éclata de rire.

— C'est comme si je disais, moi, devant le trou financier du canal de Panamá : Mon Dieu que d'argent, que d'argent !

— Allons, Will, restez sérieux, que diable ! Nous avons tous perdu nos derniers sous dans cette sale affaire.

— Pardonnez-moi, se reprit le banquier, je ne savais pas que cette misérable histoire vous avait autant affecté.

— Je n'aime pas perdre. Et le baron de Reinach a été bien inspiré le jour où il s'est tiré une balle dans la tête. C'était la moindre des choses que de tirer sa révérence.

Le conseiller Hubelle observa avec inquiétude la jeune secrétaire. Elle fixait la ligne bleue des Vosges, sans se départir de sa froideur. Il eût voulu d'elle un peu de complicité, un geste, un sourire, mais cela ne lui était accordé qu'en aparté. Tant d'allégeance au maître épuisait l'entendement.

— En tout cas, ajouta Francisque Colomier, Panamá va nous coûter les élections législatives.

— Croyez-vous ? s'inquiéta William Fouque.

— Le scandale de Panamá plus la crise boulangiste, la droite ne s'en relèvera pas.

— Comment voyez-vous ça ? questionna Pierre Hubelle.

— Un fort recul de la droite par rapport à 1889, un parti radical en baisse, et le retour des socialistes aux affaires. Édouard Prénat va prendre le bouillon. C'est réglé comme du papier à musique.

— Et le gros Marinchard, que deviendra-t-il ? s'enquit le banquier.

Colomier eut un sourire vague. Qu'on l'interrogeât sur son vieil ennemi était évidemment un piège dans lequel il ne tomberait pas.

— Vous le détestez aussi, Will, votre concurrent de la Banque de France ?

Fouque s'arrêta tout net et ce fut reposant, pour une fois, que ses satanées chaussures cessent de couiner sur les tapis persans du salon rose.

— Mon aversion ne va pas jusque-là, tout de même, se justifia William.

— Allons, il est parfois sain et apaisant de voir ses adversaires dans la mistoufle. Mais celui-là a des appuis jusque dans la City de Londres. C'est un sacré bonhomme, tout de même.

— Il doit sa fortune à l'administration militaire, ajouta Pierre Hubelle.

M. Colomier se mit à hocher la tête, longuement.

— La maison Marinchard et fils fournit les draps

à toutes les casernes de France et de Navarre depuis 1860 au moins. Ce sont des commandes qui ne souffrent d'aucune récession.

— Vous le voyez élu député, donc ? demanda Fouque.

L'industriel de la Croix-Rousse fit un geste de lassitude. En vérité, il était las de jouer au devin. C'était une clownerie à laquelle il s'était déjà largement consacré dans sa vie.

— Son siège d'administrateur de la Banque de France ne sera jamais pour vous, mon pauvre Will. Perdez cette illusion.

— Vous me soutiendriez, Francis ?

— Assurément. Mais je ne puis sacrifier ma position à Lyon pour vous être agréable. Et tant que Marinchard me sert la soupe, tout va pour le mieux dans le meilleur des mondes.

La conversation était fort animée, dans le salon rose, et nul ne s'était aperçu de l'arrivée de Roxane. La jeune fille était entrée à pas de chatte, comme elle avait toujours vécu en vérité dans sa famille – présente mais discrète, attentive mais secrète – où les affaires prenaient toute la place, même celle des sentiments. Autour d'elle, on avait toujours jugé le petit monde environnant en fonction de son utilité. Tandis que l'un, quelle que fût sa valeur morale, était encensé pour l'argent qu'il pourrait rapporter, l'autre, qui était la vertu même, ne méritait pas tripette eu égard à son peu d'importance dans le milieu.

France Lazaret ressemblait à un lézard immobile sur son rocher, vêtue d'une robe longue moirée vert d'iris. Ses yeux noirs et languides, transpirant l'ennui, étaient maquillés de khôl, un bleu brillant perlé de strass. On se demandait où elle allait chercher ces belles idées… En vérité, elle était admirative de l'art viennois et se prenait, à ses heures, pour une déesse de Klimt. Ces fantaisies amusaient les Colomier, ainsi que le banquier, et faisaient hurler de rire le jeune Hubelle. Lui, les femmes, il les préférait androgynes, filiformes comme de jeunes éphèbes. Peut-être se mélangeait-il dans sa libido, à supposer qu'il y eût chez lui du pédéraste refoulé ? C'était du moins l'avis de Mme Colomier. « Nous ne craindrons pas pour la virginité de notre fille, disait-elle, car notre Roxane est tout le contraire de Lazaret, bien trop féminine… »

— Monsieur, vous aurez bien mérité un peu de champagne, fit Mlle Lazaret en prenant le bras de Colomier.

Il se laissa guider vers le bar, comme un automate. Le serveur en veste blanche tendit une coupe et l'emplit à ras bord sans laisser la mousse prendre le dessus. L'industriel la porta aussitôt à ses lèvres et but avec gourmandise. Puis d'un geste, il fit signe au garçon de servir ses voisins. On approcha de la sainte table sans précipitation pour ne point faire montre de la moindre avidité. Monsieur régalait, Monsieur jouait le généreux, on était aux anges.

— Riche idée, murmura France en faisant un clin d'œil au petit Hubelle.

Car c'était à elle qu'on devait l'initiative. Elle approcha délicatement sa coupe pour trinquer avec le conseiller. Lui, il la contempla des pieds à la tête, s'attardant sur la courbe de ses hanches, sur le dessin discret de son buste sous le fin tissu d'un corset du même ton gris-vert. « Quel visage offririons-nous dans le plaisir de l'amour ? se demanda-t-il. Grimacier ou épanoui ? À moins qu'il ne soit abandonné et lascif comme les vestales antiques… »

Souvent, Hubelle s'abandonnait à des pensées lubriques. C'était une sorte de jeu. Il aimait à cataloguer son petit monde avec le secret espoir de se tromper, faute de s'y égarer. « Qu'importe puisque nous n'irons jamais voir de trop près », se disait-il. Hubelle était un jeune homme trop bien élevé pour se risquer à chasser sur le territoire du maître.

— Je mesure tout le bonheur d'être à vos côtés, dit-il en lui prenant la taille.

France s'esquiva d'un geste vif dans un froissement vaporeux de sa robe. Il suivit son pas de côté avec ravissement. « Peut-être serions-nous coquine au lit ? Peut-être prendrions-nous l'avantage avec l'air de s'en excuser ? » se dit-il. Et il s'imaginait étendu sous elle, fixant dans la lumière tamisée d'une chambre son visage possédé par le désir.

— À quoi pensez-vous, Pierre ? demanda l'industriel.

— Ah si je vous le disais, cher monsieur Colomier, vous ne me croiriez pas !

Roxane se glissa près du bar, d'un pas félin. Elle portait son bloomer avec grâce.

— Ma chère petite ne pense qu'à faire de la bicyclette, dit le père attendri. Jadis, nous montions à cheval. Désormais, nous pédalons sur cette machine barbare… À cet exercice, il n'est de vrai plaisir que dans la vitesse que l'on s'accorde, n'est-ce pas ?

M. Colomier prit sa fille par la taille et la serra contre lui. Souvent, il lui manifestait en public son affection, ce que Mme Colomier réprouvait. « Mais ce n'est plus une enfant, Francisque… Ça fait mauvais genre ! »

Deux coupes de champagne avaient suffi à rendre Mlle Lazaret volubile. Les hommes s'amusaient de ce désordre. Pierre poussait le jeu un peu loin en l'invitant à valser sur un lointain flonflon qui traversait les murs du salon. Il y avait un petit bal, comme tous les dimanches soir, dans la salle des fêtes du Grand Hôtel. Le banquier tirait sur un gros cigare des volutes de fumée bleue. Et l'industriel couvait du regard sa fille, en se demandant s'il vivrait assez longtemps pour la conduire dans la cathédrale Saint-Jean avant de la confier à un distingué mari. Ce serait un jour faste et de grande espérance, un jour de triomphe, car ce futur événement serait placé, d'abord, sous le signe de l'argent.

Soudain, un groom en habit rouge s'avança timidement. Il tenait un pli dans sa main gantée. M. Colomier fut le seul à l'apercevoir, mais n'y prêta guère attention. D'ordinaire, seul son voiturier était autorisé à apporter le courrier. D'un geste, il ordonna à l'employé de se retirer. Ce lui paraissait contraire aux règles que le petit personnel vînt jusqu'au bar, sans passer par le maître d'hôtel ou, par défaut, le chef de salle. Mais comme le groom insistait, Colomier montra de l'agacement.

— Qu'est-ce que c'est ?

— Pardon monsieur, bredouilla-t-il rouge de honte, j'ai un message à remettre à Mlle Roxane.

En entendant son prénom, la jeune fille se retourna vivement et s'empara de l'enveloppe. Puis elle tendit au garçon une pièce de cinq francs.

— Partez vite, lui souffla-t-elle, sinon mon père va faire une crise d'apoplexie.

C'était la sorte d'humour dont elle usait sans discernement. Peut-être n'en mesurait-elle pas la gravité, car le mot « apoplexie » était l'un de ceux que l'industriel redoutait le plus dans la langue française, apoplexie et faillite…

Roxane reconnut aussitôt l'écriture et pâlit de surprise. C'était une lettre assez courte en vérité que lui avait écrite Silvius Andromas avant de se retirer. Il l'avait portée au Grand Hôtel et s'était enfui comme un voleur, préférant ignorer pour l'heure la réaction qu'elle susciterait.

— Je vais monter dans ma chambre, annonça-t-elle à son père.

Il la toisa avec défiance.

— Ce n'est pas un peu tôt ?

— Après cette promenade à bicyclette, j'ai besoin de me reposer.

— Nous avons prévu de souper dans la salle bleue avec nos amis. Je serais contrarié que tu ne sois pas des nôtres, ma chère petite fille.

Elle baissa la tête. C'était sa manière de se soumettre. On l'avait élevée dans l'observance du devoir, mais elle avait toujours éprouvé le sentiment confus d'apprendre là un rôle qu'elle n'aimait pas bien qu'il lui faille l'interpréter tôt ou tard dans la société.

Le père caressa le visage de sa fille avec tendresse, tandis que de l'autre main il tentait de s'emparer de la lettre. Roxane serra le papier avec colère.

— Non papa ! Non ! C'est personnel. Très personnel. Tu ne peux pas la lire…

— Pourquoi ? s'étonna Francisque Colomier. Me cacherait-on quelque chose ? Nous n'avons pas de secrets entre nous… (Il avait voulu dire qu'une fille ne saurait faire de cachotteries à son père, car pour l'inverse c'était une autre paire de manches.) Allons, ne m'oblige pas, Roxane...

Elle lâcha prise, la mort dans l'âme. Quelques larmes brillaient déjà dans son regard. « Si maman pouvait être là », pensa-t-elle. C'est à cette seconde même qu'Adèle Colomier eût été de quelque utilité, en s'opposant à l'autorité paternelle. Trop tard.

Roxane disparut aussitôt pour s'enfermer dans sa chambre au second étage. Elle y attendrait jusqu'au dîner, et ne descendrait qu'après avoir été appelée. Qu'importe. Le temps de prendre un bain, de soigner sa personne, d'essayer quelques toilettes, et ce serait enfin la minute de vérité.

Prétextant une envie de fumer un cigare dans la salle de billard, M. Colomier prit congé. La lettre volée à sa fille le hantait. Il avait hâte d'en connaître l'auteur. Car il avait flairé, en père attentif, que c'était là une sacrée découverte. « Un père qui ne se soucie pas des fréquentations de sa fille ne mérite que mépris », pensait-il.

Fou de rage, l'industriel chiffonna le message ainsi libellé :

Ma très chère Roxane, nous ne pouvons nous quitter ainsi. J'ai besoin de toi. J'ai besoin de vivre près de toi. Mais je mesure que c'est une affaire compliquée. Peut-être y a-t-il une solution ? Elle est entre tes mains. Un mot de ton père, une recommandation, une toute petite recommandation, et je trouverais du travail à Lyon. Peut-être dans l'entreprise Pleynet ?

Tendrement,

Silvius Andromas.

Tout en faisant les cent pas, l'industriel rodait ses arguments. Il ne voulait point froisser la susceptibilité de sa fille, peut-être la croyait-il bien plus immature qu'elle ne l'était en réalité. Sans doute, un peu d'attention l'eût conforté dans cette évidence. Roxane n'était plus la petite fille sage qu'il allait gaver de pâtisserie, le dimanche matin, place Bellecour.

Sans plus attendre, l'industriel se décida à monter dans sa chambre. « C'est une histoire qu'on ne peut laisser en l'état », songeait-il. À vrai dire, Colomier était en proie à la plus vive des anxiétés. « Est-ce que le mal est fait ? » se questionnait-il. Mal irréversible. Mal irréparable. Mal irrécupérable. Les adjectifs ne faisaient point défaut pour exprimer son désarroi.

Elle entrouvrit sa porte. Il voulut repartir quand il comprit que Roxane sortait à peine de son bain. Mais elle le retint ; elle se sentait assez forte pour l'affronter.

— Tu ne peux pas aimer ce garçon ! s'écria le père. Te rends-tu compte ? Un petit paysan, un jean-foutre de paysan, un rien du tout ! Nous, les Colomier... Qu'en penseraient nos amis ? Nous sommes leur modèle, tout de même, jusque dans notre manière de vivre, de gagner et de perdre notre argent... C'est ainsi.

Il criait, s'agitait, fulminait. Elle s'était assise sur le bord du lit et séchait ses cheveux avec une serviette en éponge.

— Mais qui te dit que j'aime ce garçon ? dit-elle.

M. Colomier demeura interloqué.

— Mais alors, il est fou ce type. As-tu vu ce qu'il t'écrit ?

Il chercha au fond de sa poche la lettre chiffonnée, mais renonça à son projet comme s'il lui était douloureux de ramener cette preuve à la surface.

— Oui, admit-elle d'une petite voix lasse, nous partageons quelques goûts communs. Nous avons correspondu par lettres et billets doux. Mais tout ça, mon petit papa, reste bien innocent, tu ne crois pas ?

Il était estomaqué par son assurance. « Ma petite fille est devenue une femme et je ne me suis rendu compte de rien, se reprocha-t-il. Cette métamorphose s'est opérée sans que je ne la soupçonne. Quels signes ai-je manqués ? Comment aurais-je pu les discerner ? Je n'ai jamais appris cela de la vie, moi ! »

Il approcha une chaise cannelée et s'installa, assez inconfortablement, les fesses au bord du vide.

— Innocent, répéta-t-il, le regard dans le vague. Tu veux dire qu'il ne s'est rien passé ?

Roxane pouffa de rire. Sur le coup, M. Colomier fut blessé par sa réaction. « Tant de légèreté m'alarme », pensa-t-il. Sa main tendue froissa la robe déployée sur le lit comme un éventail, une robe de soirée rose pelure d'oignon garnie de points d'Angleterre. Le contact du satin, doux et électrique, réveilla en lui une sensation troublante. « Elle serait capable de me mentir, ma chère Roxane, que je n'y verrais que du feu. Voici qu'elle affiche cette supériorité des femmes pour qui les jeux de l'amour n'ont plus de secrets. Que dois-je en penser ? »

— Sa lettre, reprit-il, est explicite. Il voudrait vivre près de toi, et cela ne l'ennuierait point que je lui trouve un petit travail à Lyon, que je l'installe dans une garçonnière pour que tu puisses le rejoindre, ma petite ! Je ne suis pas né de la dernière pluie. C'est d'un vulgaire, tout ça. J'en ai honte pour toi. Croit-il que nous ferions de toi une fille entretenue avec notre propre argent ?

Machinalement, Roxane croisa les bras sur sa poitrine et se fit minuscule sur le bord du lit. Elle sentait confusément que son cher papa ne voyait plus en elle qu'une femme éprise, chahutée par le désir. « L'homme jaloux se comporte toujours ainsi avec une épouse, se dit-elle. Mais, moi, tout de même, je ne suis pas sa chose. Mon avis compte-t-il au juste ? »

Soudain, elle se dressa devant son père et asséna d'une voix ferme :

— La situation est simple, papa ! J'ai rencontré ce jeune homme, Silvius Andromas, il y a deux ou trois ans, peut-être plus, qu'importe. Je dois avouer qu'il ne me laisse pas insensible. Et qu'il appartienne à la classe sociale que tu honnis m'est indifférent. Pouvons-nous le rendre coupable de sa pauvreté ? Non. Certes non. Nous avons échangé des pensées, et à la longue, nous nous sommes trouvé quelques affinités, malgré la distance qui nous sépare. Ce n'est pas négligeable, bien sûr, je le confesse. Mais la passion ? Là, je t'arrête, mon petit papa, je t'arrête. Il n'y a rien eu entre nous qui ressemble à de l'amour. De l'amour ! s'écria-t-elle. Tu vois ce que je veux dire ? Ces choses qui se passent entre deux êtres qui s'aiment… Du reste, je n'ai jamais entretenu avec aucun homme, à ce jour, le moindre commerce qui soit, si cela peut te rassurer… Quant à moi, ça ne me rassure guère. Je me trouverais plutôt idiote. Dans cette situation, bien pénible, que tu m'imposes, ce jeu infernal de la vérité, je trouve que tu n'es pas trop dans ton rôle.

M. Colomier se détourna, honteux.

— Pardonne-moi. Je n'aurais pas dû douter de toi, ma petite fille.

— Je ne suis plus une petite fille. À vingt ans, on n'est plus une petite fille.

— En effet.

Il esquissa un geste tendre dans sa direction, mais Roxane se déroba.

— Promets-moi que tu n'auras plus de contact avec ce garçon ?

Un silence s'installa dans la chambre. Et M. Colomier comprit que l'affaire ne faisait que commencer.

11

On n'en faisait plus mystère chez les Andromas, désormais Silvius préférait la compagnie de sa mère à celle de son père. À la vérité, entre père et fils, on ne se parlait plus. Il y avait le fantôme de Fritz Köhler entre eux deux, bien que six mois se fussent déjà écoulés depuis la terrible révélation. Avec le temps s'était installé un silence ravageur. Théodore profitait de cette aubaine ; puisque Silvius ne l'interrogeait plus, il croyait être quitte. Quant au jeune homme, à la vérité, cette situation l'arrangeait aussi. Ce lui permettait de prendre peu à peu ses distances avec Fontbelair. Certes, le fils ne courait plus sur les brisées du père ; il avait d'autres ambitions, bien que celles-ci, présentement, se révélassent être sous l'éteignoir. On attendait toujours fébrilement une lettre de Roxane.

Mariette nourrissait beaucoup d'affection à l'égard de son fils. Après le départ d'Eugénie, celle-ci s'était renforcée. Elle se sentait si seule et abandonnée depuis que l'institutrice ne venait plus lui rendre visite. Silvius ne pouvait combler cette béance. Les liens qu'elle avait noués avec Eugénie étaient d'un autre ordre, même si Silvius s'avérait attentif et prévenant.

Pendant que Théodore faisait les foins avec son aide, à la faux sur les terrasses et à la faucheuse tractée sur les prés pentus, Silvius restait à la magnanerie.

— Laisse donc ta mère se débrouiller, déplorait le père. Elle n'a pas besoin de toi. C'est moi qu'il faut seconder…

Il ne répondait pas. Il attendait que les reproches pleuvent pour asséner ses vérités. Mais Théodore ne s'y risquait pas. On sentait que le fils avait pris le pas sur la figure tutélaire. « Je ne peux me sauver que par moi-même, se disait-il. Et quoi qu'il m'en coûte, je ne dois rien espérer de Fontbelair. Car Fontbelair n'a plus rien à me donner, ni sagesse ni raison. »

Silvius participait donc au nettoyage de la magnanerie. C'était un travail minutieux et tellement utile si l'on voulait se préserver des maladies. La pébrine, la flacherie, la muscardine étaient les fléaux de l'éducateur. À la fin de la saison, il était nécessaire de se débarrasser des ferments, des vibrions ou des spores de Botrytis par lesquels les maladies s'installaient insidieusement dans quelque recoin de la maison. Ces germes mélangés à la poussière n'attendaient plus que la prochaine naissance des vers pour refaire leur apparition.

Le plafond, les murs, les sols furent badigeonnés d'une décoction savamment dosée de sulfate de cuivre et de lait de chaux. Pendant que Mariette passait le pinceau en s'attardant dans les angles, la tête coiffée d'un fichu et protégée par une large blouse grise, Silvius époussetait les couveuses, les claies, les râteliers… Tout en œuvrant, Mariette chantonnait une ancienne ritournelle que Silvius reconnut.

— Tu me berçais avec cette chanson, dit-il.

— Tu te souviens de ça, mon petit ?

— Oui. Et de tant d'autres choses encore.

Elle le regarda avec tristesse, dans le contre-jour de la fenêtre. Il faisait chaud. La sueur couvrait les visages. Et tout alentour était si blanc, avec la chaux nouvelle sur les murs, qu'ils furent pris par une sorte d'éblouissement.

— Je crois qu'on devrait aller se reposer sous le tilleul.

Elle frotta ses mains dans un seau d'eau pour enlever la matière crayeuse qui lui collait à la peau. Puis elle le rejoignit à l'ombre du tilleul. Un petit vent faisait bruire les feuillages. Elle chanta encore, cinq ou six rengaines. Et chaque fois, Silvius devait dire s'il connaissait ces airs. Il n'en était en vérité qu'un ou deux dont il se rappelait. Puis elle alla chercher de l'eau fraîche dans le puits. La remontée du seau sur le tourniquet grinçant ne demanda guère plus d'une minute. Ils burent l'un après l'autre dans le godet, de longues gorgées apaisantes.

Silvius s'allongea, la tête appuyée contre le pied de l'arbre. À travers les ramures, la lumière vive scintillait et il lui fallait verser la tête de droite et de gauche pour contrarier ce désagrément.

— Peut-être n'aurais-je pas dû naître et tout aurait été changé pour toi, maman ?

La mère fixait l'horizon sans expression aucune. Elle avait appris à jouir de l'instant. Pour un peu, elle se fût contentée d'être sans souvenir, sans rêve, sans mémoire. C'était l'idée qu'elle se faisait du bonheur, car son existence avait été sans joie, sans plaisir, comme une longue attente. Parfois, elle se disait que la mort lui serait une chance, mais à la condition qu'elle fût habitée par quelque chose. C'était ce qui lui faisait craindre la religion. « L'au-delà sera-t-il pire pour nous, les pauvres ? Pourquoi Dieu se soucierait-il de nous apporter ce que la vie n'a pas su nous donner ? Ou alors, ce serait comme une justice réparatrice qui nous viendrait ? » Mais à force de réfléchir, elle se persuadait qu'il n'y avait rien par-delà la mort, sinon le néant. « Ce sera mieux ainsi, pensait-elle alors. Une juste fin pour tout le monde. »

— Tu ne me réponds pas ? insista Silvius. Est-ce que ma question te dérange ?

— Non, dit-elle. C'est ton père qui l'a voulu. Moi, j'avais décidé que deux filles, c'était bien suffisant. Une troisième naissance m'horrifiait. Mais tu es venu. Parce que les hommes obtiennent de nous tout ce qu'ils veulent. Les femmes ne comptent pas. C'est une injustice, déjà, que de naître femme.

Il prit la main de sa mère et la serra fortement. Elle se sentait vide et lasse. Au fond, il lui tardait de reprendre sa besogne. Parler était plus harassant encore.

— Il paraît que c'est ma tante Juliana qui a pris soin de moi ?

— Ta tante Juliana !

Mariette haussa les épaules.

— Tu ne sais pas ce qu'elle est devenue ?

— Personne ne le sait, dit-elle.

Silvius se retint de répondre. Il ne croyait pas que sa mère fût sincère à ce moment. Mais c'était un choix qui la regardait, au fond, un choix personnel, sur lequel il n'avait rien à redire.

— Ton père était heureux. Il est allé frapper à toutes les portes des maisons de Chauzit pour annoncer ta naissance. Te rends-tu compte ? un fils ! Lui, si orgueilleux. Fontbelair était enfin sauvé. La descendance assurée. Et c'est un fait, à partir de ce moment, tes sœurs n'ont plus existé. Il avait hâte de placer Pauline. Et Eugénie a été contrainte de s'éloigner de nous… Je n'ai rien fait. J'ai subi. Toutes les femmes subissent, ici, la loi des hommes. Je n'en connais aucune dans le pays qui a eu la force de résister…

Mariette et Silvius mirent deux jours à désinfecter la magnanerie, deux jours où ils ne s'adressèrent pas la parole. La conversation sous le tilleul avait, semble-t-il, épuisé le sujet. Le jeune Andromas avait obtenu la réponse qu'il souhaitait entendre de la bouche même de sa mère. Non, elle ne l'avait jamais désiré. Il était venu au monde par la volonté du père et de lui seul. Là était sa tragédie.

Enfin, ils fermèrent portes et fenêtres, calfeutrèrent la moindre ouverture. On poussa le zèle jusqu'à obturer le conduit de cheminée. Lorsque ce fut fait, soigneusement, et que Mariette eut vérifié, on alluma les mèches de soufre dont les vapeurs jaunes et âcres envahirent toute la magnanerie. Ainsi laissa-t-on l'acide sulfureux faire son œuvre au moins vingt-quatre heures. C'était la recette préconisée par Antonin Charassol pour empêcher la propagation des maladies du ver à soie.

Au moment de rentrer les foins, tandis qu'un orage menaçait sur le Coiron, Silvius accepta de prêter la main. On œuvra sans désemparer jusqu'à la première grêlée. Les hommes n'eurent que le temps de s'abriter sous la charrette. La première vague fut de courte durée. Les éclairs et le grondement du tonnerre énervaient les chevaux au point qu'il fallait les tenir au mors. Silvius ordonna de rentrer à Fontbelair au plus vite. Mais Théodore n'était pas de cet avis. Lui, il ne croyait pas que l'orage demeurerait longtemps sur Chauzit. Sans doute avait-il raison. L'altercation fut si vive entre le père et le fils que Fausto dut s'interposer. Silvius menaça son père avec une fourche. Théodore fondit sur lui et le roua de coups. Le garçon eût pu se défendre aisément, mais il ne le fit pas. Il avait juste voulu l'intimider. « Puisque tu veux que je sois un chef, alors je me comporterai en chef », s'était-il dit en levant vers lui les griffes d'acier.

— Tu commanderas ici quand je serai six pieds sous terre, s'écria Théodore.

Vers la crête de Cujols, la foudre tomba sèchement sur un châtaignier dans une gerbe d'étincelles, effrayant les chevaux qui partirent au trot sur la pente. La charrette cahota et versa en entraînant avec elle l'attelage. Pour libérer les bêtes, Fausto dut trancher au couteau le cuir des harnais. Une fois désentravés, les percherons ruèrent en poussant des hennissements de frayeur. C'est en tentant de maîtriser l'un d'eux qu'il se fit mordre cruellement à l'épaule. Rien n'est plus douloureux qu'une morsure de cheval, ni plus imprévisible et foudroyant.

Fausto tomba sur les genoux en criant. La souffrance, comme un coup de scie qui eût entamé la chair, s'éternisa à l'endroit où la mâchoire puissante de la bête l'avait pincé. La pluie se remit à tomber à verse, sans grêle cette fois, juste à grosses gouttes, frappant le sol avec un bruit de piétinement. Fausto poussa un rugissement d'animal en agitant ses poings serrés vers les Andromas.

— Des fous, hurla-t-il, tous des fous.

Au petit matin, Silvius descendit à la magnanerie. L'odeur de soufre stagnait encore dans les pièces, malgré la ventilation apportée. Mais c'était une atmosphère rassurante. Mariette était sûre que les maladies étaient ainsi jugulées dans sa maison.

— Je crois que tu ne vas pas aimer ce que j'ai à t'annoncer, dit-il à brûle-pourpoint...

La mère ne se retourna pas. Fausto lui avait fait le récit de la scène d'orage, sans omettre le moindre détail. Elle n'avait pas osé lui en parler, comme si Théodore conservait encore sur elle cet incroyable pouvoir. Mais qu'importe, Silvius ne lui en voulait pas de sa lâcheté. Elle faisait partie des meubles, de Fontbelair et de son folklore.

— Tu veux partir ? interrogea-t-elle d'une petite voix.

Elle n'attendit pas sa réponse, car elle la connaissait, mais ajouta tout de même :

— Partir, murmura-t-elle, oui, partir... Pour aller où ? Me le diras-tu ?

Silvius ne répondit pas. Il s'était tourné vers la fenêtre ouverte sur la vallée. Une odeur d'herbe coupée s'élevait des fonds, portée par des filets de brume. La terre, peu à peu, épongeait les excès d'eau de la veille. Sur la montagne, les teintes, vert, bleu et blanc, paraissaient ravivées et les contours, crêtes et replis, plus incisifs. Le soleil serait triomphant, après la bacchanale. Il n'était que Fausto, le malheureux Fausto, pour croire que les dieux dirigeaient les nuages, jetaient des éclairs et faisaient gronder le ciel.

— Tu n'auras pas franchi le pont de Rochemare que tu le regretteras déjà, dit-elle.

— Je dois partir. Sinon je ne serai pas heureux. Ici, la terre n'est pas pour moi. Elle se refuse.

— Ton père a tort. Tu sais ce que je pense.

Il ne chercha pas à la contredire. Tant de jours et de nuits inutiles s'étaient enchaînés autour de cette question, qu'il ne voulait pas lui consacrer une seule seconde.

— Eugénie avait raison. Elle s'est sauvée pour échapper aux sarcasmes de Fontbelair. Si elle n'avait désobéi au père, aujourd'hui elle serait détruite. Car nous ne pouvions rien lui apporter. La vie est faite pour le bonheur. Personne n'est jamais coupable de le chercher.

— Ta sœur avait honte de nous, honte du travail de la terre, honte de la magnanerie. Chaque fois qu'elle me voyait manipuler nos vers, un haut-le-cœur la saisissait, rétorqua Mariette.

La mère regardait sa montagne. Ici, elle n'était pas aussi belle qu'à Saint-Agrève où elle avait passé son enfance. Là-haut, c'était plus sauvage encore, avec ses neiges tenaces et ses vents de burle. Au fond, elle n'aimait guère ce pays du bas Vivarais avec le fouillis des garrigues, la rocaille branlante et le genévrier des terres pauvres. Au début de son mariage, elle s'était fort ennuyée sur le plateau des Gras à rassembler son troupeau de chèvres avant de reprendre la magnanerie que Paulin Andromas, son beau-père, avait négligée. Puis elle avait connu la paix, enfin, jusqu'à l'arrivée de

Silvius. Pouvait-elle lui en vouloir ? N'était-ce pas Théodore qui l'avait obligée à cette nouvelle gestation ? Une nouvelle fois, elle s'était défendue pour ne pas se laisser prendre. Mais il l'avait forcée pour obtenir cet enfant, il avait forcé le cours du destin.

— Et moi, maintenant, dit-il.

Elle soupira.

— Mon cher petit, tu as été un enfant perturbateur. C'est vrai. Si vrai, insista-t-elle. Perturbateur à ta naissance, et encore aujourd'hui…

— Mon arrivée a perturbé ton ordre à toi, n'est-ce pas ? Alors, mon départ le rétablira. Mes dix-huit années à Fontbelair n'auront été qu'une parenthèse. Histoire ordinaire chez des gens ordinaires.

Elle le sentit plein d'amertume et en fut bouleversée, mais Mariette avait appris à ne plus se plaindre et à ne plus plaindre non plus. Un cœur sec qui s'abandonne à sa saison favorite, l'hiver, ne craint plus rien des hommes et des événements. Ils viennent, ils passent et la surface du monde n'en est pas troublée pour autant.

— Tu m'écriras ?

Elle se reprit :

— Tu écriras de temps en temps à ta pauvre mère ?

Mme Andromas avait usé de la même question au départ d'Eugénie.

— J'écrirai, promit-il.

La mère hocha la tête et caressa la joue de son fils. Elle lui accorda un sourire dont il était difficile de comprendre l'expression. Peut-être voulait-il dire qu'elle regretterait son absence ou, au contraire, qu'elle lui apparaîtrait comme une réparation bien méritée. Même si cette seconde hypothèse semblait cruelle, elle était la plus probable : « Ton père t'a voulu, pensait-elle, tu es né, tu as grandi, tu es devenu le chef tant espéré et révéré et maintenant tu fuis le cocon familial... C'est surtout ton père qui sera affecté. Quant à moi... J'ai toujours su que ça finirait ainsi. »

Malgré ses grands airs, un chignon hors d'âge et des tenues strictes – chemisier amidonné et serré au col, sans fioritures –, Eugénie Andromas avait gagné peu à peu l'estime des gens de Largentière. Pourtant, la nouvelle institutrice n'avait guère fait d'efforts pour se faire aimer, jugeant sans doute que transmettre le savoir était, de toutes les activités humaines, celle qui requérait le moins de bienveillance. Ce fort caractère se révélait lorsqu'elle allait par les ruelles étroites de la cité, trottinant sans se retourner, le regard indifférent aux saluts. Mais la rigueur morale dont elle faisait exercice dans ses choix et ses jugements l'avait imposée. « Sévère mais juste », disaient les jeunes filles fréquentant sa classe. Il n'était compliment plus flatteur pour elle. Car elle ne possédait que cette fierté-là, la réputation que son art lui avait apportée. C'était son auréole bien à elle, sa sainteté laïque, comme elle l'écrivait quelquefois à l'abbé Bessac. « N'oubliez point, jeune fille, lui répondait le prêtre dans une de ses longues lettres rédigées d'une écriture haute et serrée, comme si les mots ne s'accordaient entre eux aucune respiration, aucune marge, que vous êtes dans un volcan. Ici, les catholiques et les protestants se sont donné la mort sans vergogne, avec le devoir de défendre une cause juste... Les uns derrière M. de Montréal, les autres rangés aux côtés de Julien le Camisard. Et quand la guerre n'occupe plus les esprits, la peste s'en mêle. Si bien que les gens de Largentière ne demeurent longtemps en paix. »

Depuis qu'elle avait rompu ses attaches avec sa famille, Eugénie passait ses journées de vacances dans la demeure qu'on lui avait affectée. C'était une petite maison basse de vigneron, divisée en trois pièces sommaires et agrémentée tout de même d'une terrasse couverte, un « couradou » comme l'on dit dans le pays. Eugénie y passait le plus clair de son temps, à préparer ses cours, à corriger les exercices de ses élèves, à lire, à écrire, à dessiner.

Dès potron-minet, Mlle Andromas faisait sa promenade vers le château, suivait les remparts, redescendait vers les ruelles de la vieille cité, là où les demeures étaient imbriquées les unes dans les autres. Toutes étaient cernées de verdure, arbres centenaires aux troncs tortueux. À force de temps, ils avaient trouvé assez d'eau dans les puits, les caves, les surgeons, pour conquérir tout l'espace disponible entre rocher et ciel. Eugénie était conquise par ses découvertes. L'homme s'était installé et la nature l'avait accompagné pour lui rendre la vie plus agréable, à moins que ce ne fût l'inverse. Les villages de ce pays du Vivarais étaient modelés par le relief. Ils en épousaient les singularités, parfois accolés à la falaise où ils paraissaient accrochés, suspendus au bord du vide, coiffant la crête d'une colline ou reposant au creux d'un vallon étroit.

Après sa promenade, Mlle Andromas prenait sa collation. Une marmelade d'ail nouveau et de ciboulette mélangée à de la faisselle de chèvre… Ce petit déjeuner lui donnait une haleine détestable, mais elle s'en fichait au fond, dans les grandes largeurs. Qui l'eût déploré, puisqu'elle vivait seule, sans autre visite que celle du facteur ou du vieux Pétrus ? Ce dernier lui apportait quelquefois une friture d'ablettes pour agrémenter son ordinaire.

Eugénie partageait avec ses voisines, quelques dames aussi originales qu'elle mais bien plus âgées, ce qui leur accordait des circonstances atténuantes, la passion pour les liqueurs et les élixirs. On se réunissait pour partager les recettes. Il suffisait d'avoir quelques réserves d'alcool blanc et le tournemain faisait le reste : eau de noix, de châtaigne ou d'armoise…

Un jour, peu avant les douze coups de midi, un pas lourd annonça l'arrivée d'un visiteur. Eugénie bougonna à l'idée d'ouvrir sa porte ; elle avait envie d'être seule à ce moment où elle se sentait si libre. L'ouvrage était étalé sur sa longue table. Les plans de ses derniers relevés à la grotte de la Baume formaient d'imposants rouleaux. L'un d'eux, punaisé sur le bois, étalait son long ruban de frises finement dessinées. La jeune femme y avait même ajouté quelques touches d'aquarelle, marron foncé et ocre, pour accentuer les creux et les renflements de roche avec lesquels les artistes préhistoriques avaient voulu créer un effet de relief. Eugénie Andromas avait rédigé sur le sujet un mémoire fort remarqué par Louis Lortet et que ce dernier avait publié dans son bulletin. C'était sa fierté, une fierté toute personnelle, parce que personne ne savait à Largentière que la demoiselle des écoles faisait autorité dans le milieu de la recherche préhistorique, une science nouvelle encore ignorée du grand nombre.

Un poing vigoureux vint cogner le bois de sa porte, insistant et effronté.

— Qui est là ? s'écria-t-elle, décidée à éconduire le perturbateur.

— C'est moi, Léonet.

Un silence embarrassé suivit, comme si l'hôtesse hésitait finalement à le rabrouer.

— Le fils Sitbon, ajouta la voix rude.

Puis trois nouveaux coups furent portés.

— Je suis bien chez l'institutrice ?

Elle entrouvrit la porte et vit la figure rougeaude de son vieux camarade de jeu du pont de Rochemare. Il était tout intimidé. Pourtant, sa rude carcasse en imposait. Mais après tout, le petit Sitbon, jadis, tout robuste qu'il était déjà, n'avait jamais réussi à faire chavirer une barque. Elle se mit à rire en l'observant. Sa tête rasée de près lui donnait l'aspect d'un bagnard.

— Tu as changé, Eugénie, dit Léonet en lui tendant la main.

— Crois-tu ?

Elle lui rappela que leur dernière rencontre ne datait que d'une petite année seulement, au Maillazet. Eugénie ne se rendait point compte de la transformation qui s'était opérée en elle depuis qu'elle enseignait. Sans doute se moquait-elle de cette métamorphose propre aux femmes lorsqu'elles cessent d'être des jeunes filles… Mais Eugénie avait-elle jamais été un jour une jeune fille, dans sa tête du moins ? Peut-être était-ce là son problème, auquel elle ne pourrait jamais apporter une solution.

Léonet ne put résister au plaisir de toucher le chemisier à dentelle. La finesse du pongé, la qualité de la coupe, l'élégance qu'il dégageait lui avaient inspiré cette privauté. Mlle Andromas n'était pas bégueule au point de s'en offusquer. Au contraire, elle s'en amusa.

— Tu es une vraie femme, maintenant, dit-il.

Le chignon était peut-être trop sévère. Mais l'aîné des Sitbon aimait bien cela, ce port de tête hautain dans lequel il reconnaissait tout l'orgueil de Fontbelair.

— Quelle perspicacité ! nota-t-elle avec un sourire vague. Serait-ce la première fois que tu t'en aperçois ? Au Noël dernier, tu n'as rien vu ?

Elle se mit à virevolter comme une toupie. Il la détailla avec le sourire béat qu'il avait naguère devant une truite fario ferrée à l'hameçon dans les eaux jade de l'Ardèche.

— Comment vont tes parents ?

— Oh très bien. Trop bien, même, dit-il.

Elle lui servit un sirop additionné d'eau, une production locale de ses voisines. Il but distraitement.

— C'est ma mère qui m'envoie, bredouilla-t-il.

— Baptistine a-t-elle un message à me faire passer ? Je suis tout ouïe.

Le garçon garda le silence. Il abordait mal son affaire. Il le sentait bien. Démuni en diable, il se mit à hocher la tête.

— Ce n'est pas facile.

Elle s'écarta de la table, intriguée. « Léonet n'est pas dans son état normal, pensa-t-elle. Déjà, cette visite… À moins que… » Elle fronça les yeux en toisant l'aîné des Sitbon. « Serait-ce possible ? Mon

Dieu ! » Elle craignait d'avoir enfin compris son dessein.

Sitbon sentit qu'il lui fallait agir au plus vite, sinon risquer le poids du ridicule. Une affaire dont on ne se relève jamais. Soudain, il se laissa tomber aux pieds d'Eugénie.

— Je suis venu demander ta main, dit-il.

Eugénie croisa les bras sur sa poitrine. Sa première réaction l'incitait plutôt à le repousser violemment. Mais elle était plus subtile.

— Moi ? Tu voudrais que je t'épouse ? Mon pauvre Léonet, où as-tu été pêcher une idée pareille ?

Il ne répondit pas. Il se sentait blessé, sans force, anéanti.

— Baptistine, n'est-ce pas ? insista Eugénie. (Il acquiesça. Il avouait en silence.) Ta mère a toujours espéré que nous nous marierions. C'est une vieille histoire d'enfance, parce que nous partagions souvent nos jeux. Mon pauvre Léonet, que ferais-tu de moi ? (Elle se reprit.) Et moi, que ferais-je de toi ? (Ainsi lui fermait-elle toute issue, de crainte qu'il parvînt à quelque moment à ouvrir une brèche.) Dans ma vie, s'entend ! ajouta-t-elle. Nous n'avons rien en commun. Si Baptistine ne te l'avait suggéré, y aurais-tu songé une seule seconde ? Je ne crois pas. Oh non, je ne crois pas.

Léonet fut pris de doute. Il ne savait déjà plus au juste qui avait eu cette idée de mariage. Il se disait : « Elle est plus intelligente que moi. Décidément, ce n'est pas la femme qu'il me faut. » Il l'observa des pieds à la tête. « Elle ne me correspond pas. J'ai toujours eu horreur de l'école, de l'odeur de l'encre, du papier, des vieux livres. Ça réveille en moi une douleur à l'estomac... »

L'aîné des Sitbon fit le tour de la longue table, jusqu'à chercher une ombre plus adoucie au bord de la terrasse. Sa main effleura la feuille de dessin. Il se pencha dessus pour examiner les délicates figures qui l'ornaient.

— Qu'est-ce donc ?

— Un relevé de la caverne de la Baume. Je fais ce travail pour la société anthropologique de Lyon.

— À quoi ça sert ?

— Comprendre nos origines.

Il baissa la tête.

— Ensemble, nous nous ennuierions comme des rats morts, dit-elle.

Et pour le consoler, elle caressa son visage avec douceur, comme elle le faisait quelquefois, dans sa classe, à un élève méritant. Léonet lui prit le poignet avec délicatesse et embrassa le creux de sa main. Elle parut se prêter à ce jeu, surtout lorsqu'il vint la prendre dans ses bras et la serrer contre lui. Elle n'offrait aucune résistance. Peut-être obéissait-elle à une pointe de désir. « Ce serait le seul domaine où nous pourrions nous entendre, pensa-t-elle, mais est-ce bien raisonnable de tout sacrifier à ça ? Dois-je m'y abandonner ? »

— As-tu besoin d'une femme à ce point ? questionna Eugénie.

Il lui massait les seins avec insistance. Les pointes d'aréoles saillaient sous le fin tissu. L'homme voulut y poser ses lèvres et les mordiller à travers le pongé. Mais elle le repoussa lorsqu'il se mit en tête de caresser sa croupe, ses fesses. Elle sentait une force grandir chez cet homme qu'elle craignait de ne pouvoir contenir. Car si elle se jugeait assez mutine pour quelques jeux innocents, sans conséquence, elle ne se fût jamais risquée à quelque geste irréversible.

— C'est une femme qu'il te faut, Léonet, pour apaiser ton désir. Je suis sûre que tu la trouveras. Le plus vite sera le mieux.

— Toi ! dit-il. C'est toi que je veux.

Eugénie se détacha de lui, et chercha à gagner une distance suffisante pour qu'il ne revînt à la charge.

— Une femme. Une jolie femme, dit-elle. Ça t'importerait peu, au fond, que ce soit moi ou une autre. Pourvu que ce soit une femme, une gentille femme.

Il avait glissé ses mains au fond de ses poches. Il la regardait d'un air furieux, l'œil sombre.

Elle énuméra quelques noms de jeunes filles de Chauzit. Elle poussa même le jeu à agrandir le cercle jusqu'à Vallon.

— Tu as besoin d'être soulagé, je le comprends, mais moi, je n'ai pas ce goût-là.

— J'ai senti ce que je devais sentir, dit-il. On ne peut se mentir à ce point.

Elle tourna la tête vers les toits de Largentière. De la terrasse, on distinguait le savant agencement des demeures, à peine séparées par d'étroites ruelles qu'il suffisait d'enjamber pour passer d'un couradou à l'autre.

— C'est le curé qui t'a rendue si prude ? s'indigna-t-il.

— Ne sois pas abject, Léonet. Ça ne te ressemble pas. Tu es un Sitbon. Un Sitbon ne peut s'abaisser à des méchancetés. Ce n'est pas comme les miens…

Elle songeait à son père, surtout, bien qu'elle ignorât les épisodes les plus sombres de l'histoire des Andromas. Elle les condamnait avec cette légèreté qu'autorise la haine.

— Bon, admit-il vaincu, je dirai à ma mère que je ne suis pas assez bien pour toi.

— Tu diras à ta mère que tu veux faire un mariage raisonnable avec une fille du pays qui t'apportera de la terre. L'histoire de nos gens en témoigne, on ne fait que des mariages de raison. Les paysans épousent des paysannes, les ouvriers des ouvrières, et ainsi de suite. Moi, je ne suis pas un bon parti pour un garçon comme toi. Voilà qui est dit.

Léonet éclata de rire. Elle le remercia pour cette politesse. Car elle avait craint un instant qu'il se rebellât, mais il y avait du panache chez ce garçon malgré ses airs bourrus, trop de désespoir et de résignation aussi. Le même désespoir et la même résignation habitaient Eugénie. En ce sens, ils étaient plus proches l'un de l'autre qu'il n'y paraissait, même si Léonet Sitbon eût été incapable de trouver les mots pour exprimer sa souffrance intime.

Ils descendirent à la cave où quelques vieilles bouteilles dormaient. Barthélémy avait fait cadeau de ses meilleurs crus, sachant Eugénie fort portée sur les vins d'Ardèche.

— Tu comptes tenir le Maillazet avec Albin ?

Il ne jugea point nécessaire de répondre. Elle se tut alors, même après qu'ils eurent goûté religieusement un champrenart.

— Mon père n'a jamais fait un vin meilleur que sur le Champrenart. Hélas, nous avons perdu le coteau au moment du phylloxéra. C'était en 1885. Celui-là a été mis en bouteille en 1874.

— J'avais trois ans, dit-elle.

— Et moi… (Il réfléchit. C'était devenu un jeu.) Quatre ans.

Ils dégustèrent le champrenart, verre après verre. Les pipistrelles voletaient autour d'eux comme des papillons noirs.

— Puisque tu ne veux pas de moi, j'irai faire ma demande auprès de ta sœur, promit Léonet.

— Pauline ? Tu voudrais épouser Pauline ? Pourquoi ?

Il prit le visage d'Eugénie entre ses mains, comme s'il voulait l'embrasser sur les lèvres. L'atmosphère de cave, les effluves de vin, tout concourait à ce qu'ils fussent proches, bien plus proches que dans l'amour où les gestes ne s'accordent que dans la fébrilité et l'inquiétude. Grâce à cette ancienne amitié, Léonet n'eut pas à tâtonner. Il l'embrassa enfin, comme il en avait formé le dessein. Et cette connivence soudaine rassura Eugénie.

— Je veux l'épouser parce que c'est une Andromas.

— N'était-elle point promise à ton frère ? Autrefois, ils s'aimaient ces deux-là.

— Mon frère ?

Il parut réfléchir.

— Je ne crois pas qu'il irait chercher Pauline à Privas, lui. Moi si, sans hésitation. Mais voudra-t-elle de moi ?

Eugénie se garda bien d'apporter une réponse. Ce qu'elle savait de sa sœur et de son existence à Privas, rue du Couvent, l'incitait plutôt à la prudence.

12

Automne 1893

Depuis qu'elle avait perdu sa place chez Beauchamp, Pauline Andromas se cachait comme une criminelle. Des jours entiers, elle demeurait cloîtrée dans sa petite chambre de la rue des Couvents, près de l'église. Il était en cet endroit un alignement de masures lépreuses où la rue elle-même n'était qu'un cloaque dans lequel se déversaient les eaux usées du voisinage. À la belle saison, les matrones s'y installaient sur des chaises ou des bancs, peu incommodées par les miasmes, et faisaient des histoires du matin au soir. Il était toujours quelques têtes de Turcs pour servir d'exutoire. Et le venin coulait comme la pisse et les eaux grasses, sans retenue.

À force de traîner son infortune entre l'Esplanade et le Champ-de-Mars, avec son petit sac brodé rouge et son chapeau en droguet de même coloris, Pauline avait fini par attirer l'attention, bien qu'elle se fût tenue éloignée de ces commérages. Hélas, les moulins à paroles avaient besoin de provende pour s'activer, et on faisait ventre de tout à la basse-cour de la rue des Couvents : les petits potins journaliers, les médisances des familles, le dénigrement des gens en vue.

Tout avait commencé le jour où Pauline s'était mise en ménage avec Victor Marlin, un jeune homme fort séduisant, le cheveu noir passé à la gomina, la fine moustache taillée au rasoir. Avenant et beau parleur, il avait séduit la jeune fille en une seule soirée. Ils avaient échangé leur premier baiser au pied de la tour de Diane, dans un recoin obscur. Puis, de rendez-vous en rendez-vous, Pauline s'était interrogée, sans grande conviction : « Est-ce lui, ce Victor, l'amour de ma vie ? » Elle n'avait que peu d'amies vers qui se tourner pour demander un conseil, et aucune à ses yeux n'était digne de connaître son secret. Pourtant elle jeta son dévolu sur Francette. C'était une des ouvrières de Beauchamp. Elle possédait une longue expérience des hommes, puisqu'elle en avait écarté quatre au moins. « Demande en mariage, souricière ! » disait-elle d'une voix gouailleuse – c'était son genre : un brin vulgaire mais généreuse.

— Comment tu le sens ? questionna Francette Hyvert après que son amie lui eut brossé le portrait de son prétendant. Est-il doux et galant ou excité et bagarreur ?

— Doux et secret, répondit Pauline.

— Un cérébral, alors ? Mon Dieu, tu vas t'emmerder ferme, ma cocotte ! Mais, poursuivit-elle, un bécot le premier soir, m'est avis que c'est un rapide, ton gars, un sacré baiseur.

— Oh, ce n'est pas ce qu'il me faut alors…, soupira la petite Andromas qui avait su résister jusque-là à toutes les sollicitations des contremaîtres, des gareurs[1], des employés aux écritures.

— Pourtant, si tu ne lui cèdes pas, tu resteras toute ta vie une gourde...

Pauline baissa la tête. Elle s'en voulait de ne pouvoir prendre une décision par elle-même. Francette ajouta à voix basse, près de son oreille :

— Après tout, ma jolie, si tu veux le perdre ton berlingot, alors c'est le moment ou jamais. Saute dessus !

« Secret », avait-elle dit à son amie Francette, plus que secret en vérité, cet homme était une énigme... À peine eurent-ils fait l'amour qu'il exigea la vie commune avec le boniment d'usage sur les couples libres hors mariage. Même si cette solution ne la satisfaisait guère, heurtait son éducation, elle se laissa faire sans résistance. La petite Andromas fut emportée dans un tourbillon. Victor Marlin, ouvrier typographe à l'Imprimerie centrale, l'installa dans un meublé de la rue des Couvents. Certes, la jeune fille quitta la pension de famille Bertin sans regret. Entre le loyer, la nourriture, le blanchissage, il ne lui restait guère plus de quatre ou cinq francs par mois, autant dire que, malgré ces années de travail à la moulinerie, elle n'avait fait aucune économie. En examinant la question, Victor trouva que Pauline se faisait par trop exploiter chez Beauchamp avec ses vingt-huit francs par mois. Il lui conseilla donc de donner sa démission. « Je ferai face à toutes les dépenses, promit-il. Moi, je gagne plus de quatre-vingts francs. J'ai de quoi me

1. Réparateurs de machine.

payer une femme à demeure, non ? Et comme je t'aime, j'ai envie que tu sois heureuse, que tu puisses enfin vivre à ta guise, sans la crainte du lendemain. » Ces belles paroles l'enchantèrent. Pauline connut alors un été heureux. Ils partirent sur la côte. Pour la première fois, elle vit la mer, les calanques de Marseille et les belles villas de Cassis.

Au retour, Victor Marlin se montra distant et froid et les douceurs de l'amour se firent plus rares. Deux jours sur trois, il oubliait de rentrer au bercail, et s'en revenait sans explication. « Nous ne sommes pas mariés, ma petite Pauli (il l'appelait Pauli ou Paulinette selon son humeur), je ne te dois rien. Vingt dieux, ce serait monstrueux, tout de même… cet entôlage conjugal ! » Mais les absences se combinaient aussi à un assèchement des ressources. Bientôt, Pauline n'eut plus que ses yeux pour pleurer lors des visites répétées du propriétaire réclamant son dû.

Un jour, le fameux Victor Marlin devint plus explicite : « Que veux-tu, ma petite, j'ai quelques ennuis passagers. Tu devrais gagner un peu d'argent. C'est pas difficile pour une belle fille comme toi. Va donc voir du côté du Champ-de-Mars… » Pauline quêta de nouveau des conseils auprès de Francette Hyvert. « C'est pas Marlin qu'y s'appelle ce loquedu, c'est Marlou ! T'as rien compris ou quoi, bécassine ? Y voudrait que tu lui rapportes un peu de fraîche. Au Champ-de-Mars, y a les troufions de la caserne Rampon. C'est vrai que tu pourrais faire l'affaire… Un franc de l'heure. M'est avis que c'est plus juteux que chez Beauchamp, mais ça fout le bourdon. »

En se séparant de son amie, avec deux ou trois guignolets dans le nez, Pauline se sentit armée d'une ferme résolution : quitter au plus vite Marlin et le meublé de la rue des Couvents. Le marécage dans lequel elle se sentait enlisée ne se pouvait traverser que grâce à une forte volonté, droit devant, sans se retourner.

Mais Francette n'était guère rassurée par les belles promesses de Pauline, elle savait la petite Andromas faible de caractère, influençable. Le travail à l'usine avait brisé sa personnalité. Si jeune – quinze ans à peine lorsqu'elle était entrée chez Beauchamp –, elle avait subi la férule des contremaîtres, essuyé les insultes des ouvrières les plus délurées, et s'était montrée des années durant sans défense. On l'eût sans doute respectée si elle avait fait preuve de pugnacité. Dans cette fosse aux lionnes, seules les plus batailleuses s'en sortaient. Rude loi de l'entreprise pour laquelle la jeune Andromas n'était point faite. Aussi, les contremaîtres – dont Trumois – avaient senti dès le début que la recrue était une proie facile, aisément modelable. On l'avait enchaînée aux tâches ingrates pour l'y abandonner sans espoir de promotion.

Au matin, pourtant, Pauline retourna chez Beauchamp et demanda à rencontrer le patron. Les deux Beauchamp, Jules et Étienne, se partageaient la besogne. Tandis que le premier négociait avec les tisserands de Lyon, le second s'occupait de diriger la filature. Par malchance, Pauline tomba sur Jules. Ce dernier s'en revenait de la Croix-Rousse où il avait visité les tisseurs. On ne lui avait pas réservé un bon accueil. Ses livraisons de flottes et de roquets s'étaient avérées inadaptées aux machines nouvellement installées dans les usines lyonnaises. Pauline trouva donc un homme de fort mauvaise humeur.

— Que je vous embauche ? Pourquoi donc ? Vous ne l'étiez pas le mois dernier ? Pourquoi avoir lâchement déserté votre poste ? Vous n'étiez pas bien chez Beauchamp ? Vous avez été voir ailleurs, et cela ne vous convient pas non plus ? Seriez-vous difficile ?

Devant l'avalanche de questions, Pauline perdit tous ses moyens. D'autant que Jules Beauchamp avait la fâcheuse manie de hausser la voix. Le patron sentit à la pâle résistance de sa visiteuse qu'il pourrait un peu la rudoyer pour son petit plaisir personnel. Il se demandait s'il parviendrait à lui couper la chique. C'était par ces signes, d'ordinaire, qu'on reconnaissait un bon patron, à sa manière habile de rabaisser les petites mains. Il ignorait sans doute que cette jeune fille avait du talent aux bassines. Mais dans les bureaux Beauchamp, les notations n'avaient pas cours. Les aptitudes du personnel restaient l'affaire des contremaîtres.

— Je souhaiterais reprendre ma place, monsieur, aux bassines. J'ai quelques dispositions.

Jules rajusta son nœud papillon à pois bleus, haussa le menton, fit une grimace. Il s'ennuyait ferme. La fatigue lui tenait les côtes. Trois soirées dans le quartier Saint-Paul à manger et à boire avaient eu raison de son foie. Dans ces moments de grande lassitude, il se montrait plutôt atrabilaire. Mais présentement, le second des Beauchamp redoutait le moment où il lui faudrait affronter Étienne sur la question du moulinage. Car la soie ouvrée n'était pas de qualité suffisante.

— Vous avez une haute idée de vous-même, mademoiselle Andromas. Hélas, elle n'est point partagée par notre direction. Vous étiez tout juste passable, à ce que je sais.

— Oh, monsieur le directeur, ce n'est pas juste ce que vous dites... Demandez à M. Trumois.

— Croyez-vous que j'ai du temps à perdre ? Nous faisons du sale boulot, en ce moment. C'est un fait. Et vous étiez de la chaîne vous aussi. Vous avez contribué à l'amoindrissement de la qualité de nos produits. Et puis, foutredieu, s'énerva-t-il, nous en avons assez des fournisseurs de cocons du pays et de leur camelote. Nous serions mieux inspirés de courir les acheter en Italie. Mais nous restons fidèles aux producteurs locaux, par pitié, pure pitié. Voilà une sentimentalité qui finira par nous coûter la peau. Dans les affaires, il faut se garder du sentiment. Désormais, nous serons plus vigilants. Et dans ce combat qui s'engage, mademoiselle, vous n'avez pas votre place chez Beauchamp.

Des larmes coulaient sur le visage de Pauline Andromas. C'était comme si le monde s'écroulait sous ses pieds. Elle avait cru jusqu'au bout que sa dextérité, sa vaillance, son assiduité aux bassines avaient laissé quelque souvenir favorable dans la moulinerie. M. Trumois n'avait-il point dit au moment de sa démission : « Nous vous regretterons... Et si un jour vous décidiez de revenir... »

— Peut-être pourriez-vous me faire un certificat de bonne conduite ? supplia-t-elle d'une petite voix blessée. Ça m'aiderait à retrouver du travail. Oh monsieur, je ne demande pas une recommandation... Je sais bien que ce serait abuser de votre patience.

Jules Beauchamp éclata de rire. Cette jeune fille empotée avec ses joues pâles, sa chevelure empoissée et ses nippes grises, l'irritait. Sans doute estimait-il avoir assez joué avec elle. Des tâches urgentes l'attendaient. Alors, Jules esquissa une pichenette comme on efface une poussière sur le revers de sa veste. Et Pauline Andromas se retira en silence, la tête baissée en guise de salut respectueux.

La scène, rapportée le soir même à Francette, provoqua la colère de la jeune femme.

— Tu es tombée sur le connard. Tout le monde sait que le cadet des Beauchamp est un incapable. Ça passe son temps à courir la gueuse. Décidément, tu as la poisse ou quoi ?

Pauline se remit à pleurer.

— Retourne à Fontbelair. On te reprendra bien là-bas.

— Oh non ! s'écria-t-elle. Mon père me tuerait.

— Alors ?

— Je suis sans le sou.

Francette lui tendit deux pièces. Pauline hésita à les prendre.

— Essaie de voir à la filature Joncour.

— Sans recommandation…

Deux jours plus tard, Pauline descendit au Champ-de-Mars. La nuit de septembre était douce. Des odeurs de campagne flottaient dans l'air. Elle se sentait triste, désespérée. Elle pensait que ce ne serait pas une mauvaise chose de mourir. Elle y avait songé, déjà, en traversant le pont du petit Tournon. Juste un pas de trop. Mais elle s'était accrochée à la vie, sans explication. Il est des circonstances dans la vie où les actes ne s'accordent pas avec les pensées. Un jour, peut-être, à force d'insister…

Près de la caserne, sans qu'elle eût longtemps à

faire le pied de grue et à souffrir du ridicule de la situation, elle trouva ce qu'elle était venue chercher.

Malgré sa discrétion, les punaises de la rue avaient compris quelle sorte de commerce la petite du troisième entretenait. Ces allées et venues de jeunes soldats attisaient la curiosité. Il en était même plus d'une qui passaient leurs soirées, surtout après onze heures du soir, à l'épier. « Une moyenne de cinq », prétendait la concierge de l'immeuble voisin, à croire qu'elle les comptait, les loufiats. « Elle en abat, la petite. Pourtant, je ne sais pas ce qu'ils lui trouvent. Avec sa mine de papier mâché… » On pronostiquait même qu'elle ne tarderait pas à tomber malade. « Vous verrez, mesdames, ça finira avec de la chaudelance à tous les étages. C'est que ça les travaille, les types du coin, ce trottin à portée de main… »

Lorsque le temps le permettait, Pauline évitait de rentrer chez elle avec ses clients. Elle les embarquait vers le jardin public, près de la rue Olivier-de-Serres, à l'époque boisée de platanes et de châtaigniers. Il était plus d'un tapin qui se faisait en cet endroit, à la sauvette. Les fantassins de la caserne Rampon n'étaient pas regardants. Pauline les préférait entre tous, car elle n'avait pas à endurer longtemps leurs assauts. À cinq francs la passe, c'était de l'argent vite gagné, même si le dégoût la tenait au ventre et qu'elle ne cessait, après coup, en s'en revenant dans sa chambrée, de se laver et relaver, sans espoir cependant d'extirper d'elle l'odeur prégnante du sperme.

Comme sa petite entreprise commençait à devenir florissante et que la jeune fille envisageait déjà, la cagnotte faite, de quitter cette maudite ville, Victor Marlin pointa son nez. Elle voulut le mettre à la porte, mais il s'incrusta.

— Je suis sans un sou, comme qui dirait à la rue, ma jolie. Tu n'as pas pitié de ton petit béguin, quoi ? Tu me dois bien l'hospitalité. C'est moi qu'ai fait sauter ton berlingue, pas vrai ? Un peu de considération, ma petite !

— Nous n'avons rien à faire ensemble, protesta Pauline.

— T'as vite appris le turf, ma jolie. Ce serait-y moi qui t'aurais donné la vocation ? Hé ! Hé ! Ça mérite une générosité, ça ? Deux, trois p'tits biffetons à son bel amant, n's'pas !

— Tu devais m'assurer le couvert, le logis et tout le reste… Menteur. Tu as profité de moi, pauvre imbécile. J'ai tout perdu, mon travail, mes amies, et pire encore, mon honneur. Tu peux prendre tes jambes à ton cou et disparaître, Victor ! s'écria-t-elle.

Elle tenta de le pousser vers la porte. Mais Victor se rebella. Il alla s'allonger sur le lit, les bras repliés sous la tête. Il fixait le plafond, rêveur. C'était ce qu'il avait trouvé de pire, cette turne, dans l'espoir de l'installer. Un temps, il l'avait laissée mijoter sans ressources, en se doutant bien qu'elle finirait, la petite caille mal délurée, par se mettre au travail. Mais lui, il escomptait bien prendre sa commission au passage. La commission des julots, comme on disait dans le milieu des souteneurs.

— J'peux même te tirer de là pour t'faire connaître

la vraie vie avec des michés qu'ont de la thune. Faudrait que tu t'améliores...

Il se mit à rire, puis, quittant le lit d'un geste décidé, il vint la prendre dans ses bras. Pauline n'était pas de taille à lutter avec ce bonhomme aux épaules larges. Et elle comprit qu'il lui faudrait ruser. Il la palpa comme une bête de foire, les seins, les fesses...

— Faut mettre tout ça au balcon ! fit-il. Avec des petites robes à frou-frou, des dentelles et des chichis. Et sur cette belle gueule triste, je verrais bien de la poudre de riz, du vermillon et ces lèvres, elles gagneraient à être maquillées, non ? Montre donc ton popotin. Et alors, tu la lèves ta liquette ? ordonna-t-il.

Elle s'exécuta, tournoya, fit le pied au mur. Car Victor était toujours prêt, roide comme un âne. C'était ainsi qu'il les tenait ses filles, en jouant le grand méchant loup.

— Des bas de fée ! s'écria-t-il. Et de la jarretière ! Bien sûr, c'est la devanture qui compte. Pour que le richard aboule la monnaie, faut le faire frissonner, t'comprends ça ? Ah ! l'émotion, voilà la règle. Et n'pas avoir peur de chanter un peu, les cris, les soupirs, les larmes, comme si c'était toujours la première fois, ma petite. Donner l'illusion que le client y s'tape une pucelle.

Victor se sentait à l'aise dans son rôle d'éducateur de filles perdues. Il en faisait profession, vocation. Rien ne lui était plus étranger que la pitié ou la compassion. D'ailleurs, lorsqu'il flaira que Pauline se défiait de ses leçons, il la prit à la gorge, comme un loup, écumant de rage.

— Tu me fais mal, salaud ! protesta-t-elle.

Il lâcha sa prise et parut, soudain, décontenancé, les épaules basses, les bras ballants. Puis, comme mû par un ressort, il lui flanqua quatre ou cinq gifles. Il s'arrêta pour reprendre son souffle. Elle tenait la distance, la petite frondeuse. Il recommença. Même le sang sur son visage ne le découragea pas. Cet homme était un tueur sujet aux rages sourdes et aux trépignements de colère. Il suffisait qu'on lui résistât pour qu'il se découvrît dans toute son horreur.

Pauline ne lui offrit pas le plaisir de ses larmes. Elle avait connu d'autres souffrances dans sa vie, de celles qui demeurent indélébiles au plus profond de l'âme ; le fouet des vapeurs chaudes sur les mains et le visage, la morsure du froid dans les eaux gelées de l'Ouvèze et les humiliations quotidiennes des petits chefs, des ouvrières aussi, car l'homme est un loup pour l'homme. Et la faim tenace avec ses brûlures au ventre, ses vertiges et ses suées. Tant de résistance était insupportable pour Victor Marlin. Il comprit que les coups ne suffiraient à la jeter à ses pieds. Il tenta de lui tordre le bras, mais elle se tenait droite, flanquée du courage des offensés.

— Cache-toi, saleté ! cria-t-il. Ou je te poinçonne avec ça.

Il tenait un surin pointé sur elle. Mais Pauline n'en avait pas peur. Elle se disait que la mort ne serait rien, sinon une douleur vive jusqu'au dernier spasme et puis plus rien, le silence, avec ses terres hospitalières où le vent lui-même s'efface. « Ce sera sans doute froid comme la pierre d'hiver givrée par le torrent, se résigna-t-elle, et mon cœur lui-même deviendra aussi dur que ce galet. » Elle avait tant aimé sa rivière, autrefois, même à la morte saison, lorsqu'il lui fallait tremper et tordre le linge dans le courant et le battre sur le rocher jusqu'à épuisement. « N'est-ce pas une honte d'exiger ça d'une enfant ? disait-on. Pour des protestants, tout de même… Maudit Théodore Andromas, maudit homme sans pitié. » C'étaient des paroles cinglantes proférées sur son passage qu'elle n'écoutait plus, comme tant d'autres tout aussi désobligeantes envers sa famille. Pourtant, elle avait envie de croire, encore une fois, que les siens étaient des princes dans un royaume de pauvres.

— Mais tue-moi ! Tue-moi donc, lâche.

Pris de peur, Victor referma son couteau. Puis, enragé comme un chien par le sang d'une brebis, il vida le placard, renversa la table de nuit, piétina les objets répandus sur le parquet. Le lit connut le même sort, matelas et couvertures sens dessus dessous.

— Ah, j'ai trouvé la fortune ! rit-il en piochant dans la boîte à biscuits.

Il compta quatre cents francs et les empocha illico.

— Tu vas me rendre ça, voleur !

— C'est pas gagné honnêtement, ironisa-t-il. Bah, tu te referas vite, en tortillant du popotin. Et puis, réfléchis à ma proposition, pasque je reviendrai chercher de la fraîche avec ça, ajouta-t-il en exhibant son couteau.

Après l'exploit de Victor Marlin, Pauline décida de confier son argent, laborieusement gagné sur le dos, à Francette.

— Ton Marlou ne t'oubliera pas de sitôt, n'aie crainte, ma vieille. Pour relever les compteurs, c'sera un fidèle !

Les deux femmes se mirent à rire en éclusant une absinthe. C'était Francette qui lui avait appris à lever le coude, histoire de voir la vie en rose. Petit à petit, Pauline s'y habituait. Ça lui donnait du courage pour descendre au Champ-de-Mars.

— Tu vas rester longtemps dans le bizness ?

— Le temps de me faire une pelote.

— Fais gaffe de pas y prendre goût…

— Ça risque rien.

— Tu veux dire, ma minette, que tu sens rien ?

— Rien du tout.

— Peine-à-jouir, alors ?

Pauline éclata de rire. C'était une expression nouvelle. Francette avait été dans le commerce elle aussi, un temps, puis s'en était détachée d'elle-même, par crainte des maladies vénériennes. Elle avait même viré sa cuti. Désormais, c'étaient les femmes qui l'intéressaient, et sans doute sa voisine, si elle n'avait eu pitié d'elle…

Une nuit, on vint gratter à sa porte. D'ordinaire, elle n'ouvrait pas, à cause de Victor. Mais l'importun insista en donnant de la voix. Pauline savait qu'au moindre scandale, le voisinage exigerait qu'elle déménage. Elle ouvrit donc.

— Mais c'est monsieur Trumois ? dit-elle après qu'il eut ôté son chapeau. Que me vaut cette visite ?

Sans doute restait-il chez cette pauvre Pauline un brin de naïveté, car elle espéra brièvement que le contremaître était en service commandé.

— Non, ce n'est pas Beauchamp qui te réclame, répondit-il d'un air amusé. Ce serait plutôt mon petit oiseau...

Elle tenta de refermer sa porte, mais le bonhomme avait pris soin de glisser un pied dans l'ouverture. Et d'un geste vif, il força le passage.

— Quoi ? susurra-t-il. T'es bien tapineuse, maintenant ? M'est avis que tu es bien meilleure qu'à la bassine... Pas vrai ?

Il avait déjà posé sa veste et rabaissé ses bretelles, assuré de son affaire.

— Faut qu'on en discute, dit Pauline résignée.

Pour elle, lui ou un autre, ça ne faisait pas de différence. Depuis son départ de la filature, elle s'était peu à peu détachée de son passé. Elle n'avait plus envie de se souvenir des souffrances et des humiliations. Car les outrages présents, qu'elle s'infligeait pour survivre, n'étaient rien en comparaison de ce qu'on lui avait fait subir. « Je me vends de plus en plus cher, pensait-elle. Et en trois jours, je gagne le salaire d'un mois chez Beauchamp. »

— Ne fais pas d'histoires, dit Trumois. Je connais les tarifs.

— Pour toi, je ferai un effort. Dix, fit-elle avec ses mains.

L'homme hésita à déboutonner son pantalon.

— Sur la table de nuit, insista Pauline. Dix francs.

— Tu m'assassines, déplora-t-il. Au nom de notre vieille amitié, un peu de considération tout de même. Tu l'as toujours apprécié ton Trumois... Combien de fois t'ai-je évité de monter au bureau ? Tu te souviens pas, ingrate ?

— Non, dit Pauline. Je n'ai plus de mémoire. Ou plutôt, j'ai souvenir d'un petit chef qui aimait faire souffrir les filles en les obligeant à garder les mains dans les bassines malgré la température de l'eau. On se brûlait et monsieur se trémoussait.

Il minaudait en caressant son visage, ses seins, ses fesses, ses cuisses. Il était impatient de voir la peau blanche de sa proie étalée sur le lit. À son goût, elle ne se déshabillait pas assez vite. Mais elle le repoussa d'un coup de bottine.

— Mes fesses pour dix francs ou rien, repartit-elle.

Trumois sortit un billet et le posa sur le meuble. Puis Pauline se délesta de son corsage, de sa jupe. Et quand elle fut en sous-vêtement, le bonhomme vint lui léchouiller les seins. Pendant ce temps, elle défaisait les agrafes de son corset. Pour dix francs, elle pouvait faire un effort. Avec les jeunots de la caserne, ce rituel ne servait à rien.

M. Trumois était un adorateur de nombril. Il fourra sa tête au creux de ce ventre et fut satisfait de l'odeur qui en émanait. Que ces filles fussent à tout le monde, livrées à l'abattage, nuit et jour, augmentait son envie. Mais celle-ci avait un avantage indéniable. Il l'avait connue presque enfant dans l'atelier, il avait rêvé de la prendre, il l'avait fait souffrir, pleurer, gémir, et en avait tiré quelques érections mémorables.

Pauline s'abandonna sur le lit, cuisses écartées. M. Trumois manqua défaillir en découvrant l'intimité de sa proie. Mais il n'osa encore la toucher, pourtant elle n'eût qu'à peine tressailli. Il joignit les mains en l'observant. Il lui fit relever sa nuisette pour que ses petits seins délicats fussent exposés à sa vue.

— Faites donc votre petite affaire, monsieur le contremaître.

Il s'allongea sur elle et ne la trouva pas assez offerte encore.

— Faudrait y mettre un peu d'entrain, que diable !

— Ah bon ! reconnut Pauline. Combien ajouterez-vous pour que je me pâme ?

— Salope ! Roulure ! Chienne ! Je vais te faire voir, moi.

Et il lui molesta les seins avec rudesse. Mais lorsqu'il voulut faire entrer sa langue dans sa bouche, elle se refusa. « Vendre son corps, passe encore, se dit-elle, mais son âme, voilà qui est hors de prix. »

Comme M. Trumois se préparait et que Pauline ne se montrait guère coopérative, il chercha à se fouetter un peu le sang avec des pensées lubriques.

— Tu étais encore vierge le jour où tu es devenue putain, n'est-ce pas ? Oh bon Dieu, ça me plaît bien cette idée. Autant dire que tu es encore un brin vierge…

— Si ça peut vous aider, soupira-t-elle.

Elle évitait de sentir l'odeur du bonhomme, sa sueur aigre. À tout bien réfléchir, elle préférait la naphtaline des tenues militaires à ces effluves d'oignon.

Trumois voulait des geignements, des gémissements, des trémoussements, des cris enfin, et plus rares, des soupirs. Tout ça pour dix francs. Mais la fille se tenait dans sa marge, sans se départir de son calme. Elle attendait que la comédie finisse pour ôter son éponge et passer au bidet.

En se rhabillant, le contremaître expliqua que, chez Beauchamp, le droit de cuissage avait cours sans qu'elle n'en ait jamais tiré bénéfice. Pour un peu,

Trumois, l'infâme Trumois, eût déposé une petite larme aux pieds de cette sainte idiote.

— Si tu avais pu comprendre ça, bon Dieu. Ce geste ? Tu te rappelles ? (Il glissa son index dans un trou formé par le pouce et l'index de l'autre main et s'amusa à le faire coulisser d'avant en arrière avec une obscène insistance.) Lisette Tripier, Anne Saubion, Berthe Meugnier, Lucienne Antoine, énuméra-t-il, elles ont compris, elles, tout de suite. C'est comme ça qu'elles sont passées au bobinage. Mais toi, tu voulais rien savoir, petite bécasse... Alors t'es restée aux bassines. Crois bien que... Mais je t'ai eue quand même, conclut-il d'un air de triomphe.

Pauline lui montra la porte, sans qu'aucune émotion ne transparût sur son visage lisse et blanc comme de la porcelaine.

13

C'était la première fois de sa vie que Silvius Andromas foulait le pavé de Lyon. Il était arrivé à la gare de Perrache fort tôt le matin et, à peine jeté sur le cours du Midi, il s'était senti emporté par la foule, étourdi, enivré par l'excitation, au point de ne plus trouver son chemin. Il n'était alentour que des rangées d'immeubles de huit ou dix étages, bordant les avenues, au pied desquels on ne parvenait pas à se situer. Le jeune Silvius regretta de n'avoir pris un Bedeker comme on le lui avait conseillé. « Car les gens, pressés comme ils sont, mon pauvre garçon, avait dit Eugénie, ne se retourneront même pas pour t'indiquer ta route. » Silvius mesura alors combien sa sœur avait eu raison et combien en vérité il avait été imprudent de s'engager à la légère. Le découragement le gagna, une torpeur de tout son être.

« Voilà qui est simple, pensa-t-il à ce moment crucial où sa vie pouvait basculer d'un côté ou de l'autre, il suffit que je retourne à la gare pour reprendre le train et je suis quitte. Mais que deviendront alors mes si beaux rêves ? Que signifierait mon renoncement ? Le retour à Fontbelair… Trouverais-je seulement le courage de me mettre à genoux devant le père pour lui demander pardon d'être parti comme un voleur ? Oh je t'en supplie, papa, reprends-moi ! Car sans toi, je ne peux exister... »

Il se mit à rire de lui-même, à se moquer de ses angoisses. « Petit garçon qui rêvait de devenir chef... Tu fais belle figure à cette heure. » Il n'osait prononcer le nom aimé de Roxane. Car dans la grande ville, il était incapable de trouver l'adresse qu'elle lui avait donnée et, bien que regardant dans toutes les directions, vers les rives du Rhône, de la Saône, les hauts de Fourvière, la colline de la Croix-Rousse, Silvius était ignorant au point de ne pouvoir nommer les lieux. « Tant que je ne pourrai le faire, cette ville me restera étrangère, se dit-il, fermée à mes projets. Et mes pas, où qu'ils me portent, me conduiront vers un désert. »

Le garçon trouva un banc et s'y installa, son chapeau noir posé à côté de lui. Il demeura ainsi de longues minutes à scruter la rue qui s'ouvrait devant lui.

— Au bout de l'avenue Auguste-Comte, lui dit une jeune femme, vous trouverez la place Bellecour...

Il chercha à en savoir plus, sans donner l'impression d'être perdu, car il jugeait sa situation ridicule. Comment eût-il pu deviner à son arrivée à Lyon que les habitants eux-mêmes ne connaissaient pas le nom de toutes les rues, des quartiers parfois, et que l'existence de ceux-ci se fixait essentiellement à leur périmètre habituel au-delà duquel, souvent, ils paraissaient égarés ? Une telle découverte l'eût rassuré, mais pour l'heure, il se trouvait stupide et ce sentiment le dominait tout entier jusqu'à obscurcir sa raison.

— Ici, nous sommes sur la presqu'île, entre le

Rhône et la Saône. En face de vous, la Croix-Rousse, dit-elle.

— C'est là que je vais, confirma Silvius.

— Alors suivez la berge de la Saône jusqu'à la passerelle Saint-Vincent et vous prendrez la montée de la Grande-Côte. Elle vous conduira directement à la Croix-Rousse.

La jeune femme se retira aussitôt sur un sourire. Silvius la suivit des yeux. Elle promenait une ombrelle en tissu à pois bleus qu'elle balançait de droite à gauche afin d'accompagner son dandinement imposé par une jupe trop étroite. Cette étrangère avait été son premier contact avec la ville et elle lui avait souri. « Un signe d'encouragement », se dit-il. Et il repartit vers le quai d'Occident. La Saône était chargée de remous et faisait danser les petites embarcations amarrées à la rive. Il fallait enjamber les cordages pour longer la berge, au milieu des pigeons. À l'embarcadère, une colonie de canards paressait sur les galets, indifférente au va-et-vient des mariniers et des portefaix. Au milieu du fleuve, les péniches et les bateaux-mouches crachant leurs fumées grises se croisaient à coups de trompe.

Sa marche étant contrariée par l'activité des débardeurs sur le quai de Tilsitt où les charrois, tirés par de robustes chevaux de trait, venaient quérir la marchandise : caisses, ballots, tonneaux et bannetons, Silvius remonta sur la berge, là où les platanes formaient une barrière végétale. La veste jetée sur l'épaule, il allait d'un pas rapide.

Les rues étaient fort animées à cette heure. Les fiacres, les voitures automobiles, les omnibus et les pataches se faufilaient, donnant du Klaxon et du grelot.

Mais les piétons, habitués au trafic, ne paraissaient guère vouloir s'écarter, comme si la rue était leur domaine et qu'ils n'en accordaient l'usage aux voitures de toutes sortes qu'avec parcimonie. Le jeune Andromas était surtout attiré par les automobiles. C'était une découverte insolite pour lui, habitué aux attelages. Que ces dernières fussent ordinaires ou luxueuses, elles restaient à ses yeux une énigme. Il possédait assez d'intelligence pour comprendre que ces curieuses machines, affranchies de la force animale et actionnées par un moteur à explosion, constituaient un progrès sans précédent qui bouleverserait l'histoire du siècle prochain.

Place des Terreaux, il resta de longues minutes à contempler une Levassor avec ses roues en bois, ultime vestige des cabs d'antan, son siège capitonné de cuir en forme de baignoire, ses cuivres, lanternes et garde-boue rutilants, et sa manivelle de direction qu'il suffisait d'actionner de droite à gauche. Pour un peu, Silvius se fût assis aux commandes, histoire de vérifier si la voiture était aussi confortable qu'un cabriolet, mais il n'osa pas. Il se retint de toucher la tôlerie noir et gris du système de refroidissement. C'était un caisson verni dont l'avant était protégé par une grille à fines mailles. L'engin ne suscitait guère la curiosité, comme s'il avait acquis désormais sa place dans la ville et qu'on ne s'étonnait plus d'en croiser de plus en plus, des Panhard et des Benz, entre les mains des plus fortunés.

Silvius s'engagea dans la Grande-Côte. Cette rude grimpette vers la Croix-Rousse lui demandait peu d'efforts. Ce n'était rien à côté du chemin de Cujols ou de l'escalade vers le plateau des Gras. Il atteignit promptement la rue du Bon-Pasteur en contournant l'église et ses dépendances. Alentour, il n'y avait que de pauvres masures dressées sur leur pente, serrées les unes contre les autres avec leurs toitures rouges disjointes. La misère suait des murs et des odeurs fétides montaient des égouts. L'ordure coulait à ciel ouvert, dans les ruelles, sur les marches et dans les recoins obscurs. L'humidité avait corrodé les murs des immeubles dont les ouvertures se cachaient derrière des volets gris. Bien que le jeune Andromas ne connût pas encore Lyon, il comprit que toute la pauvreté de la cité s'était trouvé un asile sur ce flanc malaisé où le moindre déplacement coûtait des efforts.

Enfin, Silvius trouva l'immeuble qu'il cherchait et demeura quelques instants interdit au milieu de la rue, face au numéro 12, tandis que des femmes caquetaient sur leur pas de porte et que des enfants en bas âge se poursuivaient dans les rues voisines.

Le jeune homme s'engagea dans un escalier branlant et fut rapidement au premier étage. Les murs gris étaient saturés de crasse et une forte odeur de cave et de moisissure stagnait dans la cage.

— Connaissez-vous Mme Martelet ? demanda-t-il à un vieil homme qui se mouvait avec lenteur.

Une paralysie avait déformé son visage et condamné l'usage de son bras droit. Silvius dut approcher pour entendre ce qu'il disait. Mais c'était une sorte de baragouin.

— M'y caboche m'a rendu ganais ! J'y p'eux r'en di'... Ici, y a qu'd'bambanes !

— Juliana Martelet, reprit Silvius.

Le vieil homme parut réfléchir. Et il désigna de la pointe de sa canne l'étage au-dessus. Apparemment, sa réponse lui avait demandé beaucoup d'efforts, parce qu'il se mit à souffler en s'adossant au mur. Silvius voulut le soutenir mais l'homme le repoussa.

— J'vais y fair', dit-il. P'tain d'gone !

Après que Juliana Martelet eut entrouvert sa porte, méfiante, elle la referma aussitôt, presque en la claquant. Il entendit un cri. Puis revint à la charge. Cette fois, elle sortit sur le palier, observa longuement Silvius et poussa un nouveau cri. Ce n'était point de l'effroi, ni de la peur, plutôt de la surprise.

— Toi ? interrogea-t-elle. Tu es un Andromas... Je parierais que tu es le petit de Mariette... Bien vrai ?

Il hocha la tête, la gorge serrée.

— Tu es ma tante Juliana, dit-il.

Il vint toucher sa main. Elle portait une camisole en coton parsemée de petites fleurs. Sa chevelure brune, retenue en arrière par un cordon rouge, était soigneusement apprêtée. Le visage était lisse et beau, les yeux rieurs, les lèvres bien dessinées et ornées de rose.

— Je ne t'ai jamais connue, reprit-il. Tu es partie avant que je puisse me souvenir.

— Moi, je me souviens parfaitement de toi. Tu n'étais qu'un nourrisson. Le petit ange de la famille. Surtout de ton père. Depuis le temps qu'il espérait un garçon...

Soudain, son visage s'assombrit et une larme scintilla sur ses joues. Silvius mit celle-ci sur le compte de l'émotion.

— Ça fait seize ans au moins, ajouta-t-elle. Et pourtant il me semble que c'était hier, hélas.

— Pourquoi hélas ? demanda Silvius.

Juliana le conduisit dans une pièce qui lui servait de salle à manger. C'était sobre et dépouillé, à peine deux ou trois meubles. Il s'assit près de la fenêtre donnant sur la rue. On entendait les cris des enfants, les conversations des femmes. Comme un dimanche.

— Veux-tu un café, Silvius ?

Il acquiesça d'un mouvement de tête.

— Tu es devenu un jeune homme… (Elle ne savait plus quoi dire. Elle l'observait en notant chaque détail.) Et tu ressembles à ton père.

— Je ne sais pas si c'est un compliment, fit-il.

— Pourquoi ? Ton père était bel homme dans sa jeunesse.

Puis elle parut réfléchir. À vrai dire, Juliana jouait à ce moment une étrange comédie. Elle parlait lentement avec des silences entre chaque mot.

— Ce n'est pas la question.

— Le fait que tu lui ressembles ne signifie rien. Je n'ai pas dit que tu possédais son caractère…

Elle se mit à rire devant le désappointement de son neveu. Il n'était rien de plus irritant que cette réflexion. Car il avait tourné une page dans sa vie et tout ce qui pouvait le reconduire en arrière avait le don de le mettre hors de lui. Aussi se lança-t-il aussitôt dans un aveu qui lui semblait nécessaire pour mettre un terme à cette mise en scène.

— J'ai quitté Fontbelair et je n'y reviendrai plus, dit-il avec un sanglot dans la voix. Comme toi, Juliana, il y a seize ans.

Elle se tenait debout devant lui, une tasse de café à la main. Elle buvait par petites gorgées. La pendule sonna neuf coups. Il se mit à les compter machinalement. Il croyait que la matinée était beaucoup plus avancée. « À la ville, on n'a aucun repère pour juger des heures, songea-t-il. Ce n'est pas comme dans la

montagne où la lumière est sans cesse changeante. »
Il en ressentit un serrement au cœur.

— Ce départ m'a beaucoup coûté. Et je ne sais pas encore si j'aurai la force d'aller jusqu'au bout de mon projet.

— Quel est ton projet, Silvius ?

— M'installer ici. Travailler. Commencer une vie nouvelle.

— Tu n'aimes plus la terre ?

— Je ne l'ai jamais aimée.

— Tu veux dire que ton père t'en a dégoûté ?

Le jeune Andromas ne répondit pas. Il ne se sentait pas assez intime avec sa tante, bien qu'elle l'eût tenu sur ses genoux, qu'elle l'eût cajolé alors qu'il n'était qu'un nourrisson. Elle se tut aussi, devinant quelle somme de courage il lui avait fallu pour rompre avec son enfance.

— Tu peux toujours essayer, murmura-t-elle.

Et à l'observer ainsi démuni, prisonnier de ses silences, rongé par la tristesse ou l'angoisse, Juliana réalisa alors qu'il était arrivé à Lyon sans but et sans autre destination que la rue du Bon-Pasteur.

— Ce ne sera pas difficile de trouver du travail ici, le rassura-t-elle.

Il fronda.

— Oh, mais je sais qui me donnera du travail. Je connais les Colomier à la Croix-Rousse.

Le nom fit sursauter Juliana.

— L'atelier du Chariot-d'Or ?

— En effet.

— Colomier et Pleynet, précisa-t-elle. En vérité, Colomier est l'associé de Pleynet. Ce sont des patrons redoutables.

— Je connais sa fille Roxane, dit-il. Elle m'aidera, elle, parce que nous sommes assez proches.

Juliana fronça les sourcils et parut dubitative. Elle ne le croyait pas. Dans le Lyon des affaires, on ne faisait guère de sentiments. On n'ouvrait point sa porte aisément, même si l'on affichait son goût pour le solidarisme. Ce n'était qu'une manière de s'adjuger le concours des ouvriers pour gagner la paix sociale dans les filatures et les ateliers de tissage, tant la corporation avait été traumatisée par les luttes sanglantes des canuts dans les années trente.

— Il y a tant de choses que tu ignores, mon petit Silvius, prévint-elle. Mais qu'importe. Tout homme a sa chance et il doit la courir. Peut-être as-tu ce talent-là ?

— Quel talent ?

— Celui des relations humaines. Le milieu que tu veux intégrer est impitoyable. Tu ne me parais guère armé pour l'affronter.

Il accepta une seconde tasse de café noir et dévora quelques gâteaux secs.

— Tu ne sais pas où coucher, ce soir, n'est-ce pas ?

Il baissa la tête.

— Ce n'est pas très grand, mais j'ai une petite alcôve qui pourrait te dépanner.

Silvius aida sa tante à y installer un lit d'appoint. On profita de l'occasion pour ranger quelques livres, quelques vieux cadres et faire un peu de place. Une fois terminé, on retourna dans la salle à manger. Et là, s'y tenait une jeune fille, une très belle jeune fille aux cheveux noirs et aux yeux vert d'eau. Silvius n'eut pas le temps de s'interroger.

— Je te présente Florine, dit Juliana. Ma fille, ma jolie petite fille.

Un brin d'émotion se dessina sur son visage. Florine, dans une robe en taffetas à petits carreaux bleu pâle dont la coupe simple – un corsage à pointes serré à la taille – mettait en valeur son allure svelte, tendit une main timide à Silvius.

— Vous pouvez vous embrasser, conseilla Juliana. Tous les deux, vous appartenez bien à la même famille, n'est-ce pas ?

Juliana les prit par la main et les invita à se conformer à son souhait. Silvius était trop intimidé pour s'avancer le premier. Florine prit l'initiative ; elle était moins empotée que son cousin. C'était une jeune fille de la ville, accoutumée au monde, à fréquenter les cercles, les bals, les associations. Bien qu'elle n'eût que dix-sept ans, sa mère l'incitait à participer aux activités de la Croix-Rousse, car elle ne croyait pas qu'on pût éduquer un enfant en le maintenant sous cloche.

— Voilà qui est parfait ! s'exclama Juliana.

Puis elle expliqua en quelques mots les projets du jeune Andromas à Lyon. Florine écoutait sa mère avec distraction. L'arrivée de ce cousin inconnu dans son univers ne l'enchantait guère. Fille unique d'une fille-mère – puisque Juliana n'était pour l'heure point mariée et n'avait jamais souhaité s'attacher à un homme –, Florine Martelet occupait dans la vie de celle-ci une position centrale, fort privilégiée, et tout ce qui pouvait de près ou de loin lui faire perdre ce statut entraînait chez elle une farouche résistance. C'est pourquoi elle s'inquiéta de savoir combien de temps Silvius resterait rue du Bon-Pasteur. Juliana ne sut que répondre. Le jeune Andromas prit les devants :

— N'ayez crainte, mesdames, je trouverai à me placer bien vite. Je suis conscient du dérangement que je vous cause.

Juliana protesta, sous l'œil espiègle de sa fille. « Laissons-le prendre ses responsabilités, pensa-t-elle. Et le plus vite sera le mieux. » Florine n'avait jamais entendu parler de la famille Andromas en bons termes, c'était donc naturel qu'elle fût méfiante.

Le lendemain, avant de prendre son travail – elle était couturière dans l'atelier Girardin, rue Doyenné –, Juliana conduisit son neveu à la Croix-Rousse, comme elle le lui avait promis. Avec des restrictions, néanmoins : « Ne compte pas sur moi, jeune Silvius, pour te présenter à quelque patron. Je ne connais personne là-haut. » C'était vrai, du reste, puisque Mlle Martelet travaillait dans la vieille ville sur la rive gauche de la Saône. Elle détestait l'ambiance des filatures, leurs cadences infernales, la tyrannie des petits chefs, la morgue des maîtres tisserands, et même la mentalité des ouvriers. Certains d'entre eux exploitaient leurs congénères sans vergogne.

Pour accéder au plateau, ils prirent la montée de Vauzelles, un escalier étroit ponctué de paliers successifs. À mesure qu'on s'élevait, la ville dévoilait ses entrelacements de rues, ses quartiers d'immeubles découpés par la rudesse de la pente. Et tout en bas, la presqu'île majestueuse avec ses toits rouges et ses murs blancs. On y distinguait le palais des arts Saint-Pierre face aux Terreaux, l'hôtel de ville et le marché couvert. Des coulées vertes balisaient les longues avenues, cernaient les places, les squares, bordaient le Rhône et la Saône. Près de la rue Ozaum où s'achevait enfin la longue ascension, Juliana lui montra la ville en nommant chacun des lieux. Il se montra attentif à ses propos, car il venait de décider à ce moment précis que, quoi qu'il advînt de ses ambitions, il demeurerait à Lyon et y ferait sa pelote. Pourtant, un sentiment d'angoisse le submergea avec une violente douleur au ventre. « Serai-je à la hauteur de mes rêves ? » Mais il se rassura en pensant à Roxane. Il se dit alors qu'il avait décidément bien de la chance de l'avoir rencontrée. Elle était son seul sauf-conduit dans la cité. Il réalisa que, sans elle, son sort aurait été bien précaire. Mais serait-il descendu à Perrache, si elle n'avait point existé ? Le courage lui aurait sans doute fait défaut. « Me voilà un bien pâle aventurier, s'admonesta-t-il. La vie en Ardèche m'a réduit à rien, et ma famille n'a fait que me mettre sous l'éteignoir dans l'espoir de me conserver auprès d'elle. Mais sans avenir, l'homme meurt dans l'ennui et ses désillusions le dévorent. Car naître sans rêve condamne l'homme à un destin médiocre. Il faut être ignorant et stupide pour croire que l'univers s'arrête à la montagne du Coiron et au plateau des Gras. »

Silvius se frappa la poitrine à trois reprises, les yeux fermés, le souffle coupé.

— À partir d'ici, je suis un homme nouveau, murmura-t-il.

Et il repartit vers Sainte-Clotilde.

— On est bien récompensé au terme de cette montée, dit-il à Juliana.

— Pourquoi donc ?

— En se retournant, on a Lyon à ses pieds.

Elle prit la main du jeune homme.

— Je fais un vœu pour toi, jeune Silvius.

— Ne dis rien, sinon il serait perdu. C'est comme les étoiles filantes...

La place de la Croix-Rousse était cernée par les estaminets. À cette heure, les ouvriers couraient à l'ouvrage. Ils portaient le bleu de chauffe des matins pâles. Ici, la lumière du ciel ne parvenait pas à effacer la grise couleur des ateliers avec leurs verrières empoussiérées de bourre.

— Qu'est-ce donc que ce bruit étrange ? On dirait une armée en marche qui claque des dents et qui s'époumone... Serait-ce un peuple souterrain qui chemine dans d'étroits réduits ?

— Les bistanclaques et les métiers à tisser mécaniques, dit Juliana. La navette volante et la machine à vapeur, voilà qui nous vaut cette symphonie. Ça nous fait des kilomètres de tissu. La soie coule des machines comme un fleuve. Ça fait chanter les bobines, ça remue les tripes, ça casse les nerfs, c'est l'industrie, petit Silvius. On a compris où va le monde ici. Les patrons, les ouvriers se sont associés pour la grande cause du commerce et du progrès. Il faudra s'y faire. Ce n'est plus la douce atmosphère des magnaneries où les vers mastiquent le mûrier. On guette les montées, on débave, on classe les cocons, on plume les arbres comme des oies... C'est une vieille histoire qui est en train de s'éteindre. Pourtant, Théodore se rêve encore en seigneur à Fontbelair, mais sait-il que ce nouveau monde existe ? Je ne crois pas. Alors, laissons-le vivre avec ses illusions. Toi, petit Silvius, tu as eu le courage de venir toucher du doigt le futur. Bravo, mais tu n'en sortiras pas indemne. Dans six mois, j'en fiche mon billet, on ne te reconnaîtra plus à Chauzit. D'ailleurs, auras-tu le désir de revenir sur les lieux de ton enfance ?

— Crois-tu que la ville va me métamorphoser à ce point ?

— Tel un papillon prenant son envol au sortir du cocon, des espaces de liberté s'offriront à toi. Tu espéreras conquérir ce vaste domaine, mais rien ne sera donné sans combat. C'est l'esprit des temps modernes. Pleynet a fait son trou dans les années trente, au pire moment des grèves et des révoltes. On s'est entretué sur ce plateau, à La Guillotière et à Vaise durant les semaines sanglantes de 1831 et 1834. À Fourvière, les insurgés ont même donné le canon sur la place Bellecour où étaient massées les troupes. Mais les canuts ont perdu la partie et la misère a gagné la Croix-Rousse. Qui étaient les héros de ces journées terribles ? De rudes hommes, comme seul le travail sait en forger. Des esprits rebelles aussi avec des odes révolutionnaires plein la tête. Oh oui, ça chantait haut et fier ici, aux heures sombres, des chants terribles aux accents guerriers et vengeurs : « Pour braver l'oppression, courant sans crainte à la victoire, se battant sans manger ni boire, voilà l'ouvrier de Lyon… »

Silvius jubilait en entendant ce petit refrain que sa tante évoquait dans un style moitié chanté moitié parlé. Il voulut le lui faire reprendre mais elle refusa. Ce côté enfantin chez son neveu l'irritait ; elle le sentait peu à même d'affronter les soyeux, de fortes personnalités qui défendaient leur capital sans jamais fléchir. Dans ce milieu, il existait des antagonismes féroces entre fabricants, chefs d'atelier, ouvriers et apprentis. Si le négociant ou le fabricant ne possédait rien d'autre qu'argent, réseaux commerciaux et débouchés, le premier maître ouvrier, libre de choisir ses ouvriers et ses apprentis, lui, n'était que le propriétaire de ses métiers et de sa charge de travail. Cette organisation complexe faisait évidemment le jeu du fabricant, puisque l'outil de travail n'étant pas à sa charge, il pouvait ainsi s'affranchir des coûts d'entretien, de réparation et de modernisation de ses machines. C'était autant de bénéfices en plus pour le patron. Le tisseur régnait sans doute sur ses ouvriers, mais il ne décidait en rien du carnet de commandes, du négoce de la soie ou des débouchés sur le marché mondial. En haut de la chaîne, c'était donc au fabricant de décréter le montant de ses marges, tantôt desserrant le nœud coulant du profit, tantôt le resserrant, selon son bon vouloir.

Les associés Peynet et Colomier étaient parmi les plus rudes négociateurs sur le marché de Lyon, les plus féroces spéculateurs, les plus rusés aussi sur le chapitre des pertes et profits. À eux seuls, ils tenaient entre leurs mains le sort de cent familles au moins. Sur une simple fluctuation du marché de la soie, ils pouvaient jeter à la rue des dizaines de compagnons, mettre au rebut des jacquards, sans que leurs bénéfices en fussent affectés, bien au contraire. Car ils dénicheraient toujours dans une autre fabrique artisanale, à la Croix-Rousse, aux Terreaux ou dans le quartier Saint-Georges, quelques tisseurs disposés à casser les prix. Produire le moins cher et vendre le plus élevé possible, telle était la règle. Ainsi, avec ces principes propres à la société marchande et à la libre entreprise, les crises s'enchaînaient les unes aux autres avec de courts répits. Parfois la demande de soie était si élevée qu'il leur fallait bien revoir leurs exigences pour satisfaire le négoce.

Rue du Chariot-d'Or, face à la place Belfort, l'atelier Pleynet occupait ses trois cents mètres carrés. La majeure partie de la façade, fort haute pour permettre l'installation des nouveaux métiers, se trouvait vitrée comme il était d'usage dans ce genre de fabrique. Ces hautes verrières étaient borgnes en vérité, car les vitres étaient recouvertes de papier huilé pour contenir la lumière trop vive. Rien n'était plus préjudiciable aux fils de soie qu'une longue exposition aux rayons du soleil.

Pierre-Auguste, le père de l'actuel négociant Romain Pleynet, avait fait bâtir cet édifice. Ce visionnaire en son temps avait voulu que son nom y figurât en grosses lettres, qu'il frappât les esprits et surtout que le négociant qu'il était avant tout pût avoir les tisseurs sous la main, prêts à répondre à la commande, plutôt que disséminés entre la Croix-Rousse, la Grande-Côte et la presqu'île.

Pour édifier les ateliers, on avait chassé les miséreux du quartier. C'était la règle, surtout sous le second Empire : faire place à l'industrie, ouvrir des avenues, des places et abattre les masures moyenâgeuses. Cette transformation spectaculaire s'était opérée dans les années trente, en pleine gloire des métiers Jacquard. Les vieilles machines à bras avaient alors connu le déclin et avec elles nombre d'emplois. Désormais, un seul tisseur suffisait à actionner un métier Jacquard tandis qu'il en fallait trois ou quatre dans l'ancien système. Cependant, les canuts, partis en guerre contre le progrès apporté par les cartes perforées et la navette volante, ne purent enrayer ces innovations techniques.

La production s'en trouva accrue, et tant que la demande resta haute, on se félicita de cette nouveauté. Mais elle rendit les fabricants plus âpres au gain. Moins de contraintes, plus de profits...

Juliana se tenait à l'angle de la place, presque dissimulée sous un mûrier. Elle ne voulait pas faire un pas de plus en direction de la fabrique. C'était assez incompréhensible pour le jeune Andromas qui eût bien aimé, pour le coup, qu'elle l'accompagnât.

— C'est à toi de jouer, petit Silvius, lui dit-elle en le poussant en avant.

Il hésita une fraction de seconde. Ce n'était pas ainsi qu'il avait imaginé son entrée à Lyon, par la petite porte. Mais le vacarme des métiers, le cliquetis des aiguilles, l'entrechoquement des battants, le claquement des navettes rendaient l'atmosphère insoutenable. Plus de soixante Vincenzi et Verdol étaient à l'œuvre, et partout, les compagnons s'affairaient. Il y avait là une fourmilière de tireurs de corde, de tisserands, de tisseurs ou tissutiers qui semblaient rivés à la mécanique, car c'était elle qui commandait la cadence. Et rien n'eût pu détacher les ouvriers, drapés dans de longs tabliers et portant fièrement la casquette de toile grise sur la tête, de leur ouvrage.

Silvius demeura interdit dans le couloir qui séparait les machines. On le bousculait déjà, comme s'il dansait à contretemps dans ce ballet infernal.

L'un des ouvriers lui désigna de l'index la cage où le chef d'atelier préparait ses commandes. Silvius longea les ourdissoirs où l'on montait les chaînes à partir des fils débobinés. Des petites mains s'escrimaient à rassembler les fils de soie pour les attacher au rouleau. Il fallait beaucoup de dextérité pour placer en éventail les centaines de brins de soie qui eussent pu s'emmêler pour un rien.

— Du travail ? fit le chef d'atelier, Odilon Chavanne. Bien sûr, du travail !

Il releva ses lunettes sur le front, lissa ses moustaches et jeta sur le bureau son quart-de-pouce qui lui servait à examiner la qualité des tissages. L'homme était bedonnant dans son petit gilet de velours marron, à moitié dégrafé. La chemise bâillait sur sa poitrine velue. D'ordinaire, il portait l'une de ces anciennes casquettes datant de l'époque où les canuts jetaient les premiers métiers Jacquard dans la Sâone. Ce couvre-chef possédait une histoire qu'il aimait parfois raconter lors des assemblées générales mutuellistes. Il avait appartenu à un tisserand tué par un garde national le 23 novembre 1831 à la prise de l'hôtel de ville. Odilon Chavanne ne résistait pas au désir de montrer la fameuse tache brune incrustée dans le tissu de la casquette. « Le sang d'un de nos martyrs », disait-il d'une voix chevrotante teintée d'émotion. Mais on ne l'écoutait plus, tant le désir était vif chez les jeunes tisseurs de tourner la page sur ces journées tragiques.

— Que sais-tu faire, mon garçon ?

— Je suis magnanier, dit Silvius fièrement.

— Mais encore ?

— Le commerce est mon point fort, répondit-il.

Chavanne éclata de rire. Et pour la énième fois il rembourra sa pipe, l'alluma avec précaution, tirant de longues bouffées pour que la braise gagnât tout le foyer. Après coup, il tassa le tabac avec son pouce. C'était une habitude chez lui de se faire chatouiller la couenne par sa bouffarde.

— Alors tu n'as pas frappé à la bonne porte, camarade. Ici, on fabrique pour les marchands. Faut voir Poncet ou cette crapule de Gagnière.

Il nota sur un papier les adresses des négociants en soie de la vieille ville.

— Et Colomier ?

— Je doute que tu fasses l'affaire. Un gone comme toi…

Il s'esclaffa.

— Pourquoi cela ? demanda Silvius.

— Tu fais trop magnanier, si tu vois ce que je veux dire. Magnanier de l'Ordetcho, en plus. Oh bon Dieu !

— J'ai vendu des cocons à Beauchamp à un prix que personne n'aurait pu obtenir.

— Mais je te crois, bonhomme. Moi, à vrai dire, je m'en fiche. Les éducateurs, c'est pas notre histoire. Pas vrai ?

Chavanne reprit son compte-fils et le promena sur un coupon de tissu, traquant les impanissures qui eussent fait tomber les conditions de son contrat avec Pleynet. Puis relevant la tête, il fut surpris de le trouver encore en face de lui, le gone !

— On ne s'est pas compris ? interrogea-t-il.

Silvius se retourna vers l'atelier, triste et penaud.

— J'ai besoin de gagner un peu d'argent.

— Oui, je comprends, camarade. Mais tu sais rien faire. Tu connais le travail des tisseurs ? Non, bien sûr. C'est une sacrée affaire que la soie. Ici, on a besoin de quoi ? D'ouvriers formés à la tâche. Des metteurs en carte, des liseurs de dessin, des monteurs, des brocheurs, des plieurs, des ourdisseurs, des remetteurs, des tordeurs, des dévideurs, des passementiers, des teinturiers… Et si t'étais une femme, bon Dieu, avec de petites mains d'or, tu pourrais faire guimpière, taffetaquière ou finisseuse…

Odilon Chavanne n'en finissait plus d'énumérer les métiers et aucun ne convenait. Car il se sentait embarrassé devant ce jeune homme élégant et fier qui était venu frapper à sa porte. Il le devinait plutôt jovial, bien élevé. Il semblait exempt des tares de la petite société lyonnaise, malade de l'alcool et des misères quotidiennes.

— Tu pourrais essayer comme apprenti, proposa-t-il. On te ferait faire le tour de la fabrique. Et peut-être que tu finirais par trouver un travail à ton goût. Quand on veut apprendre, on réussit toujours, n'est-ce pas ?

— Et ça me donnera de quoi vivre ?

— Un franc cinquante par jour pour commencer.

Silvius ne put cacher sa déception.

— Au début, tu peux rien exiger, camarade. Tu me coûteras plus que tu me rapporteras. Mais c'est de la pitié tout de même de vouloir gagner beaucoup avant de commencer ! s'écria Chavanne.

Silvius n'insista pas. Un franc cinquante… Il pourrait acheter un peu de nourriture et dédommager Juliana, mais point se loger. Il accepta néanmoins, la mort dans l'âme.

Chavanne le confia à son aide pour qu'il découvre les ourdissoirs. Une fois le rouleau préparé, il y avait de la manutention que les femmes ne pouvaient réaliser. On lui montra comment transporter au tissage les ensouples après que les chaînes de soie avaient été composées. À la manœuvre, Silvius se montra plutôt dégourdi. Certes, ce n'était pas le travail qu'il avait espéré. Au moins lui permettrait-il d'attendre des jours meilleurs.

14

Grillée dans le secteur, Pauline Andromas imagina quitter sa chambre de la rue des Couvents. Elle ne supportait plus le regard des voisines et les réflexions salaces dans son dos, toujours dans son dos. Elle chercha du côté de l'Esplanade où il y avait des meublés fort confortables à soixante francs le mois.

En vérité, elle espérait fuir Marlin, ses coups, ses menaces, et vivre de ses charmes sans rendre de comptes à personne. C'était une gageure impossible, une ambition ruinée d'avance. Paradoxalement, Pauline, qui n'avait jamais éprouvé la moindre estime de soi, surtout lorsqu'elle était ouvrière chez Beauchamp, semblait acquérir enfin un peu de fierté. Ce sentiment nouveau provenait de cette facilité avec laquelle elle gagnait de l'argent. La sécurité matérielle confortait cette impression nouvelle de liberté. N'avoir besoin de personne, ne plus quémander son dû, quitte à vendre son corps. Mais l'âme, elle, demeure au-dessus de ces contingences. Tant de mépris et de cynisme avaient suffi à la protéger. « Travailler pour un salaire de misère dans une usine, donner son temps et n'obtenir en échange que des insultes et des humiliations est pire que la prostitution », avait-elle dit un jour à son amie

Francette. Cette dernière ne l'avait pas approuvée. Au contraire, elle lui avait brossé un noir portrait de son avenir. Pauline n'arrivait pas à croire qu'elle finirait par se faire enfermer à la prison des femmes pour racolage sur la voie publique, et qu'alors elle connaîtrait la pire des disgrâces, un fichage en règle, une surveillance médicale assortie d'astreintes avilissantes.

— Tu es en train de chuter, ma belle, disait Francette, et tu n'en as plus conscience.

— Depuis que je fréquente la cour du palais, je gagne cent francs par mois. Des petits vieux pleins aux as qui ne demandent qu'un peu d'affection... Je ne sais pas pourquoi, je les émeus.

— Prends garde de ne pas te piquer au jeu.

Comme Pauline apportait quelques détails sur ses fréquentations, son amie l'arrêta net.

— Laisse-moi encore quelques illusions sur notre vieille amitié...

Nul ne mesurera jamais la place qu'occupa dans son esprit, durant les jours qui suivirent, la réplique de Francette Hyvert. Pauline la reçut comme une gifle. Parfois, nous le savons, il en est de salutaire. Celle-ci marqua un coup d'arrêt à ses emballements. Et l'appât du gain cessa de lui obscurcir la raison. Elle se fit plus discrète dans ses racolages et comprit que ceux-ci ne sauraient durer sans risque.

Un soir, Marlin l'attendit au bas de la rue des Couvents, dans un petit café où elle avait l'habitude de boire de l'absinthe. Elle tenta de le chasser, mais le bonhomme se mit à hurler.

— C'est moi qui t'ai tout appris. Tu dois cracher au bassinet. Sinon, je te ferai la peau, morue !

Afin d'éviter un scandale dans l'estaminet, Pauline accepta de sortir dans la rue. Là, il lui plaqua contre les côtes le canon d'un pistolet, tenu caché sous un imperméable. Elle prit peur, voulut lui échapper, mais se ravisa au moment où il allait faire feu. Bien lui en prit car le souteneur, aux abois, était prêt à tout pour subordonner sa proie.

— Je vais te mettre en maison, prévint-il furieux. J'en connais une qui te dressera. Demain, tu pars pour Lyon. Et sans rouspétance, sinon...

Une fois dans la chambre, Victor Marlin se jeta sur la jeune femme et la couvrit de coups. Comme à son habitude, Pauline résista sans un cri, sans un gémissement. C'était sa seule fierté, de ne jamais se plaindre. Pourtant, cette fois, les horions avaient été cruels. Marlin ne supportait pas qu'elle lui tînt tête, encore, comme elle l'avait fait au début de leur relation. Au contraire, il lui paraissait qu'elle s'était endurcie. De nouveau, il fouilla le meublé et ne trouva pas un sou. Sa colère redoubla de violence. Il mit ses vêtements en lambeaux. Et il appliqua sur son sein la braise incandescente d'une cigarette. La douleur fut si vive qu'elle se rebiffa en tapant des poings sur le gaillard. Mais ce ne lui faisait ni chaud ni froid. Alors, elle menaça de se jeter par la fenêtre qu'elle venait d'ouvrir. Marlin demeura interdit, ne sachant plus que faire. C'était la première fois dans son existence de souteneur qu'il rencontrait une greluche aussi rebelle. Il pensa alors que le mieux serait d'en finir. Il sortit son arme et la mit en joue. Pauline crut que sa dernière heure était arrivée.

Un silence se fit dans la chambre. Un long silence. On entendit les cloches de Saint-Thomas sonner les huit coups. C'était un tintement sourd, grave, presque funèbre. Elle songea à son père et se dit qu'elle ne l'avait jamais aimé et que cette désaffection était un péché dont elle aurait à s'excuser. Pourtant, ce lui parut drôle, infiniment comique, qu'une vilaine fille perdue comme elle pût avoir ce genre de pensées. Elle n'en était pas digne. Son destin éphémère ne laisserait guère plus de trace sur la terre qu'une feuille tombant de l'arbre aux jours d'automne.

Elle n'eut pas à garder les yeux clos longtemps ; la porte de la chambre céda, soudain. Et Marlin, se retournant vivement, reçut en pleine figure un des plus vigoureux coups de poing de sa misérable vie. Marlin tomba sur les genoux, les bras en position de défense pour se protéger la face. Mais l'homme qui venait de faire irruption dans la pièce le savata violemment à la tête et au ventre. Le souteneur s'affaissa sur le parquet, le sang dégoulinant par le nez et la bouche. Il éructait, gémissait, geignait en se tortillant comme un ver.

— Il a son compte, jugea Léonet Sitbon en ramassant l'arme à feu. Et si tu veux que je le foute à la rue, tu n'as qu'à demander.

Léonet fixait la fenêtre ouverte. Ce n'était pas l'envie qui lui manquait de balancer Marlin sur le pavé.

— Et même, proposa-t-il sur un ton enjoué, histoire de jouer les intéressants, je peux lui coller une balle dans la tête. Ça nous débarrasserait de cette petite vermine.

Sitbon prit Victor par le col de sa chemise et le souleva à bout de poigne.

— Peut-être que ça serait plus correct de le jeter dans l'escalier. M'est avis qu'il ne reviendra pas de sitôt.

Et ce faisant, il le traîna dans la cage d'escalier et le poussa du pied. Marlin dégringola les marches comme un pantin désarticulé.

— Oh non, fit-il en lui plaquant la main sur les lèvres, surtout, je ne veux rien savoir. Crois-tu que je n'ai pas deviné ton manège ? Mais, se reprit-il, je ne te juge pas.

Un silence s'installa dans la petite salle du café où Pauline et Léonet s'étaient réfugiés. Sitbon tournait le dos à la fenêtre, et Pauline, assise en face, voyait son visage se refléter dans la vitre. Elle se sentait mal à l'aise. Et pour le coup, elle eût bien échangé sa place avec celle de Léonet. Mais ce n'était qu'enfantillage, en vérité. « Car la honte, jugeait-elle, est bien tardive. Qu'est-ce donc qui l'a réveillée en moi ? Le retour d'un fils Sitbon, et nos souvenirs d'enfance, quand nous nous plaisions à jouer sur les rives de l'Ardèche… » Elle avait envie de pleurer. Elle ne le pouvait plus. Pourtant, elles eussent été voluptueuses, ces larmes-là, d'un soulagement extrême, comme un abcès qui se vide.

— Si tu possédais un tant soit peu de bon sens, mon pauvre Léonet, tu me fuirais sans demander ton reste. Tu t'éloignerais de moi sans même me regarder. Après ce coup d'éclat plutôt chevaleresque (elle eut un sourire vague, dévoré par la pénombre de la pièce), restons sur une bonne impression, parce que ce qui risque de survenir après ça pourrait être d'une laideur infinie.

Il l'écoutait en la regardant fixement. Comme elle avait changé, Pauline, depuis son dernier séjour au Maillazet. La vie avait fait d'elle une femme troublante au regard triste et à la moue chagrinée. Ce n'était plus l'enfant rieuse, plutôt effacée et même empruntée du temps où il avait commencé à l'aimer en secret, alors qu'il ne savait pas encore ce qu'était l'amour. Comment nommer cet extrême sentiment qui pousse deux êtres l'un vers l'autre, alors que tout les oppose ? Ils s'approchent, se frôlent, se griffent comme chien et chat, et n'éprouvent que tourment loin de l'autre.

— Mais moi, je te veux, asséna-t-il. Je te veux pour femme. Et si tu m'accordes ta main, le mariage se fera dans un bref délai.

Elle baissa la tête. Il s'était attendu à ce qu'elle eût une vive réaction, un geste de passion peut-être, ou un acquiescement soudain. Mais la distance qu'elle installait entre eux compliquait la situation. Si pour Léonet le choix était déjà fait, irrémédiablement, malgré ce qu'il avait découvert et qui, à l'évidence, en eût désarmé plus d'un, Pauline en revanche ne comprenait pas qu'un homme fût assez amoureux pour la désirer encore. Le garçon voulut se rapprocher d'elle, faisant crisser les pieds de sa chaise sur le parquet du bar. Ce mouvement parut la tirer, soudain, de sa léthargie. Elle se mit en alerte, le buste rejeté en arrière, le menton haut, presque défiant, les lèvres pincées. Il n'était pire attitude pour décourager un homme.

— Je t'en supplie, relança Léonet, accepte-moi tel que je suis.

La surprise s'afficha sur son visage fermé. « C'est plutôt moi qui devrais dire cela ! » pensa-t-elle.

— Je me ferai petit, minuscule, insignifiant, plaida-t-il, la main plaquée sur la poitrine, comme s'il appréhendait qu'elle prît ses propos pour un boniment de plus, alors qu'il était d'une sincérité absolue.

Il se tassa au creux de son siège pour se rapetisser aux yeux de Pauline, craignant sans doute que son imposante carcasse d'homme fût un handicap à sa demande.

— Certes, je suis plutôt stupide, poursuivit-il tandis qu'elle gardait le silence, comme tu le sais, bête à manger de la paille… Mais j'ai bon fonds. Avec moi, tu n'auras pas à te plaindre…

Pauline fut saisie d'une sorte de vertige. Hier encore, elle se donnait aux vieux barbons de la cour du palais pour un billet de dix francs, sans état d'âme, même plutôt satisfaite, car ses vêtures de fille entretenue lui coûtaient les yeux de la tête. Pauline avait appris en quelques mois à aimer les dessous chics en linon brodé et ornés de dentelle de Valenciennes parce que ces parures affriolantes, corset, cache-corset, culotte fendue et tournure, émoustillaient ses clients fortunés.

« Devrais-je l'entretenir par le détail de mon commerce pour le décourager, ou tout le moins refréner ses illusions ? » se demanda-t-elle. Mais par avance, elle jugea l'exercice trop difficile ; il eût fallu alors qu'elle s'abandonnât au cynisme, ce qui n'était pas dans sa nature. Aussi prit-elle la main de Léonet Sitbon.

— Pourquoi n'entends-tu pas ce que j'essaie de te faire comprendre, mon pauvre Léonet ? Je ne t'aime pas. Je ne t'ai jamais aimé. Pas moins toi que les autres, d'ailleurs. En vérité, je crois que je n'aime personne. Je crois même que je n'aimerai jamais dans ma vie, insista-t-elle.

Ainsi reprenait-elle confiance en elle et se sentait-elle rassurée, en repoussant son chevalier servant.

— Qu'importe, admit Léonet. Moi, je t'aimerai pour deux. Et qui sait ? avec le temps...

— J'ai le cœur brûlé, calciné...

Mais il l'arrêta aussitôt en posant un doigt sur ses lèvres. Il avait mal de l'entendre ainsi se salir, se maudire, se souiller l'âme.

— Nous reparlerons de ça demain, dit-il en s'écartant de la table.

— Sais-tu où dormir cette nuit ?

Sitbon reconnut qu'il n'avait pas encore retenu sa chambre à l'auberge de la Croix d'or.

— Je peux t'héberger ? proposa-t-elle.

— Oh non, s'offusqua-t-il, ce ne serait pas correct.

Pauline le regarda dans les yeux, dubitative. « Se rend-il compte de ma situation ? À moins que ce pauvre garçon refuse de voir la réalité en face, comme s'il voulait me dénier ce rôle de fille publique que j'occupe dans la ville », songea-t-elle.

Tout en l'accompagnant à l'hôtellerie de la Croix d'or, elle sentit peu à peu un trouble la gagner. « Dois-je repousser sa demande alors qu'il est sincère, bien plus que je ne pourrai jamais l'espérer d'aucun autre homme dans ce monde ? » se dit-elle. Il l'avait prise par la main, comme autrefois, lorsque enfants ils allaient pêcher des goujons dans les creux de l'Ardèche. « Puisque je suis perdue, cette solution ou une autre, le mariage ou la maison de tolérance... »

Pauline avait envie de pleurer, mais ne le pouvait pas. Tant de sécheresse d'âme lui était venue à l'usine, et non sur le trottoir de Privas, comme on eût pu le croire. Et ce désert des sentiments qui avait gagné tout son être, elle en avait accueilli la progression avec fatalité. À croire qu'elle était née ainsi, pour la souffrance, l'infortune et le malheur, et que tous les événements de son existence l'avaient préparée à ce glissement progressif, puisque rien n'en avait contrarié la pente naturelle…

Mais peut-être que pour la première fois de sa vie, la visite de Léonet Sitbon et son étrange proposition de mariage constituaient enfin un espoir. Elle se surprit à songer à ce que serait sa vie future au Maillazet. Mais c'était une perspective dont elle ne pouvait parler, car elle eût fait bondir de joie ce pauvre Léonet, et Pauline ne voulait faire naître la moindre lueur d'espérance tant qu'elle n'y croyait pas elle-même.

Le lendemain, aux aurores, ils se retrouvèrent place aux Bœufs. Une pluie fine les chassa vers une taverne où ils prirent un petit déjeuner. Sitbon insista pour payer.

— Et si ça n'arrive pas entre nous, plaida-t-il, ça prouvera juste que notre histoire ne devait pas être. Comment le saurions-nous ? Il faut s'en remettre à la grâce de Dieu. Alors ? demanda-t-il fébrile, les doigts se torturant l'un l'autre comme s'ils tentaient d'agripper l'impalpable.

Elle tarda à répondre. Et soudain, les larmes vinrent éblouir son regard. Il les effaça du bout des doigts, s'interrogeant.

— Est-ce à cause de moi, ce chagrin ?

— Non, fit-elle d'un mouvement de tête.

— Parce que je peux repartir maintenant, si tu le souhaites ardemment.

— Mais je ne veux pas que tu partes…

— Alors, je reste, dit-il d'un ton triomphant.

15

Après trois messages laissés sans réponse, Silvius commença à désespérer. Roxane voulait-elle le voir, oui ou non ? Ne voulant paraître ni pressant dans ses petits mots ni trop détaché, il avait la plus grande difficulté à trouver le ton juste. Car ne risquait-il point à tout moment qu'elle l'envoyât bouler sèchement par un « Qu'espérez-vous de moi ? » qui eût signifié la fin de ses espérances ?

Envoyée en service commandé par sa mère, Florine lui fit visiter la ville, les quartiers Saint-Georges, Saint-Paul et Saint-Jean, la Guillotière, les hauts de Fourvière, la Tête d'Or... Elle lui fit découvrir les bouchons de la rue Tramassac, et au retour, ils empruntèrent pour descendre vers les quais de la Saône une des traboules qui permettaient de passer ainsi, à couvert, d'un immeuble à l'autre. Ces curiosités, dont la cathédrale Saint-Jean, finirent par lui rendre la cité agréable. Il n'était que la « Dame de Fourvière », comme disait Florine, toujours en chantier depuis dix ans, qui lui paraissait un peu distante. Fort orgueilleusement plantée au sommet de la cité, elle avait des allures de château en carton-pâte. Pour le taquiner, chaque jour, sa cousine lui disait : « La

Dame n'a-t-elle pas fière allure ? » À la longue, Silvius avait choisi de ne plus répondre à ses gentilles provocations. Car son opinion était faite sur l'architecture moderne des sanctuaires chrétiens : on ne ferait jamais mieux que le gothique flamboyant.

Le dimanche, Florine avait voulu l'entraîner vers les jardins de la Tête d'Or. Une courte promenade sur le pourtour du lac avait suffi à combler sa curiosité. C'était un lieu de plaisance qui lui rappelait les petits jardins de Vals et, par ricochet, la figure aimée de Roxane. Cette simple évocation le rendit triste et impatient, comme s'il subodorait que Mlle Colomier devait hanter ce lieu, peut-être à bicyclette ou à cheval, qui sait ? Dès lors, il se mit à scruter les visages des passantes. Il repéra quelques catégories de promeneuses ; la première appartenait aux exquises jeunes filles graciles et fragiles comme des papillons éphémères, la deuxième aux frondeuses soutenant regards et sourires, la troisième aux chasseresses effrontées sur leur terre favorite…

Silvius se plut à situer Roxane dans la deuxième. Il espérait, pour le peu qu'il savait de sa personnalité, qu'elle n'était point ensorcelée par le complexe de Diane. C'était une certitude, sa défiance devant la passion amoureuse l'embarrassait tout autant qu'elle l'attirait. « Si je devais tenter quelque expérience dans ce domaine, avait-elle dit devant l'hôtel de Vals, je choisirais un garçon plus âgé… » Cette réflexion n'avait cessé de le hanter jour et nuit. Il l'avait écrite en toutes lettres sur une feuille et punaisée sur le mur de sa chambre. Mais il avait omis d'ajouter : « un homme que je n'aimerais pas… » C'était ce qu'elle avait précisé avant de disparaître dans une pirouette.

Silvius n'osait croire qu'elle l'aimait trop, en vérité, pour faire l'amour avec lui... Un comble, tout de même. « Faudra-t-il qu'elle me haïsse enfin pour que je puisse l'approcher ? »

La fraîcheur des platanes de la Tête d'Or était réparatrice, on y respirait les odeurs de la campagne, certes une campagne fort apprivoisée, domestiquée, « une campagne pour les riches », pensait-il. Mais sa cousine était peu sensible à ses arguments. Elle le découvrait rabat-joie, même l'idée d'une promenade en barque soulevait chez lui une moue de dédain.

— Tu ne voudrais pas connaître mes amis ? Je suis inscrite à un cercle social et...

— Pour quoi faire ?

— Mon petit Silvius (elle avait pris les habitudes de sa mère), tu vas finir par t'ennuyer, seul, dans cette grande ville.

Il affectait une tristesse à laquelle personne ne comprenait rien. Juliana l'attribuait à la nostalgie de son pays. Comme elle était loin de la vérité. L'Ardèche, Chauzit, Fontbelair étaient désormais comme un continent perdu de vue depuis des décennies.

— Que caches-tu, Silvius ? Me le diras-tu ? insistait Florine.

À la vérité, son jeune cousin l'intriguait fort. Elle avait compris qu'il n'aimait guère son nouveau travail aux ateliers Pleynet et que Chabanne le faisait passer d'un poste à l'autre.

— Je suis fait pour le négoce. Mais on ne me comprend pas, se lamentait-il. Peut-être un jour ? Et là, ma chère Florine, je ferai des étincelles.

Il n'en fallait guère plus pour que la jeune fille le jugeât bouffi de prétention, « comme son père », ajoutait Juliana. Son petit salaire ne lui permettait pas de louer une chambre, si bien que la promiscuité lui pesait fort. Pourtant les Martelet faisaient tout ce qu'elles pouvaient pour lui être agréables.

— Un homme insatisfait se complaît dans l'aigreur et le ressentiment, répétait Juliana. À la longue, c'est une bien mauvaise compagnie. Cela nous gâte la vie. Qu'il parte donc et qu'il vole enfin de ses propres ailes.

Florine n'avait pas encore désespéré de l'entraîner dans son cercle social des Terreaux. Un soir, il l'accompagna jusqu'au premier étage d'un petit immeuble jouxtant le temple protestant de la rue Lanterne. Là, il y fit la connaissance de quelques orateurs confabulant devant un petit auditoire. On y parlait haut et fort de socialisme et de mutualisme. Les citations de Fourier, Blanqui, Cabet pleuvaient comme à Gravelotte. Souvent on y brocardait avec violence les patrons des filatures et les marchands de soie. On les accusait d'étrangler le négoce, d'appauvrir, voire d'affamer les ouvriers. Ce soir-là, Silvius témoigna de la manière dont on le traitait chez Pleynet, pour un franc cinquante par jour. L'un des activistes du cercle social lui conseilla même de fonder au sein de l'entreprise un comité syndical.

— Les Pleynet et les Colomier, comme les Marinchard, sont des exploiteurs, ajouta l'orateur qui se nommait Pétrus Bélière. Ils se cachent derrière leur petit doigt. Mais on voit clair dans leur jeu ! s'écria le jeune homme, cheveux en bataille. Ils tentent de nous rassurer, nous les pauvres, avec leur solidarisme chrétien. Ce n'est pas en passant un peu de baume sur nos plaies de prolétaires qu'ils nous rendront la vie meilleure. Face à cette hypocrisie, il faut la lutte, la grève et le combat de classes, c'est-à-dire ouvriers contre patrons… Souvenons-nous de nos pères !

C'était une tradition que de citer l'exemple des canuts, d'évoquer les journées sanglantes de 1831 et de 1834. Lyon avait été le creuset d'une idée si révolutionnaire qu'elle avait fait le tour du monde.

Au sortir du cercle, Silvius confia à Florine qu'il avait passé une excellente soirée, qu'il s'était vidé le cœur et qu'il avait trouvé, dans cet exercice, un grand contentement personnel.

— Quant à la suite, je me sens plus désespéré que jamais, avoua-t-il.

— Allons, fit-elle, ça redonne du courage tout de même, de sentir cette force. Tu ne voudrais pas y participer, joindre ta voix à toutes les autres ? Ce sera comme un torrent grandissant.

Il marchait à côté d'elle en silence. À cette heure, les quais étaient le domaine réservé des mariniers. Par petits groupes, familles et équipages profitaient de la tiédeur de la nuit. Les fanaux des péniches se reflétaient sur le miroir des eaux. Les halos de lumière jaune attiraient des myriades de papillons. Du côté du pont Saint-Clair, on faisait griller sur des braseros la friture du fleuve. Le rougeoiement des braises éclairait la nuit d'escarbilles et cuivrait les visages. Des chants s'enchaînaient, parmi les rires et les bousculades. Il y avait quelques couples en balade qui s'amusaient de ce folklore. Entre la Mulatière et la Tête d'Or, le fleuve était à cette heure bien embouteillé, coque contre coque dans le crissement des amarres et la lente respiration des machines au repos.

— Je ne crois pas qu'on puisse se sauver tous ensemble, dit-il.

Ils contournèrent une joyeuse tablée installée au bord du Rhône. On s'escrimait autour d'un brochet. Chacun tirait sa pitance avec force gestes, en se bousculant.

— Donne-le-moi !

— T'veux une calotte ?

— Je bagasse, je bagasse, et ça me passe sous le nez, moi, pleurait une femme à la croupe imposante.

— Bois-y, histoire de s'ramoner l'corgnolon, fit l'un des mariniers en tendant un pot.

Dix pas plus loin, Florine s'arrêta net. Elle avait envie de faire demi-tour et de le planter là, le petit Silvius.

— Tu es égoïste, lui reprocha-t-elle. Il n'y a que l'union des ouvriers qui nous sauvera. Tu le sais, Andromas. Ou alors, tu es le pire des…

— Non, je suis lucide et pressé, coupa-t-il. Et je n'ai qu'une ambition en tête : réussir ma vie. Avec tous ces bougres qui veulent changer la société, je sens que mon existence tout entière n'y suffira pas. Et pour une seconde de gloire, que de jours perdus. C'est au-dessus de mes forces, ma pauvre Florine. Il ne faut pas compter sur moi. Je ne suis pas prêt pour ce sacrifice-là.

Le lendemain, le jeune Andromas prit une ferme décision : déserter les ateliers Pleynet. Le travail y était abrutissant, indigne de lui, infructueux. C'était une raison suffisante à ses yeux. « Qu'est-ce qu'un homme libre, se demanda-t-il, un esclave qui prend conscience que sa liberté est à portée de main ? » Un peu d'audace et de déraison. C'était tout ce qu'il possédait encore, dans son jeune âge. Et il descendit vers la vieille ville, rue Juiverie. C'était là le royaume de Roxane, un immeuble cossu avec ses fenêtres Renaissance. Il foula le pavé en long et en large, frôlant chaque fois la porte d'entrée en noyer ouvragé. Il eût suffi qu'il frappât trois coups avec le marteau de bronze en forme de main pour qu'une domestique lui ouvre. Mais ensuite… D'évidence, le jeune homme n'avait point d'argument suffisant pour pénétrer dans le cercle des Colomier. On soupçonnerait derechef en lui l'arriviste ou l'aventurier. Petit paysan sans le sou. Une tare originelle que sa belle figure et son audace de jeune homme inconscient ne pouvaient faire oublier. Et toute intrusion, un brin forcée, eût ruiné son dessein. Alors, que faire ?

Silvius demeura longtemps à l'angle de la rue de la Loge, caché comme un guetteur dans l'encoignure d'une traboule. Il se sentait indécis, irrésolu. Mais la seule perspective de devoir revenir ici même tous les jours à la même heure le désespérait encore plus. Il lui fallait donc agir au plus vite. Toutefois, il lui manquait un déclic pour l'encourager, elle quittant sa demeure par exemple.

Cette opportunité s'offrit à lui le troisième jour, peu avant dix heures du matin, après que M. et Mme Colomier s'en étaient allés dans leur voiture. Roxane sortit en boléro de drap beige tourterelle avec une ceinture de satin Liberty bleu pastel. Cette vêture intimida tellement le jeune homme qu'il hésita à la suivre. Pourtant, il s'était permis des libertés avec elle dans leur correspondance. Des confidences, des aveux, des déclarations… Mille habitudes langagières qui les avaient accoutumés à une franchise de ton. Mais sans doute était-ce plus aisé sur papier que de vive voix. Et forcément la dernière rencontre de Vals lui avait laissé un goût doux-amer. Il la devinait toujours aussi froide et distante, bien qu'il fût persuadé, instinctivement, qu'elle l'aimait au fond et qu'elle se faisait violence pour taire ses sentiments et masquer ses élans. Si ses derniers messages étaient restés lettre morte, il y avait assurément une explication. Maintenant qu'il était si proche d'elle dans la ville, sans doute la jeune fille redoutait-elle l'instant où il l'approcherait enfin.

Tel était à ce moment l'état d'esprit de Silvius Andromas. Assez confiant en lui, craintif cependant, mais le dos au mur… Il courut sur le pavé. Elle se retourna, poussa un cri. Sa main gantée demeura plaquée sur ses lèvres.

— Je savais, Silvius, que tu me chercherais. Pourquoi ? Tu n'as donc rien à faire ?

— Mais je t'aime, dit-il. Je t'aime comme au premier jour. Tu le sais, Roxane. Combien de fois te l'ai-je écrit ?

— Tais-toi donc ! On ne crie pas cette chose-là à tue-tête dans la rue. Ici, je suis connue.

Le rouge lui était monté aux joues. Et l'émotion aussi l'avait gagnée tout entière, cela se devinait à sa respiration irrégulière. Elle fit demi-tour. Il la rejoignit, prit sa main. Elle voulut hâter le pas, mais c'était une fuite hasardeuse. À vrai dire, elle connaissait trop de monde dans le quartier. Et elle ne pouvait imaginer traverser la place Saint-Jean avec ce garçon sur les talons, jurant haut et fort son amour.

Roxane décida alors de revenir rue Juiverie, puis de s'enfermer dans l'appartement. « Suis-je bête, tout de même, d'avoir répondu à ses lettres. Tout ça pour faire l'intéressante, se reprochait-elle. À croire qu'il y a deux Roxane en moi, celle qui veut tenir son rang et l'autre qui espère s'émanciper. Il me faudrait composer avec les deux Roxane, prendre en chacune la meilleure part. Mais est-ce compatible avec la morgue des Colomier et la frivolité des Wayser ? » Ainsi jugeait-elle sa chère maman Adèle, plutôt légère à ses heures.

Devant la porte d'entrée, elle hésita, quelques secondes de trop, sans doute. Car le garçon s'engouffra derrière elle dans le couloir.

— Tu ne peux pas me laisser ainsi sur ma faim ? insista-t-il.

— Quelle faim ?

Il avait en mémoire les extraits de ses lettres où elle disait éprouver des sentiments forts pour lui. Silvius se mit à réciter quelques phrases comme s'il avait besoin de réveiller en elle une face cachée qu'elle eût voulu nier à ce moment des retrouvailles.

Roxane se tourna sur le côté, offrant son profil délicat, empreint de gravité. La lumière filtrait par une porte vitrée donnant sur l'escalier. Il se rapprocha d'elle jusqu'à toucher le tissu de sa robe, frôler sa chevelure bouclée tombant sur ses épaules. Silvius sentit à ce moment qu'il pouvait la prendre dans ses bras, mais le lieu dégageait encore son parfum d'interdit. Qu'attendait-elle au juste pour le jeter dehors ? À supposer qu'elle en eût la volonté…

Soudain, Roxane escalada les marches quatre à quatre. Silvius, incertain, la suivit. Elle n'offrit aucune résistance. Il s'agissait plutôt d'une fuite en avant. Il fut le premier surpris en se découvrant dans son salon.

La demeure des Colomier était une enfilade de pièces

luxueusement meublées de commodes Louis XVI, d'armoires louis-philippardes, de chaises Boulard, de tables rondes Empire et Directoire, de canapés et de fauteuils disposés en vis-à-vis. Les murs étaient tendus de soierie à palmettes. Seul le coloris différait d'une salle à l'autre : mordoré, jade, bleu céladon… Et quand ils eurent traversé les salons dans la lumière feutrée, Roxane s'arrêta devant la bibliothèque. Il y avait trois niveaux de livres auxquels on accédait par un escalier en colimaçon. Chaque étage comprenait une passerelle qui faisait le tour de la pièce. Celle-ci était assez confortable pour qu'on puisse y consulter les ouvrages tout à son aise. Les rambardes étaient en noyer ouvragé, ainsi que le plafond. Les fenêtres en cet endroit étaient si hautes que la lumière des bords de Saône entrait à flots.

Mlle Colomier tira son visiteur par la manche et lui fit prendre un étroit couloir. Celui-ci menait à la cuisine.

— Ne te dérange pas, Abigaïl, dit Roxane.

Elle se faufila vers un petit bureau à la porte basse. Elle la referma vivement en tournant le verrou.

— Tu crains encore ton père ? soupira Silvius.

— Non, se défendit-elle, ni mon père ni personne. Je suis libre de mes mouvements. Et si tu es là, avec moi, mon cher, c'est que je l'ai voulu. Sinon, le majordome t'aurait jeté dehors.

— Le majordome ?

— Oui, nous disposons d'une cuisinière, d'une gouvernante – Abigaïl que tu viens de croiser –, de domestiques occasionnels et d'un majordome, M. Abel. Voilà, tu sais tout ou presque sur la maison Colomier.

Elle parut réfléchir, bras croisés sur sa poitrine, le pied en avant plutôt conquérant. Elle respirait fort en l'observant, comme si elle avait quelque difficulté à contenir son irritation. Peut-être que si le jeune Andromas avait deviné, à ce moment, que la colère de Roxane était dirigée contre elle-même, il eût été rassuré et enclin à prendre l'initiative.

À la vérité, elle ne pouvait point en vouloir à Silvius. N'avait-elle pas entretenu par ses ambiguïtés de langage et de posture le feu du désir et de la passion chez ce jeune homme ? Aussi, lorsqu'il se jeta soudain sur elle pour la prendre dans ses bras, l'enserrer, elle ne résista pas, comme à Vals. Il l'embrassa, cette fois, avec passion, murmurant, les lèvres collées au pavillon de son oreille, qu'il avait souffert de son absence, qu'il s'était fait violence pour la revoir, qu'il avait tout abandonné, sa famille, son travail, ses amis, et qu'il entendait désormais rester auprès d'elle quoi qu'il lui en coûtât, mais que la vie, pour l'heure, ne lui faisait guère de cadeaux.

Roxane tenait le visage du garçon entre ses deux mains. Elle l'embrassait aussi, sur les lèvres, les joues, les yeux, elle l'embrassait par petits baisers répétés, elle disait qu'il était touchant dans sa candeur de jeune homme amoureux parce qu'il n'avait cessé, malgré les années, d'appeler cet amour de ses vœux, mais qu'elle avait été insouciante et injuste avec lui. Elle prenait plaisir à se couvrir de reproches. Elle répétait qu'elle n'était pas aussi bonne et généreuse qu'il l'avait cru, par trop indifférente sans doute, prisonnière de ses principes bourgeois. Il ne voulait plus l'écouter. Il ne comprenait pas qu'elle se défendît de la sorte d'une accusation qu'il n'avait jamais formulée.

— Tu ne me connais pas. Peut-être te décevrais-je bien plus vite que tu ne le crois ?

— Bien sûr que non ! s'écria-t-il. Je suis sûr de mes sentiments. Depuis tout ce temps où nous nous languissons l'un de l'autre.

Roxane lui prit les mains et le ramena vers elle.

— Tu devras me prendre telle que je suis, alors ?

— Oui ! dit-il.

— Sans jamais un reproche ?

— Jamais.

— Voilà qui est une belle preuve d'amour, dit-elle.

Ils glissèrent, enlacés, sur le sofa gris.

— Tu es aussi maladroit qu'entreprenant, fit-elle en le laissant se débattre avec ses jupons.

Tant de gaucherie émouvait Roxane et décuplait son envie. Si la jeune fille s'était toujours sentie maîtresse d'elle-même dans l'acte amoureux qu'elle avait pratiqué avec quelques hommes bien trop expérimentés pour qu'elle y eût trouvé le moindre intérêt, dorénavant elle s'avouait surprise et bouleversée par cette situation. Peut-être avait-elle trop rêvé de ce moment sans qu'elle n'eût rien tenté au demeurant pour qu'il arrivât plus vite. Enfin, elle l'aida un peu à se défaire de sa jupe et de ses sous-jupes. Elle libéra ses jambes des bas de soie et des jarretelles. Puis quand elle fut à sa merci, offerte, avec un rien de sous-vêtement sur le corps, Silvius se mit sur elle, au comble de l'excitation.

— Je te veux bien, prévint-elle, mais à la condition…

— Sens-tu comme je t'aime ?

Elle s'amusa de sa fierté masculine, de sa roideur et de sa précipitation.

— À la condition que tu saches te retirer à temps…

Il vint buter contre elle et sentit qu'elle se protégeait, une main plaquée sur son sexe.

— Oui, murmura-t-il, oui, bien sûr…

— Seras-tu assez adroit ?

Silvius ne pouvait plus se contenir. Alors qu'elle se contorsionnait sur le sofa gris, il s'escrima en vain. Elle aimait à le sentir ainsi, excité et dépité, prêt à se répandre. Car elle avait deviné que le désir en lui était si vigoureux que trois ou quatre mouvements suffiraient.

— Oui, jura Silvius, je le serai. Je t'en prie. Laisse-moi donc faire.

Roxane ouvrit ses cuisses et il la pénétra en lui tenant les hanches d'une main ferme. Mlle Colomier, tout émoustillée qu'elle fût, ne voulait point perdre le contrôle. Elle se sentait assez avertie pour le repousser à temps, juste avant qu'il ne s'abandonnât. Si bien qu'elle guetta son premier sursaut éjaculatoire et qu'elle le désarma aussitôt d'un mouvement de recul. Le garçon se perdit dans les mains de la jeune fille ; à ce moment, elle eut l'extrême bonté de réanimer son plaisir pour qu'il ne demeurât en reste.

Plus tard, Roxane se fit servir un repas dans sa chambre. Abigaïl, la gouvernante, apporta elle-même le plateau et le fit si discrètement qu'elle ne daigna point toiser du regard le visiteur.

— Sais-tu ce que je souhaiterais le plus ardemment ? Te voir nue...

D'un soupir, Roxane se délesta de ses dessous.

— Tu es si curieux ?

Il l'observa d'un air contrit. Son désir ne s'était point épuisé dans le petit bureau du premier étage. Il avait encore envie d'elle, mais ne se voulait pas trop pressant. Certes, Roxane paraissait heureuse ainsi, bien que le garçon eût compris qu'elle n'y avait pris aucun plaisir. Et il s'en voulait, songeant que le premier ébat de leur histoire d'amour n'avait pas été à la hauteur de ses ambitions. « Si je ne sais lui montrer plus d'adresse, elle ne s'attachera pas à moi », se reprochait-il.

Il s'était assis dans un fauteuil, face au lit, les bretelles de son pantalon rajustées sur ses épaules nues. Il avait conservé la casquette sur sa tête. Roxane était allongée sur le lit, alanguie et entièrement nue comme Silvius l'avait exigé. Le garçon contemplait sa poitrine ferme où il avait laissé quelques suçons dans la bataille, sa taille fine, son ventre généreux et ses longues jambes musclées.

Roxane regardait la rosace du plafond, excitée par l'attention dont son corps était l'objet. Elle aimait à en jouer, sans doute parce qu'elle l'avait apprivoisé et qu'elle en tirait désormais un grand profit avec grâce et naturel. En le livrant si souvent au grand air par une pratique assidue de la natation, de la bicyclette et de la gymnastique, elle l'avait libéré peu à peu des carcans vestimentaires de son époque.

— Je n'ose te caresser, avoua Silvius. Pourtant j'en ai envie. Me le permettrais-tu ?

— Ne me suis-je pas donnée à toi ?

— Si vite.

— Il faut du temps, mon amant, pour se connaître.

— Décidément, tu ne te livres que du bout des doigts.

— Je ne suis pas une fille de ferme que l'on bascule sur une meule de foin.

Il baissa la tête, voulut se reprendre, mais elle l'arrêta.

— Je voulais dire que nous ne devons pas nous

presser de piétiner ce jardin secret. Nous le découvrirons peu à peu. Et le plaisir viendra, à l'un et à l'autre, de cette attente et du précautionneux usage que nous ferons de nos corps unis.

Tout en devisant, elle enroulait sur ses doigts une mèche de sa chevelure bouclée. Elle la faisait glisser délicatement, obstinément, jusqu'à ce qu'elle lui échappât, puis elle en reprenait une autre et recommençait. Cette habitude lui venait sans doute de l'enfance, de l'époque où elle trompait son ennui en imaginant le monde des adultes dans lequel elle avait hâte d'entrer, enfin, libre et sereine.

— Combien d'hommes as-tu connus avant moi ? demanda-t-il.

L'inquiétude qui pointait sur le visage du jeune homme amusa Roxane. C'était une interrogation d'une banalité affligeante. Bien sûr, elle ne saurait répondre car elle avait laissé accroire à Vals qu'elle s'était déjà donnée à des hommes expérimentés. Elle regrettait sa légèreté d'alors, « la légèreté des Wayser », pensa-t-elle. Mais ce regret fit long feu. Elle se sentait assez libre pour ne s'expliquer en rien sur sa vie. « Ce n'est pas parce qu'il m'a prise en trois mouvements sur le coin d'un sofa, le cher Silvius, que ça lui donne des droits sur mon passé », se dit-elle.

Andromas apprécia ce silence pour ce qu'il valait ; son irruption dans la vie de Roxane n'était point assurée et définitive. Il lui faudrait gagner, pas à pas, sa place dans la cité des femmes. Roxane, bien qu'il l'aimât passionnément, ne se livrerait pas sans combattre.

Pour se rassurer, Silvius vint la cajoler. Avec ses doigts, elle jouait à enrouler et dérouler ses poils pubiens, comme elle l'avait fait avec sa mèche de cheveux. C'est alors qu'il voulut mêler son plaisir à celui que la jeune fille avait commencé à prendre toute seule, effrontément. Roxane le reçut, mollement abandonnée, peut-être parce que sa jouissance était déjà à mi-parcours et qu'il se révélait dès lors importun.

Cette situation rendit le jeune homme tellement amer qu'il en voulut à Roxane. Mais elle était assez libre et indépendante pour ne voir là que l'expression ridicule d'un orgueil masculin blessé. Néanmoins, elle voulut le consoler.

— Déjà un petit chagrin ? s'étonna-t-elle. C'est l'amour qui rentre, dit-elle, comme elle eût dit « le métier ». Tu finiras par comprendre qui je suis… À la longue.

Elle se sentait forte et dominatrice, en se promenant nue dans sa chambre, devant sa fenêtre ouverte sur la rue à peine obturée par un voilage flottant à l'air libre. Il la suivait des yeux tout en se demandant combien de temps il la garderait, combien de jours, de semaines, de mois, elle lui resterait attachée.

— Un franc et demi par jour ? s'étonna-t-elle. C'est donc tout ce que tu gagnes ? Tu ne pourras pas m'entretenir, railla-t-elle.

Roxane ne craignait jamais d'être blessante, comme son père. Elle avait appris de lui cette liberté de ton que confère la bonne fortune. Même si elle ne possédait rien encore, elle se savait à l'abri du besoin.

— On n'est pas généreux chez Pleynet, se rebiffa-t-il.

À ce moment, Silvius avoua qu'il avait abandonné son poste puisque le chef d'atelier Odilon Chavanne ne lui avait pas donné sa chance. Roxane jugea sa décision courageuse. Mais elle comprit aussi dans le même temps qu'il comptait désormais sur elle pour lui faire obtenir un poste. Cette découverte la laissa sceptique. Un nuage traversa son regard, un nuage esseulé, certes, mais de ceux qui préparent les orages.

— J'espère que tu ne me réduiras pas à ce rôle ?

— Quel rôle ?

— Entremetteuse.

Il se mit à rire. Mais elle, non. Et l'œil ombrageux de Roxane ramena le petit Silvius à la réalité. Sans elle, sans son amour, sans son appui, il n'était plus rien. Il retournerait à la rue avec un méchant certificat de travail pour tout passeport.

— Comment peux-tu penser ça de moi ? se défendit-il. Depuis notre première rencontre, je n'ai cessé de t'aimer. Nos lettres, nos promesses, nos baisers…

Elle se laissa attendrir malgré un sursaut de lucidité.

— Ce serait horrible de me courtiser dans le seul but de satisfaire tes ambitions. Des gens comme ça, des arrivistes, des intrigants, des aventuriers, il y en a plein, Silvius… Tu n'es pas un de ceux-là, au moins ? Jure-le-moi ?

Roxane enfila un déshabillé. Il lui fallait retrouver un peu de tenue. Le jeune homme était assez intelligent pour comprendre ce que signifiait ce geste, et il se rangea à ses vœux. Il tomba à ses genoux, les étreignit avec force.

— Tu dois donner foi à mes sentiments. Sinon pourquoi serais-je avec toi ? Crois-tu que je puisse te jouer la comédie ?

— Tu es comme tous les hommes, perfide et lâche, dit-elle en passant la main dans sa chevelure.

Silvius demeura silencieux alors qu'elle s'interrogeait sur ses motivations profondes. Son cœur balançait entre l'amour qu'elle lui vouait, et la crainte que celui-ci ne fût à l'avenir détruit par l'ambition. « Autant le tuer dans l'œuf, pensait-elle, s'il doit en être ainsi. » Mais elle le sentit alors pétrifié par l'émotion, ce garçon qui n'avait cessé au cours des années passées de lui jurer son amour. « Si lui, je ne le crois pas simple et honnête, dépourvu des vices de la haute société, alors qui croire ? » Hubelle qui avait déjà demandé sa main ? Lui était un des pires arrivistes sur le pavé lyonnais. Épouser un tel homme, si bien en vue, n'était-ce pas se jeter dans la gueule du loup ? Et de même, le petit avorton des Prénat, Maxime… Lui aussi, fils de député, descendant fortuné d'une famille de soyeux depuis trois générations, avait voulu l'épouser… « Ce n'est pas une règle tout de même, avait répondu Roxane à son père, de se marier entre gens de même extraction. Je déteste cette consanguinité sociale… » Le mot avait été du plus bel effet, et M. Colomier l'avait retenu pour le servir à ses proches collaborateurs. Ainsi gagne-t-on une réputation dans ce milieu étroit où l'on juge à l'emporte-pièce. Roxane passait donc pour une enfant gâtée pleine d'idées farfelues.

Lorsque la jeune fille sentit des larmes couler sur ses cuisses nues, elle lui releva la tête.

— Tu ne peux pas me faire ça ? Tu es si sensible, mon Dieu, mais que ferais-je de toi dans ma vie ?

Avec un pan de soie de son déshabillé, elle lui sécha ses larmes, délicatement.

— Nous essaierons de te dégoter, dans notre magasin, une place digne de toi, promit-elle d'une voix détachée. À la condition toutefois que papa…

Roxane éprouvait une certaine délectation à sentir Silvius sous sa dépendance. C'était une impression nouvelle pour elle. D'ordinaire, elle n'avait aucune prise sur les hommes qu'elle fréquentait. Ils étaient assez forts et directifs pour ne rien attendre d'elle. Au contraire, ils se faisaient violence pour montrer leurs biceps et impressionner les jeunes filles.

Une semaine plus tard, le jeune Andromas était invité à la table des Colomier. Pour l'occasion, Roxane lui avait acheté un complet veston gris à discrètes rayures et un gilet fantaisie tissé de fils de soie. Ainsi voulait-elle faire disparaître les dernières traces du petit paysan de l'Ardèche. Silvius ne s'en émut point, car il avait perdu goût et intérêt pour ses années d'enfance. Cette posture nouvelle l'éloignait encore davantage de son père, de Fontbelair, et constituait une sorte de revanche sur son passé. Du reste, Roxane avait su admirablement profiter de cette rancœur familiale pour le tirer vers elle.

Le premier contact avec M. Colomier fut d'une froideur déconcertante.

— Autant que vous le sachiez tout de suite, jeune homme, je désapprouve le choix de ma fille. Mais, ai-je à le redire ? Roxane jouit dans notre maison d'un statut particulier. C'est la petite dernière de la famille. Nous aurions tendance à lui passer ses caprices allègrement.

Francisque Colomier observa sa femme d'un œil noir, et comme elle se sentit soudain prise à partie, celle-ci accourut en faisant virevolter sa longue robe de satin vert.

— Bienvenue chez nous, dit-elle en lui tendant le dos de la main.

Il la prit et ne sut qu'en faire. Elle la retira aussitôt.

— Un beau visage aimable, murmura-t-elle. Ma fille a bon goût, ajouta-t-elle en fusillant son mari du regard.

Même par ce beau dimanche de septembre 1893, plutôt ordinaire, chez les Colomier, on s'était habillé comme pour un bal. Le maître de maison était en habit noir, l'épouse en robe de cérémonie. Quant aux fils, légèrement à l'écart dans le fond du salon, près de la pendule Empire, ils portaient frac et nœud papillon avec allure. Silvius s'avança vers eux pour les saluer, mais ils lui répondirent avec indifférence. Heureusement, Roxane vola à son secours, sans quoi Andromas se fût enfui sans un mot et sur un fort malentendu qui eût sans doute perduré au-delà de toute raison.

— Mes frères, s'écria-t-elle, Cyril et Octave, les souffre-douleur de notre cher papa.

— Oh là, tu exagères, petite sœur, releva Octave.

Il portait une fine moustache et des bésicles qu'il mettait et ôtait alternativement. C'était devenu un tic affligeant qui laissait à ses interlocuteurs la désagréable impression d'être devant un individu instable et fragile.

— Quelle image détestable vas-tu donner de notre maison ! remarqua Cyril.

Le deuxième des Colomier était de grande taille et ressemblait à la mère avec un visage fin, un front bombé et des lèvres bien dessinées.

— Crois-tu que ce soit aussi grave ? s'interrogea Octave.

— Il faut bien s'amuser, n'est-ce pas ? Notre estimable famille est au-dessus de toute critique, poursuivit Cyril.

— Ce déjeuner dominical devient une pesante habitude dont il faudrait se défaire, jugea Octave en dévisageant sa sœur. Mais M. Colomier ne l'abandonnerait pour un empire. Alors, forcément, nous y sacrifions de bonne grâce.

— Mais les temps changent, tout de même. Imperceptiblement. Grâce à notre petite sœur adorée..., fit-il en posant un regard dédaigneux sur Silvius.

Roxane haussa les épaules.

— Ne fais pas attention, dit-elle pour le rassurer. Mes frères sont des idiots pétris de vanité. Après tout, ils n'ont eu besoin que de naître pour réussir.

Tout entier pris dans ce tourbillon de nouveautés – l'entrée dans une des maisons les plus en vue de Lyon, la découverte d'une faune humaine dont il ne soupçonnait pas l'existence hier encore –, Silvius ne put hélas goûter à sa juste mesure l'ironie des propos distillés par Roxane. Sinon, il eût compris qu'elle n'avait d'autre désir que de l'immerger au plus vite dans la confrérie Colomier. Bien naïf encore, Andromas n'y voyait qu'une querelle familiale, peut-être une dérisoire jalousie entre frères et sœur.

Elle le prit à part et le conduisit vers l'entrée du salon où le majordome trônait comme une statue, l'œil aux aguets.

— Cyril est le directeur du magasin de la place des Jacobins, expliqua Roxane d'une voix chuchotante. Huit étages de soie pour satisfaire toutes les clientèles du monde. Nous ne craignons qu'une chose, la concurrence anglaise...

— Et Octave ? s'informa Silvius.

— Nous l'avons chargé des commandes chez les tisserands. C'est un dur en affaires. Il négocie les lots de soie tissée au meilleur prix. Car tout bénéfice, comme dirait papa, se réalise à l'achat.

Silvius était distrait par la richesse des meubles, l'éclat de la porcelaine sur la nappe blanche, les murs tendus de soierie rouge et or de La Bastide. Abigaïl apportait la dernière main au service en faisant le tour de la table. Elle arrangeait un pli de nappe, corrigeait la position d'un couvert, lustrait un fond d'assiette.

Francisque Colomier se tenait près de la cheminée de marbre blanc, en grande discussion avec le banquier Fouque. On parlait à voix basse et par gestes discrets. Il n'était que les yeux qui trahissaient les sentiments : tantôt l'agacement, tantôt l'amusement. M. le député Prénat avait pris le bouillon, comme prévu, tandis que Marinchard, une fois encore, avait sauvé son siège de député.

— Qui saura consoler le pauvre homme ? s'interrogea Will.

M. Colomier, pince-sans-rire, sortit son mouchoir.

— Nous pourrions lui en offrir une douzaine en soie brodée, n'est-ce pas ?

— Suffiraient-ils à éponger son chagrin ?

— Ne vous faites pas plus médisant que vous n'êtes, mon cher Will, Prénat est un vilain chat de gouttière. Il retombera sur ses pattes. Le pavé de Lyon lui a toujours été salutaire, même des hauts de Fourvière.

— En définitive, j'eusse préféré qu'il le gardât, son siège, et que celui de notre ennemi tombât, lui, franc et net.

— Oh vous êtes gourmand, Will ! Marinchard est un loup. Il ne vous laissera jamais son poste de conseiller à la Banque de France.

Le maître de maison se détourna ostensiblement de Fouque. Il détestait cette conversation avec celui qu'il prénommait parfois Willie en privé, ce qui était assez irrévérencieux dans son esprit parce que le bonhomme n'allait point tarder à faire appel à ses services.

— Ce jeune homme, là, à côté de ma fille, fit Colomier en le montrant du doigt, il se nomme Silvius Andromas. Je crois que Roxane en est fort entiché. Que lui trouvez-vous ? Qu'il soit parvenu à séduire ma fille, c'est, pour moi, une énigme.

— Je ne me prononcerai pas, Francis.

— Il est le fils d'un paysan de l'Ardèche. Un éducateur de vers à soie. C'est à la fois rassurant et pathétique, vous ne trouvez pas ?

— L'amour, dit Fouque. Seulement l'amour…

— Mais de l'ambition, tout de même. Et un brin de savoir. Comment font-ils pour parvenir jusqu'à notre porte, ces jeunes gens d'aujourd'hui ? Voilà un autre mystère.

— La couleur de l'argent les attire, certes, répondit Fouque, comme les papillons de nuit qui se jettent sur le premier halo de lumière, n'est-ce pas ?

— M. Beauchamp m'aura même vanté ses qualités de vendeur. Alors, j'ai décidé d'en faire un employé de commerce. Que ne tenterions-nous pas pour conserver l'affection d'un enfant ? Vous me comprenez, Will ? D'un inconvénient peut naître un avantage…

— Je ne saurais vous dire, Francis, je n'ai pas d'enfant.

Colomier hocha la tête puis rejoignit Adèle. Le dimanche n'était-il pas un jour sacré où il se devait à elle pour préserver la paix conjugale ?

— Il ne manque plus que votre secrétaire, mon ami ? releva Adèle Colomier.

— Nous commencerons sans elle.

Francisque Colomier était un maniaque de l'ordre. C'était un maître exigeant qu'il avait toujours servi. Il s'était persuadé à la longue que celui-ci était à l'origine de sa réussite. Les affaires en ordre, la famille en ordre, les amitiés, les relations, tout était en ordre, jusque dans le moindre détail. Sans doute eût-il été instructif de noter avec quelle rectitude le plan de table avait été établi, lui-même conforme à une hiérarchie sociale fort ordonnée. M. Colomier présidait le repas à sa place habituelle, puis venaient ensuite ses deux fils, Cyril à droite, Octave à gauche, enfin son épouse Adèle sur la partie droite, Roxane à gauche avec à ses côtés le nouvel entrant dans le cercle familial. C'est alors que Francisque Colomier invita M. Fouque à occuper le fond de la tablée. Il n'était plus qu'un siège libre, celui de Françoise Lazaret. Comme à son habitude, elle paraîtrait au moment du dessert et se confondrait en excuses. Sa présence n'était d'aucune utilité. Mais chez elle, la conscience professionnelle s'était installée là où l'on situe d'ordinaire l'esprit de sacrifice d'une esclave à son maître.

Abigaïl apporta la soupière de porcelaine et commença par servir M. Colomier.

— Qu'est-ce donc ? demanda-t-il en agitant avec sa cuillère les deux louchées au creux de son assiette.

— Un potage Longchamp, monsieur.

Il se mit à humer le breuvage.

— Rassurez-moi ? Il n'y a pas de jus de volaille ou de veau là-dedans ?

— Non, monsieur, assura Abigaïl.

— Vous pouvez me le jurer ?

La cuisinière chercha du côté d'Adèle un secours providentiel.

— Nous y avons veillé, Francis, dit Adèle.

Roxane pouffa de rire. Les deux frères aînés fixaient leurs couverts sans mot dire. Silvius Andromas se demanda alors si M. Colomier ne faisait pas un caprice. Puis Abigaïl poursuivit son service, attentive à ne laisser choir aucune goutte de potage sur le rebord de l'assiette.

— Me direz-vous ce que contient ce breuvage ? demanda le maître.

C'était ce qu'il attendait de sa cuisinière et ce qu'il déplorait toujours, qu'elle fût aussi secrète sur ses œuvres culinaires et empotée de ses mots.

— Purée de pois, énuméra-t-elle, chiffonnade d'oseille et pluches de cerfeuil.

— Parfait, dit Colomier. Me voilà rassuré. Et nos invités aussi.

Maintenant que le doute semblait levé, il consentit à goûter sa première cuillerée. Les convives aussi. « Que serait-il advenu, songea Silvius, si Abigaïl avait avoué que son potage était allongé d'un fond de volaille, de perdrix ou, pire, agrémenté de petites quenelles ? Un incident gravissime. Nous serions-nous alors rangés à l'avis du maître de maison et aurions-nous repoussé en chœur nos assiettes ? »

M. Colomier, visiblement de mauvaise humeur contre sa cuisinière, ne posa aucune question sur la manière dont Abigaïl avait préparé le ris de veau Montauban et les canetons à la bigarade. Du reste, il toucha à peine aux plats. C'était un piètre mangeur, mais un fin gastronome. Rien n'était plus haïssable à ses yeux, sur une table, que les cochonnailles. C'est pourquoi il détestait la cuisine qu'on servait dans les bouchons lyonnais.

Comme prévu, au dessert, Mlle Lazaret vint s'asseoir près du banquier. Le maître lui fit juste un petit geste de la main, aussitôt imité par ses fils. Seule Adèle se leva pour aller l'embrasser.

— Je crois qu'il est temps de prendre un peu de café, proposa Mme Colomier.

Elles disparurent ensemble dans le salon voisin et la tablée se délita. M. Fouque en profita pour se rapprocher de Francisque. Les fils se mirent dans un coin pour papoter. Ils ne cessaient jamais de travailler avec des airs de conspirateurs, ces deux-là.

— Il y en a qui mettent dix minutes pour régler un problème, mais Cyril, lui, il lui faut dix jours, observa Roxane.

Silvius n'osa répondre. Il se sentait tellement étranger dans le salon des Colomier qu'il n'avait pas ouvert la bouche. « Pourtant, il faudra que je m'habitue, pensa-t-il. Ce monde ne correspond pas tout à fait à l'idée que je m'en étais faite. » Roxane avait senti ce malaise et s'en voulait de l'avoir propulsé aussi vite.

Francis quitta son air pontifiant et sa place en tête de table, laissant autour de son couvert de petites boules de mie de pain. Ainsi trompait-il son ennui. Sa main glissa sur l'épaule du banquier auquel il n'avait rien à dire, le laissant seul avec lui-même. « Sacré Willie, nous ne parviendrons jamais à vous mettre sur le siège de Marinchard, songea Colomier avec toute la pitié dont il était capable. Pourtant, ça me serait bien utile de placer cet homme-là. Mais en vaut-il la peine ? »

À hauteur de sa fille, il posa une main bienveillante sur sa joue. Elle fit un mouvement de côté pour le regarder.

— Nous nous sommes tellement ennuyés, Silvius et moi, murmura-t-elle. Pourquoi inviter ce phoque de Fouque et cette sauterelle ? Ça nous gâte nos beaux dimanches. Te souviens-tu d'autrefois quand nous allions faire un pique-nique à la Tête d'Or ? Je regrette ce temps, papa.

— Oui, je sais, ma jolie petite fille. Mais ils me sont indispensables. Je ne puis faire autrement que de les accueillir à notre table. Sache que j'aimerais tout autant que toi qu'ils déclinent mes invitations. Mais l'homme courtisan, enfin bref, tu saisis ce que je veux dire, a une capacité à la patience incommensurable.

Silvius avait détourné la tête pour faire mine de ne pas entendre la conversation. Le maître des lieux y portait des jugements par trop délicats qui eussent pu faire des dégâts en cas d'indiscrétion. Sur le coup, le jeune homme s'était même senti honoré de tant de confiance, comme s'il faisait déjà partie de la maison. Mais Francisque Colomier se fichait bien des conséquences de ses opinions. C'est un des délices du pouvoir que de mépriser la dignité de ses subalternes.

— Tu diras à ton jeune ami qu'il peut commencer son travail dès le mois prochain, dans notre magasin de la place des Jacobins. Henri Jeandrot le prendra sous son aile. N'est-ce pas aussi bien ainsi ? Tu es contente au moins ?

Le père quêta un sourire, un petit signe de satisfaction. Mais rien. Il se redressa, grave et blessé, fixant la lumière des hautes fenêtres qui donnaient sur les quais de Saône. Le ciel était passé au gris. Cela sentait les premières pluies froides descendues des Alpes. À Lyon, le mois d'octobre était souvent mouillé d'une brume tenace.

— Pourquoi Octave ne le prend-il pas dans son service ?

M. Colomier soupira longuement.

— Je crois que ce sera encore mieux avec Jeandrot, insista-t-il.

Silvius était blessé qu'on discutât de son sort sans même lui demander son avis. Était-il si insignifiant et si transparent, qu'on ne s'inquiétât pas de ses états d'âme ? Passe encore Colomier, mais Roxane ! Pourquoi le traitait-elle si différemment selon qu'il était dans sa chambre ou dans le salon ? Silvius voulut quitter la table, s'éloigner de Roxane et de M. Colomier, en signe de protestation, mais n'osa pas. Il n'était pas assuré que son effacement soudain fût de quelque utilité. Et cette sorte de vérité, en somme, lui fit peur. Il comprit à cet instant qu'il n'était qu'un pion dans le jeu compliqué des sentiments entre un père et sa fille.

« Te voici déjà soumis, mon pauvre Silvius, pensa-t-il. Quel piètre Andromas tu nous fais là ! Toi qui rêvais de devenir un chef, tu n'en prends guère le chemin… »

16

Printemps 1894

Depuis une dizaine de jours déjà, Barthélémy Sitbon avait commencé sa taille en vert des vignobles de Fontane et de Champrenart. Toute la famille avait été mobilisée, ainsi que trois ouvriers agricoles. Le travail consistait à ébourgeonner et pincer la vigne. C'était par ces soins minutieux qu'on garantissait aux ceps les ressources nécessaires pour que la sève ne se perde en développement inutile.

— Le bois mange le fruit, confia Barthélémy en rajustant sa casquette.

L'homme bedonnant qui se trouvait derrière lui et qui suivait du regard chacun de ses gestes, se nommait Brutus Roussez. C'était un négociant en vins et spiritueux de Vals, le dernier endroit où l'on s'attendait à voir un marchand de vins. Pourtant, M. Roussez avait bâti sa fortune à l'ombre des sources, au paradis des eaux miraculeuses, malgré l'opinion des médecins et de tous les médicastres. « Lorsque les curistes dépriment à boire de l'eau, matin, midi et soir, ils viennent dans ma réserve en catimini, histoire de se réchauffer le cœur », disait Brutus d'un ton malicieux. Les directeurs des stations thermales s'étaient ligués contre lui, dans l'espoir d'obtenir la fermeture de cette chapelle du vice, mais en vain. La cave Roussez continuait et continuerait sans doute longtemps encore à sévir avec ses côte-rotie, ses crozes-hermitage, ses gigondas et autres châteauneuf-du-pape. C'étaient des noms qui sonnaient autrement que l'Intermittente, la Rigolette, la Précieuse ou la Désirée...

— Serait-ce du syrah, toutes ces belles vignes qui couvrent la montagne ?

— Du syrah en effet, ici à Champrenart, du merlot et du grenache noir au Maillazet. À Fontane, je fais du blanc avec du sauvignon et du marsanne. Même quelques bouteilles de vendanges tardives avec un bel arpent de viognier, ajouta-t-il.

— Je me souviens encore de ces années de misère, au moment de la maladie. On a tous cru que notre terroir ardéchois allait mourir. C'est grâce à des hommes comme toi que le pays a été sauvé.

Brutus tapota l'épaule de son ami.

— N'est-ce pas terrible de vivre ainsi, en état de péché mortel, pour un chrétien comme toi ?

Sitbon était pointilleux sur toutes les questions relevant de sa religion. Il se rebiffa aussitôt.

— Comment ça ?

— Il n'est que l'eau de Vals qui nous met en état de grâce. J'entends ces récriminations tous les jours, moi, avec les grenouilles de bénitier qui s'en viennent fortifier leur foi à la source miraculeuse.

Barthélémy éclata de rire.

— Jésus n'a-t-il pas changé l'eau en vin ?

— Certes, mais il y a ces fameux versets du Lévitique ou du Deutéronome dont on me rebat les oreilles...

— Toute la liturgie chrétienne est fondée sur la transsubstantiation, riposta Sitbon. Ceci est mon corps, ceci est mon sang..., fit Barthélémy en levant ses bras vers le ciel, puis en joignant les mains comme le prêtre au moment de l'eucharistie.

— Je me suis laissé dire que le vin de Bourgogne était un vin catholique, tandis que celui de Bordeaux était plutôt protestant. Qu'en est-il du nôtre ?

— Un mélange des deux, ironisa Sitbon. C'est toute notre histoire. Nous sommes restés assez tolérants pour priser le nectar par-delà le schisme luthérien. Il n'est que le mauvais vin qui est l'ombre du péché. L'acescence et le piqué sont des fautes impardonnables pour un vigneron.

Barthélémy conduisit ensuite son visiteur jusqu'aux accols où il avait planté sa jeune vigne.

— Elle est pleine de force, montra-t-il. Celle-ci, nous l'ébourgeonnerons à peine. La sagesse veut que nous laissions aux coursons quelques tire-sève. Sans cela, expliqua-t-il, les autres pampres gagneraient en vigueur et nous aurions de la coulure.

M. Roussez montrait des signes de fatigue. La sueur perlait sur son visage et la respiration lui faisait défaut chaque fois qu'il lui fallait accéder au muret supérieur. Pourtant, à mesure que les deux hommes montaient au cœur du vignoble, la vue se dégageait sur la vallée. En cette veille de Pâques, le temps était au beau fixe avec un soleil réconfortant déjà, au point que les lézards de muraille avaient quitté leur abri.

— Pitié, Barthélémy, pitié, je n'en peux plus.

Brutus battit l'air de ses longs bras et se tourna

vers le sentier du retour. Il n'était guère habitué à la marche ; l'obésité avait fait de lui un homme impotent bien qu'il n'eût guère plus de quarante ans. Et cela le faisait enrager que son voisin fût si leste malgré ses dix ans de plus.

— Voilà ce qui me manque, admit-il, la vie au grand air.

— Que racontes-tu, mon pauvre Brutus ? Vals est un paradis pour les pêcheurs, les promeneurs…

— Et les joueurs, ajouta-t-il. Depuis que le casino donne à plein, on voit accourir les intoxiqués du tapis vert. Ce sont mes clients préférés. Parfois, ils viennent frapper à ma porte au milieu de la nuit pour m'acheter du Pommery ou du Roederer et aller le boire tranquillement dans le parc entre amis. Et au petit matin, il me faut aller récupérer les bouteilles vides abandonnées sur les bancs ou dans les massifs de rosiers. Car ces gens si bien élevés, de Lyon, de Paris ou de Marseille, laissent leurs cadavres derrière eux, comme des mendiants leur quille de rouge. Il suffit d'un peu de dévergondage dans le bas Vivarais, chez les arriérés, pour qu'ils retournent à l'état grégaire. Comme quoi, mon cher Barthélémy, l'éducation est un verni qui se craquelle vite.

Baptistine attendait au pied du Maillazet, les mains posées sur les hanches. Pauline Andromas se tenait à côté d'elle, un peu effacée comme à son habitude.

— Est-ce qu'on vous garde à dîner, monsieur Roussez ?

Le négociant en vins et spiritueux de Vals-les-Bains déclina l'offre. Il avait déjà abusé de leur temps, selon ses dires. Barthélémy l'entraîna dans sa cave, sans un mot de plus. Il avait une commande à prendre.

— Deux cents bouteilles de vieux fontane année 1880, cent cinquante champrenart, année 1874, énuméra-t-il.

— Albin te livrera mardi.

— Je n'en prends que cent cinquante, parce que le champrenart est un peu cher à mes yeux. Il ne vaut pas plus qu'un côte-rôtie. Je trouve que tu exagères.

Sitbon se défendit comme un beau diable. Le champrenart était, de tous, son meilleur vin, le plus accompli. Il méritait les quatre francs qu'il exigeait.

— Si je veux gagner un peu là-dessus, je suis obligé de le vendre à cinq ou six francs, au même prix qu'un saint-émilion, te rends-tu compte ? Qu'il soit catholique ou protestant, le producteur ne fait décidément pas de cadeaux.

Le maître du Maillazet accompagna son visiteur jusqu'au porche. Quinze jours de beau temps avaient asséché le chemin, si bien qu'une poussière jaune suivit la voiture jusqu'à Fontane. Un petit vent chaud du sud faisait lever les odeurs de garrigue. Cette sensation de printemps naissant tira quelques soupirs de soulagement à Barthélémy. L'hiver était achevé. Finis les gels et les craquements de roche sur les hauteurs, le vent de burle et ses malfaisances.

— Tu n'as pas encore pris ta décision ? dit Baptistine en le rejoignant.

Pauline s'était éloignée vers la cour, instinctivement. Elle ne voulait pas s'imposer. Et jamais encore elle ne s'était sentie aussi étrangère dans une maison, bien qu'elle eût passé ici, autrefois, d'heureux jours de vacances.

— Et toi, qu'en penses-tu ?

Baptistine attira son homme vers les pressoirs.

— Depuis quand se soucie-t-on de mon avis chez les Sitbon ? railla-t-elle.

Elle portait un fichu bleu sur la tête pour protéger sa chevelure du vent, d'un bleu délavé comme le ciel.

— Tu es injuste, Baptistine.

— C'est à toi de prendre la bonne décision. On n'est pas le maître pour rien.

— Le maître, maugréa-t-il. Belle affaire que la mienne.

— Tu peux être satisfait. Les bonnes années ont commencé. Nous avons gagné assez d'argent pour racheter nos terres de Champrenart. Tu viens de planter huit cents ares de vigne cet hiver. Et M. Roussez ne jure plus que par ton vin. Que demander de plus au Seigneur ?

L'homme se mit à réfléchir en se caressant le menton, puis il retira sa casquette, offrant un crâne fort dégarni.

— Je crains la réaction de Théodore. Un mariage entre nos deux maisons, voilà une idée insupportable pour lui. Et s'il découvre la vérité sur Pauline, j'ai bien peur qu'il ne la tue de ses propres mains.

La mère tournait autour de son homme, comme si elle voulait l'empêcher de se défiler aujourd'hui encore. Cela faisait cinq jours qu'elle le harcelait sans obtenir une réponse.

— Il ne saura rien, dit Baptistine. Nous sommes capables, ici, de garder un secret.

— Je ne puis me résoudre à mentir par omission. C'est contraire à tous mes principes. Que Pauline ait fauté, soit, je lui accorde mon pardon.

— Oh, monsieur Sitbon fait le généreux ? En quoi ton pardon la concerne-t-elle ? C'est une affaire entre notre fils et elle. Léonet veut l'épouser. Il est allé la chercher dans le ruisseau. C'est une preuve d'amour, non ?

M. Sitbon garda le silence. Et Baptistine comprit alors qu'il ne prendrait pas encore sa décision ce jour.

M. Sitbon redoutait que ce mariage relançât la guerre entre les deux familles, alors que les relations se trouvaient apaisées. On en était resté à la fameuse sortie de vallon d'Arc qui avait adouci les haines. Aujourd'hui, il ne se sentait plus le courage d'affronter une résurgence de l'ancienne querelle, car il n'osait espérer que le choix de son fils fût de nature à solder une bonne fois pour toutes le différend.

Les appréhensions que Barthélémy venait d'afficher ne rassuraient pas Baptistine. Elle se demandait si son mari était aussi sincère qu'il le prétendait, aussi désintéressé et magnanime. Peut-être que, lui aussi, n'était guère enchanté par cette union ? Craignait-il que la récente activité de Pauline sur le trottoir de Privas ne finisse par jeter le discrédit sur son nom ?

C'est alors que Baptistine eut une idée lumineuse. Elle adressa une lettre à Eugénie pour l'appeler à l'aide. « Nous aurons besoin de ton appui, ma petite. Dans cette affaire, tu ne seras pas de trop... » Dans la suite de sa missive, Mme Sitbon ne cacha rien des activités vénales auxquelles Pauline s'était livrée. Si un tel aveu était plus facile à formuler dans un courrier, elle n'ignorait pas non plus les effets dévastateurs qu'il pourrait engendrer. Tout de même, il eût été fâcheux que l'institutrice de Largentière le prît en mauvaise part. Évidemment, Baptistine en avait pesé les risques. « Eugénie est trop intelligente, pensa-t-elle, pour nous en tenir rigueur. »

En ouvrant l'enveloppe dans sa classe de Largentière, Eugénie reçut la nouvelle comme un coup de poing dans l'estomac. Promptement, elle se retira dans une pièce d'archives pour cacher son chagrin, loin du regard espiègle et cruel des enfants.

« Moi qui me croyais si forte ! se reprocha-t-elle en essuyant les larmes qui coulaient sur ses joues. Y aurait-il encore un événement dans ma famille qui pourrait m'atteindre à ce point ? Après la cabane du Prussien et le commerce de Pauline ? »

Eugénie monta à Chauzit le dimanche suivant, par un fort mistral. Au passage, comme elle le faisait toujours, elle s'arrêta à la curie. Bessac était au plus mal, si mal qu'il ne se sentait plus la force d'honorer sa messe. C'était le cœur. Il sautait dans sa poitrine comme une horloge détraquée. Le médecin s'était offert de lui administrer des gouttes. Mais le vieux curé restait rétif à toute pharmacie. « Ce que Dieu a décidé… », chantait-il.

Cependant, le vieil homme insista pour entendre Eugénie, non point en confession – elle n'était pas assez croyante –, mais c'était tout comme, cette comédie des confidences.

— Qu'en pensez-vous, monsieur Bessac?

Elle ne parvenait pas à l'appeler « mon père » comme il était d'usage, car un autre père se mettait en travers et étouffait sa voix.

Le curé fixait le plafond de sa petite chambre où les ombres des mûriers dessinaient de grandes ailes maléfiques. Le vent s'acharnait sur le battant des fenêtres, sur les rideaux poivrés de chiures de mouche. Une odeur de moisi flottait dans la pièce où la mort prenait peu à peu ses quartiers.

— Que celui qui n'a jamais péché lui jette la première pierre, murmura-t-il.

— Pourquoi ajouter la misère à la misère ? Nous sommes nés, les uns et les autres, pour nous élever, par l'éveil de la conscience.

— En effet, dit Bessac.

— Pourquoi Pauline s'est avilie ? Dès lors qu'elle savait ce qu'était l'avilissement. Elle aurait dû combattre cette force du mal qui l'entraînait vers le bas.

— Peut-être avait-elle besoin de s'éprouver ? Ainsi, dans la ténèbre, on cherche la lumière...

— La faute vient de notre famille, lorsque père l'a livrée à la ville. Elle n'était pas assez forte pour résister.

— Mais Léonet l'a sauvée d'elle-même. Et lui, il ne l'a pas jugée, comme tu le fais à cet instant. Il ne l'a pas jugée, répéta-t-il, parce qu'il l'aime. L'amour est lumière.

Le vent redoublait de violence au-dehors et faisait claquer les volets, tandis que les ombres dansaient comme une foule de chimères acharnées. Eugénie prit la main décharnée du vieux prêtre et la serra dans les siennes. Il comprit que sa visiteuse allait le quitter sur ce long silence.

— Ce sera la dernière fois, dit-il en l'accompagnant du regard.

Elle hésita. Mais le temps lui manquait. Il poursuivit d'une voix faible :

— Préserve notre église des pilleurs.

L'institutrice comprit qu'il s'agissait de la Baume. Elle lui rendit son sourire. Il tourna la tête vers elle. Même si les ombres du plafond l'intriguaient, il ne se sentait pas encore en droit de les rejoindre.

Une heure plus tard, son équipage, une vieille mule récalcitrante et une carriole brinquebalante, atteignit les hauteurs du Maillazet. Elle s'arrêta pour contempler les vignes basses. Les mains expertes des vignerons avaient ôté le superflu du printemps, les pousses inutiles et les gourmands infructueux. C'était le signe que le maître des lieux n'abandonnait rien au hasard et ne se résignait pas à voir couler sa récolte.

Dans la cour, Eugénie descendit en plaquant ses mains sur ses jupons. Le vent de terre emportait tout sur son passage, la paille, le foin, la poussière, au point que l'air était irrespirable.

Baptistine accourut la première en tenant son chapeau de paille sur sa tête.

— Ce mistral noir est infernal, dit Mme Sitbon.

Les collines, les montagnes étaient grises sous le couvercle blanc du ciel. La lumière ne pouvait batailler avec le mistral. Eugénie mena sa mule vers l'écurie. Elle prendrait un peu de nourriture et s'abreuverait tout son soûl. Mais la bête rechigna à ses caresses.

— C'est une garce ou quoi ? s'étonna Baptistine.

— Je l'ai menée à un train d'enfer.

Près de la cheminée où se consumaient des bûches de saule, les deux femmes se tenaient debout, silencieuses. Elles n'osaient se regarder. Le vent tapait audehors contre les murs, les tuiles, le bois des portes. Parfois, les membrures de la maison craquaient sourdement.

— Il ne faut pas m'en vouloir.

Eugénie baissa la tête.

— Je ne t'en veux pas, Baptistine.

— Je n'ai pas pu faire autrement que te l'écrire.

— Je sais.

— Maintenant, il nous faut préparer l'avenir…

L'institutrice ne l'écoutait pas. Elle paraissait absorbée dans sa douloureuse réflexion.

— Mais toi, tu m'en veux, Baptistine, n'est-ce pas ? Tu ne peux que m'en vouloir. Comment en irait-il autrement ?

— Pourquoi ?

Elle apporta une tasse de café et la lui tendit. C'était un breuvage chauffé et réchauffé qui fleurait la pisse d'âne.

— N'ai-je pas refusé la demande en mariage de Léonet ?

Baptistine répondit aussitôt que c'était une histoire ancienne et qu'elle n'y songeait plus. Mais Eugénie ajouta que l'aîné des Sitbon s'était décidé à épouser Pauline par dépit. Baptistine la contempla avec un air douloureux. Elle s'était déjà investie dans ce nouveau projet, et c'était pour l'accomplissement de celui-ci qu'elle requérait son aide.

— Tu ne pourras pas me refuser ça, Eugénie ?

Elle eût voulu ajouter : « Nous avons tant fait pour toi… » mais se ravisa en trébuchant sur les mots.

— Nous attendons que tu en parles à ton père. Je ne crains que lui, en vérité. Sa colère, ses instincts destructeurs, sa haine de notre famille… Quant à ta mère, je la sais bonne et juste.

Eugénie chercha un siège et ne le trouva pas. Elle s'assit alors sur le bord de l'âtre, là où la pierre était poudrée de cendre. Le vent chahutait les flammes. Elles montaient en tourbillonnant, s'étouffaient parfois, puis reprenaient de la vigueur.

— J'aurais tellement aimé apprendre ça, cette chose laide et déshonorante, de la bouche même de Pauline.

— Ne juge pas, Eugénie, ne juge surtout pas…

L'institutrice pensa à Bessac et se mit à rire, nerveusement. C'était la parole chrétienne de circonstance, le huitième verset de l'Évangile de Jean sur la femme infidèle, la putain du Christ sauvée de la lapidation.

— Pourrait-on me délivrer de mon nom ? Je souhaiterais ne plus m'appeler Andromas. Père assassin et sœur prostituée… Quelle engeance !

Mme Sitbon prit Eugénie dans ses bras, comme au temps où les enfants Andromas venaient passer leurs vacances d'été au Maillazet.

— Il faut pardonner, Eugénie. Sinon, la vie s'égare dans la haine et l'aigreur. N'est-ce pas toi, un jour, qui a dit ici même dans notre maison : « Il n'y a que les femmes qui savent pardonner ? »

Lorsque Pauline parut devant sa sœur, Baptistine se retira sur la pointe des pieds. Eugénie s'approcha en trébuchant. Puis leurs regards se croisèrent. Pauline baissa la tête. Pourtant, elle paraissait indifférente et calme comme à l'ordinaire. Eugénie la fixa longuement, sans se départir. Rien n'émanait d'elle qui ne s'apparentât à de la repentance ou à de la crainte, ainsi qu'elle l'avait imaginé. À ses yeux, la page semblait tournée. Pauline se préparait à entrer dans le mariage avec une tranquille assurance. « Ne juge pas, ne juge surtout pas », se dit-elle. Mais sa main partit, incontrôlable, et atteignit sa sœur en plein visage.

Pauline demeura de marbre, comme elle l'avait été dans l'usine au temps de Beauchamp, lorsqu'elle essuyait, jour après jour, les réflexions humiliantes de Trumois. Alors les deux sœurs s'observèrent, sans qu'aucune des deux ne baissât la garde.

— Tu le veux donc, Léonet ? demanda Eugénie.

Il y avait de la fureur dans sa voix.

— Lui ou un autre, répondit Pauline.

— Tu ne l'aimes pas ?

La cadette des Andromas tourna la tête de côté. Elle avait retrouvé son visage enfantin, fermé et placide. Eugénie voulut la prendre dans ses bras, mais elle se demanda si c'était tout ce que sa sœur attendait, un peu de pitié. Finalement, l'institutrice demeura sur la réserve, blessée de ne voir aucune sorte de sentiment affleurer sur ce visage lisse.

— Il ne sera pas heureux avec toi, estima Eugénie.

— Qui voudrait me prendre aujourd'hui telle que je suis ?

Pauline passa la main sur sa figure, là où la gifle avait porté, comme si la douleur s'en venait à retardement.

— Je ne te juge pas, fit Eugénie.

— Ça m'est égal, dit Pauline.

— Tu ne t'aimes pas ? En définitive, tu ne t'es jamais aimée ?

Elle hocha la tête. Elle pensait à Trumois dans sa petite chambre de la rue des Couvents. « Ce ne sera rien. Un moment, un mauvais moment à passer, et puis la vie recommencera… » C'était tout ce qu'elle avait ressenti lorsqu'il s'était allongé sur elle.

— Tout ça est la faute de notre père, n'est-ce pas ?

Eugénie n'attendit pas sa réponse.

— Je n'aurais jamais dû accepter qu'on t'envoie à Privas. Tu voulais rester avec maman, à la magnanerie. C'était ça, n'est-ce pas ?

— Oui, dit-elle d'une voix fluette dans laquelle perçait enfin un peu d'émotion.

— Mais notre père avait hâte que tu quittes Fontbelair. La vérité, c'est que nous, les filles de la maison, nous ne comptions pas. Il désirait un fils, « un chef » comme il disait, pour reprendre le flambeau. Cet homme-là, ajouta-t-elle d'un ton méprisant, il ne voyait que par sa ferme. Mais aujourd'hui, le voilà bien avancé. Silvius aussi est parti. Un soir d'orage, père l'a roué de coups. Des coups si violents que notre frère a disparu, du jour au lendemain. Il ne pouvait accepter de vivre sous son autorité. Désormais, sa vie se joue ailleurs, à Lyon où il s'est installé. Et je gage qu'il finira par gagner un peu de sérénité, même si son départ dans la vie sera rude.

Le regard posé dans le vide, Pauline écoutait les explications de sa sœur.

— Toi aussi, dans le fond, tu seras tirée d'affaire. Les Sitbon te feront une place dans leur famille. Et si tu n'aimes pas Léonet, qu'importe. Quant à moi, j'avais juré de ne plus jamais remettre les pieds à Fontbelair… Comme quoi, on peut se renier dans l'existence. Une fois, une ultime fois, je vais y retourner pour négocier tes épousailles avec le père.

Pauline parut sortir de sa torpeur. Elle ne comprenait pas qu'on dût intercéder en sa faveur. Aurait-elle déjà oublié que les Andromas et les Sitbon ne s'épousent jamais, que c'est une loi immuable imposée par les aïeuls ? « Il faut donc piétiner cette règle imbécile et se tourner vers l'avenir, sans quoi le père mourra sur ses terres avec la haine chevillée au corps », se dit Eugénie en la tirant au-dehors.

— Allons nous promener, petite sœur. Ici, on étouffe avec cette fumée.

Le lendemain, à l'aube, profitant de l'essoufflement du mistral, Eugénie traversa l'Ardèche pour monter à Fontbelair. Au pont de Rochemare, l'institutrice éprouva un pincement au cœur comme chaque fois qu'elle franchissait la rivière en cet endroit. L'histoire du Prussien la hantait encore. Il lui semblait entendre les cris désespérés du pauvre Fritz Köhler, même si ce n'était tout compte fait qu'un milan noir chassant sous le vent qui poussait ses miaulements sinistres.

Elle chercha son père jusque dans la magnanerie où il s'était réfugié en vieux loup solitaire. Théodore se tenait devant la fenêtre grande ouverte. Il avait posé sa carabine contre le mur. Le regard tendu vers la vallée, il guettait la pérégrination des ramiers dans la garrigue. Il attendait qu'un des leurs s'en vienne à portée de fusil pour faire un carton, mais sa veille n'avait rien de très appliqué. Andromas somnolait plutôt, un pied sur l'autre, comme ces échassiers bizarres qui dorment sur une patte.

Les pas d'Eugénie sur le plancher n'attirèrent pas son attention. Il était courant que, dans ses heures de solitude, Mariette vînt lui porter du vin chaud, à la magnanerie ou à la chèvrerie de Cujols. Mais lorsque Eugénie s'approcha d'un pied hésitant, il se retourna vivement. Le père portait une barbe de dix jours et des cheveux longs et graisseux. Il mâchonnait un bout de tilleul en le faisant rouler entre ses dents.

— Toi ? s'écria-t-il. À Fontbelair ? Le ciel va me tomber sur la tête…

— Je suis venue apporter une bonne nouvelle…

Le père la regarda par en dessous, l'œil noir et soupçonneux.

— Peut-être ne te comblera-t-elle pas ? Pourtant, elle le devrait, renchérit Eugénie.

Elle avait opté pour ce ton direct, pour ne laisser place à aucune tergiversation. Le passé l'avait convaincue qu'il n'était d'autres manières de présenter une requête dans la famille Andromas, sans risquer de la voir mise en pièces avant même qu'elle ne soit formulée.

— Tu fais les questions et les réponses, c'est bien des manières de fouette-cul, ça.

Eugénie voulut lui faire répéter l'expression, tant celle-ci l'amusait. Mais Théodore n'était pas disposé à jouer.

— Dis ce que tu as à dire et…

— Oui, je repartirai aussitôt, le rassura-t-elle.

Le père prit la carabine, la cassa pour retirer la cartouche, puis la posa sur son épaule, canon vers le bas. Eugénie le suivit dans la cour, sous les mûriers. Les arbres n'offraient encore que des moignons tristes dont les fraîches pousses étaient tendues vers le ciel. Les gelées de mars avaient retardé la végétation.

— Pauline va se marier, dit Eugénie d'une voix blanche.

Il s'arrêta de marcher et pivota vers elle.

— Avec qui ?

— Nous avons besoin de ton consentement, ajouta Eugénie.

— Avec qui ? répéta Théodore.

— Léonet Sitbon.

Andromas encaissa le coup avec un sourire grimacier.

— Je m'en doutais, dit-il. Depuis le temps qu'on tourne autour du pot. Avoir un des nôtres, ça ne pense qu'à ça. L'union des deux familles... Le premier qui cède a perdu. Et moi, je ne perdrai pas. C'est ainsi. Pas de sang Sitbon dans nos veines...

Eugénie éclata de rire. Un rire froid et coupant. Le père marcha sur elle comme pour la rosser. Mais elle ne montra aucune peur et il resta interdit, à deux doigts de son visage.

— Des filles comme vous, j'aurais dû les noyer dans l'Ardèche, comme des chiots.

— Décidément, s'écria Eugénie, tu as le goût des solutions expéditives. Mais nous sommes là, bien vivantes, et décidées à te désobéir. À moins que...

— À moins que quoi ?

— À moins que tu ne te ranges à la raison.

— Je désapprouve ce mariage. Je l'interdis même.

— Alors, nous nous passerons de ton autorisation.

— Je n'irai pas au Maillazet. Tout le monde verra que la discorde règne dans notre famille.

— Seul le bonheur de Pauline m'importe. Et ta proscription me paraît bien douteuse. Tu n'as jamais aimé Pauline, pas plus que moi d'ailleurs. Tu as choisi de l'éloigner de notre maison. C'était une manière de la perdre. Et tu l'as perdue. Pourquoi faudrait-il désormais que tu te soucies de son avenir ? Celui-ci t'a-t-il intéressé à quelque moment ?

— La magnanerie ne peut nourrir toutes les bouches. C'est l'usage chez nous, les filles vont chercher du travail à la ville et les garçons restent à la ferme.

— Tu as aussi perdu Silvius. Tu l'as perdu à jamais. Il ne reviendra pas. Parce que tu n'as pas su le garder… Pourtant, il était né pour devenir un jour le maître de Fontbelair.

C'était une vérité insupportable, une de celles qui le minaient de l'intérieur. « Je sèche, se disait-il alors, je sèche comme un vieil arbre. » Mais il se ressaisit un peu, en bombant le torse. Il rajusta la bride de sa carabine.

— Si ce mariage a lieu, si vous passez outre ma décision, ce ne sera plus la peine de reparaître ici. Ce sera fini. Fontbelair crèvera de sa belle mort, et moi avec, comme un capitaine à la proue de son bateau dans la tourmente.

L'image fit sourire Eugénie. Elle n'était plus impressionnable depuis qu'elle avait appris ce que sont les mots, des paravents de vérité. L'outrance ne servait plus qu'à masquer l'impuissance et la détresse. Elle accueillit donc sa colère avec désinvolture, se refusant à reconnaître combien le père était seul et désespéré, comme jadis Paulin avant qu'il ne se jette à l'eau. « Non, décidément, qu'on ne compte pas sur moi pour la compassion », se disait-elle du haut de son orgueil forcené d'aînée incomprise et mal-aimée.

— Tu voudrais nous imposer ta loi, mais tu n'as plus la main, père. Oh non, je dirais même…

Eugénie allongeait le pas pour le suivre, rester juste derrière lui et surtout pour qu'il entende distinctement ce qu'elle avait à lui dire d'une voix forte et claire. Mais il n'écoutait plus. Il courait vers sa maison. Il cherchait le secours de sa femme, tant il était persuadé qu'elle lui donnerait raison par on ne sait quel miracle, une fois encore, même s'il n'avait pas été toujours juste avec elle.

— Tu le savais, toi, que les Sitbon avaient projeté de marier leur Léonet à notre Pauline ?

Mariette avait accouru les bras ouverts pour embrasser sa fille. Et ce débordement si soudain d'affection maternelle désempara le père, car il eût voulu qu'elle s'intéressât directement à ce qui le tourmentait.

— Et alors ? Laissons-la faire sa vie, notre Pauline. Si elle peut avoir un peu de bonheur, ça nous ôtera un souci.

Sans doute Théodore avait-il fini par oublier l'origine du mal : le placement de sa fille chez Beauchamp. Que son mari ne l'eût point écoutée en son temps avait contribué à envenimer leurs rapports. Maintenant que Mariette était si seule dans sa magnanerie, seule et isolée, l'avenir lui paraissait plus que jamais assombri.

Devant le désaveu de Mariette, Théodore se laissa emporter dans une fureur sans nom. Il fallut que le pauvre Fausto le retînt, et les forces lui manquaient pour le contenir. Même le labrit des Pyrénées se mit de la partie, sautant après son maître. Et finalement, ce fut lui, le pauvre animal, qui fut rossé au point qu'il s'éloigna en geignant.

— Voilà qu'il s'en prend au chien, déplora Eugénie.

Mais elle était sans larme, d'une froide hauteur, méprisante même, et cette maîtrise d'elle-même stupéfia Mariette.

— Tu le hais à ce point ? demanda la mère en entrant dans la maison.

— Oui, reconnut-elle. Je n'accorderai pas de pardon. Je suis dure. C'est Fontbelair qui m'a rendue ainsi. C'est pourquoi j'ai eu la force de partir. Et Silvius est devenu aussi dur que moi. Seule notre Pauline a été préservée de la haine...

La mère et la fille se réfugièrent dans la petite chambre.

— Je ne comprends pas, murmura Mariette.

— Il y a une raison à tout cela, fit Eugénie d'un air énigmatique.

Les pluies de mars apportées par le mistral noir, comme on appelait au pays le mistral qui souffle du nord, avaient pénétré jusque dans les murs. L'humidité suintait de la pierre, du sol et de l'air lui-même, saturé d'eau. Il n'était que la magnanerie de saine, avec ses fenêtres grandes ouvertes nuit et jour, dans l'attente de la prochaine campagne. Mais Mariette se fichait bien que sa maison fût inconfortable. Elle avait fini par la détester, même la minuscule chambre où ses trois enfants étaient nés.

— Tu veux parler du Prussien ? suggéra la mère.

— Oh non, c'est de l'histoire ancienne. Et comme dirait le curé Bessac : « S'il y a un Dieu, il lui demandera des comptes. »

— Mais alors ?

Eugénie prit la main de sa mère et la serra dans la sienne avec force. Il lui fallait plus que du courage. « La vérité peut être dévastatrice, pensa-t-elle, certes, mais qui songerait à s'en affranchir sans perdre son âme ? »

— Il s'agit de Juliana..., ajouta Eugénie. Ma tante Juliana que j'ai connue dans ma petite enfance.

— Que vient faire Juliana là-dedans ? Ça fait presque vingt ans qu'elle a quitté Fontbelair. Et depuis, je suis sans nouvelles. Voilà encore un mystère.

— Ne cherche pas, maman.

Elle caressa le visage de sa mère et se mit à l'embrasser. Étrange scène, en vérité, dans laquelle l'aînée des Andromas se voulait maternelle par un singulier renversement des rôles. Pourquoi Eugénie donnait-elle à Mariette ce que celle-ci lui avait toujours refusé ?

— Tu me cajoles, ma jolie. Qu'aurions-nous à nous faire pardonner ? s'inquiéta Mariette.

Peut-être se sentait-elle embarrassée face à tant d'affection. Chez les Andromas, on ne manifestait jamais ses sentiments. Du reste, les enfants avaient grandi dans cette froideur propre aux gens de la montagne.

— La vérité, tu la veux donc la vérité ? Je vais te la livrer, moi, la vérité, s'impatienta Eugénie. Tante Juliana a quitté Fontbelair après avoir été prise de force, là-haut à Cujols…

— Ton père ? souffla Mariette.

— Ensuite, Juliana s'est retrouvée enceinte. Une petite fille, Florine. Aujourd'hui, elle a dix-huit ans. Oui, répéta-t-elle, dix-huit ans…

Eugénie repartit le soir même en laissant derrière elle un champ de ruines. À sa manière, elle avait vaincu son passé, soldé sa haine et surtout gagné une force intérieure qu'elle n'avait jamais connue. Elle entra dans la cour du Maillazet avec le sentiment du devoir accompli.

— Père a refusé ton mariage. Mais nous le célébrerons quand même, dit Eugénie, parce que je l'ai décidé, moi l'aînée des Andromas.

Si l'annonce emplit de joie Baptistine, Barthélémy, lui, resta sur la réserve.

— Forcer les événements ne me convient guère.

Pauline, qui n'avait jusqu'alors jamais formulé la moindre opinion, promenant sur les événements son sourire angélique, se dressa dans un sursaut d'exaspération.

— Moi, je n'ai rien demandé. C'est Léonet qui est venu me chercher à Privas pour me conduire au Maillazet. Désormais, si ma présence vous pèse, je peux m'en repartir.

— Je te suivrais ! jura Léonet.

M. Sitbon considéra et reconsidéra son point de vue et finit par admettre que le mariage était inéluctable, avec ou sans l'accord de Théodore.

— Toutefois, ajouta-t-il, j'aurais fort apprécié que Pauline ait trouvé le courage d'affronter son père. Cela augure mal de l'avenir.

Mais sa dernière phrase fut inaudible. C'était une appréciation qui n'appartenait qu'à lui-même, une sorte de prescience du futur qu'il croyait détenir de Dieu lui-même. « Qui n'a pas la volonté d'imposer ses choix ne peut les assumer durablement en accord avec sa conscience, pensait-il. Toute conscience est dans la main de Dieu, et rien de ce que nous pensons ou faisons ne peut être ignoré de lui… » M. Sitbon ne s'abandonnait pas au sommeil sans lire quelques pages de saint Augustin. Et sans doute se résolvait-il à croire, dans le silence et le dépit, face à une future bru ballottée par les contingences de l'existence, à un fils rebelle et aveuglé et à une épouse transportée par la béate allégresse, que le Seigneur avait ainsi conçu ses créatures. « Tu les as faites à ta gloire », murmura-t-il.

Ainsi M. Sitbon présenta-t-il le futur mariage au prêtre de la paroisse de Fontane, avec cette idée que toute destinée est placée dans la main de Dieu et qu'il ne sert à rien d'en contrarier le cours.

— Accordez-leur votre confiance, Barthélémy, dit l'abbé Corneroy. L'âme n'est point un livre où toutes les sentences de la vie y seraient imprimées par avance. Chaque jour invente son dessein, parce que Dieu lui-même nous l'inspire. Il n'est que la vérité finale qui importe. La révélation… Comprenez-vous ?

— J'ai peur, admit Barthélémy en s'agenouillant devant le prêtre.

— De quoi donc ?

— Que les âmes de ces deux-là ne s'accordent point et qu'ils soient malheureux comme les pierres…

Corneroy était un moulin à gestes. Il jouait de ses longues mains fines pour distribuer les pardons, les indulgences, les grâces. Il prenait sur lui, comme il disait, le tourment de ses brebis. C'était un meneur de consciences, un rassembleur de troupeau. Et au terme de l'entrevue, M. Sitbon sortit l'âme en paix.

— Nous les marierons la veille de Pâques. Sans crainte et avec allégresse, assura-t-il.

La cérémonie civile fut promptement expédiée. Chez les catholiques, en ce temps-là, il n'était que le passage à l'église qui valait. Et peu avant onze heures, ce dimanche 25 mars 1894, tandis que les cloches sonnaient à toute volée, le prêtre recueillit le consentement des époux.

La famille Sitbon était en force, tandis que du côté des Andromas, il n'était qu'Eugénie et Silvius. Mariette n'avait osé désobéir à son mari. L'absence des parents de Pauline jeta un vent sinistre à la sortie de l'église. Heureusement, l'édifice religieux de Fontane avait une allure de chapelle austère et froide, comme un oratoire cistercien. Le bâtiment avait échappé à la destruction des huguenots, oublié ou peut-être protégé par son environnement boisé. Cinq carrioles tirées par des chevaux de trait avaient suffi à transporter les invités sur le chemin escarpé de Fantrousse. Néanmoins, Albin avait insisté pour que les voitures fussent décorées de rameaux de châtaignier, de mûrier et d'osyris blanc. On chantait, on riait, on tentait d'oublier la défection des Andromas. Seule Baptistine en avait été affectée. Jusqu'au dernier moment, elle avait espéré un miracle. Mais sur ce point, comme sur bien d'autres, Eugénie s'était montrée lucide.

— Pourquoi croyez-vous que nous soyons partis de Fontbelair, Silvius et moi ? parce que nous ne trouvions pas notre place dans la maison.

Silvius resta sans voix. Il se sentait étranger à la querelle familiale. Certes, les nœuds de discorde noués autour de lui étaient légion, mais il avait choisi de les ignorer, alors qu'Eugénie rêvait encore de les trancher d'une main ferme.

— Fêtons le bonheur de notre sœur, conseilla Silvius.

L'élégance vestimentaire du fils Andromas tranchait avec la mise des invités. Comment eût-il pu ignorer que les gens du Maillazet étaient d'extraction modeste, qu'ils portaient la terre à la semelle de leurs chaussures, et que le coutil, la batiste et la popeline étaient le lot commun ? Il n'était pas si lointain le temps où Silvius avait des culottes rapetassées, des chemises en coton rayé, des chaussures hautes cloutées et, pour toute coiffe, un vil feutre noir au bord gondolé. S'amusait-il de la surprise ainsi suscitée chez ses sœurs ?

— Qui t'a offert ce costume en satin gris, demanda Pauline, et cette chemise de soie et ce chapeau tube ?

Elle n'en finissait plus d'énumérer les détails : les gants en pécari, les boutons travaillés et la cravate bouffante tenue par une pince en or… Avait-il cherché l'esbroufe, comme on eût pu raisonnablement le penser ? Auquel cas, c'était réussi…

— Je me suis mis à la mode des villes, persifla-t-il.

— À la mode des bourgeois de Lyon, le reprit-elle. Ce n'est pas en actionnant le bistanclaque que tu as gagné tout cet argent.

Le jeune Andromas ne répondit pas. L'eût-on cru, du reste, s'il avait prétendu que sa vêture venait d'une maison de couture réputée, qu'elle lui avait été offerte par la plus jolie fille du quartier Saint-Paul ?

— Je suis dans les affaires, finit-il par dire. Je fais commerce des soies. Et je ne me débrouille pas si mal. M'en voudrait-on ? Devrais-je m'en excuser ? Me cacher de mes petites sœurs ? Le jour où j'ai quitté Fontbelair, j'ai compris que l'avenir était à moi, tout à moi, qu'il me suffirait juste de jouer de mes talents.

La mariée papillonnait d'un groupe à l'autre dans sa robe de linon jaune ornée de rubans et de colifichets. Elle ne savait que faire de sa coiffe, tantôt elle la torturait entre ses mains, tantôt elle l'abandonnait sur un coin de table. Léonet la suivait pas à pas, comme un gros chien fidèle. Il se sentait empli de fierté à l'idée que la belle Pauline finirait par lui rendre tout l'amour qu'il lui vouait. Mais on sentait bien qu'elle était par trop distante pour un jour de mariage, distante et froide, craignant sans doute qu'une vilaine réflexion ne lui rappelât ses récentes activités.

Les jours de Pâques 1894 furent les plus chauds de la décennie. M. Sitbon avait profité de l'aubaine pour installer la tablée dans la cour, sous les tilleuls et les platanes. Près de sa cave, on avait mis deux barriques en perce. Bien qu'il fût chagrin, il avait tout de même sorti son meilleur vin. Le rouge et le blanc. Le rouge de Champrenart et le blanc de Fantrousse.

Baptistine avait tenu à servir un menu digne de l'événement, le mariage étant l'un des moments les plus notoires dans le destin d'une famille : tête de veau ravigote, truites meunières, vol-au-vent à la financière, civet de lièvre chasseur. Elle avait surtout écarté les charcuteries, les caillettes et autre ragoût de porcelet qu'on cuisinait souvent en Ardèche.

Au moment des liqueurs et des alcools forts, M. Sitbon fit un petit discours que personne n'écouta, hélas. Car on eût pu entendre une ode à ses vignes, à ses coteaux fleuris, à la tenace volonté des hommes de perpétuer l'héritage des aïeux. Barthélémy se sentait heureux et fier d'avoir su garder ses fils à la ferme. Lui, bien sûr, ne s'était point querellé avec ses enfants, au contraire, il avait su leur donner de l'espoir en créant des cépages nouveaux, comme son syrah dont il avait découvert les mérites après la crise du phylloxéra. Trop docte, trop sérieux, on ne sentit point le vent de l'optimisme souffler sur le Maillazet.

— Toujours les prières et les saintes espérances, ironisa Albin en faisant un clin d'œil à son frère.

— Tu connais la chanson, répondit-il.

Il tenait sa nouvelle épouse par les épaules, la serrait contre lui, tentait parfois de glisser un baiser dans son décolleté. Mais Pauline restait de marbre, grave le plus souvent, à l'exception de quelques rares sourires soudain éclatants puis retenus. Il semblait qu'un ressort s'était brisé en elle, et que rien ne pourrait jamais le réparer.

Au milieu de la nuit, on guetta le moment où les mariés prendraient enfin la poudre d'escampette. Mais rien n'y fit et on se désola. On voulut même précipiter le mouvement par des chansons et des danses.

— Notre Pauline ne se serait-elle pas laissé épouser un peu vite ? demanda Silvius à Eugénie.

Elle hésita à répondre. Silvius se souvenait mieux que quiconque de leurs amours d'enfance sur les bords de l'Ardèche et il était de notoriété publique que les filles Andromas n'avaient jamais été attirées par les garçons Sitbon. Eugénie vida son verre d'alcool de poire, résolument, d'un trait, après avoir pris le temps de le réchauffer entre ses mains pour en exalter la saveur. Elle quitta la table et son frère la suivit, là où la nuit côtoyait le couvert des étoiles, là où l'on entendait la cacophonie des cigales et des grenouilles, le bruissement du vent dans les grands arbres.

— Avant d'aller chercher Pauline à Privas, Léonet m'a demandée en mariage, mais j'ai refusé, avoua-t-elle. Il s'est même montré entreprenant, si tu vois ce que je veux dire.

— Oh ma chère sœur, tu as bien dû souffrir.

Eugénie éclata de rire.

— Les hommes ne m'intéressent pas.

— C'est à cause de papa ?

— Comment as-tu deviné ça ?

— Il vous a appris, Pauline et toi, à détester votre état de fille, non ? Il n'y avait que les garçons qui comptaient chez les Andromas. Et lorsque je suis né, vous êtes devenues, toutes les deux, des pestiférées.

— J'ai vu et entendu des choses dont tu n'as pas idée, Silvius... Pauvre maman ! s'exclama-t-elle d'une voix étouffée.

— Même notre tante Juliana n'a pu rester à Fontbelair. Pourtant, elle était un soutien pour notre mère.

Ils étaient parvenus au bord des vignes. La lune faisait miroiter les pierrailles entre les rangs. C'était comme des chemins étroits et parallèles qui montaient vers le ciel.

— Elle aussi, si tu savais...

— Si je savais quoi ? insista Silvius.

— Florine... Tu n'as pas compris qui est Florine ?

— Notre cousine.

— Mon pauvre Silvius, décidément, tu manques de perspicacité.

— Comment cela ?

— Elle a dix-huit ans aujourd'hui. C'est-à-dire qu'elle est née juste après le départ de notre tante de Fontbelair. Une fuite plus que douteuse...

— Et alors ?

— C'est notre sœur, Silvius.

— Pas possible.

— Florine est notre sœur, répéta Eugénie pour lui ouvrir enfin les yeux. Notre sœur, bien sûr, parce que notre cher papa a fait un enfant à Juliana. Il l'a forcée.

— Forcée ?

— Il a violenté Juliana, ce putois d'homme. Comme tu le vois, il n'y a pas eu que le meurtre du Prussien...

Silvius s'assit sur un tas de pierres. Eugénie s'approcha de lui pour caresser sa chevelure avec tendresse.

— Tu as de la peine ? demanda-t-elle.

— Non, dit-il.

— De la haine alors ?

— Non.

— Rien ? interrogea Eugénie dans un souffle de voix. Rien, c'est compréhensible. Je t'envie tout de même. Tu es fort. Tu iras loin dans la vie. Il n'a pas eu le temps de massacrer tes rêves.

17

Durant les trois premiers mois, place des Jacobins dans la maison de commerce Colomier père & fils, Silvius Andromas connut quelques frayeurs quant à son avenir. Lui qui avait tant bataillé pour entrer dans une estimable et noble affaire de soyeux lyonnais, après avoir été le fils d'un magnanier de l'Ardèche sans autre qualification que sa bonne mine, crut que son embauche ne serait qu'un déjeuner au soleil. Pourtant, le père de Roxane avait donné des ordres pour que son fils Cyril engageât le jeune garçon. Mais la première entrevue fit tomber les illusions du jeune homme.

Ce jour-là, Silvius pénétra de bon matin dans l'immeuble Colomier d'un pas enjoué. Quelques minutes auparavant, Roxane l'avait encouragé à faire preuve d'assurance et même d'audace, estimant que son frère serait sensible à ces qualités. Mlle Griffey, qui occupait le bureau d'accueil avec un air empreint de sévérité, tout comme sa mise d'ailleurs – robe noire et coiffe sans fioritures –, tenta de le renvoyer en arguant qu'elle n'avait reçu aucune consigne le concernant.

— Jeune homme, vous prétendez rencontrer monsieur le directeur, mais cela ne se pourra.

— Je dois venir prendre ma place dès ce jour et l'on me signifie que je n'ai rien à faire ici ? C'est un comble !

La demoiselle prit un ton pincé et considéra son visiteur avec mépris.

— Je surveille les entrées et les sorties de notre maison. Je connais toutes les personnes qui y travaillent, les responsabilités des uns et des autres. Et moi, je n'ai pas sur ma liste un certain…

Elle hésita car elle n'avait pas retenu le nom de son interlocuteur.

— Andromas, je me nomme Andromas. Et je suis envoyé par M. Francisque Colomier.

La gardienne des lieux pouffa de rire.

— Vous, monsieur, vous prétendez connaître notre directeur général ?

— Oui, parfaitement, dit-il avec une telle assurance que Mlle Griffey en fut troublée.

Silvius posa alors sur la gardienne un regard hautain, suivant en cela les conseils de Roxane. Peut-être ne les avait-elle pas formulés sans raison ? Elle devait s'attendre à ce que son entrée dans la maison Colomier ne se fît pas sans difficulté.

Néanmoins, devant son insistance, l'employée le pria de s'asseoir dans le grand vestibule qui tenait lieu de salle d'attente. Les murs étaient ornés d'échantillons de soie, soigneusement alignés. Parmi les coupons exposés figuraient quelques médaillons animaliers, des tentures murales ou encore des broderies décoratives représentant des bouquets de fleurs et des scènes pastorales.

Andromas trouva un siège confortable et s'y abandonna avec lassitude, posant à côté de lui son melon gris à calotte large et à bord relevé. C'était sa coiffe favorite, celle surtout qui plaisait à Roxane et qu'elle lui avait suggérée. Il s'était défait aussi de son ample manteau de tweed gris tombant à mi-mollets, s'attendant sans doute à passer dans l'antichambre des Colomier plus de temps qu'il n'avait espéré.

De la place occupée, on ne distinguait point les activités de la maison, tant l'atmosphère était feutrée. Aucun son extérieur n'y parvenait. Cette situation saugrenue l'emplit d'amertume. « Il ne suffit pas d'être invité à la table des maîtres pour espérer quelque considération, jugea-t-il. Les Colomier sont des princes de la soie à Lyon, et que représentai-je pour eux ? un misérable magnanier tout juste sorti de sa campagne… »

Silvius fixait la petite chinoiserie en face de lui, un mandarin dans son palanquin entouré de fleurs précieuses. Le dessin faisait la part belle à l'exubérante végétation au détriment du personnage. Il paraissait même dévoré par cette luxuriance. Silvius se leva pour l'examiner de plus près. L'œuvre avait été tissée sur un fond blanc avec quelques incongruités, dont la disproportion des fleurs par rapport au personnage. Mais il renonça à réfléchir sur le sens caché de cette scène naïve et conventionnelle, sans doute imaginée par un Européen féru d'exotisme à bon marché.

Irrité par une si longue attente, il se rassit sur son siège, le visage tourné vers la porte du fond d'où l'on viendrait lui annoncer son entrée dans la maison ou son congédiement. « Comme quoi, mon pauvre Silvius, pensa-t-il, ton amour pour Roxane ne t'aura pas ouvert toutes les portes. Sans doute a-t-on jugé rue Juiverie que je n'étais pas digne de figurer parmi les soupirants de ma belle amante ? » Il avait retenu que plusieurs hommes étaient sur les rangs, comme ce Hubelle, avocat, ou ce Prénat, fils de député. « Décidément, je ne fais pas le poids. » Et le découragement s'installa, insidieusement, comme un poison. Celui-ci l'appelait au renoncement. Car il subodorait que, partie perdue, Roxane finirait par se ranger aux principes intangibles de l'ordre bourgeois.

La gardienne s'en revint, toujours aussi hautaine et condescendante. Cette posture lui confirma que son affaire s'engageait plutôt mal. Il la suivit, désemparé, jusqu'au premier étage de l'immeuble dont les hautes fenêtres second Empire donnaient directement sur la place et sa fontaine Gaspard-André récemment inaugurée. C'était là que se situaient les bureaux de la maison Colomier, dans un déluge de boiseries rococo. Quelques verrières aux vitres colorées apportaient une lumière tamisée. Les planchers craquaient à peine sous le pas tant la marqueterie était soignée. Un tapis rouge bordeaux galonné d'or courait au fil du couloir.

— M. Jeandrot va vous recevoir, annonça Mlle Griffey en frappant à la porte.

Henri Jeandrot était un homme bedonnant, à la mine joviale et au cheveu rare. Il était vêtu simplement, d'un costume noir. Seule note de fantaisie : un foulard jaune noué en cravate. Il se tenait debout devant son bureau, les poings posés sur le cuir.

Silvius avança jusqu'à venir lui toucher la main, mais cette politesse ne lui fut pas rendue. Alors le jeune homme se recula, craintivement. D'une voix grave, l'homme se présenta comme le directeur du personnel. Il indiqua qu'il n'avait reçu aucune consigne et que, du reste, la maison Colomier était déjà bien pourvue en courtiers, vendeurs et manutentionnaires. Même les garçons de course étaient, selon lui, en surnombre.

— Qui plus est, nous ne les gardons jamais plus d'un mois, parce que la plupart ne nous apportent aucune satisfaction…, souligna-t-il.

Silvius baissait la tête. La détresse se lisait sur son visage. Il en émanait une sorte de colère contenue, celle de s'être laissé berner par les promesses de Roxane.

— Pourtant, j'avais reçu l'assurance de Mlle Roxane…, bredouilla-t-il.

Jeandrot fronça les sourcils et parut déstabilisé. Se pourrait-il qu'une instruction se fût perdue dans son service ? Il fit signe au garçon de s'asseoir et sortit par une porte de derrière, dissimulée dans la boiserie.

Cette fois, le directeur en personne, Cyril Colomier, apparut, le veston ouvert et les manches retroussées.

— Retirez-vous Jeandrot, ordonna-t-il. Je vais régler cette affaire moi-même.

Le chef du personnel s'effaça comme sur une scène de théâtre par la coulisse. Silvius voulut se présenter, cette fois avec la certitude d'être aimablement accueilli, mais le fils Colomier l'invita à se rasseoir d'un geste équivoque. Andromas comprit alors, avant même que Cyril Colomier n'eût prononcé le moindre mot, que ses difficultés venaient de lui.

— Ai-je bien été convoqué ou est-ce le fruit de mon imagination ? demanda Silvius.

Cyril Colomier jugea la question présomptueuse.

— Ma chère petite sœur, que vous avez l'air de bien connaître et qui vous défend, jeune homme, bec et ongles, souhaiterait que vous fassiez partie de notre maison. Sachez que je désapprouve ce choix.

— Comment pouvez-vous juger mes capacités sans me connaître ?

Le directeur l'observait en silence, le regard chafouin, un brin en dessous, comme s'il se retenait d'expédier l'affaire. Du reste, c'était sa manière d'administrer le petit personnel, d'une poigne ferme, sans éclat de voix.

Derrière la porte dérobée donnant sur une salle d'archives, M. Jeandrot attendait en faisant les cent pas. Il avait assez joué la comédie et s'en trouvait même gêné, car le patron lui avait dit : « S'il montre quelque colère, ce petit Ardéchois, laissez-la se déverser jusqu'à ce qu'il se décide de lui-même à quitter les lieux… » De temps à autre, son oreille venait se coller au capiton pour saisir quelques bribes de conversation. La curiosité malsaine n'était pas le genre de Jeandrot, mais il avait hâte de voir comment le maître se tirerait de la situation. Mlle Roxane avait plus de pouvoir qu'on ne l'imaginait dans la maison. Et si elle n'avait point accompagné son protégé, c'était sans doute parce qu'elle avait cru la partie gagnée. À la vérité, Jeandrot savait que le directeur général Francisque Colomier aurait le dernier mot. Une note, un message, une consigne et Cyril, tout autoritaire qu'il fût, s'inclinerait, la mort dans l'âme, jurant et pestant contre les faiblesses d'un vieux père gâteux et cacochyme.

— Mais je vous connais, Andromas. J'ai enquêté sur vous. Et mon opinion est faite.

— Je suis impatient de la connaître.

Colomier se força à rire.

— Une enquête ordinaire, faite chaque fois que nous engageons quelqu'un à un poste de confiance. Parce que c'est ce que vous espérez, n'est-ce pas ? Courtier, par exemple. Ce ne serait que pour faire de la manutention, vous conviendriez parfaitement. Mais s'agissant de relations avec les chefs d'atelier, les tisserands, j'y vois quelque inconvénient. Vous n'êtes pas digne de notre maison. Vos idées nous déplaisent, jeune homme. Je dis bien vos *idées*. Car pour le reste, vous paraissez plutôt bien adapté à notre milieu. De l'avis même de Beauchamp, ajouta-t-il.

Il tenait entre ses doigts une courte lettre dans laquelle Étienne Beauchamp vantait les mérites du jeune Andromas, qu'il avait vu agir avec audace et détermination, jurant même qu'il possédait des qualités de vendeur indéniables. On ne pouvait avoir meilleure recommandation.

— Mais alors ? s'étonna Silvius. Mes idées, dites-vous ? Qu'en savez-vous de mes idées ?

— On vous a entendu, au cercle social de la rue de la Lanterne, brocarder Pleynet et la manière dont il traitait ses ouvriers…

— Baliverne ! s'exclama Silvius.

— Quoi ? releva Cyril Colomier. Je n'ai pas inventé vos propos. Ils nous ont été rapportés par Bélière lui-même. C'est un de nos informateurs. Ne vous a-t-on pas incité à créer un syndicat rue du Chariot-d'Or ? Venez-vous chez nous, monsieur Andromas, pour monter une telle officine ?

— Loin de moi cette idée, se récria Silvius. J'admets en effet avoir été un soir au cercle, mais je n'ai jamais affirmé que j'étais disposé à y adhérer.

— Je comprends bien que vous ne pouvez qu'avancer caché…

— Je vous donne ma parole d'honneur, ajouta Silvius.

Colomier le toisa avec ravissement. Il le tenait enfin dans sa poigne, le paysan de l'Ardèche qui avait cru se tailler sur mesure une place enviable dans le milieu, le petit magnanier arriviste. Et ce sentiment de puissance lui faisait redresser les épaules et bomber le torse. En apprenant la nouvelle, Roxane ne manquerait pas de désavouer le jeune homme, pensait-il, et le vieux père aussi, lui qui ne cessait de vanter le solidarisme des patrons et des ouvriers contre les agitateurs révolutionnaires. À coup sûr, il verrait d'un mauvais œil l'entrée du loup dans la bergerie.

Au sortir de l'immeuble Colomier père & fils, Silvius descendit au passage de l'Argue. Roxane y musardait souvent près de la chapellerie Weiss où se tenait un salon de thé réputé. Elle y dégustait chaque matin quelques pâtisseries fines accompagnées d'un darjeeling au jasmin en lisant *Gil Blas* ou *Le Monde illustré*. Andromas lui conta par le menu sa mésaventure. Elle l'écouta sans broncher. Et quand il en vint à évoquer l'histoire du cercle social de la Lanterne, Roxane entra dans une vive colère.

— Mon frère est un misérable. Comment a-t-il pu nous faire ça ? s'exclama-t-elle. Te faire espionner comme un vulgaire Ravachol… Je vais régler ça, assura-t-elle. Et sans attendre. Oh mais, j'ai deviné ses raisons…

Ils quittèrent le passage par la rue de Brest.

— Ce n'est pas à toi qu'il en veut. Que crois-tu ? Tu ne comptes pas dans cette histoire-là. C'est moi,

moi seule, qu'il a voulu atteindre. Pour me faire payer notre histoire d'amour, mon doux amant. C'est ainsi, chez les bourgeois de Lyon, on ne se lie qu'entre familles bien-pensantes. Et moi, je suis la rebelle, l'insoumise, la désobéissante…

Deux heures plus tard, Silvius fut de nouveau reçu par Henri Jeandrot, dans le même bureau où il avait connu disgrâce et infamie.

— Je vais vous faire visiter la maison, monsieur Andromas. Votre travail consistera à traiter avec les tisseurs de la Croix-Rousse. On vous adjoindra le secteur Barodet. Dans ces ateliers, on tisse à la commande pour notre maison, comprenez-vous ? L'affaire est compliquée car il vous faudra surveiller la fabrication, la finition, et bien sûr, tenter à tout coup de faire baisser les prix. C'est une question vitale pour la maison Colomier. Le moindre défaut suffit à dénoncer un contrat. Et si d'aventure, il n'en existe pas, à vous de les inventer…

M. Jeandrot se montra des plus amicaux, alors qu'il avait fait preuve deux heures plus tôt d'une lâche condescendance. Il reconnut même que cette histoire l'avait chagriné et qu'il était apaisé qu'elle connût enfin un dénouement heureux.

Ensemble, ils parcoururent les six étages de l'immeuble Colomier, et chaque fois, on lui désigna les magasins où les tissus de soie et de velours étaient stockés, prêts à l'expédition. La maison Colomier disposait d'un large éventail : passementerie, dorure, ornement d'église, mouchoirs, châles, pour l'Orient, le Levant et les Indes, mais aussi des tissus légers teints en pièce, mousseline, lingerie, broderie, écharpe, voile, grenadine, crêpe… Cinq ateliers contenaient également des tissus lourds teints en pièce pour les chemises et doublures et des tissus teints en fils unis pour les surahs, les lustrines et autres foulards et paillettes... Il existait aussi un département entier consacré aux tulles unis et façonnés, et de même pour les dentelles, les écharpes, les ombrelles, les parapluies. Plus singulier encore, la tréfilerie or et argent...

Dès le lendemain, Silvius Andromas monta à la Croix-Rousse pour visiter les ateliers qu'on lui avait assignés. Son secteur était modeste, à peine une cinquantaine de tisseurs, mais les commandes y étaient importantes. Il prit le temps de faire connaissance avec les chefs d'atelier, vérifia les façonnages. M. Jeandrot lui avait montré les techniques de contrôle sur le métrage des flottes. Celui-ci était fastidieux et méticuleux ; la maison Colomier ne plaisantait pas sur les inventaires. Il était plusieurs manières de voler les marchands, sur le métrage certes, mais aussi sur la qualité de la soie naturelle. Silvius opérait un test de calcination. Il fallait désassembler dans un échantillon quelques fils de chaîne et de trame puis les enflammer. La soie pure se consume lentement de façon régulière en dégageant une odeur de plume. C'était un test nécessaire, car la tentation était grande pour les tisserands d'adjoindre quelque viscose ou bourette[1] qui eussent pu tromper aisément un amateur.

En quelques semaines, Silvius apprit son métier. Même Cyril Colomier, peu enclin à l'indulgence comme on l'aura deviné, reconnut ses mérites. Il était vigilant, pointilleux, âpre en affaires. Du reste, quand

1. Déchets de soie utilisés pour un velours à bas prix.

il fut à même de maîtriser son secteur, on lui en adjoignit un second sur les montées de la Croix-Rousse, là où se trouvaient disséminés les métiers à bras, les antiques bistanclaques activés par les petits tisserands miséreux œuvrant dix à douze heures par jour sans pouvoir dégager un salaire convenable. Dans ces sanctuaires insalubres de la soie lyonnaise, on livrait d'ordinaire un ouvrage sans défaut, d'une qualité irréprochable. Aussi, le courtier de la maison Colomier éprouvait les pires difficultés à casser les prix, mais il se devait à sa mission rébarbative pour gagner ses galons dans l'entreprise. Cyril et Octave veillaient sur ses résultats. Lorsqu'ils fléchissaient un peu, on ne manquait pas de le rappeler à l'ordre.

— Je me découvre affameur de pauvres gens, dit-il un jour lors d'une réunion des inventaires.

Cyril Colomier le reprit avec vigueur.

— Ignoreriez-vous la concurrence ? C'est elle qui nous oblige à baisser les prix. Et si nous n'y parvenions pas, nos soieries cesseraient d'être compétitives.

— J'ai connu les mêmes arguments chez Beauchamp du temps où je vendais des cocons à la filature. Il me fallait défendre mon bout de gras, ardemment.

— Oui, mais en ce temps, monsieur Andromas, vous n'étiez pas du même côté de la barrière. Maintenant, vous travaillez pour des patrons. C'est eux qui décident des prix. Voilà notre véritable force. Nous tenons le marché.

Octave était plus subtil dans ses analyses. Il désapprouvait parfois ouvertement le cynisme de son frère. Cette différence venait de son expérience acquise, elle aussi, au contact des tisseurs. Même s'il ne s'occupait plus que de l'atelier Pleynet où l'on fabriquait les cartons de nobles commanditaires, pour lesquels l'argent n'avait guère d'importance pourvu que l'ouvrage fût artistement exécuté, il n'avait pas oublié les jours difficiles des inventaires et des contrôles tatillons de ses débuts à la Croix-Rousse.

— Ne taquinez pas notre collaborateur. Je comprends ses réticences. Il vient du peuple, cet homme-là. Il en a gardé les afflictions...

— Oui, monsieur Octave, vous me comprenez parfaitement. Ce sont des plaies ouvertes qui ne se refermeront jamais.

Andromas songea à Pauline, aux bassines de Beauchamp, et à sa descente aux enfers sur le trottoir de Privas. Tant de douleur et d'amertume à jamais enfouies au fond de son âme... Cette fois encore, les Colomier l'avaient convié à leur banquet hebdomadaire, au restaurant Rivier où ils avaient table ouverte, chez Marius Gaillard, place des Terreaux. Le menu était toujours le même : grattons, saucisson chaud, tablier de sapeur, quenelle de brochet ou hochepot de queue de bœuf... Le tout arrosé de mâconnais.

— Peut-être ne vous rallierez-vous jamais, Silvius, à notre doctrine industrielle, releva Cyril. Ce serait dommage. Car à l'avenir nous aurons besoin d'hommes comme vous.

— Vous me flattez, monsieur Cyril ? Il n'est pas si loin le temps où vous me soupçonniez de vouloir créer des syndicats dans vos ateliers. Voyez donc, je me suis rendu à la docilité, par amour, dirais-je, par amour.

Les frères Colomier éclatèrent de rire. C'était un trait d'humour qui les ravissait au moment de partager la cervelle de canut.

— Vous y avez trouvé des compensations que les forcenés du cercle social de la Lanterne ne vous auraient pas apportées, dit Octave.

Silvius ne répondit pas. Les Colomier étaient généreux. Ils avaient doublé ses émoluments au quatrième mois. Désormais, il gagnait ses cinq cents francs mensuels, ce qui lui avait permis de louer un appartement confortable rue Sainte-Catherine. Et il passait ses dimanches à la Tête d'Or avec Roxane à danser dans les guinguettes et à pique-niquer sur les berges du lac aux Cygnes.

Place Croix-Paquet, au pied de la montée Saint-Sébastien, Andromas réceptionnait les marchandises, carnet en main, crayon glissé derrière l'oreille. Les lots des tisseurs, pour le compte Colomier, descendaient de la Croix-Rousse par la ficelle – ainsi nommait-on le funiculaire à vapeur. Après l'énième vérification, Silvius ordonnait à ses arpètes de les transborder de la plateforme à la voiture à cheval. L'opération devait s'accomplir promptement, car la rame du funiculaire ne pouvait attendre, l'une chassant la précédente. Une fois le chargement terminé, Andromas allait s'attabler dans un bistrot voisin, La Navette, où l'on servait des gratinées et des charcutailles à toute heure. Dans ce lieu convivial ouvert à toutes les bourses, il s'était fait des relations dans le milieu des tisseurs et des fabricants. On l'appelait M. Silve, parce qu'on trouvait que son prénom, Silvius, était par trop guindé et vieillot. Cette connivence lui faisait chaud au cœur, le consolait en somme de l'arrogance naturelle des frères Colomier.

— As-tu songé à quitter la maison ? lui demanda un jour un grand gaillard en chapeau melon.

Silvius se retourna, surpris qu'on le tutoyât de prime abord. Même s'il était de règle chez les tisseurs de se congratuler par de vigoureuses claques sur l'épaule, Andromas ne faisait pas partie de la confrérie. Il n'avait été au cercle social de la rue de la Lanterne qu'une seule fois, une unique fois. Mais l'homme alluma un cigare et en tendit un à Silvius. Celui-ci n'en avait pas envie, aussi repoussa-t-il l'offre.

— Allons, un pur Juan Lopez Diaz, tu ne peux pas refuser, *amigo.*

— On se connaît ?

— Non, dit l'homme à la fine moustache taillée en pointes et au sourire jovial. Pas encore. Mais ça ne saurait tarder…

Andromas se leva en repoussant sa chaise. Il y avait du brouhaha alentour et il fallait parler haut et fort pour se faire entendre. L'homme lui fit signe de sortir sur la place. Ils montèrent vers la gare du funiculaire, se faufilèrent entre les carrioles à cheval des limonadiers et des marchands de fruits et légumes, celles-ci montant sur la plateforme de la ficelle pour gagner la Croix-Rousse. Ils trouvèrent un carré d'ombre sous les platanes qui encadraient la petite gare.

— Je suis Berto Soarès, dit l'homme en soulevant son chapeau. Et toi, tu es Andromas et tu travailles chez les Colomier.

Silvius acquiesça de la tête.

— Tu gagnes dix-sept francs par jour. Une misère, dit-il.

— Oh, je ne me plains pas. Savez-vous que j'ai commencé chez Pleynet avec un franc cinquante par jour ?

Soarès se mit à rire en affichant ses belles dents blanches.

— En effet, *amigo*. Tu vas me faire pleurer.

— Il faut un début à tout, se rebiffa Silvius.

Berto Soarès lui toucha l'épaule pour refréner son humeur de jeune coq piqué à vif.

— Oui, mais depuis tu as fait ton chemin. C'est du talent, ça, et je m'y connais. Tout l'art de la réussite consiste à comprendre une situation et attendre l'instant décisif. Encore faut-il savoir saisir cet instant décisif qui change la vie d'un homme…

Andromas croisa les bras en se demandant ce qu'il faisait là devant cet inconnu fumant un cigare Juan Lopez.

— Dans deux ans, la force électrique sera à Lyon, de Caluire à Oullins. Tu as compris ?

— Non, pas encore.

— Tu me déçois, *amigo*. La force électrique va révolutionner toutes les techniques de fabrication de la filature et du tissage. On va abandonner l'énergie hydraulique, la vapeur et surtout les métiers à bras. Tous ces ateliers vont connaître une concurrence féroce. Ils n'auront pas les moyens de se défendre. L'électricité nous permettra de produire plus et moins cher. Gain de temps, gain d'argent et enfin production accrue, c'est-à-dire plus de bénéfices. Tu me comprends, *amigo* ?

Silvius l'écoutait, tête baissée. À côté, Soarès gesticulait. Cet homme ne savait parler sans faire des gestes appuyés, comme un Méridional.

— Pourquoi me dites-vous ça ?

— Parce que Colomier n'est plus dans le coup. Ses fils sont des crétins imbus de leur personne. Quant à Francisque, je crains qu'il ne se sente pas le courage de se lancer dans une nouvelle aventure. Sans doute a-t-il décelé les manques de ses rejetons ? Peut-être craint-il qu'ils ne soient pas à la hauteur de leur destin, paracheva-t-il.

— Et vous ?

— Moi ? Je suis prêt. Je vais participer à la grande œuvre. Oui, jeune Andromas, je vais équiper mon usine avec des machines modernes activées par des moteurs électriques. J'attends la force, la divine force de l'avenir, l'électricité ! Nous en aurons à satiété de cet or nouveau, grâce à la future construction de l'usine hydroélectrique de Cusset sur le Rhône. La Force et la Lumière viennent à ma porte et…

Il esquissa une chiquenaude d'un geste élégant.

— Et plus rien ne m'arrêtera. Je ferai exploser le cours de la soie à Lyon. Il y aura des blessés et des morts, comme dans toutes les batailles. Mais celle-ci sera d'un genre noble tout de même, une bataille pour le progrès.

— Vous êtes bien optimiste ?

— Je suis lucide. Et si mon dessein t'intéresse, Andromas, alors rejoins-moi. C'est un homme comme toi qu'il me faut. Je suis prêt à t'engager pour trois cents de mieux.

Silvius resta silencieux une longue minute, la mine interrogative.

— Vous ne me connaissez pas. Vous ne savez pas de quoi je suis capable et vous m'offrez un pont d'or.

C'est étrange. Je me trouve assez bien chez Colomier, pour l'instant.

Soarès accusa le coup en grimaçant. Mais il reprit aisément le contrôle de lui-même. Il avait espéré que l'effet de surprise suffirait à faire tomber Andromas de son côté, sans autre effort de persuasion.

— Je connais les raisons de ta réticence. Il s'agit de Roxane Colomier, n'est-ce pas ? Tu vas l'épouser. Et ça ferait désordre de poser sa démission dans la corbeille de mariage.

Silvius éclata de rire.

— Où avez-vous été chercher ça ? Un mariage ? Je ne suis rien pour ces gens-là, un petit paysan de l'Ardèche…

— C'est la bonne race, flatta Berto Soarès. Celle qui s'est fortifiée sur les terrasses du Vivarais, au vent de la misère. C'est une pépinière de conquérants. Il en est qui sont partis, comme toi, qui ont eu ce courage de rompre les amarres. Mais ce courage tu l'as emmené avec toi, il s'est accroché à tes semelles, *amigo*, comme mon vieux père qui a fui la Galice au temps des famines. Nous sommes de la même espèce. Ce ne sont pas les Colomier qui vont nous en remontrer. Tu peux me croire. Mais…

Un doute semblait s'être emparé de lui. Il prit Silvius par le bras, l'attira vers la lumière là où la marquise de la petite gare s'interrompait.

— Douterais-tu de toi ? Je te sens hésitant. Ce n'est pas bien, ça. Pense à tous les Ardéchois qui ont fondé leur espoir sur toi ? Tu ne voudrais pas les décevoir ?

— Je veux réussir, certes, mais…

Soarès l'arrêta net.

— Tu crois que ton avenir passe par des noces de soie...

Il se mit à rire, se frappant les cuisses. Berto était exubérant et cela le rendait d'autant plus singulier au regard des autres. On ne l'aimait guère dans le milieu des fabricants et des marchands de soie avec ses grands airs de donneur de leçons.

— J'aime la fille Colomier, dit Silvius.

— Mais elle ? Crois-tu qu'elle t'aimera un jour ?

— Je ne sais pas.

— Tu épouses une entreprise, mais tu ne seras pas heureux en amour. Tu n'obtiendras pas les deux, l'argent et le bonheur. Ce sont des ennemis mortels, à jamais inconciliables. Moi-même..., repartit-il. (Mais il s'arrêta aussitôt. Il n'avait plus envie de raconter sa vie. Pas aujourd'hui. Plus tard, peut-être...) Mais qu'importe. Je ne voudrais pas te mettre de mauvaises idées en tête. Laissons le mariage se faire et ensuite nous aviserons, n'est-ce pas ? Car ma proposition tiendra toujours, *amigo*. Toujours, n'oublie pas...

Soarès posa la main sur son chapeau pour l'enfoncer un peu et fit aussitôt demi-tour. Il partit à grandes enjambées, puis s'arrêta soudain, se mit à réfléchir, revint, toujours à grandes enjambées, et tendit un bristol à Silvius. Après que son visiteur se fut éloigné, Andromas examina la carte :

Albert Soarès, industriel en soie lyonnaise,
4, place Bellecour...

18

Été 1894

Jour après jour, Silvius répétait que son amour était si fort que rien ne pourrait le défaire et qu'il escomptait en retour que Roxane lui apportât les mêmes assurances. Mais c'était en soliste que cette passion se chantait alors qu'on eût rêvé l'entendre en duo. Et si le jeune Andromas s'étonnait que sa Roxane adorée fût aphone sur ce chapitre, il en venait aussi à douter de ses talents d'amoureuse et, pis, de son amour lui-même.

Les premiers mois avaient été un feu d'artifice et la chambre de la rue Juiverie le sanctuaire de ce flamboiement des sens. Les amants n'en finissaient plus de découvrir leurs corps et leurs mille secrets. Ainsi avançaient-ils chacun en *terra incognita* comme des explorateurs craintifs. « On n'effarouche point en gagnant des territoires sensuels par la douceur, pensait-il. Tout ce qui est conquis par l'assentiment commun, sans brusquerie ou impudicité, se révère dans le plaisir. » Silvius faisait sienne cette vérité, car il craignait toujours les réactions de Roxane, bien qu'il soupçonnât que sur le chapitre de l'acte amoureux elle en connaissait plus que lui. Feignait-elle de découvrir ces nouveaux jeux ? Qu'importe. Il finit par se rassurer lui-même. Toute histoire d'amour est unique, la dernière supplante toutes les autres, à supposer qu'il y en eût d'autres dans sa vie de femme qui méritassent ce nom. Silvius avait l'intelligence de n'en parler jamais ; il se fût amoindri dans cette curiosité malsaine. Lorsqu'elle le prenait en bouche, il notait bien, certes, que Roxane manifestait quelque expérience qui ne s'acquiert pas seulement dans l'imagination. Et lui-même faisant montre d'une ignorance du sexe féminin, elle s'autorisait à l'instruire un peu sur le sujet.

Les premiers mois, la curiosité du plaisir favorisa leur entente. Ils en discouraient librement, comme s'il se fut agi d'une question ordinaire. Et plus ils en parlaient, plus ils avaient envie de le faire, et plus la chose se compliquait dans leurs têtes. Cette banalisation de la jouissance ne faisait que rendre l'acte usuel, au point que Roxane – Roxane surtout – forçait le jeu par des provocations outrancières. Peut-être Silvius eût-il préféré plus de retenue, mais lorsqu'il essayait de lui faire entrevoir la singularité de ce paradoxe, elle disait d'une voix lascive :

— Mais j'aime ça, mon Silvius.

— Quel plaisir y a-t-il à manger du baba au rhum à satiété ? Il ne suffit pas que ce soit délicieux pour en abuser. Par trop d'excès, nous finirions par nous en dégoûter.

— Craindrais-tu par hasard que nous nous dégoûtions l'un de l'autre ?

— Je n'ose le penser, mais...

— Tu aimes ça, toi aussi, n'est-ce pas ?

— L'odeur de ta peau, le grain aussi. Je ne me lasse pas de caresser ton corps. Comment pourrais-je faire autrement ? Tu es toujours nue…

— Tu aimerais que je reste couverte alors, avec des falbalas de grand-mère ? Et ainsi tu bataillerais dans mes jupons pour les ôter un à un. Serait-ce donc cette sorte de suspens qui te ravirait ? Ce que je cache et que tu dévoilerais peu à peu avec difficulté. Peut-être me faudrait-il te résister ? Tellement que tu serais contraint de déchirer mes sous-vêtements. Dommage que ma chair nue soit la dernière enveloppe que tu puisses conquérir. Mais n'aie crainte, mon sexe restera toujours une énigme pour toi. Une femme est comme un instrument de musique, on peut en tirer les plus belles harmonies à la condition d'en connaître tous les arcanes. Ceci te prendra du temps, mon doux amoureux.

C'est Silvius le premier qui lâcha le fameux mot. Roxane l'accueillit avec une moue de surprise. La moue la dispensait de répondre illico. Il était impensable qu'elle le fît aussi simplement que de dire bonjour. Qu'est-ce donc qui l'avait incité à s'engager sur ce terrain ? Sa récente rencontre avec Berto Soarès ? C'était lui qui avait avancé l'hypothèse. Et cette conversation, tout aussi singulière que l'était l'industriel de la place Bellecour, lui avait ouvert l'imagination. Après tout, pourquoi pas ? Il n'est que les audacieux qui remportent des batailles… À condition de saisir le moment décisif et de ne pas le laisser passer…

— Toi, mon amoureux, tu voudrais m'épouser ?

— Oui, confirma-t-il d'une petite voix timide, je voudrais t'épouser. Mais je mesure la difficulté…

Se lançant, hasardeux, dans son sempiternel discours de petit paysan de l'Ardèche sans le sou à la conquête de la bonne société lyonnaise, il s'arrêta net en pensant à Soarès. « Mes jérémiades pourraient gâter mon effet ! se dit-il. Une Roxane Colomier n'épouse pas un frileux, un plaintif, un velléitaire. Décidément, ce n'est pas ainsi que tu la conquerras, par des pleurs et des larmoiements. »

— Quelle difficulté ?

— Rien, rien, reprit-il comme elle insistait.

— La seule difficulté, c'est moi. Pour le reste, nous voici libres, mon cher, de nous marier ou de ne pas nous marier.

Silvius la versa sur le lit, mais elle se dégagea vivement. Cette douce esquive qu'elle pratiquait quelquefois, lorsque leurs sens étaient repus ou qu'il n'était pas parvenu à lui donner du plaisir, lui laissait chaque fois un sentiment amer.

— On ne peut pas faire deux choses à la fois, réfléchir et faire l'amour.

— Je préfère donc que nous parlions de notre avenir, dit-il. Suis-je digne de toi ? Oui, répondit-il effrontément. Es-tu digne de moi ? Oui, deux fois oui. Nous aimons-nous ?

La question demeura en suspens. Et il attendit en vain ce « oui » qui tardait à venir. Soarès avait pronostiqué que son mariage avec la fille Colomier serait un mariage d'arriviste, sans passion aucune, et qu'elle ne lui montrerait pas longtemps de l'affection. Qu'en savait-il, ce fameux Berto ? La connaissait-il, Roxane ? Une fraction de seconde, juste après le départ de l'industriel, il en avait eu le soupçon. Mais ce nuage noir s'était dissipé aussitôt. On ne peut vivre avec la crainte et la suspicion chevillées au cœur.

Le lendemain, Roxane le convia à un déjeuner offert par sa mère chez Vuittard. Adèle avait fait du célèbre restaurant de la place des Cordeliers sa cantine préférée, une sacrée cantine tout de même, à dix-huit ou vingt francs le repas. Elle y tenait table ouverte pour son seul plaisir. Elle y invitait ses amies du cercle saint-simonien auquel elle avait adhéré à la demande de son mari, bien qu'elle ne partageât guère, comme on va le voir, les idées de ce nouveau christianisme.

Roxane et Silvius s'étaient habillés plutôt chic pour ce rendez-vous. L'été venait juste de commencer et le soleil brillait de tous ses feux. La place, face au palais du commerce, affichait des alignements d'oriflammes tricolores montées sur des mâts géants.

— On pavoise pour la visite du président, dit Silvius.

Les employés municipaux étaient encore affairés à dérouler le tapis rouge et à disposer des vasques d'arbustes et de fleurs sur le parvis de la Bourse. Les omnibus Abadie se suivaient sur la file de gauche pour déverser les passagers. L'impériale était fort prisée. Il y avait affluence comme chaque fois que le soleil était de la partie. Le restaurant Vuittard avait installé sa terrasse sous l'auvent. On y prenait l'apéritif, des fines à l'eau, des absinthes et des vins cuits. Le couple traversa les rangées de tables sans se hâter. Il y avait des affiches tricolores dans toutes les boutiques et les officines : *Bienvenue au président de la République Sadi Carnot*. Car les édiles de Lyon, dont le maire, le docteur Gailleton, avaient souhaité que le premier personnage de l'État inaugurât l'Exposition universelle qui se tiendrait dans le parc de la Tête d'Or. C'était un événement qui rehaussait le prestige de la ville, aussi chacun avait voulu apporter sa pierre à l'édifice. Les différentes corporations, dont les soyeux évidemment, avaient transporté sous le dôme construit pour la circonstance le dernier cri de la technologie textile. On y présentait aussi une vaste gamme de tissus lyonnais, parmi lesquels se trouvaient les créations estampillées « Cœur de Lyon » provenant des ateliers Pleynet & Colomier, ainsi que les productions Marinchard, Prénat, Bonnet, Lamy & Giraud et tant d'autres qui jouissaient d'une certaine notoriété dans le monde.

Adèle Colomier, fidèle à ses principes, avait rejoint sa table au fond du restaurant. On eût pu y mettre une plaque de cuivre pour signaler son appartenance, tellement elle lui était attachée. Car de là, c'est-à-dire le dos à la salle avec ses colonnades de tuf rouge sang ornées de fioritures dorées, Mme Colomier pouvait surveiller les allées et venues et se livrer à son jeu favori consistant à mettre un nom sur tous les visages. Lorsqu'elle était en grande forme, elle s'amusait même à établir la filiation des familles, les unes trop vite parvenues à la richesse, les autres si fortunées mais sur la voie de la déchéance.

— Avec la visite du président, la ville est sens dessus dessous. On ne peut se promener dans les petites ruelles du nouveau quartier Grolée sans se faire alpaguer par la soldatesque.

Silvius éclata de rire. Adèle possédait un riche vocabulaire, parfois un brin désuet, dont elle usait avec humour. Chez elle, tout était sujet à sarcasmes. Elle eût aimé que la vie s'écoulât sans histoires, comme au temps de sa jeunesse à Saint-Bon où les hivers étaient précoces et rudes, mais où les jours s'écoulaient avec douceur dans le chalet confortable de Sullice. Sa rencontre avec Francisque Colomier, homme plus âgé qu'elle de dix années au moins, avait chamboulé son existence, par trop sans doute et si brutalement qu'elle en éprouvait parfois du regret et de la rancune contre ce mari aux principes rigoristes.

— Mais maman, qu'avons-nous à faire de cette visite ? Un président de plus ou de moins, ça ne changera rien à notre emploi du temps. Comptes-tu te rendre à la réception de la Bourse ?

— Certes non. Ton père y sera, lui, en habit de soirée. Tu connais les hommes. Ils ne ratent jamais une occasion de se faire remarquer. Et surtout avec le maire, le bon docteur qui soigne sa ville, faute d'autre chose. Et vous, mon petit Silvius, vous serez aussi de la sauterie ?

— Oh non, madame.

— Pourquoi ? Ce serait votre place. Ne faites-vous pas partie de la grande famille des soyeux, et de la petite des Jacobins ? Cyril... Soudain elle plaqua sa main encore gantée sur ses lèvres. Mon Dieu, j'ai deviné la scélératesse de mon fils. Il ne vous a point pourvu d'un coupe-file ?

— Un coupe-file ? s'étonna Silvius.

— Oui. Une invitation pour entrer dans les salons du palais du commerce. Croyez-vous qu'on approche le président sans montrer patte blanche ? Surtout depuis que les anarchistes font sauter des bombes à l'Assemblée nationale... Vaillant, Ravachol... Diable, jeune homme, vous lisez bien les journaux tout de même, et pas seulement *Le Bulletin des soyeux*, mais

Le Père peinard, à deux ronds comme ils disent ? Il faut que je vous dise que ces dynamiteurs, je les trouve plutôt courageux. Oser s'attaquer à la société comme ils le font... Après tout, ils n'ont plus rien à perdre. Voilà des idées que je ne puis exposer devant mes sœurs du cercle saint-simonien. C'est notre faute, à nous bourgeois, tout ce qui se passe dans la rue et dans les usines, à force de ne parler que travail, discipline, autorité. Les pauvres n'en peuvent plus. Le couvercle de la marmite saute.

— Je t'en prie, maman, un ton plus bas. Si l'on nous écoutait..., conseilla Roxane.

Adèle avait déjà fait son choix dans le menu. Sur ce point, elle était tout le contraire de son mari à moitié végétarien et franchement hygiéniste. La viande, toutes les viandes, lui soulevait le cœur, tandis qu'Adèle était une amatrice de grattons, de quenelles nantua, de pâté de saumon sauce bacchus, de tablier de sapeur... Roxane et Silvius s'accordèrent aux goûts de l'hôtesse. On ne pouvait douter de ses choix, car elle connaissait la carte de Vuittard par cœur, comme celle de la brasserie du Parc ou du Grand Café des Négociants. C'étaient les seuls endroits où elle se risquait, et surtout pas dans les bouchons de la vieille ville « où l'on travaille le cochon comme des cochons », disait-elle d'un ton pincé.

— Pour la circonstance, je crois qu'un château-latour fera notre bonheur. Il n'est que chez Vuittard qu'on trouve cette merveille.

Silvius avait noté sur la carte des vins qu'il coûtait dix-huit francs la bouteille. « Pour ma bourse, se dit-il, ça représente plus d'une journée de travail, et pour un ouvrier tisseur de chez Pleynet, un demi-mois de labeur à raison de douze heures de travail par jour. Et ça fait l'article sur Ravachol et Vaillant en trinquant avec du château-latour 1888. » Il se mit à sourire, la main posée sur celle de Roxane. Elle n'entendait rien à ces choses, elle qui n'avait jamais eu à compter le moindre sou.

— Vous avez belle figure, jeune homme, avança soudain Adèle en regardant sa fille. Quel gentil couple vous feriez !

— Maman, protesta Roxane.

— C'est une timide, dans le fond. Demandez-lui sa main.

— C'est déjà fait, madame. Et j'attends anxieusement la réponse.

— Vous avez mon autorisation, trancha Adèle.

Andromas baissa la tête, le feu aux joues.

— Serait-ce possible ? murmura-t-il.

Roxane se pencha vers lui pour l'embrasser.

— Il n'est que père qui sera difficile à convaincre. Il rêvait de me marier à un beau parti de son triste aréopage.

— Tu m'aimes alors ? fit-il, sa joue posée contre l'épaule de la jeune fille.

— Bien sûr que je t'aime.

Adèle avait joint ses mains et semblait prier, la mine enjouée.

— C'est ravissant tout ça. Ravissant ! Pour la peine, je vais vous donner mon invitation pour la visite présidentielle. Puisque Cyril n'a point jugé utile de le faire, cet idiot. Je lui en veux de se comporter en enfant gâté. Vous me comprenez, Silvius ? Maintenant, vous êtes des nôtres. À la vérité, il n'est que ma petite Roxane qui m'apporte des satisfactions. Les enfants grandissent et oublient leurs devoirs. Pourtant, ceux des parents demeurent, envers et contre tout. C'est ce qui fait une civilisation. Mais si la chaîne s'interrompt, qu'adviendra-t-il de nos familles ? J'ai brocardé les saint-simoniens à ce sujet. Comment voudriez-vous que les ouvriers nous respectent si nous ne leur montrons que le piètre exemple de nos divisions et de nos renoncements ? Car les progrès de l'industrie ne sont pas une fin en soi. La production, l'épargne, le profit, le bénéfice, l'actionnariat, c'est bien joli, mes enfants, mais notre capitalisme doit aussi apporter du bien-être aux petits, aux déshérités, aux misérables. En m'entendant parler ainsi d'un ton alarmé, Francisque me raille à ses heures.

Silvius écoutait distraitement les leçons d'Adèle. Elles l'amusaient et l'intriguaient tout autant, mais comment avouer à Roxane qu'il trouvait les opinions de sa mère naïves, alors qu'il la sentait alliée à sa cause ? Il ne croyait pas que le fossé pût un jour être comblé par de bons sentiments, fussent-ils sincères et généreux.

— Pour être tout à fait honnête, j'ai fréquenté le cercle social…

— Oh oui, mon cher Silvius, je suis au courant, l'interrompit Adèle. Un soir, notre fils Cyril est venu nous faire la leçon rue Juiverie. « Nous ne pouvons engager ce révolutionnaire qui aspire à monter des syndicats dans nos ateliers », disait-il.

Roxane avait appuyé son menton sur ses deux poings réunis, le sourire aux lèvres.

— Crime, dit-elle, crime de lèse-majesté…

— J'ai défendu votre cas, Silvius, parce que les femmes possèdent une intelligence que les hommes n'ont point, hélas : l'intuition, la fameuse intuition féminine qui leur permet de se projeter dans une autre cervelle que la leur. J'ai compris votre colère, votre révolte, vos doutes sur l'avenir. Avec un franc vingt-cinq en poche après un jour de travail, que peut espérer un garçon intelligent ? Me comprenez-vous ? Et Francisque s'est rangé à mon avis. Les femmes parfois ont des arguments décisifs. Vous verrez bien avec Roxane, elle tient de moi, ma petite fille. C'est une rebelle. Le nouveau siècle qui approche aura besoin de visionnaires, aussi bien dans les bureaux que dans les ateliers. Sur ce point, je crains qu'Octave et Cyril ne soient guère armés. Pardonnez-leur, Silvius, car ils ne soupçonnent rien des crises futures.

Trouvant que le serveur manquait à ses devoirs, Adèle prit la liberté de verser le bordeaux elle-même. On goûta le nectar du Médoc. Et chacun convint qu'il était à la hauteur de la situation.

Pour l'Exposition universelle de 1894, le comité d'organisation n'avait pas lésiné sur les moyens. Le parc de la Tête d'Or, avec ses cent dix-sept hectares de prés et de bois, se prêtait fort bien à l'occasion. On n'avait pas hésité à construire un dôme de ferraille et de verre capable de contenir tous les fleurons techniques et industriels de Lyon et de la France entière, sans oublier ceux des colonies, puisqu'il s'agissait de glorifier le génie français. La cathédrale dédiée aux dieux de l'industrie, de l'artisanat et du commerce, aussi vaste que la place Bellecour elle-même, faisait ses quarante-six mille mètres carrés.

Octave avait pris part à la manifestation en dressant sous le dôme, dans la section « route de la soie », un fort luxueux échantillonnage du savoir-faire Pleynet & Colomier. Celui-ci était complété par la reproduction d'un atelier où l'on tissait, devant le public, une pièce chamarrée à la gloire de l'événement. Il était d'autres maisons, tout aussi réputées, qui avaient consenti le même effort, sachant sans doute que cette réclame serait des plus fructueuses pour les futures commandes. Le public de l'Exposition universelle était international. Tous les grands pays industrialisés de la planète y étaient représentés par leurs délégations diplomatiques, mais aussi par les grandes familles fortunées pour qui les frontières nationales avaient assez peu d'importance. C'étaient elles surtout qui prisaient fort la nouveauté en tous domaines et escomptaient l'importer dans leur sphère.

Même si l'événement en soi était loin de ses préoccupations, Silvius se força à visiter le dôme, à stationner quelques minutes devant chacune des sections représentées. Quand il fut sous l'enseigne Pleynet & Colomier, il ressentit une sorte de fierté. Singulièrement, il se reprocha cette sensiblerie facile. Ne trahissait-il pas ses défiances passées sur le monde des marchands et des négociants dont il avait réprouvé souvent les manières mercantiles ? « Te voilà dans le bain, désormais, et que tu le veuilles ou non, tu appartiens à ce monde. Que fera-t-il de toi ? Une caricature de Cyril Colomier, à moins que tu ne conserves intacte la foi du charbonnier ? »

Au palais miniature de Mustapha, résidence d'été du gouverneur d'Algérie, non loin du lac et des ombrages qui en couvaient les berges, Andromas alla déguster un thé à la menthe sur une montagne de coussins orientaux. Le lieu lui imposa quelque solennité un peu ridicule jusqu'au moment où il réalisa qu'il jouait les dandys et que ces manières, malgré sa mise élégante – costume de soie satinée grège avec doublure rouille et encolure dorée –, lui ressemblaient si peu.

Agacé par ce rôle dans lequel il ne parvenait à entrer mais qu'il était contraint de singer, Silvius sortit de la Tête d'Or à grandes enjambées. La foule, qu'il lui fallait remonter à contre-courant, semblait n'en plus finir, comme si ce fleuve-là, impétueux et aveugle dans sa liesse et son enjouement, eût voulu le retenir. Au fil du Rhône, les bateaux-mouches exécutaient leur navette, sans désemparer, en crachotant des chapelets noirs. Ils avaient une drôle d'allure. La première fois qu'il avait vu ces caisses à savon sur le fleuve, il en avait ri tout seul, et lorsqu'on lui avait expliqué que les transporteurs fluviaux sur le Rhône ou sur la Saône étaient de plusieurs sortes, et qu'on appelait les plus imposants des guêpes ou des abeilles, il s'était esclaffé.

Silvius emprunta le quai de la Guillotière jusqu'au pont de Lafayette, puis traversa le Rhône. Une foule endimanchée peuplait le quai de Retz pavoisé de drapeaux tricolores. Silvius se dirigea vers la place des Cordeliers. Le flux incessant des omnibus à chevaux, des fiacres et des voitures avait été interrompu depuis le milieu de l'après-midi. Par mesure de sécurité, on avait placé des gardes républicains en bicorne sur le parcours. Des colporteurs fendaient l'attroupement de badauds et proposaient des portraits de Sadi Carnot à deux sous, des brochures biographiques ou des prospectus de propagande. Ces vendeurs-ci bénéficiaient de la protection des autorités et l'on surveillait ce commerce d'un œil bienveillant. Mais plus loin, sous le marché couvert et dans les ruelles voisines, il était d'autres propagandistes, clandestins ceux-là, qui distribuaient à la sauvette des libelles dans lesquels on rappelait que Carnot avait approuvé les lois dites « scélérates » contre les syndicats ouvriers et les officines anarchistes. Ces gens au verbe haut proféraient des propos violents jusqu'à ce que les gardes vinssent les courser. Ce n'était alors qu'une volée de moineaux effarouchés et éparpillés en toutes directions. Il ne fallait guère plus d'une minute pour qu'ils reprennent leurs activités.

Andromas assista à quelques-unes de ces vigoureuses empoignades. Dans l'un des groupes formés à la rébellion libertaire, il reconnut le profil dégingandé de Pétrus Bélière. « Drôle de révolutionnaire, se dit-il amusé, qui va faire ses rapports au patron. Avec un compagnon de cette sorte, nous ne verrons pas "le grand soir" avant des lustres. » Un instant, il fut tenté d'aller le prendre au collet et de lui jeter en plein visage ses quatre vérités. Mais Andromas réalisa alors l'incongruité de sa réaction. « Aucun partisan n'apporterait foi à mes accusations. On ne verrait en moi qu'un agent provocateur », pensa-t-il.

Le soir commençait à gagner la place des Cordeliers. Les réverbères à gaz formaient des halos jaunes et ajoutaient leur clarté à celle des lampions et des lanternes vénitiennes. C'est dans cette veillée de fête, où l'on n'attendait plus que la sortie du président du palais du commerce, que le regard de Silvius croisa celui de Florine. Il fallut batailler des épaules pour fendre la foule oppressante. Les gardes républicains et quelques soldats venus en appui contenaient les gens à distance respectable. On entendait de-ci de-là, au milieu des rires, des cris et de brèves salves d'applaudissements, des bouffées de clairon et des battements de tambour. Il semblait que la machine officielle tardait à se mettre en place et cela faisait piaffer le populaire. Il avait hâte de voir enfin le cortège officiel s'ébranler. Mais à cette heure, derrière les grandes fenêtres vitrées du palais du commerce, brillait encore une lumière dorée, tamisée par les rideaux opalescents.

Silvius prit Florine dans ses bras et la serra fortement.

— Eh, les amoureux, allez faire ça ailleurs, protesta un vieux bonhomme en se sentant bousculé.

— Ça ripaille à l'intérieur, dit un autre. La république, la république, c'est comme la monarchie… P'têt qu'ils ont bien raison les gars du marché…

— Fallait t'faire inviter, ajouta une femme coincée entre le sabre d'un militaire tendu en protection et trois jeunes excités qui s'amusaient à secouer le cordon précaire.

— J'suis pas de ce linge-là, fit le râleur.

— Alors qu'est-ce tu fais là ? questionna la femme.

— Je viens voir la gueule du président. Comme tout l'monde. C'est pas si souvent que ça sort du palais. Pour une fois… Pour une fois…, répétait-il.

Silvius entraîna Florine vers le quai de Retz, là où la foule était moins dense. Elle courait derrière lui plus qu'elle ne marchait, empêtrée dans sa robe étroite bleu pétrole. Ils s'assirent à une terrasse, l'un à côté de l'autre.

— Tu te caches, mon petit Silvius ? Aussi rare qu'un merle blanc.

Il lui prit la main et la serra dans la sienne. Florine lui donna un coup d'épaule.

— J'ai compris que tu n'avais pas envie de me voir. Aujourd'hui, je regrette de t'avoir conduit au cercle.

Silvius balança la tête.

— Ce n'est pas ça. Mais j'ai découvert une chose qui change tout entre nous. Nous ne sommes plus cousins, petite fille.

Il l'avait appelée ainsi tout au début de son arrivée à Lyon, « petite fille », et ça lui restait encore cette manie.

— Ah bon, s'étonna-t-elle. Nous sommes quoi alors ?

— Frère et sœur, dit-il d'une voix blanche.

— Frère et sœur.

— Oui, nous avons le même père.

— Mince alors, t'es sérieux au moins ? Pourquoi maman m'a rien dit ?

Ils commandèrent un porto et le burent. Puis un autre dans la foulée. Silvius lui montra son invitation, fièrement.

— J'étais convié au banquet du palais du commerce. Mais ça m'ennuyait. Je ne me sens pas encore chez moi parmi ces gens.

Et il expliqua alors qu'il envisageait d'épouser la fille Colomier.

— Tu vas réussir ça, toi ? T'es géant ! dit-elle. Je t'admire dans le fond. Surtout que maintenant…

Sa voix s'étrangla. Silvius l'embrassa sur les joues et la serra de nouveau contre lui.

— Nos deux autres sœurs, tu ne les connais pas ? Pauline, celle qui a épousé un vigneron du Maillazet ?

Elle l'écoutait, la tête baissée devant son verre vide. Ses doigts caressaient le verre collant de sucre.

— Non, dit-elle. Bien sûr que non.

— Et Eugénie ? Elle est institutrice à Largentière.

— Si, je l'ai rencontrée, la tante Eugénie, dit-elle. Elle est venue souvent rue du Bon-Pasteur, et même bien avant, rue de La Tourette, avant que nous déménagions.

Le jeune homme recommanda du porto. Florine refusa. Elle se sentait mal.

— Pourquoi tu ne me parles pas de notre père ? Puisque j'ai un père désormais, un vrai père, protesta-t-elle avec vigueur. Mais je ne sais pas si je me déciderai à le voir. C'est une épreuve, tout de même. Toutes ces années, j'ai vécu dans l'idée qu'il n'était plus.

Silvius hocha la tête.

— Oui, tu as raison. Tu ne le rencontreras pas. Tu n'essaieras pas. Rien. Tu ne feras rien. Ce sera parfait. Parce que pour moi aussi, mon père, le père, il n'existe plus, dit Silvius dont la colère crispait le visage, durcissait les traits.

Ils retournèrent vers la place des Cordeliers, bras dessus bras dessous comme des amoureux. Florine pleurait ouvertement, la tête haute, la chevelure au vent. Elle laissait courir son chagrin. Elle ne se sentait en rien embarrassée par ses larmes. Au contraire, elles la révélaient à elle-même et lui prêtaient de la force. « Ce sera comme de renaître, enfin, en enterrant toute une partie de mon enfance », se disait-elle.

Alentour, la foule bruissait comme une mer furieuse. C'était une houle lourde et compacte. Les réactions fiévreuses s'enchaînaient les unes aux autres. Et puis un vent de silence souffla soudain sur la place, lorsque les accents de *La Marseillaise* résonnèrent. Les gens étaient en communion, même ceux qui avaient râlé leur aise, pesté contre la république et les puissants.

— Il arrive ! Il arrive ! cria une voix.

Le mot fut repris en chœur tandis que l'hymne retentissait. La vague enflait peu à peu. Florine et Silvius, eux aussi, se sentirent emportés, sans résistance aucune. Ainsi, dans une lente reptation des corps, ils vinrent buter sur le cordon au premier rang, là où la soldatesque faisait barrage, là où les sabres, les bâtons, les fusils de parade ne pouvaient plus rien faire. Les vivats, les cris, les applaudissements, les bousculades, tout s'enchaînait dans une lumière étrangement dorée, parfois troublée par la fumée empoissée des feux de Bengale.

Soudain, le peloton de cavalerie ouvrit un passage dans le piétinement métallique des chevaux refrénés à la bride. Les casques argent et les carapaces des cuirassiers étincelaient. Puis, à six pas, la voiture présidentielle, un landau découvert tiré par un attelage à la d'Aumont. La foule repoussait la garde pour mieux voir le visage du président. Il était en habit noir, la poitrine barrée du grand cordon de la Légion d'honneur. Les traits fins de son visage étaient encadrés d'une barbe noire soignée. Il saluait négligemment, en laissant mollement pendre son bras hors de la voiture. Il le levait parfois, l'agitait un peu, blasé par ces rituels républicains. Sa tête allait de droite à gauche, roulant sur le dossier de la voiture, comme pour ménager sa fatigue. Il n'était aucun sentiment vif sur cette figure lisse et quelque peu indifférente à la liesse populaire qui se soulevait autour de sa personne. Soudain, le président se leva dans sa voiture et fit signe aux gardes de s'écarter, jugeant sans doute que le cordon le tenait trop éloigné de son peuple. Il se rassit, dit quelques mots à ses voisins, le général Borius et le docteur Gailleton, maire de Lyon.

À l'arrière, il n'était plus que les valets de pied et quelques artilleurs montés en jockey sur leurs chevaux noirs. La fourmilière s'était mise en marche derrière le convoi. Possédée par cette fringale républicaine, elle courait à sa suite, débordait les côtés, faisait corps avec la voiture et semblait la porter en avant.

Silvius et Florine suivaient eux aussi le convoi dont l'avancée était lente et cahoteuse. Il tourna vers la rue de la République et longea la façade ouest de la Bourse.

— Il a un regard doux et apaisant, dit Florine. Il ne ressemble pas à un président de la République.

Les jeunes gens se trouvaient à deux mètres de Carnot. Ils pouvaient l'observer tout à loisir. Encore quelques minutes, puis ils retourneraient dans la foule.

Soudain, il y eut un remous dans cette marée puissante, duquel émergea un petit bonhomme en costume paille. Il semblait tenir un journal dans sa main droite. On ne prit garde à lui. Mais le président fit un geste de côté, comme un sursaut inutile, pour échapper à son destin.

— Cet homme ! Cet homme ! cria-t-il.

En vain. L'homme avait été si vif, si déterminé, que rien n'eût pu l'arrêter dans ce climat de liesse et de fête. Car lorsqu'il vint à crier : « Vive la révolution ! », on se mit à rire.

— Je crois que je suis blessé, marmonna le président.

Un couteau était planté dans sa poitrine. Carnot eut encore le courage d'arracher le poignard. Aussitôt le sang gicla, formant une tache rouge sur la soie blanche de sa chemise, se mêlant au grand cordon qui lui barrait la poitrine. Il restait immobile, les yeux levés vers le ciel, loin déjà de l'agitation qui gagnait le convoi.

— Arrêtez-le ! Arrêtez-le ! hurlait le général Voisin en désignant de son doigt tendu le petit homme qui tentait d'échapper aux bras vigoureux des gardes.

Carnot entendit à peine ce cri étrange, dans le brouhaha d'une foule médusée : « Vive l'anarchie ! »

Dans le salon jade, la veillée avait commencé, sinistre et lugubre. Francisque Colomier avait peine à dissimuler son chagrin depuis que le préfet avait annoncé la mort du président. Sadi Carnot avait été transporté en toute hâte à l'hôtel de la préfecture pour y recevoir les premiers soins. Mais le docteur Poncet avait rapidement fait savoir que la lame du couteau avait perforé le foie. L'hémorragie faisant son œuvre, Mgr Couillé, archevêque de Lyon, avait administré les derniers sacrements.

— Marinchard nous a raconté, dit Hubelle, que le président est resté affable jusqu'au bout, affable et courtois, presque obséquieux, précisa Hubelle en tirant nerveusement sur son cigare. Il a même paru vouloir s'excuser des dérangements et désordres engendrés par cette vilaine affaire. Comme s'il se sentait fautif d'avoir gâché la fête.

— Une fête que nous ne reverrons pas de sitôt, ajouta William Fouque. J'ai même entendu Marinchard dire à la cantonade, et d'un air agacé, comme si nous y étions tous pour quelque chose : « Nous ne ferons plus jamais une Exposition universelle dans notre ville ! Si l'on doit chaque fois tuer un président… » Il paraît que le député Prénat approuvait de la tête, et tous les gens de la préfecture aussi. Où étiez-vous Francis ? Je ne vous ai pas vu dans le salon.

— J'étais avec le maire, dit Colomier, dans un cabinet voisin. Il y avait trop de monde autour du président. C'était indécent. On se serait cru à Versailles à l'agonie de Louis XIV.

À ce moment, France Lazaret entra en coup de vent, le visage bouleversé, la chevelure en désordre.

— Les émeutes ont commencé, dit-elle. Les magasins et les échoppes tenus par des Italiens sont saccagés. Et même le consulat du roi Humbert… C'est à cause de ce Césario, l'anarchiste qui a assassiné notre président.

— Caserio, la reprit Colomier. Un Milanais… Pas un Français, heureusement.

— Un macaroni ! s'exclama Fouque. Tous les macaronis sont…

— Je vous en prie, Will ! l'interrompit Francisque. Ne vous abandonnez pas à la haine. Ça ne changera rien. Ce Caserio est une sorte de personnage de tragédie antique, l'esprit dévoré par l'idéologie libertaire. Sans doute eut-il quelques professeurs pour l'inciter au crime. Ce sont eux qu'il faudrait traquer,

Will. Mais ce ne sera pas le cas. Seul ce jeune homme se fera couper le cou. Et nous aurons un martyr de plus sur les bras, après bien d'autres : Kœnigstein, Vaillant, Henry...

Roxane et Silvius se tenaient à l'écart, à côté de la cheminée et de ses trois vases chinois en jade qui avaient inspiré, du reste, les parures murales. Adèle était assise près d'un guéridon, l'air songeur. Elle avait hâte de voir partir tous ces gens qui s'étaient invités chez elle et de donner enfin son congé à Abigaïl.

— La misère est le terreau social sur lequel prospère l'anarchie, dit-elle d'une voix posée. Qui donc est responsable de cette misère ? Vous, monsieur Fouque, et vous aussi, mon cher mari. En instaurant un ordre social plus juste, peut-être finirions-nous par enterrer ces pensées destructrices et vengeresses qui germent dans l'âme des pauvres gens ?

Fouque observa Colomier, craintif comme un étranger dans ce salon.

— Il y a du vrai, reconnut Francisque, la mine grise, le regard triste. Mais nous avons œuvré dans ce sens, Adèle, même si vous ne le reconnaîtrez jamais. Dans l'Union des marchands de soie, on a créé plus de solidarité qu'aucun syndicat ne le fera jamais. Car l'entraide est nécessaire, vous le savez. Les marchands, les négociants ont besoin des ouvriers. Et de même dans l'industrie, ce sont les petites gens qui font tourner les machines. Mais ils ne sont pas rétribués à leur juste valeur, voilà le problème. Et pourquoi ne le sont-ils pas ? parce que la concurrence est féroce. Si nous dissipions nos marges en salaires, nous fermerions bientôt toutes nos fabriques et qu'y gagnerions-nous ? encore plus de misère. Est-ce si difficile à comprendre ?

Will acquiesça d'un hochement de tête appuyé. Francis lui adressa un petit sourire de connivence, si bien que le fondé de pouvoir se crut encouragé à parler.

— Prêterais-je de l'argent à un fabricant qui falsifierait ses comptes et ses bilans par pure générosité envers ses employés ? Bien sûr que non ! J'ai des administrateurs, moi aussi. Ce sont eux qui détiennent le pouvoir. Au moindre manquement, je serais écarté. Mais quoi ? Un attentat contre le président va-t-il changer quelque chose ? Je crains que le prochain ne soit tenté de durcir la répression par des lois encore plus « scélérates », comme les appellent ces criminels.

— Alors, il nous faut désespérer un peu plus, dit Adèle, puisque ces deux mondes sont à jamais inconciliables…

Mlle Lazeret s'était rapprochée de Pierre Hubelle, insensiblement. Peut-être avait-elle besoin de son contact, à supposer que leurs relations fussent plus qu'amicales. Cette dernière avait été tellement bouleversée par les récents événements qu'elle semblait égarée dans ce salon. Il lui était familier pourtant. D'ordinaire, on s'y sentait bien pour palabrer ou réfléchir, sur les moelleux tapis persans, au creux des fauteuils victoriens. Désormais, tout lui paraissait laid et triste, tragique comme une veillée funèbre.

Soudain, France fit ce qu'elle ne faisait jamais parmi des personnes si proches, elle prit la main de Pierre Hubelle et la conduisit sur sa taille. Le conseiller sursauta. Tant d'audace l'avait décontenancé et il mit quelques secondes avant de réagir. La jeune femme retint sa main et il n'osa la détacher. De son côté, M. Colomier fit mine de ne rien voir, bien que ce geste le touchât cruellement.

Francisque alla trouver sa fille, puis salua Silvius d'une poignée de main énergique. Contre toute attente, le négociant en soie prit le jeune homme par l'épaule et l'attira vers le guéridon où Adèle dégustait une liqueur.

— Vous étiez rue de la République ?

— Oui, confirma Silvius, à moins de deux pas du président.

— Si près, au bon moment ?

— En effet.

— C'est du talent, ajouta Francisque rêveur. Voir un président de la République de si près, ce n'est pas donné à tout le monde.

Colomier tenait toujours Andromas par l'épaule. Il semblait le conduire à petits pas dans le salon. Ce manège intriguait les visiteurs. Jusqu'alors on ne croyait guère que Francisque Colomier accordât quelque intérêt au jeune homme.

— À ce moment, vous avez vu le vrai visage de la tragédie. Ça vous marquera à jamais, jeune homme, à jamais. Croyez-moi !

Roxane se tenait un peu en retrait. Elle ne voulait pas interférer dans la manœuvre du père qu'elle interprétait comme une approche calculée. Jusqu'alors, M. Colomier avait traité le petit ami de sa fille comme s'il se fut agi d'une passade. Autrefois, le père avait insisté sur ce point, lorsque Roxane se faisait les dents sur des gigolos, aussi vite jetés : « Surtout n'amène pas n'importe qui dans notre maison. Pitié pour nous… »

À la vérité, M. Colomier se rangeait à la raison. « Un jour, il faudra bien que notre fille se marie, pensait-il. En la laissant choisir son futur époux, nous y gagnerons en tranquillité. Si l'affaire tourne mal, elle ne pourra s'en prendre qu'à elle-même. Voilà un inestimable avantage. »

Adèle tirait aussi dans cette direction. La mère avait acquis la certitude que Silvius ferait un mari épatant, assez anticonformiste pour apporter une pincée de nouveauté dans la maison et trop ignorant des mœurs et coutumes de la bonne bourgeoisie lyonnaise pour y jouer le moindre rôle. Ne disait-elle pas, jour après jour, quand elle se trouvait seule avec sa fille :

— Ma chère petite, j'ai toujours pensé que ne pas épouser quelqu'un de ta condition serait une solution pour toi. Fions-nous à l'expérience, tant de mariages de raison ont été conclus à Saint-Jean, en grande pompe, avec de fort beaux sermons, alliant de belles et grandes familles, et qu'en est-il ressorti ? Le plus souvent des querelles interminables, de fâcheux différends et même des divorces, comme ce fut le cas, souviens-toi, des Holder et des Tiébaud…

— Du moins m'aime-t-il pour ce que je suis, dit Roxane. Mais moi, l'aimerai-je toujours ?

Adèle rageait lorsque sa fille se mettait, soudain, à se poser des questions insolubles. Dans ces moments, Roxane se comportait, aux yeux de sa mère, plus en garçon manqué qu'en fille de bonne famille. Le doute avant le mariage, n'était-ce pas une crainte d'homme ?

— J'en arrive à penser, ma petite, que nous avons eu trois garçons, ton père et moi.

— J'ai été élevée en sportive. La bicyclette, la natation, la course à pied, et j'en passe…

— C'est bien vrai, reconnut Adèle avec attendrissement. Nous t'avons même poussée vers l'escrime. T'en souviens-tu ?

— Auriez-vous préféré que je joue du violon ou du piano ?

— Tu es trop hédoniste, jugea sa mère. Il te faut des plaisirs violents, immédiatement conquis, sans détour.

Roxane l'écoutait avec amusement. Elle ne se reconnaissait pas dans ce portrait sommaire. Mais il était instructif.

— Chaque fois que nous revendiquons une part de libre choix, on perd la considération des autres, ajouta Adèle. Tout se conquiert donc contre la société, l'indépendance de l'esprit, le culte de la vérité, le dévergondage lui-même.

— Je ferai donc de mon mariage ce que bon me semble, maman. Pour l'heure, il me convient. Et si demain il me lasse, je reprendrai ma liberté.

Adèle se prit la tête dans les mains.

— Voilà ce que j'appelle un garçon manqué. Sans principes, sans morale. Mais ceci n'est autorisé que pour les hommes. Tu te ferais mal juger, ma petite, si par malheur tu devais agir de la sorte.

La jeune fille afficha une moue frondeuse et se retira aussitôt. Elle ne voulait pas entendre d'autres réflexions de cet acabit qui l'eussent mise de mauvaise humeur pour la journée.

Pendant ce temps, M. Colomier était descendu de sa voiture, place des Jacobins, en habit noir et chapeau haut de forme. La secrétaire annonça l'arrivée du patron à ses collègues et tout l'immeuble se mit à frémir. Francisque pénétrait rarement dans son officine par l'entrée principale. D'ordinaire, il préférait prendre une porte dérobée à l'arrière de l'immeuble, rue de l'Ancienne-Préfecture. Il montait directement à son bureau au second étage et s'installait sans qu'on ne soupçonnât sa présence. Ce goût pour l'incognito correspondait à son caractère secret. On n'en finirait jamais de chercher qui était vraiment Francisque Colomier, tant son tempérament s'apparentait à un kaléidoscope, changeant, insaisissable, imprévisible.

Jeandrot rappliqua en hâte.

— Je dois excuser votre fils, monsieur le directeur… Il n'est pas dans nos murs.

— Qu'importe. Ce n'est pas lui que je veux voir mais Silvius Andromas.

Le chef du personnel parut décontenancé par cette demande. Bien que sa curiosité fût mise à rude épreuve, il n'osa pas poser de question. Que pouvait donc vouloir M. Colomier à un petit courtier en soie ? Pour le personnel, même le plus élevé dans la hiérarchie, les motivations d'un patron restent toujours une énigme.

Dix minutes plus tard, le jeune homme frappait à la porte du bureau directorial. M. Colomier avait déjà pris ses aises en se délestant de son frac, expédié sans ménagement sur un secrétaire. Puis il avait dénoué son nœud papillon, pourtant si élégamment ajusté par les soins d'Abigaïl, et dégrafé son plastron. Ainsi, en débraillé, il attendait son visiteur, les pieds posés sur le rebord de son bureau. Par la baie vitrée, il contemplait sans se lasser la place et sa fontaine exubérante, temple miniature à la gloire des dominicains. Francisque se souvint qu'en son temps, à la fin des années soixante-dix, il avait été membre du comité de rénovation du bel édifice. Son obole à la grande œuvre lui avait valu d'entrer dans la confrérie des soyeux par la grande porte.

Colomier fit signe à Silvius de s'asseoir, juste en face de lui pour qu'il ne perdît rien de ses réactions.

— Vous ici ? s'étonna le jeune homme.

— J'y suis hélas bien trop souvent. J'ai pris mes distances avec la maison depuis que mes fils dirigent l'affaire. Mais je garde l'œil dessus, si vous voyez ce que je veux dire. J'entre en douce, je m'installe, et l'on vient m'apporter les livres. Commandes, expéditions, ventes... C'est une routine. Ainsi, je prends le pouls des affaires.

Silvius se sentit flatté de se voir soudain élevé au rang de conseiller de la maison Colomier père & fils. Il se souvint des réflexions d'Adèle au restaurant Vuittard, où il avait appris incidemment le peu d'intérêt que cette famille portait à ses fils.

— J'ai à vous parler, jeune homme...

Silvius se mit à rougir. Mais cette réaction laissa Colomier de marbre. Il était sec de corps et hautain d'âme, autant dire en lame de couteau, trempé dans un rude acier, voilà ce que ressentit Andromas à ce moment. Et le jeune homme comprit aussitôt pourquoi le soyeux le plus réputé de la place de Lyon disposait d'autant de pouvoir, d'un pouvoir que personne n'osait lui disputer, même un géant comme Marinchard. Vindicatif un instant, il pouvait se montrer affable la seconde d'après. On croyait le saisir et il glissait entre les doigts. On espérait le rallier à soi et il frappait sèchement.

— De noces, poursuivit-il. Et pour faire un jeu de mots un peu facile, je dirais de noces de soie. Vous désirez Roxane. Cela fait des années. J'ai une mémoire qu'on ne peut prendre en défaut. La première rencontre remonte au col de l'Escrinet où ma fille et moi avons passé la plus mauvaise nuit de toute notre vie, dans une infâme auberge, couchés sur des châlits remplis de puces.

Andromas éclata de rire.

— La route s'était effondrée après le col, là où le terrain glisse si souvent.

— Depuis ce jour, Roxane n'a cessé de s'intéresser à vous. J'ai tout tenté pour l'écarter de cette obsession amoureuse. Peut-être n'approuverez-vous pas ce que je vais vous dire, jeune homme, mais je crois que la passion amoureuse est la plus encombrante des servitudes humaines. Contre elle, la raison ne peut rien. Puisque vous désirez épouser Roxane, prenez-la donc ! s'exclama-t-il d'une voix courroucée.

Andromas se jeta vers la porte, pressé d'en finir.

— Je ne veux pas d'un mariage à ce prix, défendit-il. Je vois bien que vous n'y consentez pas de bon cœur.

Le maître s'esclaffa.

— Parce qu'il faudrait encore que j'exulte !

Puis il fit signe à Andromas de se rasseoir, d'un geste autoritaire.

— Je ne vous veux aucun mal, jeune homme. Mais je ne crois pas que vous serez heureux en épousant ma fille.

— Pourquoi ne serais-je pas heureux ?

« Décidément, c'est une manie, pensa Silvius, de vouloir tous les malheurs à la jeunesse. Triste époque. N'est-ce pas le rôle de cette génération, nous apprendre la bonne manière d'accéder au bonheur ? À supposer qu'il soit, ce fameux bonheur, un dû, transmissible de génération à génération, comme la beauté et l'innocence dont les effets s'amenuisent avec les années... »

— Je puis vous le dire puisque rien ne vous fera changer d'avis, insista M. Colomier, vous faites une erreur, une grave erreur. Roxane n'est pas pour vous. Roxane n'appartiendra jamais à personne.

— Devrais-je taire cette conversation ?

— Évidemment. Une affaire entre hommes. Vous êtes assez intelligent pour comprendre. Pourquoi devrais-je vous cacher ce sentiment ? Après, il sera trop tard. Pas de larmes. Pas de récriminations. Je serai aux abonnés absents.

Il cadençait son propos de gestes vifs, le visage tendu, nerveux, empreint d'émotion. Il se voulait sincère, plus qu'il ne l'était sans doute. Puis il ajouta d'une voix posée, cette fois :

— Toutefois, il se peut que vous y trouviez votre compte à la longue... C'est un des mystères de la vie, la patience, et encore plus la résignation. L'argent, le confort, la vie facile, toutes ces divines illusions qui font pleurer le monde, vous combleront peut-être ? Mais qu'en ferez-vous ? Je suis bien curieux de le voir. Peut-être vivrai-je assez longtemps pour connaître la réponse ?

19

La nouvelle leur parvint sous forme d'une courte lettre. Eugénie la découvrit dans sa classe après que le facteur l'eut posée sur son bureau. Pauline la reçut au Maillazet et resta sans réaction. Quant à Silvius, elle lui fut apportée rue des Jacobins au moment où il s'apprêtait à héler un fiacre. Une lettre concise qui tenait en une phrase sans ponctuation :

Papa est décédé mardi et l'enterrement est pour samedi à onze heures sans fleurs ni couronnes ni prières ni rien

Eugénie inspira profondément et se tourna vers le tableau noir. « Pourquoi je ne parviens pas à verser une larme ? C'est inhumain, tout de même », pensa-t-elle. Puis elle demanda aux enfants de quitter la classe.

— Récréation ! dit-elle.

— Mais maîtresse, c'est pas l'heure ?

— Pour aujourd'hui, c'est l'heure. On ne discute pas !

Pauline replia la feuille en quatre et en huit, la rangea dans la poche de son tablier de cuisine. « Il fallait bien que ça finisse par arriver », se dit-elle. Mais elle demeura ainsi, longtemps, à contempler les vignes du Maillazet, le ciel et ses rares nuages. « Aujourd'hui, je ne me sens pas plus seule que je l'étais hier. » Léonet lui demanda ce qui se passait, pourquoi elle restait là, immobile, à ne rien faire. Elle prononça ces quelques mots :

— Mon père est mort.

Silvius entra dans l'immeuble et dit à Mlle Griffey d'une voix blanche :

— Je vais m'absenter trois jours au moins. Vous direz à Jeandrot que c'est pour une affaire de famille. Il comprendra... Un rendez-vous qu'on ne peut pas différer...

Seule, sur une chaise branlante, Mariette triait les cocons. Dans la magnanerie, salle haute, il régnait une chaleur étouffante, bien que les fenêtres fussent grandes ouvertes. Les collines n'apportaient pas le moindre souffle de vent. Une lumière blanche enveloppait la chaîne du Coiron et ses montagnes, encordées les unes aux autres, formaient un barrage au bord du ciel. Dès le point du jour, Mariette avait suivi l'ascension lente du soleil. Elle s'était postée devant sa fenêtre. Elle n'avait pas entendu les questions de Gianno Fausto. Elle songeait à l'histoire de sa vie et n'y voyait rien d'utile ni de sensé. Puis elle s'était remise au tri, comme un automate. Il y aurait dix jours de travail au moins. Ce ne serait pas comme autrefois, lorsque les voisins venaient donner la main. Antonin et Marcelline Charassol étaient au cimetière. Elle était partie d'abord, et deux mois plus tard, il l'avait suivie, accablé d'ennui et de tristesse. C'est une loi pour les vieux couples inséparables, l'un entraîne l'autre par un mimétisme tragique. « Pourquoi rester ? Pourquoi attendre ? Si rien de plus ne doit advenir, puisque tout est joué », avait dit Antonin avec un sourire d'enfant.

Ainsi, Eugénie et Pauline trouvèrent leur mère dans la magnanerie.

— Tu travailles quand même, maman ? s'étonna Eugénie, et elle se précipita pour l'embrasser.

— Oui, bien sûr, petite. Il faut bien faire bouillir la marmite.

— Et papa ?

Mariette caressa ses cocons du plat de la main, délicatement. Elle en aimait le doux contact. Cela lui rappelait le temps de son arrivée à Fontbelair.

— Les mûriers ont tous été plumés, dit Pauline, comme des poules de basse-cour passées à l'eau bouillante. C'est triste.

Mariette observa sa seconde fille de la tête au pied, avec insistance. Elle ne pouvait cacher l'enfant qu'elle portait.

— Six mois, dit-elle.

— Oh ! fit Mariette en plaquant les mains sur son visage. Je ne savais pas, déjà ?

Pauline Sitbon ne répondit pas. Au point où elle en était, elle se fichait que sa mère fût satisfaite ou non de cette découverte.

— Où est papa ? demanda Eugénie.

Elle avait tiré de sa poche la courte lettre de sa mère.

— Il est dans la chambre de Silvius.

— Et Fausto ? s'inquiéta Pauline.

— Il est parti de bon matin à Cujols pour les chèvres. Je n'ai plus que lui maintenant, et il se fait vieux aussi.

L'institutrice l'écouta, lèvres pincées. Les questions se bousculaient dans sa tête. Mais il s'était passé tant de mois qu'elle ne savait plus par où commencer.

— Personne ne l'a veillé, déplora Mariette. J'étais trop fatiguée.

— Tu n'as pas à t'en vouloir, maman. Lui, il ne t'aurait pas veillée. Lui, reprit Eugénie, il serait descendu à Chauzit pour se soûler, comme d'habitude.

— Tu ne peux pas parler comme ça, s'offusqua la mère.

— Oui, reconnut l'institutrice, tu as sans doute raison. La mort efface tout. C'est ce que l'on croit d'ordinaire chez les gens simples. Mais moi, je ne suis pas de cet avis. Ce serait trop simple. Lui, il sera tout aussi détestable mort que vivant.

— Tu es dure. Pourquoi ne te maries-tu pas ?

Pauline se retint de rire, c'était plus fort qu'elle. La mère avait encore assez de ressources pour expédier ses phrases assassines.

— Comment est-ce arrivé ? demanda Pauline. Tu ne dis rien de plus dans ta lettre.

Mariette se leva et traversa la salle haute. Ses pas faisaient craquer le plancher. Elle allait et venait, sans but précis, comme si elle tentait d'échapper à la question.

— Comme son père, murmura-t-elle.

Mais elle ne put ajouter un mot de plus tant sa gorge était serrée. Eugénie se porta au-devant de sa mère, la prit par les épaules et la serra fort. Elle ne savait comment exprimer le désordre de son âme à ce moment où le destin frappait Fontbelair.

— Tu veux dire qu'il s'est…

Eugénie se tut, puis regarda sa sœur. Pauline ne semblait rien comprendre. Elle trônait comme une idiote au milieu de la chambrée aux papillons. Quelques-uns, les retardataires nés aux premiers jours de l'été, voletaient au plafond. Elle les suivait des yeux, avec crainte, les mains posées sur son ventre arrondi.

— Oui, dit la mère. Comme son père, tu as bien entendu.

Mariette était agacée de devoir répéter une chose si triste et tragique qui lui torturait le ventre.

— Où donc ? questionna Eugénie.

— Au pont de Rochemare. Pourtant la rivière est si basse.

— Pas à cet endroit, dit l'institutrice. Ça ne m'étonne pas. C'est dans l'histoire même des Andromas, ce goût pour la tragédie. La tradition ne se perd pas. On se tue sans se soucier de ceux qui restent. Mais lui, je comprends, répéta Eugénie le visage crispé par la haine, une haine que le curé Bessac n'était jamais parvenu à exorciser malgré tous ses efforts. Il ne pouvait plus rien attendre des vivants. Ni pardon ni rédemption. Ce ne pouvait venir que de lui-même. Mais il était trop orgueilleux.

Mariette haussa les épaules.

— Tu iras en enfer, toi aussi.

— Ma pauvre maman, l'enfer n'existe pas. L'enfer, le paradis, nous les portons en nous, les yeux ouverts. Comme l'œil de Caïn, la conscience nous juge.

À cet instant, Pauline fondit en larmes. Cette réaction parut émouvoir la mère. Elle la prit dans ses bras et se mit à la bercer d'un mouvement lent.

— Tu es la meilleure, toi, jugea Mariette.

Eugénie les observa avec pitié.

— Vous faites un drôle de spectacle. C'est pathétique ! Ma pauvre Pauline, notre père t'a sacrifiée sans remords. Il t'a jetée dans la fosse aux lions. Heureusement qu'une belle âme t'en a sortie, sinon tu y croupirais encore. Un Sitbon, forcément. Car un Andromas, ça n'a jamais sauvé personne.

— Ne l'écoute pas, dit la mère. Elle est mauvaise.

— Je dis la vérité. Et ici, forcément, la vérité est mauvaise.

Les femmes sortirent à l'heure chaude. Le soleil était au zénith. Des rapaces dessinaient des cercles dans le ciel. Et de la vallée montaient des murmures de labeur. On faisait les moissons du côté de Valgrande sur de minuscules arpents d'épeautre suspendus à flanc de coteau. La mère, dans son grand tablier noir, ouvrait la marche, ses filles la suivaient en robes d'été lumineuses et fleuries. Le cortège s'arrêta à la porte de la cuisine. Le chien était couché en travers. Eugénie le chassa du pied.

Pauline pénétra la première dans la chambre. Le père gisait dans un costume de coutil trop étroit, gris à larges rayures. Le visage était gris aussi. Pauline s'agenouilla et prit la main de son père. Elle fut effrayée par la raideur de ses doigts, par le froid contact de sa peau. Puis elle éclata en sanglots.

Eugénie se tenait derrière sa sœur, immobile. Elle contemplait son père et s'en voulait d'autant de haine.

« Je tiens de lui. Je suis aussi mauvaise que lui, se disait-elle. Mais je ne peux pas en faire plus. »

Mariette s'activait dans la cuisine pour préparer du vin mouillé d'eau sucrée.

— C'est Pelegrione qui l'a trouvé, expliqua Mariette.

Elle ne voulait pas que la vérité fût tue, cette vérité qui chante d'une voix rauque comme un diable ensorcelé.

— Il me l'a ramené dans sa charrette.

— Comment peux-tu savoir qu'il a fait comme Paulin ? interrogea Eugénie.

— On a retrouvé sa gibecière sur le pont, son fusil et ses bottes. C'est signé tout de même, non ?

Silvius parvint à Fontbelair le soir même. Le garçon entra dans la chambre mortuaire, jeta un regard furtif sur son père seulement éclairé par une lampe-tempête suspendue au-dessus de sa tête. Puis il sortit aussitôt. Pauline fut surprise par son attitude mais il refusa de s'en expliquer.

— Est-ce un tribunal devant lequel je dois passer ?

— Je le comprends, défendit Eugénie.

— Au moins ai-je une avocate dans cette maison, sourit-il.

La mère avait déjà apporté le potage sur la table, dans une belle soupière en porcelaine, un des derniers vestiges des Martelet. Mariette expliqua encore une fois qu'elle avait choisi cette soupière aux motifs rustiques, un coq et sa poule, parce que c'était tout ce qu'il restait à prendre dans la maison familiale.

— Juliana a pris l'aiguière, précisa-t-elle. Votre tante a toujours eu un goût très sûr.

Elle se mit à rire, tandis qu'Eugénie et Pauline s'observaient en silence. Entre les enfants Andromas, il avait été convenu de ne jamais évoquer Juliana et Florine en présence de leur mère. Celle-ci avait trop souffert de cette histoire, d'autant qu'elle ne comprenait toujours pas que sa sœur refusât de descendre en Ardèche.

— Votre père sera inhumé près de Paulin, au fond à droite, ajouta-t-elle.

— Le plus vite sera le mieux, dit Eugénie.

Mariette baissa la tête. Elle ne supportait plus cette haine débordante. Aussi avait-elle hâte que la cérémonie fût terminée – une bénédiction donnée par le pasteur Rocroy au bord de la tombe – pour dire enfin ses quatre vérités à sa fille, si elle en avait encore la force. C'était assez improbable. Elle ressentirait vite le besoin de s'isoler et de se claquemurer dans le mutisme. Ne serait-ce pas mieux au fond que Mariette se retirât dans son silence pour laisser les forces du bien et du mal poursuivre leur sourd combat ?

— Il n'y aura pas de pardon ? demanda Silvius.

— Non, confirma Eugénie. Et pour toi ?

— Je ne sais pas. J'ai mieux à faire que de cultiver ma rancœur. Maintenant qu'il est six pieds sous terre, je ne vais pas revendiquer son pouvoir de maître de Fontbelair. Navré, ma chère maman, mais je ne regrette rien. La meilleure décision que j'ai prise dans ma vie, c'est d'être parti.

— Tu as toujours été un bon petit, soutint Mariette.

— Alors que les filles, ce sont des pestes, n'est-ce pas ? reprit Eugénie.

Pauline éclata de rire. Elle n'avait pas touché à son assiette. On trouvait même que, pour une femme enceinte, elle manquait singulièrement d'appétit.

La mère tourna la tête de côté. C'était vrai qu'elle n'avait jamais désiré la naissance de Silvius. Théodore la lui avait imposée, comme d'habitude, car il n'était plus d'autres manières entre eux, même à ce moment-là, de faire l'amour. Mais l'épreuve était assez courte. M. Andromas faisait son affaire en trois mouvements et se retirait aussitôt en grognant comme un animal repu.

On vint taper à la porte. Le chien jappa. Mais Eugénie le fit taire en lui donnant des coups de pied dans les côtes.

— On ferait mieux de la donner à Pelegrione, cette sale bête, dit-elle. Sans maître, ce clebs ne fera que des bêtises.

— C'est le menuisier, annonça la mère. Il vient fermer le cercueil.

Ourdet dut resserrer ses abattis pour passer la porte de la cuisine, tant sa corpulence était forte. Il faisait ses deux mètres de haut et portait fièrement une barbe de loup de mer. Des copeaux de bois étaient restés accrochés à son habit de coutil noir.

— Vous dérangez pas ! J'en aurai pour cinq minutes, prévint-il.

— Un pot ? proposa Mariette.

— Une fois le travail fait, je dis pas non.

Il entra dans la chambre et Silvius le suivit.

— Je peux vous aider ?

— Non, dit Ourdet. C'est pas l'affaire de la famille.

Le menuisier se recueillit quelques secondes devant la dépouille. Il se signa et sortit en se cognant au chambranle.

— Laisse-le donc faire ! s'exclama Eugénie. M. Ourdet connaît son affaire.

L'homme revint aussitôt en portant la boîte sur son dos, la tête glissée à l'intérieur. Pauline ne put s'empêcher de rire. Mariette la fixa avec gravité, en fronçant les sourcils.

— Eh bien oui, c'est l'idiote de la famille. Il en fallait bien une, la défendit Eugénie.

Le soir n'en finissait plus de descendre. De vifs rayons traversaient le rideau de la fenêtre. Pauline en était éblouie et se rapprocha de sa sœur qui se tenait à contre-jour. Mariette tenait la main de son fils. Il regardait, lui aussi, la lumière violente qui s'engouffrait par la fenêtre. Un été d'enfance lui trottait dans la tête, et celui-ci avait la saveur fraîche d'un vin rouge mouillé d'eau sucrée. C'était une boisson de fin du jour servie au moment des foins. « Ai-je été heureux en vain ? se demanda-t-il. Moi qui me croyais à ce moment-là de ma vie indestructible… » Il retira sa main de celle de sa mère.

— Je vais me marier, annonça-t-il.

Les sœurs le regardèrent, surprises.

— Avec qui ? demanda Pauline.

— Roxane Colomier.

— Ça fait des lustres que tu la convoitais, nota Eugénie. Tu y es parvenu. Bravo. Bravissimo, répéta-t-elle.

Pauline épongea quelques larmes sur ses joues. Elle se sentait heureuse pour son frère, transportée par cette vision de bonheur. Sans doute n'avait-elle jamais douté de lui, persuadée que le destin finirait par le combler. « Ça ne serait pas normal qu'il s'acharne toujours sur nous », pensa-t-elle. Pauline avait longtemps cru que les Andromas seraient indéfiniment poursuivis par le malheur, qu'Eugénie n'en finirait jamais avec sa disgrâce et que, peut-être, Silvius serait aussi harcelé par l'infortune.

— Tu la mérites, fit-elle. Comme moi, je mérite mon Léonet.

Elle ne croyait pas en ce qu'elle disait, mais elle avait envie de s'en persuader, ce jour où le paternel venait de la quitter. C'était un suprême péché d'orgueil. Eugénie l'observa avec défiance, la colère au bord des lèvres.

— Serait-ce cette fille d'un marchand soyeux de Lyon ? demanda Mariette.

À la vérité, elle connaissait parfaitement l'histoire de son fils, ses lettres, ses rendez-vous à Vals, ses tourments d'amoureux négligé. Elle avait secrètement espéré que ses illusions s'effondreraient. Mais avec le temps, elle avait fini par comprendre que la pugnacité de son Silvius finirait par l'emporter, hélas. Car s'il eût échoué, peut-être s'en serait-il revenu à Fontbelair pour enfin accomplir les souhaits du père ?

— Vous êtes tous invités, dit-il dans une sorte d'enjouement forcé. Ce sera le 9 septembre, un samedi. Ainsi connaîtrez-vous ma belle famille.

Il se tourna vers sa mère avec fierté. Mariette fit semblant de n'en rien voir. Elle avait trop souffert de sa fuite et de son absence pour lui accorder la moindre bénédiction. Elle avait décidé de ne point croire à ce mariage. « Les riches épousent les riches et les pauvres épousent les pauvres, se disait-elle. Ainsi, à jamais, cette ronde sinistre se répète dans la comédie humaine. »

— Tu viendras aussi, maman ? Je compte sur ta présence…

Mariette se recula vivement et porta les mains sur son visage.

— Oh mon Dieu non ! Après la mort de ton père, ce ne serait pas correct. Il faudrait attendre un an au moins.

— La date est décidée, prévint Silvius. Elle l'était avant la mort de papa. Et puis, reprit-il, ça ne changera rien.

— Oui, dit Eugénie, ça ne changera rien.

— Je le crois aussi, renchérit Pauline.

La mère mesura enfin l'immensité de sa solitude. Elle se tourna sur le côté en faisant grincer sur le plancher les pieds de sa chaise. Elle regardait la lumière déclinante à la fenêtre. Elle se sentait triste, sans force. « Le nouveau curé n'a même pas fait sonner le glas, se désola-t-elle. Ce n'est pas Bessac qui aurait fait ça. Lui, il était respectueux des âmes, même de celles des réformés… »

Au moment où le menuisier soulevait le corps de Théodore, Eugénie entra dans la chambre. Une odeur surette se répandit, tenace et prégnante ; elle flottait, lourde et lente.

— Il sera temps qu'on ferme, marmonna-t-il, avec cette chaleur de tous les diables.

L'institutrice aida Ourdet à faire entrer la dépouille dans le cercueil. Puis le menuisier s'éclipsa pour aller chercher le couvercle de la bière et son vilebrequin. Eugénie extirpa de sa poche une médaille en argent, une aigle prussienne des grenadiers de ligne. C'était tout ce qu'il restait de Fritz Köhler, une relique d'uniforme trouvée dans la cabane. Promptement, elle la glissa dans le cercueil.

— Comme ça, dit-elle, tu ne partiras pas tout seul. En souvenir de ce crime ! Et qu'il t'emporte en enfer !

Avant de refermer la bière, Ourdet invita la famille à se recueillir une dernière fois devant Théodore. À ce moment, Eugénie sortit de la chambre, tandis que Mariette ouvrait une bible. Elle lut d'une voix monocorde le premier des Psaumes :

— Heureux l'homme qui ne marche pas selon le conseil des méchants...

20

Francisque Colomier avait insisté pour que la cérémonie de mariage fût célébrée en grande pompe, à l'égal de celle de ses fils. Qu'importait donc alors que le mari de Roxane ne fût qu'un fils de paysan ardéchois. Les railleries et les lazzis de ses pairs n'eurent point l'honneur d'égratigner la carapace du marchand de soie. Au contraire, il s'en amusa, et chaque fois, il prit le parti de sa fille. « Comment ma chère petite Roxane bien-aimée aurait-elle pu se tromper ? » dit-il à William Fouque. Cette réflexion traduisait assez parfaitement l'état d'esprit du grand homme au moment de pénétrer dans la primatiale Saint-Jean.

Mais en privé, dans le cœur douillet de son appartement de la rue Juiverie, il en était tout autrement. M. Colomier doutait que ce mariage fît long feu. Il savait sa fille volage, fantasque, voire capricieuse et il redoutait qu'elle ne s'attachât au jeune Andromas au-delà d'un délai raisonnable. Puisque Adèle était persuadée du contraire, ils en avaient fait leur principal sujet de conversation.

La veille de la cérémonie, M. Colomier apprit que Roxane était enceinte de deux mois.

— On aura eu raison de régler ça au plus vite, dit Francisque, pensif. Comment a-t-elle pu se laisser faire un enfant ? Ça m'étonne d'elle.

Adèle éclata de rire. Elle pouvait d'autant plus s'en amuser qu'elle était ravie, dans son for intérieur, de devenir grand-mère.

— Au moins, répliqua-t-elle, ce jeune homme aura réussi à lui faire un enfant. Ce n'est pas le cas de nos fils, mariés depuis deux ans déjà, qui n'ont pas encore trouvé le mode d'emploi ! Savent-ils seulement s'y prendre ? Je finirai par croire qu'à force de s'épouser entre gens du même monde, on aggrave la dégénérescence. Ce sang paysan de l'Ardèche redonnera de la couleur à notre lignée avachie dans le luxe et l'argent.

— Croirais-tu par hasard que la qualité intrinsèque des petites gens serait de répandre leur semence à tout-va, alors que les privilégiés en seraient économes ?

— Je n'ai pas dit cela, mon pauvre Francis, releva Adèle qui avait l'art de battre en retraite lorsqu'elle s'engageait par légèreté sur un terrain glissant. Mais je persiste à penser que nous avons tout à gagner dans cette alliance.

— Puisse l'avenir te donner raison, fit-il en battant l'air en cadence de ses longs bras amaigris.

Adèle se fit enveloppante, le geste caressant et flatteur.

— Aurais-tu la mémoire courte ?

Dans ces moments d'intimité, M. Colomier appréciait les manières de chatte de sa chère épouse, ses baisers tendres et ses esquives provocantes. Il se laissait prendre au jeu, rassuré à l'idée qu'Adèle avait toujours su lui témoigner l'affection dont il avait rêvé bien qu'il n'ait jamais été dans sa vie un grand séducteur.

— De quoi parles-tu ? dit-il en se ressaisissant.

— Auriez-vous perdu la mémoire, mon ami ? dit-elle en usant, par jeu, d'un vouvoiement de circonstance. Vous m'avez mise enceinte de notre aîné Cyril alors que je n'avais pas dix-huit ans. Et nous fûmes obligés de courir au mariage pour éviter le scandale…

— Oh mon Dieu, jura Francisque. Je ne me souvenais plus que nous étions si jeunes…

— Moi oui, mais vous, Francis, vous aviez dix ans de plus…

Il se prit la tête dans les mains. Il avait envie de crier « Pitié ! Pitié, n'en jetez plus ! » Mais Adèle vint s'asseoir sur ses genoux. Elle était légère comme une plume.

— Notre Roxane a suivi l'exemple.

— Et vous n'étiez pas aussi riche que vous l'êtes présentement, ajouta-t-elle perfide. Quant à moi, j'étais une oie blanche, tellement ignorante des choses de l'amour. Vous m'avez cueillie comme une fleur. Et je me suis laissé emporter dans le tourbillon.

Elle quitta les genoux de son mari d'un bond, et se mit à virevolter au milieu du salon pour ajouter le geste à la parole. Francisque l'accompagna du regard avec une gravité pensive. Il se disait : « Elle est si jeune encore. Et moi, je sens que ces dix années de différence me pèseront. Sans doute partirai-je avant elle… Les femmes nous survivent toujours, parce que nous les choisissons plus jeunes. Et à la fin, la vie est bien triste. »

Le lendemain, M. Colomier conduisit sa fille en tête du cortège au cœur de la primatiale. Il se sentait léger comme un papillon dans son habit de cérémonie. Il marchait en dansant, tandis que la foule silencieuse n'avait d'yeux que pour Roxane dans sa robe de soie nacrée et festonnée de dentelle. Il sut à cet instant qu'une page de sa vie se tournait, une page essentielle que Roxane avait abondamment remplie. Et au moment de la confier à Silvius devant le prêtre, il lui glissa à l'oreille :

— Demeure fidèle à toi-même. Toujours, insista-t-il en un chuchotement imperceptible. Et n'accepte jamais qu'on te juge…

Roxane baissa la tête, le rose aux joues. Elle fixait sur son coussinet blanc les alliances dorées. Même si elle n'avait jamais fait cas du moindre serment dans sa vie, ni de la plus insignifiante promesse, elle se sentit défaillir lorsque Silvius glissa l'anneau à son doigt. Elle fut malhabile quand ce fut son tour de le lui passer, si bien qu'il dut terminer l'ouvrage. Mais Roxane se reprit alors que l'assistance exultait : « Vive les mariés ! » Elle se sentait enfin dans la peau d'une petite reine, choyée, aimée, mais inquiète aussi. « Les épreuves seront pour demain », pensait-elle.

Au-dehors, une giboulée de pétales de roses plut sur les mariés. C'était une idée d'Adèle, ce rituel de pureté sanctifiée par fleurs interposées et jetées à poignées. Cette ondée lente et insistante finit par former un tapis rose et rouge sur le parvis de Saint-Jean, un tapis qui faisait contraste avec le blanc ivoiré de la robe de mariée. Un instant, Roxane se retrouva seule au centre de cette scène. Silvius lui-même se tint à distance. Il n'osait lui tendre la main pour qu'elle revînt à lui, la serrer dans ses bras, comme si soudain sa femme s'était muée en icône sacrée. N'était-ce pas le geste que la foule attendait de lui ?

De partout, on appela le baiser des mariés par lequel se nouerait enfin l'alliance des Colomier et des Andromas, on l'appela, bien qu'il tardât à venir, par des claquements de mains cadencés. Et se jugeant, soudain, par trop ridicule, Silvius se décida enfin, d'un pas ferme, à rejoindre sa femme et à piétiner les roses.

Eugénie et Pauline vinrent embrasser leur frère. L'institutrice était vêtue d'une robe moirée, si sombre qu'on eût pu croire qu'elle portait le deuil de son père, mais ce n'était point le cas. Quant à Pauline, elle avait opté pour une mousseline printanière rose et jaune, et un chapeau si large qu'elle en était embarrassée.

M. Colomier saluait ses invités, un à un, en silence, puis les abandonnait à Adèle. Heureusement, elle était habile dans l'art de parler pour ne rien dire, sinon exprimer sa joie qui se voulait communicative.

— Un grand jour ! dit Marinchard.

— Un si grand jour, ajouta son épouse Henriette.

Ainsi s'égrenaient les compliments que le vieux lion de la place des Jacobins n'écoutait plus. Pas même le long discours du député Prénat, car ce dernier ne s'exprimait que par de longues phrases, si longues et alambiquées qu'on ne savait jamais où il voulait en venir. Quant à Cyril et Octave, ils se promenaient tous deux, femmes au bras, traînant leur ennui habituel dans leurs habits clairs de jeunes dandys et coiffés de leur coutumier chapeau haut de forme. Ils avaient désapprouvé ce mariage jusqu'au bout, puis avaient fini par désarmer. « Que pouvions-nous attendre d'autre de notre sœur ? » disaient-ils pour se justifier. Jusqu'alors

Roxane avait été une énigme pour eux. Du reste, pour eux toute femme restait une énigme.

Adèle était habitée par la fierté des mères triomphantes à l'heure de leur gloire familiale. Elle entraînait à sa suite le cortège sur la place Saint-Jean comme elle aurait conduit une armée.

— Je finirai par croire que c'est Adèle qui a tout combiné, nota Fouque. Regardez-la donc, mes amis, elle dirige tout ça d'une poigne ferme et autoritaire. Vous ne me ferez pas croire que notre pauvre Francis a eu son mot à dire...

Mlle Lazaret retint son rire. Elle ne voulait pas paraître désobligeante et redoutait déjà l'instant où il lui faudrait féliciter l'heureux marié.

— A-t-il l'esprit aussi vif qu'on veut bien le dire ?

— Ce serait bien étonnant. Je ne connais aucun Ardéchois qui ait un gramme d'esprit, railla Hubelle. Tout juste bon à travailler la terre et à creuser la montagne. Que leur a-t-on appris de plus ?

— Certes, mais nous l'avons tiré de sa campagne. Il a épousé la fille d'un prince de la soie. Ça ne ressemble pas à de l'idiotie tout ça ! murmura France Lazaret. C'est un coup de génie, tout de même.

William Fouque était d'une curiosité maladive. Il avait besoin de se sentir proche de son mentor, de surveiller ses mimiques, d'interpréter ses silences. Aussi vint-il se coller à Francisque Colomier illico, histoire de glaner quelque information décisive.

— Que vous a dit Marinchard ? demanda-t-il. Je serais bien curieux de le savoir.

— Un grand jour, un si grand jour, répéta Francisque énigmatique.

Aussitôt le banquier courut rapporter ces propos à M. Hubelle et à Mlle Lazaret.

— Il nous faudra le compter parmi nous, désormais, cet Andromas, ce Silvius Andromas, jugea Pierre Hubelle.

— Hélas ! soupira Fouque en desserrant son nœud papillon. Tout ça à cause d'une petite peste qui n'a pas su tenir son rang…

Fin du premier volume

Du même auteur :

LE VENT MAUVAIS, L. Souny, 1993
LES CARAMELS À UN FRANC, L. Souny, 1995
LE DOMAINE DE ROCHEVEYRE, Presses de la Cité, 1999
JOURS DE COLÈRE À MALPERTUIS, Presses de la Cité, 2001
LES VIGNERONS DE CHANTEGRÊLE, Presses de la Cité, 2002
QUAI DES CHARTRONS, Presses de la Cité, 2002
LES COMPAGNONS DE MALETAVERNE, Presses de la Cité, 2003
LE CARNAVAL DES LOUPS, Presses de la Cité, 2004
LA TRADITION ALBARÈDE, VOL 1. LES CÉSARINES, Presses de la Cité, 2004
LA TRADITION ALBARÈDE, VOL 2. GRAND-MÈRE ANTONIA, Presses de la Cité, 2005
UNE MAISON DANS LES ARBRES, Presses de la Cité, 2006
UNE REINE DE TROP, Presses de la Cité, 2006
UNE FAMILLE FRANÇAISE, Presses de la Cité, 2007
LES EAUX PROFONDES, L. Souny, 2007
L'HOMME QUI RÊVAIT D'UN VILLAGE, Presses de la Cité, 2008
LA ROSÉE BLANCHE, Presses de la Cité, 2008
LES FRUITS VERTS, L. Souny, 2009

L'AUBERGE DES DILIGENCES, Presses de la Cité, 2009
LE NOTAIRE DE PRADELOUP, Presses de la Cité, 2009
L'OR DES BORDERIES, Calmann-Lévy, 2010
SOLEIL D'OCTOBRE, Calmann-Lévy, 2011
LES ENCRIERS DE PORCELAINE, Presses de la Cité, 2011
LA VILLA DES TÉRÉBINTHES (LES NOCES DE SOIE, 2), Calmann-Lévy, 2012
RENDEZ-VOUS À FONTBELAIR (LES NOCES DE SOIE, 3), Calmann-Lévy, 2013
HISTOIRES DE FAMILLES, Omnibus, 2013
L'ARMOIRE ALLEMANDE, Presses de la Cité, 2013
LA FOLIE DES BASSOMPIERRE, Calmann-Lévy, 2014
LA RETOURNADE, Presses de la Cité, 2014
LA BASTIDE AUX CHAGRINS, Calmann-Lévy, 2015
LES SŒURS QUERELLE, Calmann-Lévy, 2015
L'HONORABLE MONSIEUR GENDRE, Presses de la Cité, 2016

PAPIER À BASE DE FIBRES CERTIFIÉES

Le Livre de Poche s'engage pour l'environnement en réduisant l'empreinte carbone de ses livres. Celle de cet exemplaire est de :
700 g éq. CO_2
Rendez-vous sur www.livredepoche-durable.fr

Composition réalisée par PCA

Imprimé en France par CPI
en mai 2016
N° d'impression : 2022874
Dépôt légal 1re publication : avril 2013
Édition 04 - mai 2016
LIBRAIRIE GÉNÉRALE FRANÇAISE
31, rue de Fleurus - 75278 Paris Cedex 06

31/6934/9